读客外国小说文库

激发个人成长

无尽世界 Ⅰ

[英]肯·福莱特 著

胡允桓 译

江苏凤凰文艺出版社
JIANGSU PHOENIX LITERATURE AND ART PUBLISHING,LTD

目 录

第一部分（*1327* 年 *11* 月 *1* 日）

第二部分（*1337* 年 *6* 月 *8* 日至 *14* 日）

6 / 083

王桥大教堂塌了。居然没有人被砸死，这显然是个奇迹。

7 / 106

“更进一步”意味着结婚，而妻子必须服从自己的丈夫，因为丈夫是一家之主——凯瑞丝讨厌这种说法。

8 / 120

拉尔夫越打越狠，一拳紧跟着一拳，心里既感到愤怒，又感到痛快。

9 / 134

戈德温在祈祷时走了神，不停地思忖着怎样复兴修道院。他决定在每天都举行的全体修士大会上提出这个议题。

10 / 159

梅尔辛呆呆地立着，木然地看着劈在门上的斧头，泪水顺着他的脸奔流而下。

11 / 166

格温达一时晕头转向。自己被卖掉了？她奋力想挣脱，但小贩西姆却将绳子越拽越紧。

12 / 190

格温达活到今天，还从来没感到这么累过。绝望像汹涌的浪潮一样向她袭来，她真想倒在地上就死。

26 / 453

沉默片刻之后，梅尔辛用平和的口吻说话了：“事实证明，我善于做木匠。有一天，我愿建造英格兰最高大的建筑。这是你们逼我们——所以你们最好学会承受我这条路。”

27 / 472

“我要是嫁给一个没地的雇农，我得过什么日子呢？”安妮特愤愤地质问，“愁得哭丧着脸，瘦得像扫帚把！”

28 / 488

格温达强忍着没流下泪水。气愤已让位给悲痛。他们尽了一切努力，还是打了败仗。她转过身去，低头隐藏着自己的感情。

29 / 507

梅尔辛就在圣诞节之前，从他父母家中搬了出来。他在如今属于他的麻风病人岛为自己盖了一处一室的住宅。

第一部分

1327年11月1日

1

格温达才八岁，可她并不害怕黑暗。

她睁开眼睛时什么也看不见，但这并不是让她害怕的原因。她知道她在哪里。她在王桥修道院，在一个人们称为医院的长长的石头屋子里，躺在铺在地上的干草垫上。她母亲躺在她身旁。格温达闻到了浓浓的乳汁味，知道妈妈正在喂那个还没起名字的新生婴儿。妈妈的旁边是爸爸，挨着爸爸的是格温达的哥哥，十二岁的菲利蒙。

医院里非常拥挤。尽管她看不见像挤在圈里的羊一样挨个儿躺在地上的其他家庭，却闻得到他们热烘烘的身体上散发出的汗臭味。天亮之后就是万圣节，今年的万圣节是个星期天，因此就更加是个圣日了。万圣节的前夜是段危险的时间，因为邪神们在肆无忌惮地四处游荡。成百上千的人都像格温达家一样，从周围的村庄涌进了王桥，为的是在修道院这个神圣的地方度过万圣节前夜，并且在黎明时分参加万圣节礼拜。

格温达像所有敏感的人一样，害怕邪神，但更让她害怕的，是她在礼拜仪式上不得不做的事情。

她凝视着黑暗，竭力不去想那件让她害怕的事情。她知道对面的墙上有扇拱形的窗户，上面没有玻璃——只有最重要的建筑物才有玻璃窗——而是用一面亚麻布的窗帘挡住了秋天寒冷的空气。然而，她却连窗户应当有的一片模糊的灰色都看不见。这倒使她很高兴。她不希望黎明到来。

她什么也看不见，却能听见很多声音。随着熟睡的人们翻身或挪动，铺在地上的干草时时发出微微的声响。一个小孩子大哭了起来，好像是被噩梦惊醒了，但很快就被低低的抚慰声哄得安静了。不时有人说话，是断断续续的梦话。还有什么地方有两个人在做着父母也做却从来不说的事情，格温达管那事叫“吭哧”，因为她想不出别的词来了。

时间简直过得太快了，屋子里出现了一道光。长屋的东端，祭坛的后面，一个修士拿着一根蜡烛走进了大门。他把蜡烛放在祭坛上，借着烛火点着了火煤，然后沿着墙挨个儿地点燃了壁灯。每次他的火煤触到灯芯影影绰绰的头儿，他那长长的身影就像是从墙上反射出来的一样。

越来越亮的光照亮了地上一排排隆起的身躯。有的人蜷缩在黄褐色的斗篷里，有的人则和旁边的人紧紧地挤在一起取暖。病人们占据了靠近祭坛的小床，那可是最能感受到灵光的地方。在屋子的西端，有一段楼梯通向楼上，那里有为来访的贵客准备的房间：夏陵的伯爵和家眷这时就在楼上。

修士在格温达面前俯下身来，去点她头顶上的灯。当他接触到格温达的目光时，他笑了笑。她在不断晃动的火苗中审视着他的脸，认出了是戈德温兄弟。他既年轻又英俊，昨天晚上还和菲利蒙亲切交谈过呢。

格温达的旁边是他们村的另一家人：塞缪尔夫妇和他们的两个儿子。塞缪尔是一家富裕的农户，有很大一片地。他们的小儿子伍尔夫里克是个烦人的六岁男孩儿，对他来说，世界上最好玩的事情莫过于拿橡果砸女孩子，然后跑开。

格温达的家不富裕。她父亲根本没有地。他给所有愿意雇他的人打短工。夏天时总是有活儿干，但秋收一结束，天气开始变冷后，家里就要经常挨饿了。

因此格温达不得不去偷。

她想象过被抓住的情景：一只有力的大手紧紧地抓着她的胳膊，她无助地扭动着，却根本挣脱不了；一个低沉而冷酷的声音说道："哼，哼，一个小贼。"她想象过挨鞭打的疼痛和羞辱，还有最糟糕的，当她的手被剁掉时的痛苦和悲伤。

她父亲就受过这样的刑罚。他左臂的末端就是一节吓人的、起皱的残肢。他用一只手过得很好——他能使用铁锹，能为马备鞍，甚至还能制作一张捕鸟的网——但每年春天他仍然总是最后一个受雇，而到了秋天又总是第一个被解雇。他永远不能离开村子到别处去找活儿，因为断臂标志着他是一个贼，没有人肯雇他。当他外出旅行时，他会在残肢上系一个塞满东西的手套，以免所有的陌生人都躲着他，但这也没法骗人们太长时间。

格温达没有看到爸爸受刑——那事发生在她出生之前——但她经常想象那情景，现在她又忍不住想象同样的事情发生在她自己身上。她在脑海里仿佛看见了斧头的锋刃落向她的手腕，切入她的皮肤和骨头，将她的手从胳膊上剁下，以致它们再也没法重新接合起来。她不得不咬紧牙关免得尖叫出声。

人们纷纷站起身来，伸着懒腰，打着哈欠，擦着脸。格温达站起来抖了抖衣服。她穿的全都是她哥哥以前穿过的衣服：一件一直垂到膝盖上的羊毛衫，外面罩着一件束腰外衣，束腰带是麻绳做的。她的鞋原先是有鞋带的，但鞋带孔磨豁了，鞋带丢了，她用干草编成绳子，把鞋系在脚上。她把头发塞进了松鼠尾巴做的帽子里，就算是穿好了衣服。

她抬眼看了看父亲，他悄悄地向她指了指过道对面的一家人：一对中年夫妇和他们的两个儿子。那两个孩子只比格温达稍大一点儿。那个男人又瘦又小，下巴上长着鬈曲的红胡子。他正把剑扣在腰上，这说明他是个士兵或者骑士：平民百姓是不准佩剑的。他妻子是个瘦削的女人，生气勃勃，脾气火暴。格温达正打量着他们，戈德温兄弟恭敬地向他们点了点头，说道："早安，杰拉德老爷，莫德太太。"

格温达看出了是什么引起了她父亲的注意。杰拉德老爷的腰带上用皮绳系着一个钱包。钱包鼓鼓的，看上去足有好几百枚小小的、薄薄的银便士、半便士和法寻[①]——够爸爸挣一年的，如果他能找到雇主的话。这些钱足以喂饱一家人，直到开春。钱包里没准还有一些外国金币，像佛罗伦萨的弗罗林[②]或威尼斯的达克特[③]什么的。

格温达有一把小刀子，装在羊毛织成的鞘里，刀鞘用一根绳子挂在脖子上。锋利的刀刃能够迅速地割断皮绳，使那个鼓鼓的钱包落入她的小手中——除非杰拉德老爷感觉到有什么不对劲，在她得手之前抓住她……

戈德温兄弟抬高了声音，以便压住人们交谈的嗡嗡声。"看在教导我们行善的基督的分上，万圣节礼拜后将提供早餐，"他

---

① 英国旧时值四分之一便士的硬币。（本书注释若无特别说明，均为译注）

② 1252年首先由佛罗伦萨铸造，后来被欧洲若干国家仿造的金币。

③ 旧时在欧洲许多国家通用的金币或银币。

说道，“此外，院子里的水池中有干净的饮用水。请记住在室外的厕所方便，不要在室内小便！”

修士和修女们对洁净的要求极高。昨天晚上，戈德温抓住了一个正在角落里撒尿的六岁男孩儿，结果他们全家人都被赶出了修道院。除非他们能花一便士去住小旅馆，否则他们就只能在教堂北端门廊的石头地上，在十月夜晚的寒风中瑟瑟发抖了。动物也被禁止入内，所以格温达那只有三条腿的小狗“蹦蹦”也被赶了出去。她都不知道它是在哪里过的夜。

当所有的灯都点亮后，戈德温将大大的木门向外推开。夜晚的冷风灌了进来，刺得格温达的耳朵和鼻尖生疼。过夜的客人们纷纷拉紧了外衣，开始慢吞吞地向外走去。当杰拉德老爷一家动身后，爸爸和妈妈汇入了他们身后的人流，格温达和菲利蒙也跟了上去。

此前一直由菲利蒙下手来偷，但昨天他差点儿在王桥市场被逮住。他顺手从一个意大利商人的货摊上偷了一小罐很贵的油，结果他却把罐子掉在了地上，以致所有人都看见了。谢天谢地，罐子没碎。他不得不装作是不小心把它从货架上碰了下来。

直到不久前菲利蒙还像格温达一样，个头儿很小，不起眼儿，但去年他一下子长高了好几英寸，声音也粗了，他变得笨手笨脚、缓慢迟钝，好像他还不适应他新长成的大个子。在偷油罐子失手之后，昨天晚上，爸爸宣布菲利蒙已经太大了，干不了重大的偷窃活儿了，以后这就是格温达的差事了。

这就是她夜里那么长时间睡不着觉的原因。

菲利蒙的真名叫霍尔格。十岁那年，他觉得自己将来应当去做一名修士，于是他对所有的人说他把名字改成了菲利蒙，这个名字听上去更有宗教意味。奇怪的是，大多数人都顺从了他的意愿，不过爸爸和妈妈仍叫他霍尔格。

他们走出了门，看到两列冻得发抖的修女举着火把，照亮了从医院通向王桥大教堂西大门的道路。火把的边缘有影子在闪动，就像是夜间的妖怪和小鬼正跳向人们看不到的地方，似乎它们只是因为修女们的圣洁，才不敢过来。

格温达猜想“蹦蹦”也许会在门外等着，但它没在那儿。它也许找到了什么暖和的地方睡觉去了。在走向教堂的路上，爸爸一直紧盯着要他们跟紧杰拉德老爷。有人从后面猛拽了一把格温达的头发，疼得她尖叫了一声，以为是什么妖怪，她回过头来一看，原来是她六岁的小邻居伍尔夫里克。他跳到了她够不着的地方，大笑起来。接着他父亲吼了一声：“放规矩点！”并在他头上拍了一巴掌，小男孩放声大哭起来。

宽敞的教堂高耸在拥挤的人群上方，黑乎乎的一大团，看不清轮廓。只有最底下的部分是清晰的，拱门和竖框被闪烁不定的火把映照成橙色和红色，很是醒目。队列快到教堂大门口时放慢了步伐，格温达看到一群镇上的居民从对面涌了过来。她心想，他们足有好几百人，也许是好几千。她不清楚一千人到底有多少，她数不到那么多。

人流一寸一寸地挪动着穿过门厅。摇曳不定的火把的光芒照耀在墙上的浮雕人物上，使它们看起来像是在疯狂地起舞。最底下一层是魔鬼和妖怪。格温达害怕地凝视着恶龙和狮身鹰首兽、凝视着一只长着人头的熊，凝视着一条长着两个身子和一副口鼻的狗。有些魔鬼在和人搏斗，一个妖怪正把绞索套在一个男人的脖子上，一个长得像是狐狸的妖怪紧紧拽着一个女人的头发，一只长着手的鹰在用矛刺一个赤身裸体的男人。在这些画面上方，圣徒们在遮篷下站成了一排；在他们上方，使徒们端坐在宝座上。再往上，在正门的拱券上，圣彼得握着钥匙，圣保罗手持经卷，崇敬地仰望着耶稣基督。

格温达知道耶稣是在告诉她不要做坏事，否则她将遭受魔鬼的折磨，但是人类比魔鬼更让她害怕。如果她偷不到杰拉德老爷的钱包，她就会挨爸爸的鞭子。更糟糕的是，全家除了喝橡子汤，没有任何吃的。她和菲利蒙将一连好几个星期饿肚子。妈妈的奶会干枯，新生的婴儿会像前两个一样死掉。爸爸又会一连消失好几天，回来时除了带着一只干瘦的苍鹭或者一对松鼠，没有任何能下锅的东西。挨饿比挨鞭子更可怕——它造成的伤害时间更长。

她很小的时候就学会了偷东西：从货架上偷走一个苹果，从邻居的鸡窝里偷走刚下的蛋，从酒馆的桌子下偷走醉汉不小心掉落的刀子。但偷钱就大不相同了。如果她在偷杰拉德老爷时被抓住，指望像她上次偷了一个好心肠的修女一双漂亮的皮鞋时那样放声大哭，然后被当作一个顽皮的孩子而被饶过，是一点儿可能也没有的。割断一个骑士的钱包带，可不是孩童的小过失，而是真正的成人的罪行，她也将受到相应的惩罚。

她努力不去想这些。她个子很小，又机灵敏捷，她一定能像个小精灵一样，神不知鬼不觉地偷走那钱包——假如她能克制住颤抖的话。

宽阔的教堂里已是人如潮涌。在两旁的侧廊里，戴着兜头帽的修士们举着火把，火把放射出闪烁不定的红光。中殿的柱子高耸入黑暗中。随着人流涌向圣坛，格温达紧跟着杰拉德老爷。这位红胡子的骑士和他瘦瘦的妻子都没有注意到她。他们的两个儿子对她的兴趣也不及对教堂的石墙。格温达的家人已经落在了后面，看不见了。

中殿很快就被人们挤满了。格温达从来没在一个地方见到过这么多人：简直比赶集日教堂绿地上的人都多。人们欢快地相互打着招呼，这个神圣的地方是不会有邪神的，他们感到很安全，于是所有的人交谈的声音便提高了许多，在耳边轰鸣。

接着钟声响了，人们安静了下来。

杰拉德老爷站在镇上的一家人旁边。那家人都穿着细布做的斗篷，可能是富裕的羊毛商。骑士的身旁站的是一个约摸十岁的小女孩儿。格温达站在骑士和女孩儿的身后。她竭力不引起人们的注意，但令她沮丧的是，那女孩儿看了她一眼，还冲她嫣然一笑，好像是在告诉她不用害怕了。

在人群的边缘，修士们一个接一个地熄灭了手中的火把，最后大教堂完全陷入了一片漆黑之中。

格温达心想：那个富家的女孩儿以后还会不会记得自己呢？她可没有像别人一样，仅仅瞟上格温达一眼就不再看她。她打量了自己，心里想过自己，以为自己会害怕，还友好地微笑了一下。不过教堂里有好几百名儿童。在昏暗的光线下她不会对格温达的模样留下太清晰的印象的……她会吗？格温达竭力想把这份忧虑从头脑中驱走。

黑暗中什么也看不见，她悄无声息地迈步向前，溜进了两人中间，感觉到一边是女孩儿柔软的毛呢斗篷，一边是骑士旧外套粗硬的纤维。她已经进入了动手的位置。

她摸到挂在脖子上的绳子，从鞘里掏出了小刀。

一声可怕的尖叫打破了静寂。格温达一直在等着这叫声——妈妈早就告诉过她礼拜仪式上会发生什么情况——但她还是被吓了一跳。这声音好像是什么人在受刑。

接着是一阵刺耳的鼓声，仿佛有人在敲一块金属板。更多的杂音随之而起，有痛哭声、狂笑声、猎号声、噼啪声、各种动物的叫声，还有一口破钟的声音。在所有这些声音的共鸣下，一个孩子开始放声大哭，于是其他孩子也纷纷哭了起来。一些大人偷偷地笑了，但又惴惴不安。他们知道这些声响都是修士们装出来的，但这毕竟是地狱里瘆人的响声。

现在还不是下手的时候，格温达心惊胆战地想着。这会儿所有的人都非常紧张、小心。任何触碰都会被骑士感觉到的。

那恐怖的响声越来越大，接着又有一种新的声音加入其中：音乐。音乐声起初非常轻柔，以致格温达都不敢肯定自己是否真的听到了它。随即乐声逐渐加大。修女们开始歌唱起来。格温达感到自己浑身的血液都沸腾了。那一刻在临近。她像个小精灵一样神不知鬼不觉地移动着。她转过身来，以便面对着杰拉德老爷。

她非常清楚他的装束，他穿着一件很重的毛呢长袍，腰间系着装有饰钉的宽皮带。他的钱包用一根皮绳系在皮带上。在长袍的外面，他还罩了件绣花的外套，很贵但也很旧。外套的前面有骨制的黄色纽扣。他并没有把纽扣全系上，也许是因为困倦，也许是因为从医院走到教堂并没有多远。

格温达尽可能轻地将一只小手放到了他的外套上。她想象着自己的手像一只蜘蛛，轻得他根本感觉不到。她将那蜘蛛一般的手伸过他的外套前襟，找到了开口处。她的手在他外套的下摆处，沿着他厚厚的皮带滑着，直到她摸到钱包。

随着音乐声越来越响，嘈杂声也在逐渐消退。从人群的前排传来了一阵敬畏的低语声。格温达什么也看不见，但她知道圣坛上点起了一盏灯，照亮了一个刚才火把熄灭时还没出现的圣骨盒——用象牙和黄金打造，雕刻精美，盛有圣·阿道福斯遗骨的盒子。人群向前涌去，人人都想尽可能地离圣徒遗骸近一些。格温达感到自己被紧紧地夹在了杰拉德老爷和他前面的男人之间，她抬起了右手，用刀刃割向那钱包上的皮绳。

皮子很结实，她的第一刀没有割断。她发疯般地锯着，心里拼命地祈求着杰拉德老爷被圣坛的景象吸引住，而不要注意他鼻子底下正在发生的事情。她向上瞟了一眼，发现她只能勉强看到周围的人的轮廓：修士和修女们正在点蜡烛。亮光每一刻都在增大。她没有时间了。

她猛拽了一把刀子，感觉到皮绳断了。杰拉德老爷低低地咕哝了一声：他是察觉到了什么？还是仅仅在为圣坛的壮观景象而感慨？钱包坠落下来，落入了她手中。但是钱包实在太大了，她抓着它并不轻松。钱包在向下滑。有那么一瞬间，她觉得她抓不住了，钱包就要落在地上，落在那么多双乱糟糟的脚之间，她害怕极了。但她随即紧抓了一把，把它抓了回来。

她感到一阵狂喜，一阵宽慰：钱包到手了。

但她仍处于极度的危险中。她的心跳得那么响，她觉得恐怕所有人都能听得见。她赶紧转过身去，背对着骑士。在同一瞬间，她把重重的钱包塞到了她束腰外衣的前襟里面。她能感觉到，钱包卡在她的腰带上，使她身前的衣服鼓了起来，就像是老人的大肚子，会非常引人注目的。她把钱包移到了体侧，这样她的胳膊就能多少遮挡一些。如果灯亮了，人们仍能注意到的，但她再也没有什么地方可藏了。

她把刀插入了鞘中。现在她必须赶在杰拉德老爷发现丢了东西之前，赶紧逃跑——但是信徒们的拥挤，刚才虽然掩护了她在偷钱包时不被人注意，这时却在妨碍她逃脱了。她试图向后迈步，想在身后的人群中挤出一条缝来，但是所有的人都在往前涌，想看上一眼圣骨。她被紧紧地夹住，动弹不得，而且就在她刚刚偷过的人的身前。

一个声音在她耳边响起："你没事吧？"

是那个富家女孩儿。格温达克制住惊慌。她不想引起人们的注意。一个想帮忙的大孩子是她最不希望看到的。她什么也没说。

那女孩儿对周围的人喊道："小心点儿。你们挤着这小姑娘了。"

格温达差点儿叫出声来。这富家女孩儿的体贴会让格温达的手被剁掉的。

她不顾一切地想逃走，便将手放在了前面的人身上，用力一推，使自己向后倒退，结果只是引起了杰拉德老爷的注意。"你在底下什么也看不见，是吧？"她的受害人和善地说道，并且，让她惊恐万分的是，他把手伸到了她的胳膊下面，把她举了起来。

格温达一点儿办法也没有。他的手伸进了她的腋窝里，离钱包只有一寸。她的脸冲着前方，使杰拉德老爷只能看到她的后脑勺儿。她的眼光越过人群，向圣坛望去。修士和修女们正在点燃更多的蜡烛，并向死去已久的圣徒唱着歌。更远处，一道微弱的光亮从教堂东端一扇大大的圆花窗上照了进来：天已经破晓，正在将邪神赶走。嘈杂声这时已完全停止了，歌声则越来越响。一位高大、英俊的修士走到了圣坛前，格温达认识他。他是王桥修道院的副院长安东尼。他举起双手做出祈神赐福的手势，大声说道："现在，承蒙耶稣基督恩典，这个世界上邪恶和黑暗的势力，又一次被上帝的神圣教堂和谐与光明的力量驱逐了。"

人群发出了一阵胜利的欢呼。人们开始放松下来。仪式的高潮已经过去了。格温达扭了扭身子，杰拉德老爷明白了她的意思，把她放了下来。格温达始终没有正脸对他，便从他身旁挤过，向人群的后方挤去。人们已不再热切地想看圣坛了，因此她得以从人丛中挤出一道缝来。越是往后，越是容易，最终她来到了教堂西大门，见到了她的家人。

爸爸满脸期盼地望着她，并且做好了一旦她失手就要发怒的准备。她从外衣里拽出了钱包，塞给了他，满心欢喜终于能够脱手了。他一把抓了过去，稍稍转身，偷偷地看了看里面。格温达看见他高兴得咧嘴笑了。然后他把钱包递给了妈妈。她迅速地把它塞进了裹着婴儿的毛毯里。

痛苦的煎熬结束了，但危险还没有过去。"一个富家女孩儿看见我了。"格温达说道。她自己都能听出自己的声音因为害怕而变得尖厉起来。

爸爸小小的黑眼睛愤怒地闪了闪："她看见你做什么了吗？"

"没有，但她对别人说别挤着我，然后那骑士就把我举了起来，以便我看得更清楚些。"

妈妈低声叹了口气。

爸爸说："那么，那骑士看见你的脸了。"

“我尽量没让脸冲着他。”

爸爸说：“但是，最好还是别让他再看见你了。咱们不回修士的医院了。咱们去找个小饭馆吃早饭。”

妈妈说：“咱们没法一整天都躲着呀。”

“用不着躲，咱们可以混进人群嘛。”

格温达开始放心了。爸爸似乎认为没有真正的危险。不管怎么说，让她宽慰的是，又该爸爸主事了，责任已经从自己身上移到了爸爸那里。

他又继续说道：“而且，我想吃面包和牛奶，不想喝修士们那稀乎乎的粥了。我再也受不了啦！”

他们走出了教堂。黎明的曙光已经出现，天空呈现出珍珠般的灰色。格温达想抓住妈妈的手，但婴儿开始啼哭起来，妈妈的注意力被吸引了过去。接着她看到一只三条腿的小狗，浑身白色，却长着一张黑脸，正以一种她所熟悉的偏向一边的跑姿跑进教堂。“蹦蹦！”她大叫了一声，抱起了狗，紧紧地拥在了胸前。

2

梅尔辛十一岁，比他弟弟拉尔夫大一岁，但是，让他愤愤不平的是，拉尔夫比他高，也比他壮。

这便给他们的父母带来了麻烦。他们的父亲杰拉德老爷是个战士。每当梅尔辛举不起沉重的长矛，或者在还没有把树砍倒时就筋疲力尽，再或打架输了哭着跑回家，他都掩饰不住自己的失望。他们的母亲莫德太太使事情变得更糟，每当梅尔辛最需要她做的事情就是装作没看见时，她的过度关怀都使梅尔辛益发尴尬。每次父亲对拉尔夫的气力表现出骄傲，母亲就批评拉尔夫的蠢笨作为补偿。拉尔夫的脑子是有点儿慢，其实他也不想这样，絮絮叨叨地提醒只能激怒他，惹得他跑出去和别的孩子打架。

父母两人都因为万圣节早晨发生的事情而恼火。父亲根本就不想来王桥，他是被逼而来的。他欠修道院的钱，而且他还不起。母亲说修道院会把他的地收走的：他是王桥附近三座村庄的地主。父亲提醒她说自己是托马斯伯爵的直系后裔——就是在亨利二世国王谋杀贝克特大主教的那年即位的那位夏陵伯爵。而托马斯伯爵的父母是王桥大教堂的建筑匠师杰克和阿莲娜女伯爵——这是一对近乎传奇的夫妇，在漫长的冬夜，他们的故事和查理曼大帝[1]以及勇士罗兰[2]的英雄事迹，一起被人们传诵着。杰拉德老爷吼叫道，有这样的祖先，哪个修士也不敢没收他的土地，至少那个老太太一般的副院长安东尼不敢。他一开始咆哮，莫德的脸上便呈现出一副因厌倦而顺从的表情，她转过身去——然而梅尔辛听到她嘟囔了一句："阿莲娜夫人有个弟弟理查，除了会打仗，什么也不会。"

安东尼副院长确实像是个老太太，但至少在抱怨杰拉德老爷还不起债时，表现得男人气十足。他找了杰拉德的领主——现任夏陵伯爵，也是杰拉德的远房表兄。罗兰伯爵召杰拉德来王桥，打算和副院长一起商量个解决办法。因此父亲的情绪非常不好。

紧接着父亲就被偷了。

他是在万圣节礼拜结束后发现这一损失的。梅尔辛很陶醉于那戏剧般的场景：那一片漆黑，那奇异的声响，静悄悄地开始、渐次增大、最后竟充满整个巨大教堂的音乐，还有最后那慢慢点燃的蜡烛。随着烛光亮起，他还注意到有人在黑暗中干了些小小的坏事，不过灯亮时就已被宽恕了：他看到两个修士匆匆忙忙地结束了接吻，还看到一个狡猾的商人把手从一个微笑的妇人丰满的胸脯上移开，而那妇人显然不是他的妻子。当他们回到医院时，梅尔辛仍沉浸在兴奋中。

他们正等着修女们提供早餐，厨房的一个伙计举着个托盘穿过屋子走上楼梯，托盘上有一大罐淡啤酒和一大盘热腾腾的咸牛肉。母亲愤愤地说道："我还以为你那个伯爵亲戚会邀请我们到

---

① 查理曼大帝（742？—814），法兰克国王，任内拓展疆土，建成庞大帝国。

② 罗兰，法国史诗《罗兰之歌》的主人公，查理曼大帝的外甥，以体力、勇气及骑士精神而闻名。

他屋子里和他共进早餐呢。毕竟，你祖母和他祖母是姐妹。”

父亲回答说：“你要是不愿意喝粥，我们可以去饭馆。”

梅尔辛的耳朵竖了起来。他喜欢饭馆的早餐，喜欢那新鲜的面包和咸咸的黄油。但母亲却说：“我们吃不起。”

“我们吃得起。”父亲说着，手伸向了他的钱包。就是在这时，他发现钱包不见了。

起初他还在地上四处找了找，以为它是掉落在哪里了。接着他就发现了皮绳末端的割痕，他愤怒地咆哮了起来。所有的人都看着他，除了母亲。她转过脸去，梅尔辛听见她咕哝道：“这是我们全部的钱呀。”

父亲怒视着医院里的其他客人。从他右太阳穴一直拉到左眼的那道伤疤，似乎也因为愤怒而变得颜色更深了。屋子里安静了下来，却充满了紧张气氛：一个愤怒的骑士是很危险的，哪怕显然只是个穷困潦倒的骑士。

这时母亲开腔了：“毫无疑问，你是在教堂里被偷的。”

梅尔辛心想，她说得肯定没错。在黑暗中，人们做的不仅仅是接吻，更多的是偷窃。

父亲说：“那也是伤天害理！”

“我估计这事是在你把那小姑娘举起来时发生的，”母亲继续说道，她的脸都变了形，好像是在硬吞下什么苦果，“小偷可能是从背后把手伸到了你的腰上。”

父亲吼道：“我非把他找出来不可！”

那个叫作戈德温的年轻修士说道：“我很遗憾发生了这样的事情，杰拉德老爷。我马上去报告约翰治安官。他能看出镇上哪个穷人突然暴富了。”

这在梅尔辛看来希望非常渺茫。镇上有好几千居民，又有好几百外来者。治安官不可能监视所有的人。

但是父亲的情绪稍稍缓和了些。“该把那恶棍吊死！”他的声音不那么响了。

“此外，也许您和莫德太太，还有令郎，愿意赏光到祭坛前已经布置好的桌旁就座。”戈德温语气平和地说道。

父亲轻轻地哼了一声。梅尔辛知道他很满意得到了高于旁人的待遇。大多数客人都将席地而坐，在他们昨晚睡觉的地方喝粥。

发生打斗的可能已经消失了，梅尔辛稍稍感到些宽慰。但是，当他们四人就座之后，他又急切地想知道接下去会发生什么情况。他父亲是位勇士——人人都这么说。杰拉德骑士曾在自治桥为老王作战，就是在那里，一名来自兰开夏的叛匪用剑在他的前额上留下了那道伤疤。但他很不走运。有的骑士打仗归来，满载着战利品：或者是抢来的珠宝，或者是一大车贵重的佛兰德斯布匹和意大利绸缎，要不就是俘虏了一个贵族家庭深受爱戴的父亲，能因此得到上千英镑的赎金。但杰拉德骑士似乎一直都收获不丰。可他还得买武器，买盔甲，买昂贵的战马，从而为国王效忠尽责。不知怎么的，他从土地上收来的租金怎么也不够用。于是他不顾母亲的反对，开始借债。

厨房的伙计们搬进来一口热气腾腾的大锅，先给杰拉德老爷一家上了粥。粥是用大麦熬的，加了香菜和盐调味。拉尔夫还没闹明白家里陷入了危机，眉飞色舞地谈起了万圣节礼拜仪式，但父母怒气冲冲地阴沉着脸，一言不发，让他赶紧闭嘴。

粥喝完后，梅尔辛走向了祭坛。他把自己的弓箭藏在了祭坛后。人们要是想从祭坛那儿偷东西，还得先掂量一番。假如回报很诱人的话，他们也许能克服恐惧，但一张家制的弓能值多少钱？所以，弓肯定还在那儿。

这是一张让梅尔辛很感骄傲的弓。一个成人用尽气力，能拉开一张六英尺长的弓。梅尔辛的弓才四英尺长，而且很细，但在其他方面，它都和标准的长弓一模一样。英格兰人就是用这样的弓，射杀了无数的苏格兰山民、威尔士叛匪，还有披着铠甲的法国骑士。

父亲以前从来没对这张弓发表过意见，现在他却打量起来，好像头一回看到一样。他说："你从哪儿搞到这种木条的？它们很贵。"

"这根不贵——太短了。是一个弓匠给我的。"

父亲点了点头。"除了短之外，算是根不错的木条。是用紫杉的芯——边材和心材交会的地方做的。"他说着，指了指两种不同的颜色。

"我知道，"梅尔辛急切地说道，他很少有机会在父亲面前表现自己，"有弹性的边材做弓的前部最好，因为它容易弹回原来的形状。坚硬的心材做弯曲部的内侧最好，因为当弓向内弯时，会有回收的力量。"

"说得很对，"父亲说着，把弓递了回去，"但要记住，上等人不用这种武器。骑士的儿子是不能当弓箭手的。那是农夫的孩子干的事情。"

梅尔辛非常沮丧："我连试都没试过呢！"

母亲插话了："让他们玩吧，"她说，"他们还是孩子呢。"

"好吧，"父亲说道，他已经丧失了兴趣，"不知道那些修士会不会给我们拿罐淡啤酒来。”

“别做梦了，”母亲说道，“梅尔辛，照顾好你弟弟。”

父亲咕哝道：“恐怕是弟弟照顾他。”

梅尔辛非常不快。父亲根本不了解会发生什么情况。梅尔辛能管好自己，但拉尔夫却总要跟人打架。然而，梅尔辛明白，在父亲这种情绪下，最好是别和他理论，于是他一声不吭地走出了医院。拉尔夫像尾巴一样跟着他。

十一月的天气，清冽而寒冷，天空中高高地堆着浅灰色的云。他们走出了教堂的院子，走上了主街，经过了鱼巷、皮革院、餐馆街，在山脚下过了横跨在河上的木桥，离开了老城，走向了被称为“新镇”的郊外。这里有一条排满木头房子的街，蜿蜒于牧场和花园之间。梅尔辛带路来到了一片叫作“情人地”的草地。镇上的治安官和他的助手们正在那里布置箭靶。根据国王的命令，所有男人在教堂礼拜之后，都必须参加射箭训练。

其实强制并无必要：在星期天早晨射上几箭，不是什么苦事，一百来名镇上的青年男子排成了长队，等着轮到自己施射。妇女们、儿童们，还有一些感到自己太老或认为射箭有损自己身份的男人，在两旁观看。有些人自带弓箭。也有很多人太穷，买不起弓箭，治安官约翰为他们准备了用白蜡木或榛木做的便宜的练习弓。

这一天简直像是盛大的节日。酿酒师迪克用马车拉着啤酒桶，大杯大杯地卖着淡啤酒。面包师贝蒂的四个青春年少的女儿，也用托盘托着加了香料的小面包，在人群中穿梭着叫卖。镇上的富人们都戴上了皮帽，穿上了新鞋。就连稍穷一点的女人也都束起了头发，并在斗篷的边上缀上了新穗带。

梅尔辛是唯一拿着弓箭的孩子，立刻招来了其他孩子的注意。他们把他和拉尔夫围了起来。男孩子们全都羡慕地问这问那。女孩子们性情不同，有人钦佩地看着，有人则露出了鄙夷的神色。其中一个小姑娘问道："你是怎么知道制作弓的门道的？"

梅尔辛认出了她：在教堂里站得离他们不远。他心想，她大概比自己小一岁。她穿着连衣裙，外面罩着件手工很细腻、价钱很贵的毛呢斗篷。梅尔辛通常很讨厌与自己年龄相仿的女孩子，她们总是咯咯笑个不停，什么事也不当真。但这小姑娘不是那样，她是真正好奇地看着他和他的弓，这让他很喜欢。他说："我全是靠猜的。"

"你真聪明。这弓好用吗？"

"我还没试过呢。你叫什么？"

"凯瑞丝，我们家是羊毛商。你叫什么？"

"梅尔辛。我爸爸是杰拉德老爷。"梅尔辛按了一下斗篷上的钩扣，把手伸进兜头帽，掏出了一卷弓弦。

"你为什么要把弓弦藏在帽子里？"

"那样的话，如果下雨，它就不会被淋湿了。真正的弓箭手都是这么做的。"他将弓弦搭在弓身两端的槽口上，稍稍将弓弯曲，以便弓弦就位。

"你也要去射那些靶子吗？"

"对。"

另一个男孩儿说道："他们不会让你射的。"

梅尔辛看了他一眼。他约摸十二岁，又高又瘦，大手大脚。梅尔辛昨天晚上在修道院医院里见到过他和他的家人：他叫菲利蒙。他一直在围着修士们转，问他们各种问题，帮他们供应晚饭。梅尔辛对他说："他们当然会让我射的。为什么不呢？"

"因为你太小了。"

"那他们太傻了。"梅尔辛嘴上虽然这么说，心里却也没把握，因为大人们经常都是很傻的。不过菲利蒙自认高明激怒了他，尤其是当他刚刚在凯瑞丝面前显摆过之后。

他离开了孩子们，走向了一群正等着射箭的男人。他认出了其中的一位：一个个头高得出奇、肩膀也很宽的小伙子，叫作马克·韦伯。马克注意到梅尔辛手里的弓，用一种缓慢而和善的口气问道："你是从哪儿弄到这弓的？"

"我自己做的。"梅尔辛骄傲地说道。

"你看看，埃尔弗里克，他这活儿做得还真不错呢。"马克对他身旁的人说道。

埃尔弗里克身材壮实，却是一副狡猾的表情。他随意瞟了一眼那弓，鄙夷地说道："太小了。这弓射出的箭永远别想穿透法国骑士的铠甲。"

马克温和地说道："恐怕是穿不透。但我估计这小伙子还得再等一两年，才轮得着他和法国人交手呢。"

治安官约翰大声喊道："一切准备就绪，现在开始。马克·韦伯，你第一个射。"那大个子走向了发射线。他挑选了一张结实的弓，试了试，毫不费力地就把厚厚的木头拽弯了。

治安官这时才注意到梅尔辛。"小孩子不能射。"他说道。

"为什么？"梅尔辛抗议道。

"别管为什么，只管走开。"

梅尔辛听到有些孩子在窃笑。他气愤地说道："你不讲理！"

"我没必要跟小孩子讲理。"约翰说道，"好了，马克，你射吧。”

梅尔辛感到受了羞辱。那个油嘴滑舌的菲利蒙当着所有人的面证明是他梅尔辛错了。他转过脸去不再看箭靶。

“我跟你说过是这样的嘛。”菲利蒙说道。

“闭上嘴滚开！”

“你没法让我滚。”菲利蒙说道，他比梅尔辛要高出六英寸。

“但是，我能。”拉尔夫插话了。

梅尔辛叹了口气。拉尔夫一向愿意效劳，但他却看不出，假如他跟菲利蒙打斗的话，只会使梅尔辛看上去既像个胆小鬼又像个傻瓜蛋。

“不管怎么说，我该走了。”菲利蒙说道，“我要去给戈德温兄弟帮忙了。”说罢，他就走开了。

其余的孩子也开始散开，到别处找乐子去了。凯瑞丝对梅尔辛说：“你可以到别的地方去试试这弓。”她显然也想看看梅尔辛会怎样使用它。

梅尔辛四下望了望。“但是到哪里去呢？”如果有人看见他在没人监督的情况下放箭，也许会把他的弓没收的。

“咱们可以到林子里去。”

梅尔辛大吃了一惊。孩子们是严禁进入森林的。森林里藏着逃犯，还住着偷东西的贼。小孩子会被他们剥去衣服，强迫为奴，甚至还有比这更严重的危险——父母们只会暗示而不肯明说。而且即使他们逃脱了这些威胁，也肯定会因破坏规矩而被父亲痛揍一顿的。

然而凯瑞丝似乎不怕，梅尔辛也不想表现得比她还胆小。更何况治安官生硬的拒绝正让他感到羞辱呢。“好吧，”他说，

"不过咱们得确保不被别人看见。"

凯瑞丝有办法："我知道一条小路。"

她向河边走去，梅尔辛和拉尔夫跟了上去，一只三条腿的小狗也尾随着他们。梅尔辛问凯瑞丝："你的狗叫什么名字？"

她说："这不是我的狗。不过我给了它一块发了霉的咸肉，结果就甩不掉它了。"

他们沿着泥泞的河岸走着，经过了许多仓库、码头和船坞。梅尔辛偷偷地打量起这个不费吹灰之力就当上了领头人的小姑娘。她长着一张方脸，神色坚定，既算不上漂亮也算不上丑，一双蓝里泛绿、还有几粒褐色斑点的眼睛，闪现着一丝顽皮的光芒。她浅褐色的头发编成了两条辫子，这是当时富家女子的时尚。她的衣服很贵，但脚上却穿着实用的皮靴，而不是贵妇人们更喜欢的绣花布鞋。

她转身离开了河边，领着他们穿过了一个木材场。突然之间，他们就已经身处茂密的丛林中了。梅尔辛感到一阵紧张。现在他已经进了林子，这里的每一棵橡树后都可能藏着强盗。他为自己的冒失感到后悔，但如果后退，他又会感到耻辱。

他们继续前行，寻找着足够射箭的空地。突然，凯瑞丝用一种诡秘的语气说道："你们看见那片大灌木丛了吗？"

"看见了。"

"咱们一走过去，你们就跟我一起蹲下，别出声。"

"为什么？"

"待会儿就知道了。"

片刻之后梅尔辛、拉尔夫和凯瑞丝就蹲在了灌木丛后。那只三条腿的小狗也跟着他们蹲下，眼巴巴地盯着凯瑞丝。拉尔夫想问话，但凯瑞丝嘘了一声，制止了他。

一分钟后一个小女孩走了过来。凯瑞丝一跃而起抓住了她。那姑娘大声尖叫起来。

“安静点儿！”凯瑞丝说道，“咱们离大路不远，我们不想被人听见。你干吗跟着我们？”

“我的狗跟你们在一起，不肯回来了！”那女孩儿呜咽道。

“我认识你，今天早上我在教堂里看见你了，”凯瑞丝的语气缓和了下来，“好了，没什么可哭的了，我们不会伤害你的。你叫什么名字？”

“格温达。”

“那狗呢？”

“它叫‘蹦蹦’。”格温达抱起了小狗，狗就舔起了她的眼泪。

“好了，现在它又归你了。不过你最好跟我们走，免得狗又跑了。再说，你一个人恐怕也找不着回镇子的路。”

他们继续前进。梅尔辛说道：“猜一猜，什么东西有八只胳膊、十一条腿？”

“我猜不着。”拉尔夫马上说道。他一向如此。

“我知道，”凯瑞丝露齿一笑，“是我们。四个孩子和这条狗。”随后她大笑起来，“真有意思。”

梅尔辛很高兴。人们并不总能听明白他开的玩笑，女孩子们几乎从来听不明白。过了一会儿后，他听见格温达向拉尔夫解释道：“两只胳膊，两只胳膊，两只胳膊，两只胳膊，加起来是八只。两条腿……”

他们一个人也没看见，这样很好。那些在林子里有正当活计的人们——比如樵夫、烧炭人、熔铁匠等——为数不多，而且今天都不做活，因为在星期天观看一场贵族气派的射箭会可不是常有的事情。他们最有可能碰见的就是强盗。不过这种机会也很少。林子大得很，足足延伸了好几英里。梅尔辛从来没有走到过林子的尽头。

他们来到了一块开阔的空地。梅尔辛说："这地方就行。"

大约五十英尺外，在空地的远端，有一棵树干粗大的橡树。梅尔辛像他看到过的大人们那样，侧身对着靶子。他掏出了他的三支箭中的一支，将有凹槽的末端搭在了弓弦上。制作箭丝毫不比制作弓容易。箭杆是白蜡木做的，有鹅毛做的尾翼。他弄不到铁的箭头，只好把木头的一端削尖，再用火烤，使之坚硬。他打量了一番那棵树，然后将弓弦拉开。这费了他很大力气。随即他将箭射出。

箭在离靶子还有很远的地方就落在了地上。小狗"蹦蹦"一蹦一跳地跑过空地去拾箭。

梅尔辛大吃了一惊。他本以为箭会像长了翅膀一样从空中飞过，然后嵌入树干中的。他明白弓弯得还不够。

这回他试着用右手握弓左手搭箭。他并不习惯这样，因为他既非惯用右手，也非惯用左手，而是两者兼而有之。第二支箭搭上后，他使尽浑身气力将弓身前推弓弦后拽，这次弓弯得比上次要大得多。但箭还是差了一点点，没有碰到树。

射第三箭时，他将弓向上瞄准，希望箭能在空中划出一道弧线，从上向下地扎入树干中。但是这回弓又抬得过高了，箭飞进了枝叶中，带落了一大片褐色的干树叶，一起落在了地上。

梅尔辛非常尴尬。看来射箭远比他想象得要难。他心想：弓也许毫无问题，问题在于自己射术不精，或者根本不懂射术。

凯瑞丝又一次没有注意到他的难堪。她说："让我射一次吧。"

"姑娘家不能射箭。"拉尔夫说道。他一把从梅尔辛手里抓过了弓，也像梅尔辛一样，侧身对着靶子，但他没有立刻就射，而是反复拉了几回弓，找了找感觉。他也像梅尔辛一样，发现这比他起初想象得要难得多，但拉了几回弓弦后，他似乎找到了窍门。

"蹦蹦"将三支箭一齐叼到了格温达的脚边，小姑娘拾了起来，递给了拉尔夫。

拉尔夫瞄准时并没有拉弓，因而他在观察箭和树干时，胳膊上也没有感受到压力。梅尔辛意识到自己刚才也该这样做。为什么拉尔夫从来猜不出一个谜语，在这些事情上却能自然而然地想明白呢？拉尔夫拉开了弓，毫不费力且动作流畅，似乎大腿也发上了力。他将箭射出，正中橡树树干，箭头钻进了树木松软的外层，足足陷进去有一英寸多。拉尔夫得意地大笑起来。

"蹦蹦"又一蹦一跳地跑向了箭。但当它跑到树旁时，它停住了，满眼困惑。

拉尔夫又拉开了弓。梅尔辛看出了他的意图。"别——"他大喊了一声，但已经迟了。拉尔夫的箭射向了狗，正中它的后颈，并深深地陷了进去。"蹦蹦"向前一仆，倒在地上抽动了起来。

格温达尖叫起来。凯瑞丝也叫道："噢，不！"两个女孩儿跑向了狗。

拉尔夫咧嘴一笑。"怎么样？"他骄傲地问道。

“你射死了她的狗！”梅尔辛怒冲冲地说道。

“这有什么？那狗才三条腿。”

“那小女孩喜欢它，你这个白痴。你看她哭了。”

“你不过是嫉妒罢了，因为你射不了这么好。”拉尔夫的眼睛突然紧盯起什么。他动作麻利地又搭上了一支箭，将弓划了道圆弧，当目标还在移动时便射出了箭。梅尔辛没有看出他在射什么，直到箭命中了目标。一只肥硕的野兔跳向了半空中，那根箭杆深深地扎进了它的后腿里。

梅尔辛掩饰不住自己的钦佩。即使是训练有素的人，也不是谁都能射中奔跑中的野兔的。拉尔夫真有天赋。梅尔辛的确嫉妒，尽管他永远不会承认这一点。他渴望做一名骑士，勇敢又强壮，像父亲一样为国王而战。但每当他在诸如射箭这样的事情上表现得无可救药时，他都万分沮丧。

拉尔夫捡起一块石头，敲碎了兔子的脑壳，结束了它痛苦的挣扎。

梅尔辛跪在了两个女孩儿和“蹦蹦”旁边。狗已经断了气。凯瑞丝轻轻地将箭从它的脖子上拔下，递给了梅尔辛。并没有大股的血涌出——“蹦蹦”死了。

有那么一阵子，他们谁都没说话。于是就在这寂静中，他们听见了一个人的叫声。

梅尔辛一跃而起，心怦怦直跳。他又听见了一个人的叫声，一个完全不同的声音，说明还不止一个人。两个声音都是既凶狠又愤怒，看来他们正在打斗。梅尔辛吓坏了，其他人也是一样。他们呆呆地僵立着，凝神地听着，又听到了一种声响，是一个人在树林中拼命奔跑的声音。他不停地踩断掉落的树枝，撞倒低矮的小树，还践踏着地上的落叶。

他在向这边跑来。

凯瑞丝首先开了腔。“灌木丛。”她说着，指了指一大簇常绿矮树丛——梅尔辛心想，也许那就是拉尔夫射死的野兔栖身的地方。片刻之后，凯瑞丝就趴在地上，爬进了灌木丛。格温达紧跟着她，怀里还抱着“蹦蹦”的尸体。拉尔夫捡起了野兔，也跟了进去。梅尔辛本已跪下，却突然想起还有一支箭插在树干上，会泄露了他们的秘密。他冲过空地，拔出了箭，又跑回来，一猫腰钻进了灌木丛中。

他们还没有看到那个人，就听到了他的喘息声。他一边跑，一边重重地喘着粗气，却是上气不接下气，说明他已经筋疲力尽了。喊声是追他的两个人发出的，他们在互相招呼：“这边来——他在那儿呢！”梅尔辛想起凯瑞丝说过这儿离大路不远。莫非这个逃跑的人是个遭到打劫的旅行者？

转眼之间他便出现在空地上。

他是个二十岁出头的骑士，腰带上既挂着长剑也挂着匕首。他穿得很好，上身是一件皮制的紧身短外衣，脚下蹬着头部翘起的长靴。他突然失足摔倒在地，打了个滚，又站了起来，背靠在橡树上，拼命地喘着气，同时拔出了武器。

梅尔辛瞥了一眼他的伙伴们。凯瑞丝吓得脸色苍白，紧咬着嘴唇；格温达死死地抱着她的小狗的尸体，仿佛这会使她安全些；拉尔夫看上去也很害怕，但还没被吓呆，他没忘了把箭从野兔的后腿上拔下，把那死去的小动物塞进了自己的前襟里。

有那么一瞬间，那骑士似乎在紧盯着灌木丛，梅尔辛惊恐地感到，他一定看到了躲藏其中的孩子们。或者，他也许注意到了他们在匆忙钻进灌木丛时碰断的树枝和压坏的树叶。梅尔辛还凭借眼角的余光，看到拉尔夫将一支箭搭在了弓上。

紧接着追赶者就到了。他们是两个身强体壮的士兵，手握长剑，杀气腾腾。他们穿着非常显眼的有两种颜色的紧身短上衣，左边是黄色的，右边是绿色的。其中一个外面套着件便宜的绿毛线织的外衣，另一个披着件肮脏的黑斗篷。三个人都原地不动，气喘吁吁。梅尔辛坚信自己将眼睁睁地看着骑士被砍死，他的心头涌起了一阵冲动，眼泪就要夺眶而出了，他为此感到羞耻。接着，骑士突然掉转了剑头，剑柄朝外，把剑递出，这是投降的表示。

身披斗篷、年纪较大的那个士兵上前一步，伸出了左手，小心翼翼地接过了骑士交出的剑，递给了同伴，继而又接过了骑士的匕首，然后说道："托马斯·兰利，我想要的并不是你的武器。"

托马斯说："你认识我，可我却不认识你。"也许他心里会有所恐惧，但表面上他仍然很镇定，"从你们的衣服看，你们一定是王后的人。"

年长的士兵用剑头抵着托马斯的喉咙，推着他靠在树上："你带着一封信。"

"是伯爵给郡守的指示，关于收税的事。你当然可以读一读。"这是句玩笑话。几乎可以肯定这个士兵是不识字的。梅尔辛心想，托马斯居然敢嘲弄随时可能杀他的人，神经可真够坚强的。

另一个士兵钻到了第一个士兵的剑下，抓住了系在托马斯腰带上的小皮包。他不耐烦地用自己的剑割断了腰带，将腰带扔到一边，打开了皮包，从里面掏出了一个显然是用涂了油的毛线做的小包，又从小包里拽出一个揉成了团又在外面封了蜡的纸卷。

难道这场打斗就是为了一封信？梅尔辛心想。如果是这样的话，纸卷里会写着什么呢？不大可能是关于收税的例行指示。里面一定藏着可怕的秘密。

骑士说："如果你们杀了我。藏在灌木丛里的人会为这次谋杀做证的。"

这场面凝固了一秒钟。披着黑斗篷的士兵仍用剑尖顶着托马斯的喉咙，竭力克制着回头看的诱惑，继续死死地盯着托马斯。那个穿绿外套的士兵犹豫了一下，回头望了望灌木丛。

就在这时，格温达尖叫了起来。

穿绿外套的士兵举起了剑，两大步就跨过了空地，奔向了灌木丛。格温达起身逃跑，撞翻了一大片枝叶。那士兵扑向了她，伸出手去抓她。

拉尔夫突然站起，举起了弓，以一个流畅的动作拉开，向那人射出一箭。箭正中他的眼睛，并深陷进去好几英寸。那士兵举起左手，好像要抓住那箭并拔出来，但他随即就浑身瘫软了，像一个倒落的谷物袋一样重重地摔在地上。梅尔辛都能感觉到大地的震颤。

拉尔夫冲出灌木丛，跟着格温达跑了。梅尔辛眼角的余光窥见凯瑞丝也追随他们而去。梅尔辛也想逃跑，但他的双脚似乎被牢牢地粘在了地上。

空地另一边传来了一声大喝，梅尔辛看到托马斯劈开了指着他的剑，并且不知从哪里又拔出了一把锋刃有人手一般长的小刀。但那个披着黑斗篷的士兵也很警觉，向后一跃，跳到了小刀够不着的地方。随即又举起剑，向骑士的脑袋上砍去。

托马斯闪开了，但还不够快。剑刃落在了他的左前臂上，劈开了他的皮上衣，切进了他的肉中。他疼得大叫了一声，但并没有倒下，而是以一种让人不可思议的迅捷，挥动右手将小刀扎进了他的对手的喉咙中。随即他将刀子横着一划，将那人的大半个脖子切开。

血像泉水一般从那人的喉咙里喷出。托马斯跌跌撞撞地向后一退，避开了飞溅的血水。穿黑斗篷的士兵倒在了地上，他的脑袋只是凭借一小条窄窄的脖子还挂在尸体上。

托马斯的刀从右手上掉落了，他一把捂住自己的左臂，然后坐在了地上，突然间显得虚弱无比。

只剩下梅尔辛和那受伤的骑士、两个死去的士兵，还有那只三条腿的小狗的尸体在一起了。他明白他本应和其他孩子一起逃走的，但好奇心吸引他留在了那里。他对自己说，托马斯已经对自己不构成威胁了。

那骑士眼光非常锐利。他喊道："你出来吧。我现在这副样子，你根本用不着害怕。"

梅尔辛犹犹豫豫地站起身，拨开枝叶走出了灌木丛。他穿过空地，在离坐在地上的骑士几英尺远的地方停住了脚步。

托马斯说："如果你父母知道你在林子里玩，会痛揍你一顿的。"

梅尔辛点了点头。

"如果你为我保密，我也为你保密。"

梅尔辛又点了点头。达成这样的协议，他没有吃任何亏。任何孩子都不愿意去说自己经历过这样的事情，那样会招来无尽的麻烦的。拉尔夫杀了一个王后的士兵，会怎么处置他呢？

托马斯说：“你愿意帮我个忙吗？帮我把伤口包扎起来。”梅尔辛注意到，尽管发生了这样的事情，他说话仍然彬彬有礼。这位骑士的镇定自若实在令人钦佩。梅尔辛心想，自己长大了，也一定要这样。

终于，梅尔辛从自己发紧的喉咙里挤出了一个字：“好。”

“那就把那根割断的腰带捡过来，如果你愿意的话，把它裹在我胳膊上。”

梅尔辛照他说的做了。托马斯的内衣全都被血浸透了，他的胳膊就像屠夫案板上被切开的肉一样。梅尔辛感到一阵恶心，但他克制着自己，把腰带缠在托马斯的胳膊上，以便将伤口收紧，减缓血流的速度。他打了个结，托马斯又用自己的右手将结拽紧了些。

接着托马斯挣扎着站起了身。

他看了看死人，说道：“我们没法掩埋他们。不等坑挖好，我就会因为流血过多而死的。”他瞅了一眼梅尔辛，补充了一句，“哪怕有你帮忙。”他思忖了片刻，又说道：“不过，我也不想让别人看见他们，比如一对想找个什么地方……单独在一起的恋人。咱们把尸体拖进你刚才藏身的那个灌木丛里吧。先拖穿绿衣服的。”

他们走到了尸体旁。

托马斯说：“咱们一人拽一条腿。”说罢，他用右手抓住了死人的左脚踝。梅尔辛用两只手抓住了尸体的右脚并高高抬起。他俩一起将尸体拖进了灌木丛，放在了“蹦蹦”身旁。

托马斯说：“这样就行了。”他的脸因为疼痛而变得苍白。

过了一会儿后，他弯下腰去，从尸体的眼睛里拔出了箭。“是你的？”他扬起眉毛问道。

梅尔辛接过了箭，在地上擦了擦，想抹去沾在箭杆上的血和脑浆。

他们又以同样的方式把第二具尸体拖过了空地。那松松垮垮地连在尸体上的脑袋一直拖在后面。他们把它撂在了第一具尸体的旁边。

托马斯捡起了那两个人掉落在地上的剑，也扔进了灌木丛。然后他收拾起自己的武器。

“现在，我还想求你帮我个大忙。”他说着，递过了他的匕首，“你愿意帮我挖一个小坑吗？”

“愿意。”梅尔辛接过了匕首。

“就在这里，在橡树前面。”

“挖多大？”

托马斯捡起了原先系在他腰带上的皮包：“大到能把这个包藏上五十年。”

梅尔辛鼓足了勇气，问道：“为什么？”

“挖吧，我会尽量告诉你为什么的。”

梅尔辛在地上画了个方框，用匕首捣松了里面已冻硬的土，然后用双手将土捧了出来。

托马斯捡起纸卷，塞回毛线包中，又把毛线包塞进皮包里封好。“有人给了我一封信，要我交给夏陵伯爵，”他说道，“但信里隐藏着一个非常危险的秘密，我意识到送信人肯定会被杀死，以确保他永远不会说出这个秘密。所以我必须逃跑。我想躲到一个修道院里避难，做个修士。我打过不少仗，有很多罪孽需要忏悔。但我刚一失踪，给我信的人就开始到处找我——我很不幸，在布里斯托尔一家小酒馆里被他们发现了。”

“为什么王后的人也要追杀你？”

“她也想阻止这秘密泄露出去。”

当梅尔辛的坑挖到十八英寸深时，托马斯说：“可以了。”他把皮包塞了进去。

梅尔辛将土填回坑中，埋起了皮包，托马斯又用树枝和树叶盖住了新翻的土，直到它与周围的土地别无二致。

托马斯说：“如果你听说我死了，我希望你挖出这封信，把它交给一位教士。你愿意吗？”

“愿意。”

“但除非发生这种情况，你绝对不能对任何人说起这件事情。尽管他们知道我有这封信，但他们不知道它在哪里，那他们就不敢轻举妄动。而如果你泄露了这个秘密，就会有两件事情发生。首先，他们会杀了我；然后，他们会杀了你。”

梅尔辛吓呆了。就因为他帮别人挖了个坑，他就要承担这样大的风险，这似乎太不公平了。

托马斯说：“我很抱歉吓着了你。但是，你看，这事可不全怪我。毕竟，不是我叫你到这里来的。”

“不是。”梅尔辛满心后悔没有听妈妈的话，不该到林子里来。

“我要回到大路上去了。你干吗不顺着你来的路回去呢？我敢打赌，你的伙伴们一定在离这儿不远的地方等着你呢。”

梅尔辛转身走了。

“你叫什么名字？”骑士在他身后问道。

“梅尔辛，我是杰拉德老爷的儿子。”

“是吗？”托马斯说道，好像是认识他父亲，“好吧，就连他，也一个字别说。”

梅尔辛点了点头，走开了。

他走出五十码[1]后，开始大口地呕吐起来，然后感觉好了一些。

正如托马斯所预料的，就在森林的边缘，离木材场不远的地方，另几个孩子在等着他。他们围住了他，抚摸着他，好像是想确认一下他一切都好。他们的表情宽慰了一些，但仍带着些羞愧，仿佛丢下他是他们的罪过似的。他们全都在发抖，就连拉尔夫也不例外。“那个人，”他说，“就是我射倒的那个人，他伤得重吗？”

“他死了。”梅尔辛说道。他把箭给拉尔夫看了看，那上面仍然沾着血污。

“是你把箭从他眼睛里拔出来的？”

梅尔辛很想说是自己拔的，但最终决定还是说实话：“是那个骑士拔的。”

“另一个士兵怎么着了？”

“骑士割断了他的喉咙，然后我们把他们的尸体藏在了灌木丛里。”

“然后他就让你走了？”

“是的。”梅尔辛只字未提那封被埋起的信。

“咱们得保密，”凯瑞丝提议说，“要是有人知道了这事，

---

① 英制长度单位，1码=0.914米

那麻烦可就大了。”

拉尔夫说：“我决不会说出去的。”

“咱们应该起誓。”凯瑞丝说道。

他们围成了一圈。凯瑞丝首先伸出了胳膊，这样她的手就处在了中央。梅尔辛把手放在了她的手上，感到她的皮肤又温暖又柔软。拉尔夫搭上了他的手，格温达紧随其后，他们以耶稣的血起了誓。

然后他们就向镇子走去。

射箭训练已经结束，就要到午饭时间了。他们过桥时，梅尔辛对拉尔夫说道：“等我长大了，我也要像那个骑士一样——他总是彬彬有礼的，无所畏惧，打起仗来也不怕死。”

拉尔夫说：“我也一样，不怕死。”

进入老城后，梅尔辛看到周围一切如故：婴儿的哭声、烤肉的香味、小饭馆外喝酒的男人……生活一切照常，竟让他产生了一种奇怪的感觉，觉得真是不可思议。

凯瑞丝在主街上的一座大宅子前停了下来，就在修道院大门的对面。她搂住格温达的肩膀说：“我家也有狗，刚生了一窝小崽，你愿意去看看吗？”

格温达仍然惊魂未定，眼泪还在眼眶里打着转，但她用力地点了点头：“好的，我愿意。”

梅尔辛心想，这主意又聪明又友善。那窝狗崽不仅会使这小女孩感到安慰，也会使她分心。等她回家后，她会津津乐道于那窝狗崽，就不大可能谈及森林里发生的事情了。

他们互相道了别，女孩儿们进了屋。梅尔辛发现自己竟然在想：什么时候能再见到凯瑞丝呢？

接着另一件烦心事又重新涌上了他的心头。他父亲该怎么应对债务呢？梅尔辛和拉尔夫转身进了教堂的院子。拉尔夫手里仍然拿着弓和那只死兔。院子里变得静悄悄的。

医院已经空了，只有几个病人还躺在里面。一个修女对他们说："你们的父亲在教堂里，和夏陵伯爵在一起。"

他们走进了大教堂。他们的父母都在前厅。母亲坐在一根柱子脚边，就是圆形的柱身和方形的底座交会处凸出部的角落处。她的面容宁静而安详，在透过高大的窗户射入的清冷的天光映照下，她就像是和她的头倚靠着的柱子用同一种灰白的石头雕出来的一样。父亲站在她身旁，他宽阔的双肩耷拉着，一副屈从和认命的样子。罗兰伯爵面对着他们。他比父亲年纪大，但头发乌黑，生气勃勃，倒好像是年轻许多。安东尼副院长站在伯爵身旁。

两个孩子在门口逡巡着，不敢上前，但母亲向他们招了招手。"过来吧，"她说，"罗兰伯爵帮助我们和安东尼副院长达成了一项协议，解决了我们所有的问题。"

父亲咕哝了一句，好像他对伯爵的作为并不像母亲那样高兴似的。"修道院收走了我们的土地，"他说，"你们两个没有什么可继承的了。"

"我们将住在这里，住在王桥，"母亲继续欢快地说道，"我们将成为修道院的食客。"

梅尔辛问："什么叫食客？"

"就是说修士们为我们提供住房，供我们一日两餐，直到我们死。这难道不是个好主意吗？"

梅尔辛能看出她并不当真认为这是个好主意。她在强作欢颜。父亲则显然为丧失了土地而感到羞耻。梅尔辛明白，这还不仅仅是一种不体面的暗示。

父亲对伯爵说：“我的孩子们怎么办呢？”

罗兰伯爵转身打量了他俩一番。“这大个子看来前途无量啊，”他说，“这兔子是你杀死的，小伙子？”

“是的，爵爷。”拉尔夫骄傲地说道，“是我用箭射死的。”

“再过几年他可以到我这儿来做一名护卫，”伯爵爽快地说道，“我们会把他培养成骑士的。”

父亲看上去很高兴。

梅尔辛则感到很尴尬。这般重大的决定竟然如此草率地做出。他很气愤，他的弟弟如此受宠，而对他却只字未提。“这不公平！”他大声喊道，“我也想当骑士！”

他母亲说：“不行！”

“但那弓是我做的！”

父亲恼怒地叹了口气，满脸的厌恶。

“这弓是你做的，是吗，小个子？”伯爵说道，他的脸上也浮现出不屑，“那么，你可以去给木匠当学徒嘛。”

3

凯瑞丝的家是一座豪华的木结构建筑，地面铺着石板，还有一根石砌的烟囱，底层有三间房子：一间摆着大餐桌的大厅，一间可供爸爸独自谈生意的小会客室，后面还有一间厨房。凯瑞丝和格温达进来时，房子里充满了令人垂涎的煮火腿的香味。

凯瑞丝领着格温达穿过大厅，走上了里面的楼梯。

“小狗们在哪里？”格温达问道。

“我想先看看我妈妈，”凯瑞丝答道，“她病了。”

她们走进了前面的卧室，妈妈躺在一张雕花的木床上。她个子很小，非常虚弱，凯瑞丝都已经和她一样高了。妈妈的脸比平时更显苍白，她的头发没有扎起，所以粘在了她潮湿的面颊上。“您感觉怎么样？”凯瑞丝问道。

“有点虚，今天。”妈妈竭力想说话，却喘不过气来。

凯瑞丝感到了混杂着无助的焦虑，既熟悉又痛苦。她母亲已经病了一年了。开始是关节疼痛，很快嘴里出现了溃疡，继而不知为什么，身体上出现了很多肿块。她感到浑身无力，什么事情也做不了。上星期她又着了凉，现在正发着高烧，呼吸不畅。

“需要我做些什么吗？”凯瑞丝问道。

“不了，谢谢你。”

妈妈通常都是这样回答，但凯瑞丝每次听到这话，都因为自己的无能为力而想发疯。“要不要我去请塞西莉亚嬷嬷？”王桥女修道院的副院长是唯一能给妈妈带来些安慰的人。她有一种罂粟的萃取液，配上蜂蜜和热葡萄酒，能够一时缓解人的疼痛。在凯瑞丝眼中，塞西莉亚嬷嬷简直比天使都好。

“不用了，宝贝，”妈妈说道，“万圣节仪式怎么样？”

凯瑞丝注意到妈妈的嘴唇有多么苍白。“很吓人。”她说。

妈妈停顿了一下，稍做休息，又说：“你今天上午都做什么了？”

“看射箭。”凯瑞丝屏住了呼吸，害怕妈妈猜出她像通常那样，藏有什么不可告人的小秘密。

但是妈妈打量起了格温达，问：“你的朋友叫什么？”

“格温达。我带她来看小狗。”

“很好。”妈妈突然显得非常疲劳。她闭上眼睛，将头转到了一旁。

两个小姑娘蹑手蹑脚地退了出去。

格温达看上去很震惊：“她得的是什么病？”

“一种很熬人的病。”凯瑞丝不愿多谈。她母亲的病使她有了一种可怕的感觉：世事无常，什么情况都可能发生，世上根本无安全可言。这甚至比她们在森林里看到的打斗还要恐怖。只要她一思索可能发生的事情，想到她母亲有可能去世，她就会感到心慌，想要喊叫。

中间的卧室是夏天给意大利客人用的，就是从佛罗伦萨和普拉托来的和父亲做生意的羊毛商。现在空着。狗崽们在后面的卧室，也就是凯瑞丝和她姐姐艾丽丝的卧室。狗崽们生下来已有七个星期，随时都可以离开对它们越来越不耐烦的妈妈了。格温达欢快地叫了一声，就蹲在地上和它们玩了起来。

凯瑞丝挑出了其中最小的一只，一只活泼的小母狗，总是独自离群四处探索着世界。“这只是我要留下养的，”她说，“它叫‘小不点儿’。”她抱着小狗，感到一丝安慰，使她忘却了那些让她烦心的事情。

另外四只小狗都爬到了格温达身上，嗅着她，咬着她的衣服。她从中挑出了一只长着长长的鼻嘴，两只眼睛快挤到了一起的丑陋的棕色狗，说：“我喜欢这只。”那小狗在她膝盖上蜷曲了起来。

凯瑞丝说：“你愿意养它吗？”

格温达的眼里涌出了泪水：“我来养它？”

“爸妈准许我们把小狗送人。”

“真的？”

“爸爸不想要更多的狗了。如果你喜欢它，你可以把它抱走。”

“噢，我愿意，”格温达悄声说道，“我愿意，把它给我吧。”

“你想给它起个什么名字呢？”

“想起个能让我想起‘蹦蹦’的名字，也许我该叫它‘跳跳’。”

“这名字不错。”凯瑞丝看到，“跳跳”已经在格温达的膝盖上睡着了。

两个姑娘静静地和小狗们坐在一起。凯瑞丝心里想着她们早上认识的男孩子，那个长着金褐色眼睛的红头发小个子，还有他高大、英俊的弟弟。是什么促使她把他们领进了森林？这并不是她头一次屈从于愚蠢的冲动了。每当什么有权威的人命令她不许做这不许做那时，这种情况就很容易发生。她的姑姑彼得拉妮拉是个很爱定规矩的人。“别喂那猫，不然我们就甩不掉它了。别在屋子里面玩球。别理那男孩儿，他们家是农夫。”限制凯瑞丝行为的规矩似乎总是会让她发疯。

但是她还从来没做过这么蠢的事情，她一想起来就浑身发抖。两个大人被杀死了。而且事情本来还可能更糟糕，四个孩子原本也会被杀死的。

她不知道他们为什么打斗，也不知道那两个士兵为什么要追那个骑士。显然这不是一桩寻常的抢劫。他们说到过一封信。但梅尔辛对此没再多说什么。也许他也不了解更多的情况了。这是大人们中又一件神秘的事情。

凯瑞丝喜欢梅尔辛。他那个讨厌的弟弟拉尔夫，就像王桥的其他男孩子一样，好吹牛，爱打架，又蠢又笨，而梅尔辛却与众不同。他从一开始就能激起她的兴趣。

凯瑞丝看着格温达，心想一天交了两个新朋友。这小姑娘长得不漂亮，在一个像是鸟嘴的鼻子上，两只深褐色的眼睛挤得太近了。凯瑞丝觉得她挑的那只小狗恰好有些像她本人，这倒真有意思。格温达的衣服很旧，在她之前一定有很多孩子穿过，所以几乎已经磨破了。格温达现在平静多了，已经不再是随时都有可能放声大哭的样子了。她也是受到了小狗们的安慰。

楼下大厅里传来了凯瑞丝熟悉的一脚重一脚轻的脚步声，随即一个声音咆哮起来：“看在圣徒的爱心分上，给我拿一壶啤酒来，我像一匹拉车的马一样快渴死了。”

“这是我父亲，”凯瑞丝说道，“来，去认识认识他。”看到格温达一副害怕的样子，她又补充道：“别怕，他一向这么喊叫，但实际上他很和善的。”

两个女孩子抱着各自的小狗下了楼梯。“我的仆人们都跑到哪儿去了？”她父亲继续吼叫道，“难道都梦游去了？”他像往常一样，拖着畸形的右腿，踏着沉重的步伐，从厨房里走了出来，手里端着一个大木头杯子，啤酒的泡沫正往外溢。他用一种温柔得多的口气向凯瑞丝招呼道：“你好，我的小毛毛。”然后他在桌子上首的一把大椅子上坐下，大口大口地畅饮了起来。“痛快！”他说着，用袖子擦了擦凌乱的胡子，这才注意到格温达。“还有个小丫头陪着我的小毛毛。”他问，“你叫什么名字？”

“格温达，我是韦格利村的，老爷。”她怯生生地答道。

“我给了她一只小狗。”凯瑞丝解释道。

“这是个好主意！”爸爸说道，“小狗需要人爱抚，再没有人比小姑娘更能宠爱狗了。”

凯瑞丝看到桌旁的凳子上有一件深红色的斗篷。这一定是进口的，因为英格兰的染匠染不出这样艳丽的红色。爸爸注意到她的目光，说：“这是给你妈妈买的。她一直想要一件意大利的红外衣。我希望这能让她打起精神好起来，这样她就能穿这件衣服了。”

凯瑞丝摸了摸那斗篷。毛线很柔软，织得也很密，只有意大利的匠人能做出这样的衣服。“太漂亮了。”她说。

彼得拉妮拉姑姑从街上走了进来。她和爸爸长得有点像，但更像她的另一个弟弟——王桥修道院的副院长安东尼。他俩都身材高大，仪表堂堂，而爸爸却是个横竖一般粗的矮个子，还跛着脚。

凯瑞丝不喜欢彼得拉妮拉。她的刻薄不亚于她的聪明，这样的大人最要命了——凯瑞丝永远别想跟她斗心眼。格温达察觉到了凯瑞丝的厌恶，也惴惴不安地看着新来者。只有爸爸很高兴见到她。“来啦，姐姐，”他说，“我的仆人们都到哪儿去了？”

“我真不明白你怎么会认为我该知道这样的事情，我刚从大街另一头我自己的家里来，不过，埃德蒙，如果要我猜的话，你的厨师这会儿正在鸡舍，想找一个刚下的蛋给你做个布丁，你的女仆在楼上，正扶着你太太坐到床边的一个凳子上，她中午一般都会提出这个要求的。至于你的学徒们嘛，我希望他们都在看护河边的仓库，以确保节日里饮酒作乐的人们万一在撒酒疯时点起火把，不会有火星飞到你的羊毛垛上。”

她总是这样说话。对于一个小小的问题都要唠唠叨叨地教训上一大通。她像往常一样盛气凌人，但爸爸不在乎，或者是假装不在乎。他说：“我的了不起的姐姐，只有你继承了我们父亲的聪明劲儿。”

彼得拉妮拉又转向了两个姑娘。“我们的父亲是建筑匠师汤姆的后代。汤姆是王桥大教堂的建筑匠师杰克的继父和师傅，”她说道，“父亲曾许愿把他的长子献给上帝，但是，不幸的是，他的第一个孩子是个女儿——就是我。他是用圣彼得拉妮拉的名字给我起的名——我想你们都知道，圣彼得拉妮拉是圣彼得的女儿——此后他一直祈祷下一胎生个男孩儿。但他的头一个儿子却天生残疾，他不想献给上帝一个有缺陷的礼物，于是就培养埃德蒙来继承他的羊毛生意。让人高兴的是，他的第三个孩子，就是我们的弟弟安东尼，是个品行端正、敬畏上帝的孩子。他从小就进了修道院，现在，让我们所有人都感到骄傲的是，他当上了副院长。”

假如她是个男人，她本该做个教士的，但既然她是个女人，就退而求其次，把她的儿子戈德温送进修道院做了修士。她像凯瑞丝做羊毛商的爷爷一样，把一个孩子献给了上帝。凯瑞丝经常为她的表兄戈德温感到难过，因为他有彼得拉妮拉这样一个母亲。

彼得拉妮拉注意到了那件红斗篷，问道：“这是谁的？这可是最贵的意大利衣服了！”

“我给罗丝买的。”爸爸说。

彼得拉妮拉瞪了他一会儿。凯瑞丝明白她准是在想，给一个一年都没有离开过屋子的女人买这样一件外衣，可真是个傻瓜。她却只说了句：“你对她太好了。”这可能是赞扬，也可能不是。

父亲不在乎。他恳求道：“上楼去看看她吧。你会让她高兴起来的。”

凯瑞丝对此很怀疑，彼得拉妮拉却毫不怀疑，于是她走上了楼梯。

凯瑞丝的姐姐艾丽丝从街上走了进来。她比凯瑞丝大一岁，今年十一岁了。她瞪着格温达说道：“这是谁？”

“我的新朋友格温达，”凯瑞丝说道，“她来抱走一只小狗。”

“但她抱的是我想要的那只！”艾丽丝抗议道。

她以前可没这么说过。“哦——你根本没挑过！”凯瑞丝气愤地说道，“你只说过这只狗不好看。”

“为什么我们的小狗要给她？”

爸爸插话了：“好了，好了。我们的小狗已经太多了，我们要不了这么多。”

“凯瑞丝应该先问问我想要哪只！”

“是的，她该先问问你，”爸爸说道，尽管他完全明白艾丽丝是无理取闹，“以后别这样了，凯瑞丝。”

“是，爸爸。”

厨师拿着酒壶和杯子从厨房里走了进来。凯瑞丝从咿呀学语时就叫他塔蒂师傅，没人知道为什么，但这个名字却叫开了。爸爸说：“谢谢你，塔蒂。到桌旁坐吧，孩子们。”格温达迟疑了一下，不敢肯定自己是否受到了邀请，但凯瑞丝向她点了点头。她知道爸爸说的包括格温达——他一般都会要求身旁的所有人一起进餐的。

塔蒂给爸爸的杯子重新斟满了啤酒，又给艾丽丝、凯瑞丝和格温达倒上兑了水的啤酒。格温达津津有味地把自己杯中的啤酒一口喝光了，凯瑞丝猜她不经常有啤酒喝：穷人们都是喝用山楂子酿的果酒。

接着，厨师在每个人面前放了一块一英尺见方的厚厚的黑麦面包片。格温达拿起自己的那片就吃，凯瑞丝意识到她以前从来没在餐桌前吃过饭。“等一等。”她悄悄地说了一声，格温达又将面包片放下了。塔蒂用托盘盛着火腿，还端着一盘卷心菜又进来了。爸爸拿起一把大大的刀子，把火腿切成了片，堆在了每个人的面包片上。格温达看到给了自己这么多的肉，不禁瞪大了眼睛。凯瑞丝用勺舀着卷心菜，盖在了火腿上。

这时女佣伊莲急匆匆地从楼梯上下来了。“太太又不好了，”她说，“彼得拉妮拉太太说我们该派人去把塞西莉亚嬷嬷请来。”

“那你就赶快去趟修道院，求她过来吧。”爸爸说道。

女佣匆匆地走了。

“吃吧，孩子们。”爸爸说着，用刀子叉起了一片热腾腾的火腿，但凯瑞丝看得出他现在一点儿胃口也没有了，他仿佛在望着远处的什么东西。

格温达吃了几片卷心菜，对凯瑞丝耳语道：“这真是天上的美食。”凯瑞丝尝了一口。卷心菜是用生姜烹制的。格温达大概从来没吃过生姜：只有富人才吃得起。

彼得拉妮拉下了楼，将几片火腿放在一个木盘里，给妈妈端了上去，但没过一会儿她又回来了，食物一动没动。她坐在桌旁自己吃了起来，厨师给她送上了一个大面包片。“我小时候，我们家是王桥唯一一户每天都能吃肉的人家，”她说，“除了斋戒日——我父亲非常虔诚。他是镇上第一个直接同意大利人做生意的羊毛商。现在人人都在这样做了——不过我弟弟埃德蒙仍然是其中最重要的。”

凯瑞丝顿时没了食欲，她不得不把食物嚼上半天才能咽得下去。终于，塞西莉亚嬷嬷来了。她是个身材矮小却朝气蓬勃的女人，有一种令人放心的果断气质。和她一起来的还有朱莉安娜姐妹，一个头脑单纯、心地善良的修女。看着她们上了楼梯，身后还有一只叽叽喳喳叫着的麻雀带着一只雏雀蹒蹒跚跚地跟着，凯瑞丝的心情稍好了一点。她们会用玫瑰水给妈妈擦洗，为她降温，同时花的芳香也能振作起她的精神。

塔蒂端来了苹果和乳酪。爸爸心不在焉地用刀削着苹果皮。

凯瑞丝想起自己更小的时候，爸爸经常把削好的苹果切成片喂给她吃，自己却吃削下的苹果皮。

朱莉安娜姐妹走下楼来，她那胖乎乎的脸上一副忧郁的神情。她说："副院长想要约瑟夫兄弟来看看罗丝太太。"约瑟夫是修道院的高级医师，曾在牛津受过名师的指点，"我去请他来。"朱莉安娜说着，穿过大门走到街上。

爸爸将削了皮的苹果放到桌上，一口未吃。

凯瑞丝问："会发生什么情况？"

"我不知道，毛毛。天会下雨吗？佛罗伦萨人会要多少包羊毛？羊会感染瘟疫吗？要出生的孩子是个女孩儿，还是个瘸腿的男孩儿？我们永远没法事先知道，是吧？这就是……"他把目光移开了，"这就是让我们难办的地方。"

他把苹果递给了凯瑞丝，凯瑞丝又递给了格温达，格温达连核带籽地整个儿吃了。

几分钟后，约瑟夫兄弟就来了，还带着一个年轻的助手，凯瑞丝知道他叫白头扫罗，因为他那剃成修士头后没剩下几根的淡黄色头发中，还掺杂着不少灰发。

塞西莉亚和朱莉安娜下楼来了，无疑是因为屋子太小，需要给两个男人腾出地方。塞西莉亚坐到桌旁，但什么也没吃。她脸庞不大，却特征鲜明：一个小巧的尖鼻子，一双明亮的大眼睛，还有一个像船头一样的下巴。她好奇地打量着格温达。"嘿，这个小姑娘是谁？她热爱基督和圣母吗？"她快活地问道。

"我叫格温达，我是凯瑞丝的朋友。"她不安地望了凯瑞丝一眼，害怕自称朋友太过冒昧。

凯瑞丝说："圣母马利亚能让我妈妈好起来吗？"

塞西莉亚扬起了眉毛："这么直率的问题。我猜你是埃德蒙的女儿。"

"所有的人都向圣母祈祷，但不是所有的人都能过上好日子的。"凯瑞丝说。

"你知道为什么吗？"

"也许她根本帮不了任何人，只有有本事的人能过得好，而本事差的就不能了。"

"不，不，别说傻话了，"爸爸说道，"所有人都知道圣母帮了我们。"

"没关系，"塞西莉亚对他说道，"小孩子家问问题很正常——特别是那些聪明的孩子。凯瑞丝，圣人都是强大有力的，但有的人祈祷比别人更灵验。你明白吗？"

凯瑞丝不情愿地点了点头，觉得像是受了哄骗，并不十分信服。

"她一定要到我们的学校上学。"塞西莉亚说道。修女们为贵族和较富裕的镇民的女儿办了所学校。修士们则为男孩子办了另一所学校。

爸爸看上去很固执。"罗丝在教两个女儿识字，"他说，"凯瑞丝像我一样识数——她能在生意上帮我。"

"她应该学得比这要多。你总不会想让她像你的仆人一样度过余生吧？"

彼得拉妮拉插嘴了："她用不着学书本知识。她会嫁得很好。姐妹俩都会有成群的求婚者。商人的儿子们，甚至骑士的儿子们，都会非常乐意入赘这个家庭。但凯瑞丝是个任性的孩子，我们必须提防她委身于什么像吟游诗人那样一文不名的男孩子。”

凯瑞丝注意到彼得拉妮拉并不认为听话的艾丽丝会惹什么麻烦，无论他们给她选中什么人，她大概都会嫁。

塞西莉亚说：“上帝也许会召唤凯瑞丝为他服务。”

爸爸没好气地说：“上帝已经从我们家里召唤了两个人——我弟弟和我外甥。我想他现在该满足了。”

塞西莉亚打量着凯瑞丝。“你怎么想呢？”她说，“你愿意做一个羊毛商、一个骑士的妻子，还是一名修女？”

做一名修女这主意吓坏了凯瑞丝。那样她就得每时每刻听从别人的命令。那就好比一辈子都做小孩子，而且还有一个彼得拉妮拉那样的妈妈。做骑士的妻子，或者其他什么人的妻子，似乎同样糟糕，因为女人必须服从于她们的丈夫。给爸爸帮忙，也许等他将来老了后再继承生意，相对来说是最不令人讨厌的选择，但也不是她的梦想。“这些我都不愿意做。”她说。

“那么有什么你愿意做的吗？”塞西莉亚问道。

当然有，尽管凯瑞丝从来没对旁人说过，实际上在此之前她也没完全想明白，但是此时此刻这雄心似乎完全树立了起来，她恍然大悟，这无疑是她命中注定的。“我要做一名医生。”她说道。

屋子里先是一阵沉寂，继而他们都大笑了起来。

凯瑞丝脸红了，不明白这有什么可笑的。

爸爸同情地对她说道：“只有男人才能当医生。难道你不知道吗，毛毛？”

凯瑞丝困惑起来，转向了塞西莉亚：“那么您是什么？”

“我不是医生，”塞西莉亚说道，“当然，我们修女也照料病人，但我们要遵从受过培训的人的指示。那些曾经师从名家的修士们懂得人的体液，懂得它们是怎样失去平衡从而导致疾病的，也懂得怎样使体液恢复适当的比例从而恢复健康。他们知道对患偏头疼、麻风病或呼吸困难的人该从哪根血管里放血；他们知道是该用拔火罐还是该灸灼，是该敷药还是该洗浴。”

“难道女人不能学这些吗？”

“也许能，但是上帝做出了不同的安排。”

每当大人们被追问到无路可退时，他们都要搬出这句老生常谈，凯瑞丝感到非常沮丧。但还没等她说出话来，扫罗兄弟就端着一碗血从楼上下来了。他穿过厨房去后院倒掉它。这情景让凯瑞丝想哭。所有的医生都采用放血疗法，因而她猜想这肯定有效，但是她仍不愿看到她母亲的生命力就这样被盛在碗里倒掉。

扫罗又回到了病人的房间里，但没过一会儿他和约瑟夫都下楼来了。“我已经竭尽了所能，”约瑟夫严肃地对爸爸说道，“而她忏悔了她的罪过。”

忏悔了她的罪过！凯瑞丝明白这意味着什么。她放声大哭起来。

爸爸从钱包里掏出了六枚银便士，递给了修士。“谢谢你，兄弟。”他说道。他的声音是沙哑的。

修士走后，两名修女又回到了楼上。

艾丽丝坐在爸爸的腿上，把头埋进了他的脖子里。凯瑞丝哭泣着，抱紧了“小不点儿”。彼得拉妮拉吩咐塔蒂把桌子收拾干净。格温达瞪大眼睛看着这一切。他们静静地围坐在桌旁，等待着。

4

戈德温兄弟感到有些饿。他吃过午餐了，吃的是萝卜和咸鱼炖的汤，但并没有吃饱。修士们的午餐几乎总是鱼和淡啤酒，哪怕不是斋戒日。

当然，并非所有修士都是如此，安东尼副院长就开着小灶。他今天吃得尤其好，因为女修道院副院长塞西莉亚嬷嬷要来做客。她习惯于丰盛的伙食。修女们似乎总是比修士们有钱，她们隔三岔五地就要杀头猪或宰只羊，吃肉时还要佐以加斯科涅葡萄酒。

督办副院长的晚宴是戈德温的差事。当他自己的肚子还在咕咕叫时这尤其是桩苦差事。他对修道院的厨师做了交代，检查了烤炉里的肥鹅和锅里咕嘟翻滚的苹果酱。他要管窖人从桶里打了一壶苹果汁，又从面包房要了一条黑麦面包——不过是陈面包，因为星期天面包房不起火。他从上锁的柜子里取出了银制的大盘子和高脚酒杯，布置在副院长客厅的桌上。

男修道院的副院长和女修道院的副院长每月共进一次午餐。男修道院和女修道院是各自独立的机构，有各自的住所，有不同的收入来源。两位副院长各自向王桥的主教负责。但他们共享大教堂和其他一些建筑，包括医院——修士做医生，修女做护士。

因而总有一些事情需要商量，比如教堂的礼拜仪式、医院里的客人和病人、镇上的事务等。安东尼经常要求塞西莉亚支付严格地说本应均摊的费用——如会议厅的玻璃窗、医院的病房、大教堂内部壁画重绘的费用等——而她通常也会同意。

然而，今天的话题却很可能集中于政治。安东尼到格洛斯特去了两个星期，昨天刚刚回来，他在那里协助举办了爱德华二世国王的葬礼。这位国王一月份丢了王位，九月份丧了命。塞西莉亚嬷嬷很想听听围绕此事的闲言碎语，但又要装作不在乎。

戈德温的脑子里则萦绕着别的念头。他在思虑着自己的未来。自副院长回家后，他就一直在焦急地等待着合适的时机。他把自己要说的话排练了一遍又一遍，却始终没有找到和盘托出的机会。他希望今天下午能找到机会。

正当戈德温将一块乳酪和一碗梨摆放在餐具柜上时，安东尼走进了客厅。这位副院长就像是老了一号的戈德温。两人身材都很高大，五官都很端正，都长着浅棕色的头发，并且像他们的所有家人一样，有着泛着绿色又有几粒金色斑点的眼睛。安东尼站在了壁炉旁——这建筑很老，吹进来的穿堂风让人发僵。戈德温给他倒了杯苹果汁。“副院长神父，今天是我的生日，”他趁安东尼啜饮时说道，“我二十一岁了。”

“是啊，”安东尼说道，“今天是你的生日，我记得很清楚。我比你大十四岁。我的姐姐彼得拉妮拉生你时，就像一头肚子上中了箭的野猪一样号叫着。”他举起高脚杯一饮而尽，然后慈爱地看着戈德温，“现在你是个男子汉了。”

戈德温觉得时机到了。“我在修道院已经十年了。”他说。

“有那么长吗？”

“是的——先是在这里的学校上学，然后做见习修士，再做修士。”

“我的天哪。”

“我希望没给妈妈和您丢脸。”

“我们都为你而感到非常骄傲。”

“谢谢您。”戈德温咽了口唾沫，“现在我想到牛津去。”

很久以来，牛津城就是神学、医学和法学大师们荟萃的地方。很多教士和修士都到那里去学习，同教师和其他学生一起研讨。上个世纪，各领域的大师们被并入了一个团体，或者说是大学，经国王恩准，可以举办考试、授予学位。王桥修道院在那座城里有一个附属小修道院，叫作王桥学院，有八名修士在那里一边学习，一边敬神，一边克己自修。

“牛津！”安东尼说道，脸上浮现出一种忧虑和厌恶的表情，“为什么？”

“学习。修士就应该这样。”

“我从来没在牛津上过学——而我却当上了副院长。”

的确如此，但安东尼也因此与他的高级同僚们相形见绌。司铎、司库，以及修道院的若干其他官员，或者称执事，都是从牛津大学毕业的。所有的医生也是如此。他们才思敏捷，能言善辩，相形之下，安东尼有时则显得笨嘴拙舌，尤其是在每天一次的全体修士大会上。戈德温渴望拥有他从牛津毕业生们身上看到的高超的逻辑思维能力和自信带来的优越感。他不想像自己的舅舅一样。

但他却不能这样说。他只是说：“我想学习。”

“但为什么非要学习异端邪说？”安东尼轻蔑地说道，“牛津的学生们总是质疑教会的教诲！”

“为的是更好地理解那些教诲。”

“毫无意义，而且非常危险。”

戈德温不明白安东尼为什么如此大惊小怪。副院长以前从未对异端邪说表现过忧虑，而且戈德温也丝毫无意挑战公认的教条。他皱起了眉头。“我想您和我母亲都对我寄予很大的期望，”他说，“您难道不希望我出类拔萃，做个执事，甚至有朝一日当上副院长吗？”

“当然，你最终会的。不过你不离开王桥，也能如愿。”

你不想让我进步太快，以免我超越你；你不想让我离开王桥，以免失去对我的控制。戈德温一闪念间这样想道。他后悔没有预料到这些障碍。“我不想学习神学。”他说。

“那么，你想学什么呢？”

“医学。这也是我们这里非常重要的一项工作。”

安东尼缩拢起嘴唇。戈德温在他母亲脸上也看到过这种不同意的表情。“修道院没钱供你，”安东尼说道，“你知道吗，单是一本书，就至少要花十四先令？”

戈德温大吃一惊。但他知道学生可以按页租书，所以这不成很大问题。“那么已经在那里的学生是怎么回事？”他问道，“是谁在供他们？”

“有两个人是家里在供，一个人是修女们在供。另外三个人是咱们修道院资助的，但我们再也负担不起更多的学生了。实际上，因为缺钱，学院里还有两个名额空着呢。”

戈德温知道修道院有财政困难，同时却也有着广大的财源：有数千英亩的耕地；有磨坊、鱼塘和森林；还有王桥市场的巨大收入。他万万没想到他的舅舅会因为钱而拒绝送他去牛津。他觉得遭到了背弃。安东尼既是他的导师，也是他的亲戚。他对戈德温总是比对其他年轻修士更加关照。然而，现在却是他，想拖住戈德温的后腿。

他分辩道："医生能为修道院挣钱。而假如您不培养年轻人，总有一天老人会死的，那样修道院就会更穷。"

"上帝会赐给我们的。"

安东尼总是用这种令人恼火的陈词滥调来回答问题。多年以来，修道院从一年一度的羊毛集市上获得的收益一直在下降。镇民们不断敦促安东尼投资改善羊毛交易设施——如帐篷、货亭、厕所，甚至建一座交易楼——但他总以缺钱来拒绝。而当他的哥哥埃德蒙对他说羊毛集市最终会衰亡时，他也是说："上帝会赐给我们的。"

戈德温说："那么，他也许会赐给我们钱，供我去牛津。"

"他也许会。"

戈德温感到痛心和失望。他有一种强烈的愿望，想离开故乡去呼吸呼吸别样的空气。当然，在王桥学院他也得遵守同样的修道院戒律——但是他却能远离他的舅舅和母亲，那前景实在是太诱人了。

他还没打算放弃争辩："如果我去不了，我妈妈会非常失望的。"

安东尼露出了不安的表情，他可不想惹恼他那令人生畏的姐姐："那就让她祈祷我们能找到那笔钱吧。"

"我也许能从别的地方搞到这笔钱。"戈德温随口说道。

"你有什么办法？"

他思索着答案，突然灵机一动："我可以像您一样，去求塞西莉亚嬷嬷。"这倒可能。塞西莉亚让戈德温敬畏——她像彼得拉妮拉一样咄咄逼人——但她却很可能为他孩子气的魅力所感染。她也许会被说服，资助一个聪明的年轻修士的学业。

这主意让安东尼深感意外。戈德温能看出他在考虑反对意见。但刚才是他提出钱是主要障碍的，现在他很难改弦易辙了。

正当安东尼踌躇之际，塞西莉亚进来了。

她穿着一件用上好的毛线织成的厚厚的斗篷，这是她唯一娇纵自己的地方——她怕冷。与男修道院副院长寒暄之后，她转向了戈德温。"你舅妈罗丝病得很重，"她说道，声音抑扬顿挫，吐字十分清晰，"她可能挺不过今夜了。"

"愿上帝与她同在。"戈德温感到一阵怜惜。在一个人人都发号施令的家庭里，罗丝是唯一的听命者。荆棘丛中的花瓣似乎尤其脆弱。"这消息并不令人惊讶，"他又说道，"但我的表妹艾丽丝和凯瑞丝，会非常伤心的。"

"好在有你的妈妈可以安慰她们。"

"是的。"安慰人可不是彼得拉妮拉的强项，戈德温心想——她倒是善于刺激人挺起腰杆不要堕落——但他没有纠正女副院长的话，而是用高脚杯给她斟了杯苹果汁。"这里是不是有点冷，副院长嬷嬷？"

"简直要冻死人。"她毫不客气地说道。

"我来生火。"

安东尼狡猾地说道："我外甥戈德温这么殷勤，是想让你出钱供他去牛津。"

戈德温愤怒地瞪了他一眼。他本打算精心策划一番说辞，再寻找一个最佳时机开口相求的。现在安东尼却在一个最无气氛的场合信口挑明了。

塞西莉亚说："我想我们供不起两个人。"

这回轮到安东尼吃惊了："另外还有人求你出钱供他去牛津？"

"也许我不该说，"塞西莉亚答道，"我不想给任何人惹麻烦。"

"这无关紧要，"安东尼恼怒地说道，但他马上控制住自己的情绪，又说，"我们一向感激你的慷慨。"

戈德温往壁炉里又添了些柴火，就走了出去。副院长的房间在教堂的北侧，而修士们的房间，以及男修道院的所有其他建筑，都在教堂的南侧。戈德温浑身颤抖着穿过教堂的绿地，走向修士的厨房。

戈德温本以为安东尼会对牛津一事模棱两可，说等他再大一些再说，或者说等到那里现在的学生有一人毕业后——因为安东尼天生就是个含糊其词的人。但他是安东尼宠爱的人，他坚信舅舅最终会支持他的。安东尼直率的反对让他深感震惊。

戈德温思忖着，还有谁会求女副院长资助呢？二十六名修士中，有六名与戈德温年龄相仿，他们都有可能。厨房里，管窖人的助手西奥多里克正在帮厨。他会不会是戈德温在资助问题上的竞争对手呢？戈德温注视着他将烤鹅放到了大盘子上，盘边还有一碗苹果酱。西奥多里克头脑聪明，善于学习。他有可能是竞争者。

戈德温接过盘子端回副院长的房间，一路上忧心忡忡。如果塞西莉亚决定资助西奥多里克，他真不知道自己该怎么办了。他没考虑过退而求其次的计划。

他想有朝一日做王桥修道院的副院长。他坚信自己会比安东尼做得好。而如果他做副院长很成功，就还有可能继续高升，做主教、大主教，也许还能当上王室官员或谋士。他倒没想明白假如自己有了这样的权力该做些什么，但他怀有强烈的飞黄腾达的雄心。然而，晋身高阶只有两条道路，一是生为贵族，再则就是依靠教育。戈德温出身于一个羊毛商家庭，他唯一的希望就是上大学。因此，他需要塞西莉亚的钱。

他把盘子放到桌上，听到塞西莉亚在说："但国王是怎么死的？"

"他摔了一跤。"安东尼说。

戈德温切开了烤鹅："副院长嬷嬷，我可以给您切一块胸肉吗？"

"好的，请吧。摔了一跤？"她怀疑地说道，"看你说的，国王倒像是个步履蹒跚的老人。可他才四十三岁呀！"

"看守他的狱卒就是这么说的。"前国王被废黜后，一直被囚于伯克利城堡，距王桥有两三天的路程。

"啊，是的，看守他的狱卒，"塞西莉亚说道，"莫蒂默的人。"她厌恶马奇的伯爵罗杰·莫蒂默。他不仅领导了颠覆爱德华二世的叛乱，还勾引了国王的妻子伊莎贝拉王后。

他们开始吃了起来。戈德温寻思着会不会有什么东西剩下。

安东尼对塞西莉亚说："听你的话音，你好像怀疑这里面有什么阴谋。"

"当然不是——不过有人怀疑。人们议论说……"

"他是被谋杀的？我听说了。但我亲眼看过尸体，是赤裸的，上面没有暴力的痕迹。”

戈德温知道他不该插话，但他忍不住：“有传言说国王死的时候，伯克利村所有的人都听到了他的惨叫声。”

安东尼不满地白了他一眼：“每当有国王驾崩时，总有不少谣言。”

塞西莉亚说：“这位国王还不仅仅是死了。此前他还被议会赶下了台——这可是历史上从没发生过的事情。”

安东尼压低了声音：“废黜他的理由很充分。据说他有淫乱之罪。”

他显得很神秘，但戈德温知道他在说什么。爱德华有“男宠”——他对一些青年男子似乎有着非同寻常的宠爱。先是彼得·加韦斯顿，国王给了他太多的权力和特权，结果招致了贵族的嫉妒和怨恨，最终他以叛逆罪被处死。但后来又有其他“男宠”。人们议论说，难怪王后要找情人。

“我无法相信这样的事情，”塞西莉亚说，她是个忠心耿耿的保皇派，“一定是森林里的强盗们编造了这样龌龊的邪行，一个有着王族血统的人不可能堕落到这地步的。还有鹅肉吗？”

“有。”戈德温掩饰住自己的失望说道。他把最后一块鹅肉切下，放到了女副院长的盘中。

安东尼说：“现在至少没有人能威胁新国王了。”爱德华二世和伊莎贝拉的儿子已被加冕为爱德华三世。

“他才十四岁，而且他是被莫蒂默扶上王位的，”塞西莉亚说，“谁才是真正的统治者？”

“贵族们都乐于保持稳定。”

“尤其是那些莫蒂默的亲信。”

“例如夏陵的罗兰伯爵，你是这意思吗？”

“他这些天倒显得很是兴高采烈。”

“你不会是说……”

“他和国王‘摔的那一跤’有什么关联？当然不是。”女副院长吃下了最后一块肉，“这样的想法说出来是很危险的，哪怕是在朋友当中。”

“的确如此。”

这时有人敲门，白头扫罗走了进来。他和戈德温年龄相同。他会不会是竞争对手呢？他勤奋而能干，而且还有一大优势——他是夏陵伯爵的远亲。但戈德温怀疑他是否有去牛津的野心。他虔诚而腼腆。像他这样的人，谦卑并非美德，而是与生俱来的。但任何事情都有可能。

“医院里来了个骑士，带着剑伤。”扫罗说道。

“有意思，”安东尼说，“但恐怕还不至于惊人到需要打搅两位副院长的午餐吧。”

扫罗露出惶恐之色。“请原谅，副院长神父，”他结结巴巴地说道，“但是该怎么治疗，现在意见不一。”

安东尼叹了口气。“好吧，现在鹅也吃完了。”他说道，站起了身。

塞西莉亚和他一起走了出去，戈德温和扫罗在后面跟着。他们从北翼进入教堂，走过交叉甬道，又从南翼出去，穿过修士居住区，进了医院。受伤的骑士躺在离祭坛最近的床上，这符合他的身份。

安东尼副院长不由自主地轻轻惊叫了一声，那一瞬间他显露出震惊和恐慌。但他很快恢复了镇定，面无表情。

然而，这一切没能逃过塞西莉亚的眼睛。她问安东尼："你认识这个人？"

"我想是的。他是托马斯·兰利先生，蒙茅斯伯爵的手下。"

他是个二十来岁的英俊小伙儿，长着宽宽的肩膀和长长的腿。他上身自腰部以上赤裸着，肌肉结实的躯体上横七竖八地分布着以前打仗留下的伤痕。他面色苍白，看上去精疲力竭。

"他在路上遭到袭击，"扫罗解释道，"他奋力打退了袭击他的人，但随后不得不跌跌撞撞地走了一英里多的路来到镇上。他失血很多。"

骑士的左前臂自肘部到腕部被切开了，伤口很齐，显然是利剑所为。

修道院的高级医师约瑟夫兄弟站在伤员身旁。约瑟夫三十来岁，身材矮小，长着个大鼻子，牙齿却参差不齐。他说："应当让伤口敞开着，涂上药膏，让脓流出来，这样坏血就会排出，伤口就会从内部愈合了。"

安东尼点了点头："那么谁有不同意见？"

"理发师马修另有主张。"

马修是镇上的理发师兼外科医生。他一直谦恭地站在后面，这时他拿着他那装有昂贵、锋利的手术刀的皮箱走上前来。他身材瘦小，长着一双明亮的蓝眼睛，神情肃穆。

安东尼不认识马修。他问约瑟夫："他来这里做什么？"

"骑士认识他，叫人请他来的。"

"如果你愿意让人割你的肉，你还来修道院医院做什么？"

骑士苍白的脸上掠过了一道微笑的暗影，但他似乎已虚弱得连话都说不出来了。

马修以令人惊讶的自信开腔了，显然没有因安东尼的轻蔑而畏怯。“我在战场上见过许多这样的伤口，副院长神父，”他说道，“最好的治疗方法是最简单的：用热葡萄酒清洗伤口，再把伤口缝起来，用绷带包扎好。”他的语气并不像表情那样谦恭。

塞西莉亚嬷嬷插话了：“我不知道我们的两位年轻修士对这个问题有什么见解？”

安东尼看上去很不耐烦，但戈德温立刻明白了她的意思。这是一个测试。也许扫罗正是她要资助的竞争对手。

答案很容易，于是戈德温先说了：“约瑟夫兄弟研究过古代名医的医案，他的见解一定是最高明的。我猜马修恐怕都不识字。”

“我识字，戈德温兄弟，”马修抗议道，“而且我也有一本书。”

安东尼大笑起来。一个理发师居然也看书，实在太可笑了，这简直像是马头上扣了顶帽子。“什么书？”

“伊斯兰大医学家阿维森纳[①]的《医典》，是从阿拉伯文译成拉丁文的。我全都读过，读得很细。”

“那么你的疗法也是阿维森纳提出的？”

“不是，但——”

“哼，那就是了。”

马修坚持道：“但是我曾随军队行过军，我知道怎样处理伤口，怎样让它们愈合，比从书本上学到的多得多。”

① 阿维森纳（980—1037），波斯人，伊斯兰医学家、哲学家。

塞西莉亚嬷嬷问道："扫罗，你的意见呢？"

戈德温心想扫罗肯定会做出同样的回答，那么这场测试就难分高下了。然而，尽管扫罗看上去又腼腆又紧张，他的回答却与戈德温截然相反。"理发师也许是对的。"他说道。戈德温满心欢喜。扫罗站到了错误的一方。"约瑟夫兄弟提出的疗法也许更适合于挤压或者锤击造成的伤，比如我们在建筑工地上常看到的那些伤，伤口周围的皮肉都被损坏了，如果过早地把伤口包扎起来，坏血就会留在体内。但这种砍伤，刀口四周很干净，包扎得越快，伤口愈合得也就越快。"

"胡说，"安东尼副院长说道，"一个小镇的理发师是正确的，而一个受过医学教育的修士却是错误的，这怎么可能？"

戈德温咧嘴笑了，一股胜利的喜悦使他激动得都快透不过气了。

门突然被一把推开，一个穿着教士袍的年轻人风风火火地闯了进来。戈德温认出这是夏陵的理查，罗兰伯爵的次子。他向男女副院长点了点头，但非常草率，显得有些失礼。他径直走到床边，向骑士问道："到底发生了什么事？"

托马斯有气无力地抬了抬手，示意理查靠近些。年轻的教士向伤员俯下了身，托马斯对他耳语了几句。

理查神父猛一起身，好像大吃了一惊。"绝对不行！"他说。

托马斯又抬了抬手，于是这过程又重复了一遍：又是一阵耳语，又是一次愤怒的反应。这回理查说："但是为什么呢？"

托马斯没有回答。

理查说："你在要我们办一件我们力所不及的事情。"

托马斯坚定地点了点头，仿佛是在说：是的，正是如此。

"你让我们别无选择。"

托马斯无力地将他的头从一边扭到了另一边。

理查转向安东尼副院长，说："托马斯先生想在这里做一名修士。"

屋子里的人都愣了一下。塞西莉亚首先反应过来："可他是个杀过人的人！"

"好了，这种事情又不是第一次听说，"理查不耐烦地说道，"武士有时候会决定放弃行伍生涯，对自己的罪过寻求宽恕。"

"在他们老年时也许会，"塞西莉亚说，"但这个人还不到二十五岁。他是想逃避什么危险。"她强硬地盯着理查，"是谁想要他的命？"

"克制点你的好奇心吧，"理查粗鲁地说道，"他想做的是修士，而不是修女，所以你没必要多问。"他这样同女副院长说话，让屋里的人都很吃惊，但谁又奈何得了伯爵的儿子。他又转身对安东尼说："你必须接收他。"

安东尼说："修道院太穷了，没法再接收修士——除非有人愿意送一份礼物，来弥补开支……"

"我会安排的。"

"这礼物要足以满足需求……"

"我会安排的！"

"很好。"

塞西莉亚满腹狐疑。她问安东尼："你对他的了解，比你刚才告诉我的要多吗？”

“我看不出有什么理由拒绝他。”

“你凭什么认为他是个真正的忏悔者？”

所有的人都看着托马斯。他的眼睛已经闭上了。

安东尼说：“像所有人一样，他必须在见习期证明他的诚心。”

她显然不满意，但安东尼就这一次没找她要钱，因此她也无话可说了。“我们还是先给他治伤吧。”她说。

扫罗说：“他拒绝约瑟夫兄弟的疗法，所以我们才去请副院长神父的。”

安东尼向伤员俯下身子，像是对一个聋子说话一样大声说道：“你必须照约瑟夫兄弟说的那样去治疗，他最高明。”

托马斯已失去了知觉。

安东尼转身对约瑟夫说：“他已经不再反对了。”

理发师马修说：“他会失去他的胳膊的！”

“你最好是离开这里。”安东尼对他说。

马修怒气冲冲地走了。

安东尼又对理查说：“也许你愿意到副院长的房间里喝杯苹果汁。”

“谢谢你。”

他们离开时，安东尼对戈德温说：“留在这里帮帮副院长嬷嬷。晚祷前来找我，告诉我骑士治得怎么样了。”

安东尼副院长通常并不过问具体病人的治疗情况，很显然他对这位骑士怀有特殊的兴趣。

戈德温注视着约瑟夫兄弟将药膏敷在已经昏迷的骑士的胳膊

上。他觉得自己答对了问题，想必肯定能得到塞西莉亚的资助了，但他还想让她说得明白些。当约瑟夫兄弟敷完药，塞西莉亚用玫瑰水为托马斯擦洗前额时，他说："我希望您能考虑资助我。"

她目光锐利地看了他一眼："我最好还是告诉你，现在我已经决定出钱给扫罗了。"

戈德温大吃了一惊："但是，是我答对了问题！"

"是吗？"

"您肯定也不同意理发师的意见吧？"

她扬起了眉毛："戈德温兄弟，你没有权利质问我。"

"我很抱歉，"他连忙说道，"我只是不明白。"

"我知道。"

如果她不想说，再多问也无益。戈德温转身离开了，沮丧和失望使他脚下不稳。她到底把钱给扫罗了！难道因为他是伯爵的亲戚？戈德温不这么认为，她一向独断专行。他想，是扫罗众所周知的虔诚打破了平衡。但扫罗根本不是领导之材。出钱给他真是浪费。戈德温不知道该怎样把这个消息告诉妈妈。她会勃然大怒的——但她能怪谁呢？怪安东尼？怪戈德温自己？他想象着母亲大发雷霆的样子，一种熟悉的恐惧感紧紧地攫住了他。

他一想到妈妈，妈妈就来了。他看见她从远端的大门走进了医院。她是个身材高大、胸部高耸的女人。她注意到他的目光，就站在门口，等着他过去。戈德温走得很慢，心里盘算着该怎么说。

"你舅妈罗丝就要死了。"彼得拉妮拉一等他走近，就开口说道。

“愿上帝赐福于她的灵魂。塞西莉亚嬷嬷已经告诉我了。”

“你看上去很吃惊——但你知道她病得有多重呀。”

“我不是因为罗丝舅妈。我这里还有一个坏消息。”他吞吞吐吐地说道，“我去不了牛津了。安东尼舅舅不肯出钱，塞西莉亚嬷嬷也拒绝了我。”

她没有立刻发作，让戈德温深感欣慰。然而，她的嘴闭得紧紧的，使她的表情显得非常冷酷。“但是，为什么呢？”她问。

“舅舅没钱，而塞西莉亚嬷嬷决定出钱给扫罗。”

“白头扫罗？他能有什么出息。”

“嗯，至少他能当一名大夫。”

彼得拉妮拉紧盯着戈德温的眼睛，他一脸无奈。“我觉得这件事你处理得很糟，”彼得拉妮拉说，“你该事先跟我商量商量的。”

戈德温就怕她这么想。“您怎么能说是我没处理好呢？”他抗议道。

“你该让我先去跟安东尼谈。这样他就强硬不起来了。”

“但他仍然会说不。”

“而且在你去找塞西莉亚之前，应该先调查清楚是否还有人求她了。那样你就可以在求她之前，先破坏掉扫罗的计划。”

“我怎么才能做到呢？”

“所有的人都有弱点。你该找出扫罗的弱点，设法让塞西莉亚注意到他的弱点。然后，当塞西莉亚感到以前看到的是假象，现在看透了扫罗时，你再亲自去求她。”

他明白她这招是管用的。“我从来没想过。”他说着，低下了头。

彼得拉妮拉强压着怒火，又说：“做这些事情必须谋划，就像伯爵谋划战役一样。”

“我明白了，”戈德温说，他仍然不敢正视彼得拉妮拉的眼睛，“我绝不会再犯同样的错误了。”

“但愿如此。”

他又抬头看着她：“下一步我该怎么办？”

“我不能就此罢休。”一种戈德温熟悉的坚定表情浮现在彼得拉妮拉脸上。“我来出钱。”她说。

戈德温的心头涌起了希望，但他想象不出他妈妈将怎样履行这样的诺言。“您哪里有钱？”他问道。

“我要卖掉自己的房子，搬到我弟弟埃德蒙家去住。”

“他会接纳您吗？”埃德蒙是个慷慨的人，但他有时候也会顶撞他姐姐。

“我想他会的。他马上就要成为鳏夫了，他需要一个管家。以前罗丝做这件事并不是很出色。”

戈德温摇了摇头：“可您还是需要钱的。”

“我还要钱做什么？埃德蒙会管我吃住，并负担我买日用品的小小开支。而我就帮他管理仆人，抚养女儿。我从你父亲那里继承的钱就归你用了。”

她的语气很坚定，但戈德温能够从她噘着的嘴看出她的懊恼。他知道这对她来说是多么大的牺牲。她一向为自己的独立而骄傲。她是镇上有头面的女人之一，是富家的女儿、镇上首屈一指的羊毛商的姐姐。她珍视这一地位。她喜欢宴请王桥有权势的男男女女，用最好的葡萄酒款待他们。现在她却要作为一个穷亲戚，投靠她弟弟，做一份管家的差事，一切都靠他供给。这真是一种可怕的落魄。“这牺牲太大了，”戈德温说，“您不能这样做。”

她的神情坚毅起来，肩膀稍稍晃了晃，好像就要承担起千钧重负。“噢，是的，我能。”她说。

5

格温达把一切都告诉了她父亲。

她曾以耶稣的血的名义起誓保守秘密，所以现在她要下地狱了，但相对于地狱，她更害怕她的父亲。

他先是问她从哪里弄来的小狗“跳跳”，继而她就不得不解释“蹦蹦”是怎么死的，最终她只得将全部故事和盘托出。

让她惊奇的是，她并没有挨鞭子。实际上她爸爸似乎还很高兴。他要她带自己去搏杀发生的那片林中空地。再找到那地方并不容易，但她找到了，他们发现了那两个穿着黄绿两色制服的士兵的尸体。

爸爸先是打开了他们的钱包，里面各有二三十便士。更让他欣喜的是他们的剑，每把都值不少便士。他开始剥死人的衣服。这活儿用一只手干起来很不容易，因而他要格温达帮她。没有生命的尸体显得格外沉重，触碰起来也很异样。爸爸要她脱下他们身上穿的所有东西，甚至包括他们满是污泥的长袜和肮脏的内衣。

他把他们的武器裹在衣服里，使之看上去像是一捆破布。然后他和格温达一起将赤条条的尸体又拖回到灌木丛中。

在返回王桥的路上他的情绪很是高涨。他领着她来到离河不远的一条街——屠宰沟。他们走进了一家叫作白马的又大又脏的酒馆。他给格温达买了一杯淡啤酒，然后就和他称为“大卫伙计”的店主消失在了屋子背后。这是格温达一天之内第二次喝啤酒了。过了一会儿后，爸爸又出现了，手里没了那捆东西。

他们回到主街，在修道院一座门旁的贝尔客栈里找到妈妈、菲利蒙和小婴儿。爸爸向妈妈使了个眼色，给了她一大把钱，让她塞进了婴儿的毯子里。

这时下午已过了一半，大部分外来者都已离开镇上返回各自的村庄，但这时动身回韦格利村已经太晚了，于是这家人决定在小客栈里过夜。爸爸一再说他们现在住得起店了，妈妈却胆怯地说：“别让别人看出你有钱了！”

格温达感到非常疲倦。她起得很早，又走了那么多路。她躺在一张长凳上，很快就睡着了。

是客栈大门被粗暴地踹开的那声巨响惊醒了她。她抬眼一望，惊愕地看到两个士兵闯了进来。起初她还以为是林中被杀的那两个人的鬼魂来了。这让她一阵惊恐。随即她看出这是两个不同的人，只是穿着同样的一侧黄一侧绿的军服。两人中较年轻的一个手里拿着一捆看上去很眼熟的破布。

年长的那个径直向爸爸问道：“你是韦格利村的乔比，是吗？”

格温达顿时又害怕起来。这个人的语气中透着严重的威胁，他可不是装腔作势，而是坚决果断的，给格温达的印象是他将不择手段地达到目的。

“不是。你们认错人了。”爸爸答道。他撒起谎来像是条件反射。

他们根本没在意他的话。年轻的那个将那捆布放到桌上展开，里面是两件黄绿色紧身外衣包裹的两柄剑和两把匕首。他盯着爸爸说道：“这些东西是从哪儿来的？”

“我从来没见过它们，我以十字架的名义起誓。”

他说没见过这些东西，实在是太蠢了，格温达恐惧地想着，他们肯定能逼他说出实话，就像他逼自己说出实话一样。

那个年长的士兵说道：“白马酒馆的老板大卫，说他从韦格利的乔比那里买到这些东西的。”他的声音冷冰冰的，满含威胁。屋子里的其他客人都从椅子上站起身来，迅速地溜出了门外，只剩下了格温达一家人。

“乔比刚刚离开这里。”爸爸孤注一掷地说道。

那人点了点头：“带着他的老婆、两个孩子，还有一个婴儿？”

“是的。”

那人猛然起动，一只有力的大手一把抓住了爸爸的紧身外衣，把他推到了墙边。爸爸尖叫了一声，婴儿开始啼哭起来。格温达看到那人的右手上戴着厚厚的拳击手套，外面还覆着锁子甲。那人抽回手臂，一拳打在爸爸的肚子上。

妈妈大叫道：“救命呀！杀人啦！”菲利蒙也大哭起来。

爸爸的脸因为疼痛而变得苍白，同时踉踉跄跄起来，但那人一把把他推到墙上，没让他倒下，随后又打了一拳，这回打在了脸上。鲜血从爸爸的鼻子和嘴巴里喷涌而出。

格温达也想尖叫，但她的嘴巴张得大大的，喉咙里却没有一丝声音出来。她本以为父亲是强大有力的——即使他有时候狡猾地装作弱者，装作懦夫，以博取同情、化解怒气——看到他如此无助，她实在是吓坏了。

客栈主人出现在通向后院的门口。他是个三十来岁的大个子男人。还有一个胖胖的小姑娘躲在他身后偷看着。“怎么回事？”他以一种威严的口气问道。

那士兵看都没看他一眼。“你少管闲事。”他说着，又是一拳打在爸爸肚子上。

爸爸吐出了血。

“住手。”店主人喊道。

士兵说：“你以为你算老几？”

“我叫保罗·贝尔，这是我的房子。”

“哦，很好，保罗·贝尔，如果识相的话，管好你自己的事情吧。”

“你们以为穿上军装就可以为所欲为了？”保罗的口气里含着轻蔑。

“不错。”

“那么你们到底穿的是谁的制服？”

“王后的。”

保罗回头说道：“贝茜，快去把约翰治安官找来。如果有人要在我的客栈里杀人，我得叫治安官来做证。”那小姑娘跑开了。

“这里没有人会被杀死，”那士兵说道，“乔比已经改变了主意。他决定带我们去他劫掠了两个死人的地方——是吧，乔比？”

爸爸说不出话来，但他点了点头。那人放开了他，他跪倒在地，大口地咳嗽和呕吐起来。

那人打量了一番这家其余的人："还有那个目睹了打斗的孩子……"

格温达惊叫道："别！"

那人满意地点了点头："是这个丑丫头，没错。"

格温达跑到了母亲身旁。妈妈说："马利亚，圣母啊，救救我的孩子吧。"

那人抓住了格温达的胳膊，粗暴地把她从妈妈身旁拽开。她大哭起来。那人恶狠狠地说道："闭嘴，安静点儿，不然我叫你跟你那倒霉的爸爸一样。"

格温达使劲地咬紧牙关，停止了哭叫。

"起来吧，乔比。"那人一把把爸爸拽了起来，"打起精神来，你和我们一起骑马去。"

另一个人收拾起衣服和武器。

他们走出客栈时，妈妈发疯般地叫道："全都照他们说的做吧！"

那两个士兵有马。格温达骑在那个年长的士兵前面。爸爸被放在了另一匹马同样的位置上。爸爸有气无力地呻吟着，因此只能由格温达带路。她今天已经去过那里两次了，所以清楚地记得路。骑着马要快多了，但当他们赶到那片空地时，天仍然快黑了。

年轻的士兵揪着格温达和爸爸，年长的士兵把他们同伴的尸体从灌木丛中拖了出来。

"那个托马斯一定是个手段高强的家伙，他竟然把哈里和阿尔弗雷德全都给杀了。"那年长的士兵一边打量着尸体，一边沉思着说道。格温达明白了这两个人还不知道有其他孩子。她本来会承认她不是一个人来这儿的，其中一个人是拉尔夫射死的；但她吓得说不出话来。“他差点把阿尔弗雷德的头砍下来。”那士兵继续说道，他转过身来看着格温达，“他们说没说起过一封信？”

“我不知道！”格温达终于喊出了声，“我一直闭着眼睛，因为我吓坏了，我听不见他们在说什么！千真万确，如果我知道，我肯定会说的！”

“就算他俩先从他手中搞到了信，他把他们杀了后，也肯定把信拿回去了。”那士兵对同伴说。他看了看空地周围的树，仿佛信也可能藏在枯枝败叶之间。“信现在也许在他身上，在修道院里，我们要想抓他，就不可能不亵渎修道院的神圣。”

另一个说道：“至少我们可以准确地报告发生了什么事，并把尸体带回去举行个基督教的葬礼。”

这时突然一阵骚动。格温达的爸爸挣脱了那个士兵，冲过空地。那士兵起身去追，却被那个年长的士兵拦住了。“让他跑吧——现在杀他还有什么用？”

格温达开始抽泣起来。

“这孩子怎么办？”年轻的士兵问道。

格温达确信他们会杀了她。她泪眼模糊，什么也看不见。她哭得非常厉害，竟无法开口求饶。她就要死了，就要下地狱了。她毫无办法，只能等着那一刻来临。

“让她走吧，”年长的士兵说道，“我可不是天生杀小丫头的。”

年轻的士兵放开了她，还推了她一把，她一个趔趄，摔倒在地。等她站起身来，擦去眼泪，能看得清四周后，就踉踉跄跄地跑开了。

“滚吧，跑快点儿，”那士兵在她背后喊道，“今天算你走运！”

凯瑞丝睡不着。她从床上爬起来，走进妈妈的房间。爸爸坐在一条长凳上，凝视着床上一动不动的躯体。

妈妈的眼睛紧闭着，她的脸上汗津津的，在烛光下闪烁着。她似乎没有呼吸。凯瑞丝抓起她一只苍白的手：手冰凉得吓人。她把妈妈的手夹在自己的两手间，想让它暖和起来。

她问：“他们为什么要放她的血？”

“他们认为有时候人患病是因为某种体液多了的缘故。他们希望血能把多余的体液带走。”

“可这并没有让她好起来呀。”

“没有。实际上，反而更糟了。”

凯瑞丝的眼里涌出了眼泪：“那您为什么要让他们那样做呢？”

“教士和修士研习过古代哲学家的著作。他们比我们懂得多。”

“我不信。”

“该信什么，不该信什么，是很难知道的，小毛毛。”

“如果我是医生，我只做能让人们好起来的事情。”

爸爸没听见。他更专注地看着妈妈。他俯身向前，手在毯子下滑动着，触摸到她左乳下的胸部。凯瑞丝能够看出精致的羊毛毯下他那只大手的形状。他的喉咙里低低地抽咽了一声。他的手紧紧地向下按着，并停留了好长一阵子。

他闭上了眼睛。

他的身子俯得更低了，直到跪在了床边。他宽宽的前额伏在了妈妈的腿上，手仍然抚在她胸上，好像在祈祷。

她意识到他在哭泣。这是她所见过的最可怕的事情，比在森林里看到杀人还要可怕。孩子们会哭，女人们会哭，懦弱无助的人们会哭，但爸爸从来不会哭。她感到仿佛天塌了下来。

她需要有人帮助。她放开了妈妈冰凉的手，眼看着它滑到毛毯上，一动不动了。她回到了自己的卧室，摇起了熟睡中的艾丽丝的肩膀。“快醒醒！”她说。

艾丽丝起初并不愿睁开眼睛。

“爸爸哭了！”凯瑞丝说道。

艾丽丝坐直了身子。“不可能。”她说。

“快起来吧！”

艾丽丝下了床。凯瑞丝拉起姐姐的手，一同走进了妈妈的房间。爸爸已经站了起来，低头看着枕头上那张宁静的脸。他的脸上满是泪水。艾丽丝惊讶地瞪着他。凯瑞丝小声说道：“你看。”

床的另一侧站着她们的姑姑彼得拉妮拉。

爸爸看见了站在门口的两个女孩子。他离开床边，走向了她们。他一只手揽住一个，把她们拢过来，紧紧地抱在怀里。“你们的妈妈和天使一起走了，”他静静地说道，“为她的灵魂祈祷吧。”

“勇敢些，姑娘们，”彼得拉妮拉说道，“从现在起，我就是你们的妈妈了。”

凯瑞丝从眼里擦去泪水，抬头看着她的姑姑。“噢，不，你不是。”她说道。

第二部分

*1337*年*6*月*8*日至*14*日

6

梅尔辛二十一岁那年的圣灵降临节，一场倾盆大雨倾泻在王桥大教堂上。

豆大的雨点落在石板的屋顶上，不停地飞溅着。排水沟里的水全都溢了出来，像河流一般奔涌。屋角的怪兽滴水孔里射出的水如同喷泉。扶壁下大片大片的水形成涟漪。湍急的水流漫过拱顶，顺着柱子流下，浸湿了圣徒们的雕像。天空、巨大的教堂，以及围绕着教堂的城镇，都笼罩在灰蒙蒙的雾气中。

圣灵降临节是为了纪念圣灵降临于耶稣的门徒中的。时间是复活节后第七个星期日，一般在五月或六月，当时英格兰的绝大多数羊都刚刚剪过羊毛，因而这一天也总是王桥羊毛集市开幕的日子。

梅尔辛冒着大雨，蹚着水，前往教堂参加晨祷。他将自己的兜头帽紧紧向前拉着，遮住自己的眉毛，但仍无法阻止雨打湿他的脸。他必须穿过羊毛集市的市场。在教堂西边的绿地上，数以百计的商贩已经摆开了摊位，现在又不得不匆匆忙忙地用大片大片的油布或毡布遮蔽好。羊毛商是集市的主角，他们中既有走村串乡收集零散羊毛的小贩，也有像埃德蒙这样仓库里堆满了羊毛垛的大批发商。在他们周围还簇拥着一些次要的摊位，出售各种能卖钱的东西，如莱茵兰的甜葡萄酒、卢卡的镶金丝带、威尼斯的玻璃碗，还有从很多人连名字都不知道的东方各地贩来的生姜和辣椒。当然，还有普通的商人为来客们和摊主们提供日常必需的服务，如面包师、酿酒师、糖果商、算命的，还有妓女。

摊主们面对大雨表现得很是勇敢，他们相互开着玩笑，努力要营造出一种狂欢节的气氛，但这样的天气肯定会影响他们的利润。有些人无论风雨都得做生意，例如意大利和佛兰德斯的采购商，因为佛罗伦萨和布鲁日都有成千上万忙碌不停的纺织机等待着柔软的英格兰羊毛。但更多的顾客就不一定来了，他们会选择待在家里：骑士的妻子会认为她没有肉豆蔻、肉桂等香料也能过；富裕的农民会觉得他的旧外套还能再穿一冬；而某个律师则会断定他的情妇并不当真需要金镯子。

梅尔辛不想买任何东西。他没钱。他是个没有报酬的学徒，住在他的师傅建筑匠埃尔弗里克家里。他和这家人一起吃饭，在厨房的地板上过夜，穿埃尔弗里克的旧衣服，但他不拿工钱。在漫长的冬夜，他可以削刻一些精巧的小玩具卖上几便士——比如做一个有秘密隔层的珠宝匣，或者一只一按尾巴就能吐舌头的木头小公鸡——但到了夏天就一点空闲时间都没有了，手艺人得一天到晚地干活儿。

不过，他的学徒期就快要结束了。再过不到半年，到十二月一号，当他满二十一岁时，他就将成为王桥木匠行会的一名正式成员了。他简直急不可耐了。

教堂高大的西门敞开着，以便让数以千计的镇民和来客来做晨祷。梅尔辛走进教堂，抖掉了衣服上的雨水。石头地面上满是泥水，非常湿滑。在晴朗的日子里，教堂内部会有大束大束的阳光投射进来，十分明亮，但是今天室内却一片昏暗，褪了色的彩绘玻璃模糊不清，人们都瑟缩在黑乎乎、湿漉漉的衣服中。

这么多的雨水会流到哪里去呢？教堂四周并无大排水沟。成千上万加仑的雨水只能渗到地下去。难道它们会不断下渗，越渗越深，直到又成为雨下到地狱里去？不，大教堂是建在斜坡上的，水会从北向南渗到山下。大型石头建筑的地基，都是设计成可以让水穿过的，否则水积得太多就会有危险。所有的雨水最终会流入作为修道院南界的河流中。

梅尔辛想象着地下的水流，他的脚底似乎感觉到水汩汩地震颤着穿过地基和铺着石板的地面。

一只黑色的小狗蹦蹦跳跳着向他跑来，摇着尾巴欢快地朝他吠叫着。“你好，‘小不点儿’。”他说着，拍了拍它，然后抬起眼来寻找狗的女主人凯瑞丝。他的心跳加快了。

她穿着一件艳丽的深红色斗篷，是从她母亲那里继承来的。这是一片昏暗中的唯一一抹亮色。梅尔辛灿烂地微笑着，很高兴看到她。他不知道是什么让她看上去如此美丽。她长着一张圆圆的小脸，五官端正匀称。她的头发是浅棕色的，泛着绿色的眼睛有着几粒金色斑点。她和王桥上百名其他女孩子没什么太大不同。但她俏皮地歪戴着帽子，眼睛里透着嘲弄人的聪明劲儿。她一边看着他，一边顽皮地露齿微笑着，显现出一种隐隐约约但又非常诱人的愉悦。梅尔辛认识她已经十年了，但只是在最近几个月，他才意识到自己爱上了她。

她把他拽到一根柱子后，吻了他一下，她的舌尖轻轻地划过了他的嘴唇。

他们一有机会就接吻，无论是在教堂里，在市场上，还是在街上偶遇，但最销魂的还是在她家里，并且是除他俩之外再无别人时。他时时盼望着这样的时刻。每晚入睡前，他都一直在想着吻她，而天明一睁眼，这个念头又涌上心头。

他一星期去她家两三次。她父亲埃德蒙很喜欢他，尽管她姑姑彼得拉妮拉并不喜欢他。埃德蒙是个热情好客的人，经常邀梅尔辛留下来共进晚餐。梅尔辛知道会比在埃尔弗里克家吃得好，总是欣然接受邀请。他会和凯瑞丝下象棋或跳棋，或者仅仅对坐聊天。他喜欢在凯瑞丝讲故事或解释什么事情时端详她，看着她用手在空中比画着，脸上扮出或逗乐或吓人的表情，表演着每一个想象中的角色。但是，大部分时间，他都在寻找着能够偷偷地吻她的机会。

他扫视了一圈教堂：没有人朝他们这边看。他的手悄悄地伸进了她的外套，透过她那柔软的亚麻布连衣裙抚摸着她。她的身体热乎乎的。他握住了她那又小又圆的乳房。他喜欢她的肌肤在他的指尖按压下凹下去的感觉。他从未看过她的裸体，却非常熟悉她的乳房。

在他的梦中，他们更进了一步。在梦境中，他们总是单独在某个地方，或者是森林中的一块空地，或者是城堡中一间大大的卧室，而且他俩都是赤身裸体的。然而奇怪的是，他的梦总是结束得早了那么一点点，正当他要进入她的身体时，他就会满怀沮丧地醒来。

总有一天，他想，总会有这么一天的。

他们还没有谈婚论嫁。学徒是不能结婚的，所以他必须等待。凯瑞丝肯定考虑过等他学徒期满后他们该怎么办，但她从来没说过。她似乎满足于得过且过。梅尔辛也有一种迷信的想法，害怕和她一起谈论未来。人们都说朝圣者不能花太多时间计划行程，那样就会了解到很多路途的艰险，从而打消朝圣的念头。

一个修女走了过去，梅尔辛歉疚地从凯瑞丝的胸部抽回了手。但修女并没有注意到他们。在教堂巨大的空间内，人们干着各种各样的事情。去年圣诞前夜的礼拜仪式上，梅尔辛就看到一对男女借着一片黑暗，靠在教堂南侧走廊的墙上做爱——不过他们因此而被驱逐了出去。梅尔辛不知道他和凯瑞丝这样小心谨慎地嬉戏，能不能挺到晨祷结束。

但凯瑞丝另有主张。她说："咱们到前面去吧。"她拉着梅尔辛的手，领着他穿过人群。他认识这里的许多人，但不是全部：王桥是英格兰较大的城市之一，有七千多居民，谁也不可能认识所有的人。梅尔辛跟着凯瑞丝来到中殿和交叉甬道相交的地方。那里有一道木栅封住了通向教堂东端的去路。那边是高坛，是为教士们预留的。

梅尔辛发现他身旁站的是最重要的意大利商人博纳文图拉·卡罗利。他是个身材魁梧的人，穿着一件绣得色彩缤纷的厚毛线外衣。他本是佛罗伦萨人——他说那里是基督教世界最大的城市，面积比王桥大十倍还多——但他现在定居伦敦，经营着他的家族和英格兰羊毛商之间的大买卖。卡罗利家族富可敌国，他们甚至借钱给各国国王，但博纳文图拉本人却平易近人、和蔼可亲——不过人们说他谈起生意来也是个非常难缠的对手。

凯瑞丝非常随意地和博纳文图拉打了个招呼——他就借住她家。虽然从梅尔辛的年龄和他身上穿的显然是师傅传下来的旧衣服，一眼就能看出他不过是个学徒工，博纳文图拉还是和善地向他点了点头。

博纳文图拉正打量着教堂建筑。他语调轻松地说道："一连五年了，我年年来王桥，但直到今天我才注意到，交叉甬道的窗户比教堂其余部分的窗户要大。"他说的是法语，但夹杂着意大利托斯卡纳地区的口音。

梅尔辛听懂他的话并不费力。他已经是成人了，像大部分英格兰骑士的儿子一样，他同父母讲诺曼法语，同伙伴们讲英语。他能猜出许多意大利语词汇的含义，因为他在修士办的学校里学过拉丁文。"我可以告诉你为什么窗户是这样设计的。"他说。

博纳文图拉扬起了眉毛，非常惊讶一个学徒竟然敢说自己懂得这样的事情。

"这座教堂是两百年前修建的，当时中殿和高坛上这些窄窄的尖头窗还是一种创造性的新设计，"梅尔辛继续说道，"继而，一百年后，主教把塔加高了，同时重建了交叉甬道，又装上了当时成为时尚的更大的窗户。"

博纳文图拉很感钦佩："你怎么知道这些事情的？"

"修道院图书馆里有一本关于本修道院历史的书，叫作《蒂莫西书》，详细讲述了教堂建筑的情况。书的大部分是在伟大的菲力普副院长在世时写成的，不过后人也做了些补充。我小时候在修士的学校里读过它。"

博纳文图拉仔细打量了梅尔辛半天，好像是要记住他的面孔，然后他随口说道："这是座很不错的建筑。"

"意大利的建筑很不同吗？"梅尔辛很喜欢谈论外国和外国人的生活，对他们的建筑尤其感兴趣。

博纳文图拉带着沉思的表情说道："我想建筑的原理到处都是一样的。不过在英格兰，我从来没见过穹顶。"

“什么叫穹顶？”

“就是圆形的屋顶，像半个球一样。”

梅尔辛大为吃惊：“我从来没听说过这样的事情！穹顶是怎么建成的？”

博纳文图拉大笑起来：“年轻人，别忘了我是个羊毛商。我只消用手指捻一捻毛线，就能告诉你那羊毛是产于科茨沃尔德的绵羊还是林肯的绵羊，但我连个鸡窝怎么搭都不知道，更别提穹顶了。”

这时梅尔辛的师傅埃尔弗里克过来了。他是个有钱人，穿着昂贵的衣服，但这些衣服怎么看都和他不般配。他向来是个势利眼，因而根本没理睬凯瑞丝和梅尔辛，而是向博纳文图拉深鞠一躬，说道：“很荣幸尊驾再度光临敝城，老爷。”

梅尔辛走开了。

“你说世界上总共有多少种语言？”凯瑞丝问他。

她总是胡思乱想。梅尔辛不假思索地答道：“五种。”

“别这样，严肃点儿，”她说，“你看，有英语，有法语，有拉丁语，这就是三种。佛罗伦萨人和威尼斯人说的话也不同，尽管他们用同样的词汇。”

“你说得对，”梅尔辛说着，加入了这个游戏，“这就已经是五种语言了。此外还有佛兰芒语。”王桥很少有人能分得清来自佛兰德斯的那些纺织城——诸如伊珀尔、布鲁日、根特等的羊毛商的口音。

“还有丹麦语。”

“阿拉伯人也有自己的语言，他们写字时，用的字母跟我们都不一样。“

“塞西莉亚嬷嬷还说过，所有的野蛮人也都有自己的语言——像苏格兰语、威尔士语、爱尔兰语，也许还有其他语言——但根本没人知道怎么写下来。这就是十一种语言了。世界上也许还有什么我们根本没听说过的民族呢！”

梅尔辛微笑起来。凯瑞丝是他唯一能谈这样的话题的人。在他们年龄相仿的朋友中，没有人能理解想象陌生的民族和不同的生活方式是多么令人激动。她会漫无目的地提问：住在世界的边缘会是什么样子？教士对上帝的理解会不会错？你怎么知道你此时此刻不是在做梦？他们的思维会天马行空般地驰骋，竞相提出最离奇的想法。

教堂里嘈杂的人声突然静了下来，梅尔辛看到修士和修女们都坐下了。唱诗班指挥瞎子卡吕斯最后走了进来。尽管他什么也看不见，但他在教堂里和修道院内的建筑间行走却根本不需要帮助。他走得很慢，却像有视力的人一样自信，他熟悉这里的每一根柱子和每一块石板。他用他那浑厚的男中音唱出了一个音符，唱诗班便开始唱起了圣歌。

梅尔辛一向对神职人员心存怀疑。教士们拥有的权力并不总是与他们的知识相匹配——就像他的师傅埃尔弗里克一样。然而，他却喜欢到教堂来。礼拜仪式会让他想入非非、恍若梦中。那音乐、那建筑，还有那拉丁文的咒语，都让他着迷，他觉得自己仿佛是睁着眼睛在沉睡。他又一次产生了那种奇妙的幻觉，好像他能感觉到雨水汇成的激流在地下的深处奔涌。

他的目光漫无目的地端详着中殿的三个层面——拱廊、柱廊和侧廊的纵向天窗。他知道柱子都是通过把一块石头垒在另一块石头上建成的，但给人的印象却完全不同，至少一眼望去是如此。石块经过了雕刻，这样每根柱子都像是一束直上直下的杆。他自下而上地打量着十字交叉部四根巨形支柱中的一根，从那根柱子庞大的方形基座向上，看到其中的一根柱杆向北分岔，形成了跨越侧廊的一根拱。他的目光又到了廊台，另一根柱杆在那里分岔向西，形成了柱廊的拱，再向西到纵向天窗的起拱点，直到其余的柱杆像花枝一样散开，变成了上方拱顶的拱肋。他的目光从拱顶最高点的中央凸饰，循着拱肋一路向下，又到了十字交叉部对角的另一根支柱上。

他这样打量着，突然有奇怪的情况发生。他的视野似乎一时模糊了，好像交叉甬道的东侧在移动。

有一阵低低的隆隆声，非常之低，几乎听不见，但人们感到了脚下在颤动，仿佛附近有一棵大树倒下了。

歌声变得凌乱迟疑起来。

高坛的南墙上现出了一道裂缝，就在梅尔辛刚刚打量过的支柱旁边。

梅尔辛转向了凯瑞丝。他眼角的余光看到石块落向了教堂的十字交叉部和唱诗班。接着便是一片嘈杂的声音：女人的尖叫声，男人的呼喊声，还有石头砸在地板上震耳欲聋的碎裂声。这嘈杂声持续了很长一段时间。当一切又归于平静后，梅尔辛发现自己紧抱着凯瑞丝。他的左手搂着她的肩膀，把她拢向了自己，他的右手捂着自己的头，以做防护。他的身体则将她与一大片教堂的废墟隔开了。

居然没有人被砸死，这显然是个奇迹。

毁坏最严重的地方是圣坛的南廊，在礼拜仪式举行时那里没有人。参加礼拜的会众不允许进入圣坛，而教士们当时全都集中在中心区，在召集唱诗班。有几名修士险些罹难，但最终还是逃脱了，这使人们更加坚信这是一场奇迹。还有几名修士被飞溅起来的碎石划伤或者砸伤。会众们则至多不过有少数人受了擦伤。很显然，他们都是受到了圣·阿道福斯超自然的力量的保佑。圣·阿道福斯的遗骨就被保存在高高的圣坛下面，人们传颂着很多关于他治病救人、起死回生的事迹。然而，人们也普遍认为上帝在向王桥的人们发出警告。但他警告的是什么事情，一时还不清楚。

一小时后，有四个人来检查毁损情况。他们是：凯瑞丝的表兄戈德温兄弟，他是修道院的司铎，负责管理教堂及其全部财物；戈德温手下掌管建筑维修的托马斯兄弟，也就是十年前的托马斯·兰利骑士；教堂维修承包人埃尔弗里克，一位技艺娴熟的木匠，也以建筑匠为业；还有梅尔辛作为埃尔弗里克的学徒随行。

教堂的东端被柱子分成四个部分，叫作隔间。塌方毁坏了离十字交叉部最近的两个隔间。南廊上方的石拱，在第一个隔间的部分彻底毁坏了，在第二个隔间的部分也严重受损。廊台裂开了许多缝。天窗上的一些石头竖框也坠落了下来。

埃尔弗里克说："灰泥不结实，导致了拱顶崩溃，随后又造成了高层的裂缝。"

梅尔辛觉得这个说法并不正确，但他也做不出别的解释。

梅尔辛厌恶他的师傅。他起初是埃尔弗里克的父亲乔基姆的学徒。乔基姆是个经验丰富的建筑匠，曾经在伦敦和巴黎盖过教堂和桥梁。老人很乐于向梅尔辛传授建筑匠的全部技艺——也就是人们所说的“诀窍”，大多都是建筑方面的数学公式，例如建筑物高度与地基深度的比例等。梅尔辛喜欢数字，如饥似渴地学习乔基姆教给他的所有知识。后来乔基姆死了，埃尔弗里克接替了他。埃尔弗里克认为学徒首先应当学会的就是服从。梅尔辛感到很难接受，埃尔弗里克就用不给吃饱、减少衣服、派他到冰天雪地里去干活儿等办法来惩罚他。更糟糕的是，埃尔弗里克胖乎乎的女儿格丽塞尔达和梅尔辛年龄相同，却吃得饱饱的、穿得暖暖的。

三年前，埃尔弗里克的妻子死了，他娶了凯瑞丝的姐姐艾丽丝做续弦。人们都认为两姐妹中艾丽丝更漂亮。的确她的长相更标致，但她缺乏凯瑞丝那股让人着迷的灵气，梅尔辛觉得她呆板愚钝。艾丽丝似乎始终像她妹妹一样喜欢梅尔辛，所以他曾希望她能使埃尔弗里克对自己好一些，可情况却恰恰相反，艾丽丝似乎认为和埃尔弗里克一道折磨他才是她做妻子的本分。

梅尔辛知道许多别的学徒也都受着这样的苦，他们都忍气吞声，因为从学徒做起，是进入一个收入不错的行业的必由之路。行会极其有效地阻止了一切自命不凡的闯入者。如果不加入一个行会，任何人也休想在一座城镇里找到活儿干。哪怕是一名教士、一名修士或者一位妇女想要纺点儿线或酿点儿酒去卖，都得先加入相关的行会。而城镇以外几乎找不到任何活计，农民们都是自己盖房子，自己缝衣服。

学徒期满后，大多数徒弟还会继续跟着师傅干，做按日计酬的工匠。其中的一部分最终会成为师傅的合伙人，并在师傅死后继承产业。但梅尔辛的人生道路绝不会是这样的。他对埃尔弗里克深恶痛绝。一旦他能离开时，他会立刻就走。

“咱们到上面去看看吧。”戈德温说。

他们一起向教堂的东端走去。埃尔弗里克说：“戈德温兄弟，你从牛津学成归来，真让人高兴。但你一定非常留恋和那么多有学问的人在一起的日子吧。”

戈德温点了点头：“那些大师们的渊博知识的确惊人。”

“还有其他学生——我想，他们也一定都是些了不起的年轻人。不过，我们也听到些不好的传言。”

戈德温脸上现出了痛苦的表情：“有些传言恐怕是真的。当一名年轻教士或修士头一回离家远行时，他会受到诱惑的折磨。”

“然而——我们仍然很荣幸，王桥又多了一位上过大学的人，必将因此而受益。”

“你这样说太客气了。”

“噢，不过这是真的。”

梅尔辛真想说一句：求求你了，快闭嘴吧。然而这就是埃尔弗里克的为人之道。他是个糟糕的匠人，技艺不精，判断不准，却善于溜须拍马。梅尔辛一次又一次地领教过他的这一手段——因为埃尔弗里克对他有所求的人之谄媚，正如他对用不着的人之蛮横一样。

梅尔辛对戈德温的态度更感吃惊。难道一个受过教育的聪明人会看不穿埃尔弗里克？也许对于受恭维的人来说，这一点并不那么容易看穿。

戈德温打开了一扇小门，领着大家走上了一条隐在墙内的窄窄的螺旋楼梯。梅尔辛非常兴奋。他很喜欢教堂里隐藏的秘道。

他对这次蹊跷的塌方也很好奇，一心想找出原因来。

侧廊是从教堂主体部分的两侧向外突出的单层结构。顶部由石头拱肋构成。在拱的上方，一个倾斜的屋顶自侧廊的外缘向上，直到纵向天窗的底部。倾斜的屋顶下面是个三角形的空间，其底部就是侧廊拱顶的背面，也叫拱背。四个人爬到了拱背上，自上而下地察看毁损情况。

这地方靠教堂打开的窗户照明。托马斯很有预见性地带了盏油灯。梅尔辛从上往下看，首先注意到的是：各个隔间顶上的拱并非完全一样的。最东边的那条拱比其余的拱弧度要平，而旁边部分损坏了的拱，似乎又有所不同。

他们在拱背上，沿着拱最坚固的边缘部分走着，一直走到他们敢于到达的离塌方部分最近的地方。这处的拱与教堂其余部分一样，也是由石头和灰泥砌成的，只不过拱顶的石头很薄很轻。拱与其起拱点几乎是垂直的，不过随着向上伸展也在向内倾斜，直到与对面的石结构相交。

埃尔弗里克说："你们看，首先需要做的事情，显然是在侧廊头两个隔间的上方重新修拱。"

托马斯说："王桥已经有好长时间没人做过肋拱了。"他转向梅尔辛问道："你会做模架吗？"

梅尔辛明白他的意思。在拱的边缘，石结构基本上是竖直的，石头可以借助自身的重量维持在原位，但越往上去，随着弧度趋向水平，在灰泥未干之前，就需要一些支撑物来维护一切就位。显而易见的办法就是制作一个木头的框架，叫作模架或拱鹰架，来支撑上面的石头。

这对木工来说是个富于挑战性的工作，因为弧度必须恰到好处。多年来，托马斯一直在仔细监督梅尔辛和埃尔弗里克在教堂里做的活儿，他深知梅尔辛的手艺。然而，他没有同师傅商量而是直接问徒弟，却是个失策，埃尔弗里克立刻做出了反应。“在我的监督下，他能做，是的。”他说。

“我能做这样的模架，”梅尔辛说着，已在考虑模架怎样才能用脚手架和石匠们干活儿的平台支撑起来，“但是当年修这些拱时并没有用木头模架。”

“别胡说了，小子，”埃尔弗里克说道，“他们当然用了。你懂什么？”

梅尔辛知道同东家辩论是不明智的，但六个月后他同埃尔弗里克就将成为竞争对手了，他需要像戈德温兄弟这样的人了解他的能力。而且，他也被埃尔弗里克语气中的轻蔑刺痛了，心头涌起了一股不可遏制的冲动，要证明自己的师傅是错误的。“看看这些拱背，”他愤愤地说道，“盖完一个隔间后，工匠们肯定会用同一副模架去盖下一个。那样的话，所有的拱弧度都应该是一样的。然而，实际上这里的拱却并不一样。”

“显然他们没有重新使用模架。”埃尔弗里克生气地说道。

“他们为什么不呢？”梅尔辛继续说道，“他们肯定是想节省木料，更不用说还想省下付给熟练木工的工钱。”

“不管怎么说，修拱而不搭模架是不可能的。”

“是可能的，”梅尔辛说，“有一个办法——”

“够了，”埃尔弗里克说，“你到这儿是来学习的，不是来讲课的。”

戈德温插话了：“听他说说吧，埃尔弗里克。如果这小伙子说得对，能给修道院省一大笔钱呢。”他又看着梅尔辛说：“你有什么办法？”

梅尔辛这时有些后悔提起这个话题了。他随后会为此吃苦头的。但他现在已经没有退路了。如果他不往下说，他们会认为他并不知道有什么办法。“修道院图书馆里有一本书提到过，其实办法很简单，”他说，“当石头砌好后，用一根绳子从上面吊住它。绳子的一端固定在墙上，另一端系在一个沉重的大木块上。绳子与石头的边缘呈直角，这样就能保证石头不会从灰泥床上滑脱，掉落到地上了。”

他说完后，出现了好一阵子寂静，所有人都陷入了沉思，努力在头脑中勾画着那会是怎样一幅景象。随之托马斯点了点头：“这办法行。”

埃尔弗里克看上去非常气愤。

戈德温则来了兴趣：“那是本什么书？”

“叫作《蒂莫西书》。”梅尔辛告诉了他。

“我知道那本书，不过没读过。很显然我该读读的。”戈德温又对其他人说道，“怎么样，我们在这里看得差不多了吧？”

埃尔弗里克和托马斯都点了点头。四个人离开拱顶时，埃尔弗里克对梅尔辛嘀咕道：“你不明白吗，你刚刚拒绝了一件能够干上好几个星期的活儿？我敢打赌，等你自立门户后，你就不会这样做了。”

梅尔辛倒没想到这一点。埃尔弗里克说得对：他证明了没必要做模架，也就把自己排除在了这项工程之外。但是埃尔弗里克的思维方式是极其错误的。只为自己有活儿干，就让别人花冤枉钱，是不公平的。梅尔辛不想靠欺骗别人活着。

他们走下螺旋楼梯，走进高坛。埃尔弗里克对戈德温说：

“明天我来给你报价。”

“好的。”

埃尔弗里克又转向梅尔辛说：“你留在这里，数一数一个侧廊的拱需要多少石头，回家后向我报告。”

“是。”

埃尔弗里克和戈德温走了，托马斯又多留了一会儿。“我给你惹麻烦了。”他说。

“你本来是想让我表现一下的。”

修士耸了耸肩，用右臂打了个手势，表示“你还能做什么”。他的左臂没有了，十年前在梅尔辛亲眼看到的那场搏斗中他受了伤，伤口感染最终导致了截肢。

梅尔辛很少想起森林里那惊人的一幕——他已经习惯了托马斯穿着修士袍服的模样——但此刻他却回忆了起来：那两个士兵，藏在灌木丛中的孩子，弓和箭，还有那埋在地下的信。托马斯一向对他很友善，他猜想一定是因为那天发生的事情。“我从来没跟任何人提起过那封信。”他平静地说道。

“我知道，”托马斯答道，“假如你提起，你就没命了。”

大多数大城镇都是由商业公会管理的。这是一种由城镇的头面人物组成的组织。商业公会下面有无数的手工业行会，管理不同的行业，如石匠、木匠、皮匠、织工、裁缝……也有教区公会，是围绕当地小教堂组成的较小组织，旨在为教士的袍服、教堂的装饰募款，也救济寡妇和孤儿。

大教堂所在的城镇则不同。王桥像圣·奥尔本斯和贝里圣埃德蒙兹一样，是由修道院管理的。修道院几乎拥有城镇及城镇周围所有的土地。修道院总是不允许成立商业公会。然而，王桥最重要的工匠和商人都加入了圣・阿道福斯教区公会。无疑，当这个组织在遥远的过去成立时，是一个为大教堂募款的敬神团体，但如今已是镇上最重要的组织了。这个教区公会为行业行为制定规矩，并选举一位会长和六名委员来监督执行。公会大厅里设有度量衡，为王桥的所有行业规定了诸如一包羊毛的重量、一卷布的宽度和一蒲式耳的容积等标准。然而，教区公会却不能像自治城镇那样组织法庭或执行判决——王桥修道院保留了这些权力。

圣灵降临节的下午，教区公会在大厅设宴款待最为尊贵的来访客商。羊毛商埃德蒙时任会长，凯瑞丝陪同他担当女主人，于是梅尔辛只能自娱自乐了。

幸运的是，埃尔弗里克和艾丽丝也去赴宴了，因而他能独自坐在厨房里，一边听着雨声，一边静静地思考。天气并不算冷，而且厨房里点着小火在做饭，红红的火光让人心情愉快。

他能听见埃尔弗里克的女儿格丽塞尔达在楼上的动静。这房子尽管比埃德蒙的要小，但很精致。楼下只有一个厅和一间厨房。沿楼梯而上，先是一个未封闭的平台，格丽塞尔达就睡在这里，还有一个封闭的卧室，供师傅和他的妻子使用。梅尔辛睡在厨房里。

三四年前，曾经一度，梅尔辛夜里备受煎熬，不停地幻想着爬上楼去，悄悄地溜进毯子下，紧挨着格丽塞尔达那热乎乎、圆滚滚的胴体。但她自认为高他一等，对待他就像是对待仆人，使他一点也鼓不起勇气来。

梅尔辛坐在长凳上，眼睛盯着火苗，脑海里勾画着他将为重修教堂塌拱的石匠们搭的木制脚手架。木头很贵，长树干更是稀有——林场主往往经不起利润的诱惑，不等树长大就砍了卖。因而建筑匠们总是想方设法地减小脚手架的木材用量。脚手架很少从地面搭起，一般都是从已有的墙上悬吊下来，以节省木材。

他正思索着，格丽塞尔达走进了厨房，从桶里舀了一杯淡啤酒。“你也来点儿？”她说。梅尔辛接受了，对她的殷勤感到很是诧异，但让他更加吃惊的是，她在他对面的长凳上坐下，喝了起来。

格丽塞尔达的情人瑟斯坦已经三个星期不见踪影了。无疑她现在很寂寞，这也是她想让梅尔辛陪陪她的缘故。啤酒暖了她的胃，也松弛了他的戒心。他没话找话地问道：“瑟斯坦出什么事了？”

她像匹撒欢的母马一样扬了扬头：“我跟他说我不想嫁给他。”

“为什么？”

“他太小了，配不上我。”

梅尔辛不信这理由。瑟斯坦十七岁，格丽塞尔达二十岁，但格丽塞尔达并不非常成熟。他想，更可能的原因是瑟斯坦地位太低下。他是几年前不知从哪里来到王桥的，他曾给镇上好几名工匠打过工，但本人却不懂什么技术。也许他就是厌烦了格丽塞尔达，或者是厌烦了王桥，径自离开了。

“他去哪里了？”

“我不知道，我才不管他去哪儿呢。我该嫁个和我年龄相当的人，嫁个有责任感的人——也许是一个有朝一日能继承我父亲产业的人。”

梅尔辛听着，觉得她像是在说自己。但他又想，这不可能，她一向看不起我。这时她从自己的长凳上站起身来，走到了他的长凳边，坐在了他的身旁。

“我父亲不喜欢你，”她说，“我一向这么认为。”

梅尔辛大吃一惊：“哦，这么长时间了，你才说这话——我住在这里，已经六年半了。”

“我很难跟我的家人对着干。”

“不过，他到底为什么那么讨厌我呢？”

“因为你觉得自己比他更高明，而且你掩饰不住。”

“也许我就是比他高明呢。”

“你看看，我说什么来着？”

他大笑起来。这还是她平生第一次把他逗笑。

她在长凳上又挪得近了些，这样她穿着毛线连衣裙的大腿就紧挨着他了。他穿着一直垂到大腿中部的旧亚麻衬衫，里面穿着所有男人都穿的内衣裤，但他却能隔着两人的衣服感觉到她热乎乎的身体。这是怎么回事？他不敢置信地看了看她。她有着光滑的黑发和褐色的眼睛。她丰满的面颊很是吸引人。她圆润的嘴唇让人真想亲上一口。

她说：“我喜欢在风雨交加的日子待在屋里，那感觉真是温馨舒适。”

他觉得自己的欲火被挑逗了起来，扭过头去不看她。他问自己，假如凯瑞丝这会儿闯了进来，她会怎么想？他竭力压抑着自己的欲望，却欲罢不能。

他回头看了一眼格丽塞尔达。她的嘴唇湿润，并且微微张开。她向他倾过身子。他吻了她。她立刻将舌头塞进了他的嘴里。这是个突如其来、令人惊讶的亲昵动作，让他浑身一阵战栗，他也把舌头塞进了她嘴里。这感觉跟吻凯瑞丝可不一样……

这个念头让他一惊。他推开了格丽塞尔达，站起身来。

格丽塞尔达问道："你怎么了？"

梅尔辛不想说实话，便说："你好像从来不喜欢我。"

她面露怒容："我告诉过你，我得跟我父亲站在一边。"

"你改变得太突然了。"

格丽塞尔达也站了起来，向梅尔辛贴了过来。梅尔辛后退着，直到身子靠在墙上。格丽塞尔达抓起他的手，压在自己胸上。她的乳房又圆又饱满，梅尔辛无法抵御抚摸那对乳房的诱惑。格丽塞尔达说："你以前有没有和女孩子——真的——做过？"

梅尔辛说不出话来，但他点了点头。

"你想没想过和我一起做？"

"想过。"他勉强发出了声音。

"如果你愿意，趁他们都不在，你现在可以和我一起做了。咱们上楼去，躺在我的床上。"

"不。"

格丽塞尔达用身子紧贴住他："和你接吻把我的火全点了起来，我感到身体里滑溜溜的。"

他一把推开了她，用力比他打算的要猛，结果她向后倒去，肥厚的屁股坐在了地上。"别招我。"他说道。

梅尔辛并没有打定主意一定要这样做，但格丽塞尔达却认了真。"那就见鬼去吧。"她怒骂了一句，站起身来，咚咚咚地上楼去了。

梅尔辛呆立在原地，喘着粗气。他虽然已经拒绝了她，但有些后悔了。

学徒工对年轻姑娘并不是很有吸引力。没有人愿意等上那么多年再出嫁。但梅尔辛还是追求过王桥的好几位少女。其中的一位凯特·布朗，是真心地喜欢他。去年夏天一个温暖的下午，他们在她父亲的花园里云雨了一番。随即她父亲猝死，母亲带着她们全家迁往了朴次茅斯。这是梅尔辛唯一一次做爱经历。现在他竟然拒绝了格丽塞尔达，难道他疯了吗?

他努力说服自己：刚才幸亏没有失足。格丽塞尔达是个水性杨花的女孩儿，并不真的喜欢自己。他该为自己拒绝了诱惑而感到骄傲。他没有像畜生般屈从本能，而是像男人一样打定了主意。

接着他就听见了格丽塞尔达的哭声。

她的哭声并不大，但他仍能听得清清楚楚。他踱向了后门。像镇上所有人家一样，埃尔弗里克的屋后也有一条狭长的空地，上面有厕所和垃圾堆。大多数人家都用这块地养鸡养猪，或者种些蔬菜水果，但埃尔弗里克的后院却用来储藏木料堆、石料堆、绳子卷、水桶、手推车和梯子。梅尔辛目视着雨点打在院子里，但格丽塞尔达的抽泣依然声声传进他的耳中。

他决定离开屋子，并且已经走到了前门口，却想不出能去哪里。凯瑞丝家这会儿只有彼得拉妮拉在家，而她并不喜欢梅尔辛。他想到去看他父母，但他们却是他在这种状态下最不想见到的人。他本该和他弟弟谈谈的，但拉尔夫要在本周稍晚些时候才会来王桥。除此以外，他还意识到，他必得穿上一件外套才能出门去——倒不是因为雨，他并不在乎被淋湿，而是因为他目前所穿的衣服遮掩不住他下体那怎么也不消退的凸起。

他努力在心中想着凯瑞丝。她这时一定正啜着葡萄酒，吃着烤牛肉和全麦面包，他想道。他还问自己，她这会儿会穿着什么呢？她最好的衣服是一件柔软的粉红色连衣裙，方形的领口展现了她那纤细的脖颈上白皙的皮肤。但格丽塞尔达的哭声不断地侵扰着他的思路。他想安慰她，告诉她自己很抱歉让她感到受伤。他想向她解释，说她是个很有魅力的姑娘，只不过他俩不合适。

他坐下了，又站了起来。听一个女子哭泣真是让人难受。当这样的哭声充满了屋子时，梅尔辛根本没法思考什么脚手架。他不能走，也不能留，更不能一动不动地坐着。

他上了楼。

格丽塞尔达脸朝下趴在塞满稻草的褥子上，那就是她的床。她的连衣裙在她圆润丰满的大腿周围褶皱着。她的腿背部的皮肤显得格外白，看上去非常柔嫩。

“我很抱歉。”他说。

“滚开。”

“别哭了。”

“我讨厌你。”

他跪下来拍了拍她的背：“我受不了坐在厨房里听你哭。”

格丽塞尔达一骨碌爬起来看着梅尔辛，脸上满是泪痕：“我又丑又胖，你讨厌我。”

“我不讨厌你。”梅尔辛用手背擦去了格丽塞尔达两颊的泪痕。

格丽塞尔达抓住梅尔辛的手腕拽向自己：“你不讨厌我？真的？”

"我不讨厌你。但是……"

格丽塞尔达用双手拢住了梅尔辛的头，将他拽倒，吻起了他。梅尔辛呻吟着，欲火比刚才燃烧得更加旺盛。他和她一起躺倒在草垫上，心里想着：我过一会儿就离开她。我只是要稍微安慰她一下，然后我就要站起来，下楼去。

她抓住了他的手，按在了自己的裙子上，恰在她的两腿之间。他感觉到了那粗硬的阴毛，以及阴毛下那柔嫩的皮肤，还有那湿漉漉的裂缝。他知道自己已经彻底失控了。他使劲地揉搓着她，然后手指滑进了她的体内。他感到自己仿佛要爆炸了。"我挺不住了。"他说。

"快！"她气喘吁吁地说道，一把掀起了自己的裙子，又扒下了梅尔辛的内裤。他扑到了她身上。

当她导引着他进入她的体内时，他感到自己完全不能自已了。事情还没完，懊悔便袭上心来。"噢，不。"他叫了起来。他刚刚推进了一下，爆炸便开始了，而且仅仅一瞬间便结束了。他俯倒在她身上，闭上了眼睛。"噢，上帝呀，"他说道，"我情愿去死。"

7

教区公会盛宴的第二天，星期一早餐时，博纳文图拉·卡罗利宣布了他那惊人的决定。

当凯瑞丝在她父亲餐厅的橡木桌旁落座时，她感到不大舒服，稍许有些头痛和恶心。她吃了一小盘热腾腾的牛奶面包，想暖暖胃。她想起自己很喜欢昨天宴会上的葡萄酒，怀疑自己是不是喝多了。这难道就是男人和男孩们在自夸多么豪饮时所嘲笑的宿醉吗？

父亲和博纳文图拉吃着冷羊肉，彼得拉妮拉姑妈则讲着故事。“我十五岁那年，和夏陵伯爵的侄儿订了婚，”她说，“人们都说这门亲事很般配：他父亲是个中等的骑士，我父亲是个富裕的羊毛商。接着在苏格兰的劳登山战役中，伯爵和他唯一的儿子都战死了。我的未婚夫罗兰继承了爵位，并且取消了婚约。他现在仍是伯爵。如果我在那场战役前就嫁了罗兰，现在我就是夏陵的伯爵夫人了。”她说着，将烤面包片浸入了淡啤酒中。

“也许那不是上帝的意愿。”博纳文图拉说道。他丢了一块骨头给“小不点儿”，那狗立刻扑了过去，就好像有一个星期没进食似的。接着博纳文图拉就对父亲说道：“我的朋友，在咱们谈今天的生意之前，有件事情我要先告诉你一下。”

凯瑞丝听他的语气，觉得一定不是什么好事。她父亲想必也有同样的直觉，他说：“听上去不大妙啊。”

“这几年我的买卖不断地在萎缩，”博纳文图拉继续说道，“每年我的家族卖出的布料都在减少，每年我从英格兰买的羊毛也在减少。”

“生意总是这样，”埃德蒙说道，“时而涨时而跌，没人知道为什么。”

“但是现在你们的国王又插了一杠子。”

的确如此。爱德华三世看中了羊毛业的滚滚利润，认为羊毛商该为国王多做些贡献。他增加了一项新税，每个羊毛袋收一英镑。一袋羊毛的标准重量为三百六十四磅，大约能卖四英镑；因此新税相当于羊毛价值的四分之一，这可是笔不小的数目。

博纳文图拉继续说道：“更糟糕的是，这样一来，从英格兰出口羊毛就变得非常困难了，我不得不掏大笔的钱来行贿。”

“禁止羊毛出口的禁令很快就会取消的，”埃德蒙说，“伦敦羊毛公司的商人们正在和国王的官员们谈判……”

“但愿如此，”博纳文图拉说，“不过，在这种形势下，我的家族认为我已经没有必要参加这个国家同一地区的两个不同的羊毛集市了。”

“说得对！”埃德蒙说，“那就来这里，忘掉夏陵集市吧。”

夏陵镇距王桥有两天的路程，和王桥面积差不多，尽管没有大教堂和修道院，却是郡守的城堡和郡法庭所在地。那里每年都要举办和王桥竞争的羊毛集市。

“这里恐怕已经没法满足我的需求了。你看，王桥羊毛集市像是在不断衰落。越来越多的卖主都到夏陵去了。那里的集市羊毛品种更多，质量也更好。”

凯瑞丝十分惊愕。这对她父亲来说将是灾难性的打击。她插嘴说：“卖主们为什么选择夏陵呢？”

博纳文图拉耸了耸肩：“那里的商业公会把集市办得红红火火。在那里进城门不用排队；批发商能租到帐篷和货亭；那里还有个羊毛交易大厅，哪怕下这么大的雨，所有的人还都能做买卖……”

“这些我们也都能做到。”凯瑞丝说。

她父亲哼了一声：“要是能做到就好了。”

“为什么不能呢，爸爸？”

“夏陵是个独立的自治市镇，有国王颁发的特许证。商业公会有权为羊毛商的利益办事。王桥则属于修道院……”

彼得拉妮拉插话了：“看在上帝荣耀的分上。”

“毫无疑问，”埃德蒙说，“但是没有修道院的许可，我们的教区公会什么事也办不成——修道院的副院长们又都是些谨小慎微、因循守旧的人，我弟弟也不例外。结果就是大部分改善设施的计划都被否决了。”

博纳文图拉继续说道：“埃德蒙，正因为我们家族和你，以及在你之前和你父亲，都有着老交情，我们才一直来王桥的；但是在困难时期，我们没法感情用事了。”

“那么看在老交情的分上，让我再提个小小的请求，”埃德蒙说，“先不要下最后决断。不要有成见。”

聪明！凯瑞丝心想。她经常为她父亲在谈判中所表现出的精明而叹服。他没有争辩说博纳文图拉应该改变他的决定，因为那样只会让他更加固执己见。意大利人至多可能接受不做最后决断的建议。这没有让他做出任何承诺，却保留了回旋余地。

博纳文图拉感到这很难拒绝："好吧，但是到什么时候呢？"

"我要争取改善集市的条件，特别是那座桥，"埃德蒙回答道，"如果我们能够在王桥提供比夏陵更好的设施，并且吸引来更多的卖主，你还会继续光顾我们这里，是吧？"

"那当然。"

"那么这就是我们必须做的事情了。"他站起身来，"我这就去找我的弟弟。凯瑞丝，跟我一起去。我们要让他看看桥边排的队。不，等一等，凯瑞丝，去把你那个聪明的建筑匠小伙子梅尔辛找来，我们也许需要他的专业知识。"

"他这会儿肯定正干活儿呢。"

彼得拉妮拉说："你就跟他师傅说，会长要见这小伙子。"彼得拉妮拉对她弟弟当上了教区公会会长非常骄傲，她不放过任何提及此事的机会。

不过她说得对。这样一说，埃尔弗里克肯定会放梅尔辛走的。"好，我去找他。"凯瑞丝说道。

她披上了件带兜头帽的斗篷就出去了。雨还在下，但不像昨天那么大了。埃尔弗里克像镇上大多数有头脸的居民一样，住在从小桥一直伸延到修道院大门的主街上。宽阔的街道上挤满了小车和人流，踩着坑坑洼洼的路面和雨水汇成的泥汤，涌向集市市场。

像往常一样，她渴望见到梅尔辛。自十年前的万圣节那一天，他拿着自己做的弓出现在射箭练习场上后，她就一直喜欢他。他聪明又风趣。像她自己一样，他也知道这个世界远比大多数王桥居民所能想象得要大要迷人。但是六个月前，他们发现了还有比仅仅做朋友更有意思的事情。

在梅尔辛之前，凯瑞丝同其他男孩儿接过吻，不过不经常，何况她从未当真有什么感觉。和梅尔辛接吻则大为不同，既兴奋又刺激。他有一种顽皮的天性，使得他所做的一切都带有些小小的恶作剧味道。她也喜欢梅尔辛触碰她身体的感觉。她还希望更进一步——但她克制着自己不想那么多。“更进一步”意味着结婚，而妻子必须服从自己的丈夫，因为丈夫是一家之主——凯瑞丝讨厌这种说法。幸运的是，她还不用考虑这个问题，因为梅尔辛必须等到学徒期满才能结婚，那还是半年之后的事情呢。

凯瑞丝来到埃尔弗里克家，走进屋里。她的姐姐艾丽丝和继女格丽塞尔达一起坐在前屋的桌旁，正吃着涂有蜂蜜的面包。艾丽丝自从嫁给埃尔弗里克，三年以来变化了许多。她性情一向严苛，像彼得拉妮拉一样，在她丈夫的影响下，她又变得更加多疑、更加易怒，也更加吝啬。

但她今天兴致却很高。“坐下，妹妹，”她说，“面包是今天早上新烤出来的。”

“我不能坐，我是来找梅尔辛的。”

艾丽丝面露不悦：“这么早？”

“爸爸要见他。”凯瑞丝穿过厨房来到后门，望了望后院。雨打在建筑匠的杂物堆上，一派沉闷的景象，埃尔弗里克手下的一名工匠正把湿淋淋的石料装上手推车。这里没有梅尔辛的影子。凯瑞丝又回到了屋里。

艾丽丝说：“他大概在教堂里。他在做一扇门。”

凯瑞丝想起梅尔辛提到过这件事。教堂北廊的门腐朽了。梅尔辛正在做一扇替换的门。

格丽塞尔达补了一句："他在刻童女呢。"她坏笑了一下，又把一块涂蜜面包塞进了嘴里。

这事情凯瑞丝也知道。旧的门上刻着耶稣在橄榄山上讲的聪明的童女和愚拙的童女的故事，梅尔辛得照着重刻一遍。但格丽塞尔达的坏笑有些令人不快的意味，凯瑞丝心想，好像她在嘲笑凯瑞丝本人就是个童女。

"我去教堂看看。"凯瑞丝说道。她草草地挥了下手就离开了。

她汇入了主街上的人流，缓缓地走进了教堂的院子。当她穿行于货摊之间时，她感到集市上笼罩着一股悲凉的气氛。这会是她的幻觉吗？仅仅是因为博纳文图拉说过那样的话吗？她觉得不是。她记得在她小时候，王桥羊毛集市要热闹得多，也拥挤得多。那时候，修道院院子里根本摆不下来参加集市的摊位，周围的街道上全都挤满了没领执照的摊位——通常都是一张小桌子，上面摆着些不值钱的玩意儿——此外还会有许多托着托盘叫卖的小贩、玩杂耍变戏法的人、算命的、卖唱艺人，还有招呼有罪的人忏悔的游方修士。而现在就连修道院院子里都还能再摆下些摊位。"博纳文图拉说得对，"她自言自语道，"集市的确在萎缩。"一个摊主奇怪地瞪了她一眼，她意识到自己把正在想的事情大声说出了口。这是个坏习惯，人们经常认为她是在和鬼魂说话。她一再叮嘱自己不要这样做，但总记不住，特别是当她忧心忡忡的时候。

她绕过大教堂，来到北侧。

梅尔辛正在门廊里干活儿。门廊是个宽敞的地方，人们常在这里开会。他把门笔直地立在一个结实的木头框架中固定住，然后在上面雕刻。在新作品的背后，腐朽破碎的旧门仍然在拱内。梅尔辛背对她而立，这样光便能越过他的脊背照在他面前的木头上。他没看见她，雨声又淹没了她的脚步声，于是她得以在他毫无察觉的情况下端详了他片刻。

他是个矮个子，比凯瑞丝本人高不了多少。他那瘦削但结实的躯体上支着个聪明的大脑袋。他的一双小手灵巧地挥来挥去，用一把锋利的刻刀在木板上雕出一道道优美的曲线来。他的皮肤很白，还长着一头浓密的红头发。“他可不够帅气。”当凯瑞丝承认自己爱上他时，艾丽丝曾经一噘嘴说道。的确，梅尔辛没有他弟弟拉尔夫那种会让人眼前一亮的英俊，但凯瑞丝觉得他的脸非比寻常：五官不够端正，又总带着一股嘲讽的神气，透着聪明和幽默，而他正是这样一个人。

“喂。”她招呼了一声，梅尔辛跳了起来。凯瑞丝忍不住大笑道：“你好像不大容易吓成这个样子呀。”

“你吓死我了。”他犹豫了一下，吻了她。他似乎有些狼狈，但当他全神贯注于工作时，这种情况时常发生。

她看了看梅尔辛正在雕刻的画面。门的两侧各有五个童女，五个聪明的童女正在享用婚宴，五个愚拙的童女则把她们的灯颠倒过来，让人们看里面没有灯油。梅尔辛模仿着旧门的图案，但有些细微的变化。童女们站成了行，五个在一边，五个在另一边，就像教堂的拱券上雕的一样。但是在新门上，她们却并非一模一样。梅尔辛给每个童女都赋予了个性特征。一个漂亮，另一个则长着卷曲的头发；一个在哭，另一个则顽皮地眨着眼睛。他把她们都刻活了，相形之下，旧门上的画面则显得呆板僵化，死气沉沉。“太美了，”凯瑞丝说道，“但我怀疑修士们会怎么想。”

“托马斯兄弟很喜欢。”梅尔辛答道。

“安东尼副院长呢？”

“他还没看，但他会接受的。他可不愿意付两次钱。”

的确如此，凯瑞丝心想。她叔叔安东尼不是个锐意求新的人，而且还吝啬小气。提到副院长，使她想起了自己的差事。“我父亲要你到桥那边去见他和副院长。”

“他说什么原因了吗？”

“我想他是要恳求安东尼建一座新桥。”

梅尔辛将工具装进了皮包中，迅速地清扫了一下地板，将锯末和刨花都扫出了门廊。然后他和凯瑞丝一起冒雨穿过了集市市场，沿着主街走到了木桥。凯瑞丝告诉了他博纳文图拉早餐时说过的话。像她一样，梅尔辛也觉得近年来的集市远不如幼年时记忆中那样热闹了。

尽管如此，桥的那一头仍然排着一长队人和车，等着进入王桥镇。在桥的近端有一座小小的门房，一个修士坐在里面收费，凡带着货物打算进城卖的商人每人收一便士。桥很窄，所以谁也不可能不排队，于是本不需要交费的人——主要是本镇居民——也不得不排在队里。而且，桥面上的一些木板或变形或破裂，以致货车过桥时也格外缓慢。结果队列便在蜿蜒于郊外小茅屋间的小路上延伸了很长，一直消逝在迷茫的雨雾中。

而且桥也太短了。毫无疑问，桥的两端曾经都是建在干地上的。但也许是河面变宽了，或者更可能的是，几十年几百年车来人往，将河岸磨平了，因此现在人们在桥的两端都不得不蹚过一段泥水。

凯瑞丝看到梅尔辛在审视桥的结构。她了解他的那种眼神，他在思考桥是怎样立起来的。她经常注意到他那样凝视着什么，通常是教堂，但有时也会是房屋，甚至是什么自然物，比如一棵茂密的荆棘树，或者一只正在翱翔的雀鹰。他会全神贯注，目光明亮而锐利，仿佛要将一道光射入黑暗中，看看那里究竟有什么。如果她问他，他就会说他想看透事物的本质。

凯瑞丝顺着梅尔辛的目光，也凝视着老桥，努力想象着他能从中窥出什么奥妙。桥长六十码，是她见过的最长的桥。桥面是由两排巨大的橡木桥墩支撑的，就像教堂中殿两侧对称的柱子。总共有五对桥墩。两端的桥墩在水较浅的地方，非常矮，但中央的三对桥墩则高于水面十五英尺。

每座桥墩都是由厚木板固定在一起的四根橡木柱组成的。传说国王曾经赐给王桥修道院二十四棵英格兰最好的橡树修建这中央的三对桥墩。桥墩的上方是两列平行的圆木。两列圆木之间又有较短的圆木连接，从而形成了桥面。桥面上方纵向铺着厚木板，形成了路面。桥的两旁是木制的栏杆，但不大结实。每过十几年，就会有一位醉酒的农民赶着马车越过栏杆，连人带马栽入河中淹死。

“你看什么呢？”凯瑞丝问梅尔辛。

“看那些裂缝。”

“我没看见有裂缝呀。”

“中央桥墩两侧都有木料裂开了，你可以看到埃尔弗里克用铁条加固了它们。”

他既然指明了，凯瑞丝也就注意到了那些将裂缝钉在一起的金属条。“你好像很担心？”她问道。

“首先，我不知道木料为什么会裂开。”

“这很重要吗？”

“当然。”

那天早上他不是很健谈。她正要问为什么，他便说道：“你父亲来了。”

凯瑞丝顺着主街望去。这两兄弟真是奇怪的一对。个子高高的安东尼十分仔细地提着他的修士袍的下摆，小心翼翼地躲避着水洼，因久居室内而形成的苍白的脸上一副不悦的表情。埃德蒙尽管年长，却更显精神饱满，他长着一副红脸膛和一把凌乱的长胡须，走起路来无所顾忌，一瘸一拐地径直踩在泥水里。他正情绪激昂地说着什么，两手一齐挥舞着，夸张地打着手势。每当凯瑞丝像陌生人那样远远地看着他时，心里都会油然涌起一阵爱意。

当他们走到桥边时，争吵已趋白热化，并且毫不停顿。“看看排的这队！”埃德蒙吼道，“成百成百的人没法到集市上做买卖，全都是因为过不了桥！而且你都能肯定，他们利用排队的工夫，至少一半人都能找到买主或卖主，于是他们可以就地成交，然后回家，根本不用进城了。”

“那样做是非法的。”安东尼说。

“你可以过去跟他们那么说，如果你过得了桥的话。可你根本过不去，因为桥太窄了！听着，安东尼。如果意大利人不来了，羊毛集市也就完了。你我的兴旺全都寄托在集市——我们决不能坐视不管！”

“我们不能强迫博纳文图拉在这里做生意。”

“但我们可以把这里的集市办得比夏陵更有吸引力。我们必须宣布建设一项标志性的大工程。现在就宣布，这星期内就宣布。要让所有人都相信王桥羊毛集市绝不会完蛋。我们必须告诉他们，我们将拆掉旧桥，造一座宽一倍的新桥。”他连招呼都没打，就突然转向梅尔辛问道：“需要多长时间，小伙子？”

梅尔辛吓了一跳，但他答上了：“寻找树木是件难事。你必须找到非常长、并且已经风干的木材。接着必须把桥墩插入河床中——这也是个复杂的工程，因为需要在急流中作业。这之后就只剩下木工活儿了。可以在圣诞节前完工。”

安东尼说：“就算我们建了新桥，卡罗利家族也不见得就会改变计划的。”

“他们会的，”埃德蒙斩钉截铁地说道，“我保证。”

“不管怎么说，我没法修桥。我没钱。”

“你没法不修桥，”埃德蒙吼道，“你会毁了你自己，也毁了这镇子。”

“这不可能。我连到哪儿去弄修教堂南廊的钱都还不知道呢。”

“那你打算怎么办？”

“相信上帝。”

“只有那些既相信上帝又播下种子的人，才会有收获。然而你却不播种。”

安东尼被激怒了：“我知道很难让你明白，埃德蒙，但是王桥修道院不是商业机构。我们到这里是来崇拜上帝的，而不是来赚钱的。”

“如果你没饭吃，你也就没法崇拜上帝了。”

“上帝会赐给我们的。”

埃德蒙本来就长着红脸膛，因为气愤，变成了酱紫色：“你小时候，是父亲的产业供你吃，供你穿，供你上学。等你当了修士，是这个镇子的居民和周围乡村的农民通过缴地租，纳什一税，纳市场摊位费，纳过桥费，还有一大堆其他税款，才养活了你们。你一辈子都像是辛苦劳作的人背上的跳蚤一样活着。现在你居然敢来教训我们说上帝会赐给我们。”

“你这样说话很危险，简直是亵渎上帝。”

“别忘了我是看着你长大的，安东尼。你一向好逸恶劳。”埃德蒙的声音经常大得像咆哮，这会儿却降低了下来——凯瑞丝知道，这说明他真的是怒不可遏了，“一到该淘厕所的时候，你就躺在床上装病，这样第二天就不用去上学了。你是父亲献给上帝的礼物，什么东西都用最好的，却从来不用动手去挣。你吃最有营养的饭菜，睡最暖和的房间，穿最好的衣服——我是世界上唯一穿弟弟穿过的所有旧衣服的男孩子！”

“你没少跟我说这话。”

凯瑞丝一直等待着机会想缓和一下气氛，这时便插话了：“这个问题总有办法解决的。”

俩人都看着她，很奇怪居然有人打断他们的话。

凯瑞丝继续说道：“比如，难道不能让镇上的人建一座桥吗？”

“别胡说了，”安东尼说，“镇子属于修道院，仆人是不能给主人装饰房子的。”

“但是如果他们请求你准许，你没有理由拒绝呀。”

安东尼没有立刻反驳，这等于是鼓励凯瑞丝继续往下说，然而埃德蒙却摇了摇头：“我想我恐怕没法说服他们出钱，”他说，“当然，这符合他们的长远利益，但是到了要人们出钱的时候，他们可都不愿意去考虑那么长远的事情。”

“嗬！”安东尼说，“可你还想让我去考虑长远的事情。”

“你研究的是永恒的生命问题，是吧？”埃德蒙回击道，“在所有的人当中，只有你应该能把眼光放到下星期以后的事情上。而且，你还从每个过桥人手里收一便士。只有你能把钱收回来，并且能通过改善设施而获益。”

凯瑞丝说：“但是安东尼叔叔是个精神方面的领路人，他觉得这不是他分内的事情。”

“可这镇子属于他！”爸爸抗议道，“他是唯一能做这件事情的人！”但紧跟着他又用探询的目光打量了一下凯瑞丝。他意识到她不会无缘无故地顶撞他的：“你到底有什么想法？”

“譬如说让镇上的人出钱修一座桥，然后用过桥费来偿还他们，怎么样？”

埃德蒙张开嘴想表示反对，但一时却想不出理由。

凯瑞丝又看了看安东尼。

安东尼说：“当修道院刚刚建立时，唯一的收入来源就是那座桥。我不能放弃这笔收入。”

“但是请想一想你会因此而得到多少，如果羊毛集市和每星期的集市恢复到当初的规模，就不仅有过桥费，还有摊位费，有你从所有交易中抽取的份额，更不用说人们给教堂的供奉了！”

埃德蒙补充道：“而且你们自己卖的东西，像羊毛、谷物、皮革、书籍、圣像……也都有利润。”

安东尼说：“你都计划好了，是吧？”他气咻咻地竖起一根手指头指着他哥哥，“你告诉你女儿该说什么，吩咐这小伙子该说什么。梅尔辛根本想不出那样的计划，而凯瑞丝只是个女人。这全是你的主意。你挖空心思，就是想骗走我的过桥费。但是，你失败了。赞美上帝，我不是傻子！”他转身就走，这回大步踩在了水洼中，溅起阵阵泥浆。

埃德蒙说：“我真不明白我父亲怎么生出了这么个不通情理的东西。”他也跺着脚走开了。

凯瑞丝转向了梅尔辛。“唉，”她说，“你对这一切有什么想法？”

“我不知道。”梅尔辛扭头避开了她的目光，“我想我最好还是回去干活儿吧。”他也走了，都没吻她一下。

“见鬼！”等他已经听不到时，她说道，“他今天到底是怎么了？”

8

在羊毛集市举办的那个星期的星期二，夏陵的伯爵来到了王桥。他带着他的两个儿子和其他许多家族成员，还有一帮骑士和护卫。他的先遣人员清理了桥，在他到达前一个小时，任何人都不许过桥，以免他蒙受与一帮平民百姓一起排队之辱。他的扈从们穿着红黑两色拼成的制服，打着旗子耀武扬威地进了城，飞奔的马蹄溅得镇民们满身雨水和泥点。最近十年——先是在伊莎贝拉王后，继而在她儿子爱德华三世的浩荡皇恩下——罗兰伯爵很是兴旺发达。像所有既富且贵的人一样，他希望全世界的人都知道这一情况。

他的扈从中就有杰拉德骑士的儿子、梅尔辛的弟弟拉尔夫。在梅尔辛开始跟着埃尔弗里克的父亲学艺的几乎同时，拉尔夫当上了罗兰伯爵的护卫，从此过上了幸福生活。他吃得好穿得暖，学会了骑马和格斗，大部分时间都花在了打猎和体育活动上。六年半来，没有人要他写一个字读一句话。当他骑着马跟随伯爵掠过羊毛集市上挤作一团的货摊时，人们都用羡慕和畏惧的目光看着他们。他觉得这些在泥水里刨便士的商贩们真是可怜。

伯爵在教堂北侧副院长的房前下了马。他的小儿子理查也在那里下了马。理查是王桥的主教，因而理论上这座教堂是属于他的。然而，主教宫却在郡府所在地夏陵镇，距此有两天的路程。这对主教很合适，因为他既有宗教责任也有政治责任。这对修士们也很合适，因为他们可不愿意受到严格的管制。

理查年仅二十八岁，但他父亲是国王的亲密盟友，这点比年龄要管用。

其余的扈从继续骑行到教堂院子的南端。伯爵的长子、卡斯特领主威廉吩咐护卫们将马牵入马厩。有六七名骑士进了医院。拉尔夫快步走到威廉的妻子菲莉帕夫人面前，扶她下马。她是个高大、漂亮的女人，两腿修长，乳峰高耸，拉尔夫明知无望，却仍然深深地暗恋着她。

把马安顿好后，拉尔夫便去看他的父母。他们住在镇子西南，靠河边一座免租金的小房子里，那一带满是皮匠的作坊，臭气熏天。当他走近那座房子时，他再也神气不起来了，穿着那身红黑制服反倒更使他无地自容。他庆幸菲莉帕夫人看不到他父母处于如此窘迫的境地。

他已经有一年没见过他们了。他们更显老了。母亲头上的白发更多了，父亲的眼神也不大好了。他们用修士们酿的苹果汁和母亲从林子里采来的野草莓招待他。父亲很欣赏他的制服。“伯爵让你当骑士了吗？”他急切地问道。

当上骑士是所有护卫的愿望，但拉尔夫的这个野心比谁都强烈。十年前，他父亲沦为修道院的食客后，始终没能克服内心的耻辱。那一天，拉尔夫仿佛被一支箭射穿了心。除非他能恢复家族的荣耀，这疼痛就一刻无法消退。然而并非所有护卫都能当上骑士的。但父亲却总是在说，对于拉尔夫来说这只是个时间问题。

“还没有，”拉尔夫说道，“但是用不了多久我们就要和法国人开战了，那样我的机会就来了。”他的语气尽量轻描淡写，不想表现出自己到战场上建功立业的渴望多么强烈。

但母亲露出了厌恶之色：“国王怎么总想打仗？”

父亲大笑道：“男人生来就是要打仗的。”

“不是的！”母亲断然说道，“我生拉尔夫的时候又疼又难受，那会儿我可没想着将来要法国人用刀砍下他的脑袋，或者用箭射穿他的心。”

父亲轻轻地用手拍了拍她，脸上现出不屑的表情，又向拉尔夫问道：“你为什么说就快要打仗了呢？”

“法国的腓力国王占领了加斯科涅。”

“啊，这我们可不能忍受。”

好几个世代以来，英国国王一直统治着法国西部的加斯科涅省。英国给了波尔多和巴约讷的商人贸易特权。他们同伦敦做的生意比同巴黎要多。然而，这一地区始终是麻烦不断。

拉尔夫说：“爱德华国王已经派使者去佛兰德斯寻求结盟了。”

“结盟是要花钱的。”

“这就是罗兰伯爵来王桥的原因。国王想向羊毛商们借钱。”

“借多少？”

“据说是在全国借二十万英镑，作为预征的羊毛税。”

母亲凄楚地说道：“国王征税应该慎重一些，别把羊毛商们都逼死了。”

“商人们有的是钱，只要看看他们穿的衣服料子就知道了。”父亲的语气既痛苦又刻薄，拉尔夫注意到他穿着已经磨损的亚麻汗衫和旧鞋子。“不管怎么说，他们总希望我们阻止法国海军骚扰他们的生意吧？”多年以来，法国海军不断袭击英格兰南部海岸，劫掠港口城市，放火烧毁商船。

“法国人袭击我们，我们也袭击法国人，这有什么意思呢？”母亲说。

“妇道人家，知道什么？”父亲回答道。

“可我说得没错。”母亲马上反驳。

拉尔夫连忙岔开了话题：“我哥哥怎么样？”

“他是个不错的手艺人。”父亲说道。拉尔夫觉得，他就像是一个马贩子，在说着很适合妇人骑的还没长大的小马驹。

母亲说：“他迷上了羊毛商埃德蒙的小女儿。”

“凯瑞丝？”拉尔夫笑了，“梅尔辛一向喜欢她。我们从小一块儿玩。她又蛮横、又疯癫、又淘气，可梅尔辛从来不在乎。他会娶她吗？”

“我想会的，”母亲说，“等他学徒期满后。”

“他会很有钱的。”拉尔夫站起了身，“你们觉得他这会儿会在哪儿呢？”

“他在教堂北廊干活儿，”父亲说，“不过这会儿他可能正吃午饭呢。”

“我去找他。”拉尔夫吻过父母，就走了。

他返回修道院，漫步走过羊毛集市市场。雨已经停了，太阳不时从云层中露出脸来，照得水洼闪闪发光，也使货摊湿漉漉的顶篷水汽蒸腾。他看见了一个熟悉的侧影，让他的心跳顿时加快起来。那是菲莉帕夫人笔直的鼻子和坚实的下巴。她的年龄比拉尔夫大。他猜她大概有二十五岁。她站在一个货摊前，正在看一卷来自意大利的丝绸。她那薄薄的夏季裙子自然垂下，使她臀部的曲线很挑逗人，让拉尔夫心醉神迷。他深深地鞠了一躬，其实并无必要。

菲莉帕瞟了他一眼，马马虎虎地点了下头。

“这料子很漂亮。”他没话找话地说道。

“是的。”

这时，一个长着一头凌乱的胡萝卜色头发的矮个子出现了——是梅尔辛。拉尔夫很高兴看到他：“这是我哥哥，他可聪明了。”他对菲莉帕说。

梅尔辛对菲莉帕说：“你买浅绿色的吧——这和你眼睛的颜色很般配。”

拉尔夫使了个眼色。梅尔辛不该用这种同熟人讲话的语气和她说话。

然而，菲莉帕似乎并不在意。她用一种轻柔的语气嗔怪道：“如果我想听一个男孩子的意见，我会问我儿子的。”她说话时向他微笑了一下，简直有些挑逗的意味。

拉尔夫说：“这位是菲莉帕夫人，你这个傻瓜！我哥哥太失礼了，我替他道歉，夫人。”

“不过，他叫什么？”

“我叫梅尔辛·菲茨杰拉德，如果你在挑选丝绸时有什么疑问，我愿随时听你吩咐。”

不等他再说出其他傻话，拉尔夫赶紧抓住他的胳膊，把他拽走了。“我真不明白你怎么能这么说话！”他说，心里又恼怒又钦佩，“那颜色和她的眼睛很般配，是吗？如果我这么说话，她会拿鞭子抽我的。”他说得有些夸张，但菲莉帕对于无礼行为，通常都是反应强烈的。拉尔夫不知道她这样纵容梅尔辛，是该喜还是该忧。

“我就是这样，”梅尔辛说，“所有女人对我来说都是一场梦。”

拉尔夫听出他的语气中带着苦涩。“出什么事情了吗？”他说，“凯瑞丝怎么样？”

“我做了件蠢事，”梅尔辛回答道，“回头再告诉你。趁太阳出来了，先随便转转吧。”

拉尔夫注意到有一个金发中夹杂着白发的修士在一个摊位上卖奶酪。“看我的。”他向梅尔辛说了一声，就走到了摊位边说道：“这奶酪看上去真好吃，兄弟——这是哪里出产的？”

“这是我们林中圣约翰修道院做的。那是一个小修道院，或者说是王桥修道院的分院。我是那里的副院长——人们都叫我白头扫罗。”

“我看着这奶酪，肚子就饿了。真想买一些——但是伯爵一便士也不给我们这些护卫。”

修士从轮状的奶酪上切下了一小片递给了拉尔夫：“看在耶稣的分上，尝一尝吧，不用给钱了。”

“谢谢你，扫罗兄弟。”

他们走开时，拉尔夫对梅尔辛咧嘴一笑，说道：“瞧，就像从小孩子手中拿走一个苹果一样容易。”

“他这样很可敬。”梅尔辛说。

“但他多傻呀，随便什么人编个伤心故事，就能骗走他的奶酪！”

“他也许认为，宁肯被戏弄，也不能让真正饿肚子的人挨饿。”

“你今天真别扭。你能放任自己冒犯一位贵妇人，而我从一个傻修士那里骗一块不花钱的奶酪吃都不行吗？”

出乎他意料的是，梅尔辛竟然咧嘴一笑：“就像我们小时候一样，是吧？”

“没错！”拉尔夫不知该喜还是该怒了。还没等他想好，一个漂亮的少女端着一盘鸡蛋走到了他面前。她身材苗条，家织的连衣裙下有一对小小的乳房。拉尔夫心想，她的乳房会不会像鸡蛋一样又白又圆呢？他冲她微笑了一下。“多少钱？”他问道，尽管他根本不需要鸡蛋。

“一便士十二个。”

“鸡蛋好吗？”

姑娘指了指旁边的一个货摊：“都是这些母鸡生下的。”

“这些母鸡是跟健康的公鸡交配的吗？”拉尔夫看到梅尔辛皱起了眉头，露出嘲弄和厌恶的表情。

但那姑娘却继续搭话了。“是的，老爷。”她说话时，脸上还带着微笑。

“母鸡们很幸运，是吧？”

“我不知道。”

“你当然不知道啦。这些事情小姑娘家是不大懂的。”拉尔夫仔细打量着她。她长着一头金发和一只翘鼻子。他猜她大约十八岁。

她眨了眨眼说道：“别那样盯着我，好吗？”

货摊后的农民——无疑是姑娘的父亲——喊道：“安妮特，

过来。”

“原来你叫安妮特。”拉尔夫说。

那姑娘没理睬她父亲的呼唤。

拉尔夫问道：“你父亲是谁？”

“韦格利村的珀金。”

“真的？我的朋友史蒂芬是韦格利村的领主。史蒂芬对你们好吗？”

“史蒂芬老爷既公正又好心。”她毕恭毕敬地说道。

她父亲又喊了起来：“安妮特，这儿有活儿要你干。”

拉尔夫明白珀金为什么一再想把她叫回去。他不在乎一个护卫想不想娶他女儿，尽管那是她提高社会地位的阶梯，但他担心拉尔夫只想玩弄她，然后再把她甩了。他的想法是正确的。

“别走，韦格利的安妮特。”拉尔夫说。

“除非你买我的东西。”

梅尔辛在旁边叹道：“两个人都够难缠的。”

拉尔夫说：“你就不能放下鸡蛋跟我走吗？咱们可以沿着河边散散步嘛。”河与修道院的院子之间有一片宽阔的河岸。一年中的这个时候河岸上开满了野花，长满了灌木，情侣们通常都到那里谈情说爱。

但是安妮特并不那么容易上钩。“我父亲会不高兴的。”她说。

“别怕他。”一个农民是不大敢违逆一名护卫的，特别是当这名护卫还穿着一位势力强大的伯爵的制服的时候。对伯爵的手下动手就是对伯爵的侮辱。那个农民也许想说服他的女儿，但如果他想强行制止她，那就有危险了。

然而有人来给珀金帮忙了。一个年轻人的声音响了起来：“喂，安妮特，一切都好吗？”

拉尔夫扭头看了看新来的人。他大约十六岁，却和拉尔夫差不多高，长着宽宽的肩膀和一双大手。他相当英俊，五官端正，简直像是教堂里的雕刻家雕出来的。他长着一头浓密的浅褐色头发，也开始长出同样颜色的胡须。

拉尔夫说：“你他妈的是什么人？”

“我是韦格利村的伍尔夫里克，老爷。”伍尔夫里克毕恭毕敬地答道，但他丝毫没显出畏惧来。他转身对安妮特说道：“我来帮你卖些鸡蛋。”

那小伙子肌肉结实的肩膀横在了拉尔夫和安妮特之间，显然是想保护那姑娘，并挡开拉尔夫。这是一种温和的冒犯，拉尔夫勃然大怒。“滚开，韦格利的伍尔夫里克，”他说，“这儿没你的事。”

伍尔夫里克又转过头来，平视着他。“我是这女人的未婚夫，老爷。”他说道，语气仍然是恭敬的，但表情也仍然毫无畏惧。

珀金也开口了：“这是真的，老爷——他们就要结婚了。”

“别跟我唠叨你们农民的风俗，”拉尔夫轻蔑地说道，“我才不在乎她是不是要嫁给一个傻瓜呢。”比他卑贱的人竟敢这样跟他说话，让他很是气愤。他们哪里有资格教训他该怎样做？

梅尔辛插话了。“走吧，拉尔夫，”他说，“我饿了。贝蒂面包师正在卖热馅饼呢。”

“馅饼？”拉尔夫说，“可我对鸡蛋更感兴趣。”他从安妮特的盘子中拿起了一枚鸡蛋，挑逗般地抚弄了一番，然后把鸡蛋放下，伸手捏住了她的左乳。她的乳房很结实，也的确是鸡蛋形的。

“你干什么？”她愤怒地说道，却没有走开。

他轻轻地捏了捏，享受着那感觉：“检查一下你卖的东西。”

“把手拿开。”

“马上就好。”

伍尔夫里克一把推开了他。

拉尔夫大吃了一惊。他根本没料到会受到一个农民的袭击。他踉踉跄跄地后退了几步，又摇晃了几下，然后重重地摔倒在地上。他听见有人大笑，于是惊讶顿时变成了羞耻。他一跃而起，怒不可遏。

他没有佩剑，但腰带上挂着一把长长的匕首。然而，动用武器来对付一个手无寸铁的农民是不体面的，那样会被伯爵的骑士和其他护卫看不起的。他要用拳头来教训伍尔夫里克。

珀金从货摊后快步走出，连忙说道：“他太不小心了，老爷，不是故意的，这小伙子非常抱歉，我保证……”

然而，他的女儿却一点儿也没害怕：“看这些小伙子，看这些小伙子！”她好像是在用一种嘲弄和斥责的口气说话，但看上去却没有什么事比这更让她高兴的了。

拉尔夫没理睬他们。他向伍尔夫里克走近了一步，举起了右拳。紧接着，当伍尔夫里克举起双臂护住脸时，拉尔夫挥出左拳打在了那男孩儿的肚子上。

他的肚子不像他想象得那么松软。但伍尔夫里克仍然向前俯下了身子，脸孔痛苦地扭曲了，两手都捂在了肚子上。拉尔夫于是又挥出右拳向他的脸上打去，拳头重重地落在了他的颊骨上。

这一拳打得他手生疼，却让他心满意足。

然而让他惊奇的是，伍尔夫里克竟然还手了。

那个农家小伙儿没有倒在地上等着他用脚踢，而是积聚了肩头的全部力量挥出了右拳。拉尔夫的鼻子被打破了，他感到一阵疼痛，鲜血四溅。他愤怒地咆哮起来。

伍尔夫里克后退了一步，似乎明白了他闯下了怎样的大祸，他垂下两臂，然后举起了双手。

但这已经太晚了。拉尔夫双手并用，拳头像雨点般落在伍尔夫里克的脸上和身上。伍尔夫里克举起手臂抱着头，无力地躲避着。拉尔夫一边打，一边很奇怪这男孩子为什么不逃跑。他猜测他是想现在接受惩罚，以免日后再遭到更大的报复。他够有种，拉尔夫明白了，但这让他越发生气了。他越打越狠，一拳紧跟着一拳，心里既感到愤怒，又感到痛快。梅尔辛试图劝架。“看在基督的爱心分上，够了。”他说着，将手搭在了拉尔夫肩上，但拉尔夫甩开了他。

终于，伍尔夫里克垂下了双手，踉踉跄跄，晕头转向。他那英俊的脸上满是鲜血。他紧闭着双眼。最终，他摔倒在地上。拉尔夫开始用脚踹他。这时，一个身材魁梧、穿着皮裤的人出现了，并用威严的声音说道：“够了，小拉尔夫，别把这小伙子打死了。”

拉尔夫认出这是镇上的治安官约翰，便愤怒地说：“他袭击我！”

“好了，他现在躺在地上，闭着眼睛，已经没法再袭击你了。是吧，老爷？”约翰站到了拉尔夫面前，“我可不想劳验尸官的大驾。”

一群人围在了伍尔夫里克身旁：有珀金，有因为激动而满脸通红的安妮特，有菲莉帕夫人，还有几名旁观者。

拉尔夫已经没了刚才那种痛快的感觉，而他的鼻子却疼得越发厉害了。他只能用嘴呼吸，嘴里也尝到了血味。“这畜生打我的鼻子。”他说道，声音就像是患了重感冒。

“那他该受到惩罚。”约翰说。

两个跟伍尔夫里克长得很像的人出现了。拉尔夫猜是他的父亲和哥哥。他们把伍尔夫里克扶了起来，并怒视着拉尔夫。

珀金开腔了。他是个胖子，却长着一张精明的脸。“是这护卫先动的手。”他说。

拉尔夫说：“这农民故意推我！”

“护卫侮辱了伍尔夫里克的未婚妻。”

治安官说道：“不管护卫说了什么话，伍尔夫里克都应该明白，他不该对罗兰伯爵的手下动手的。我想伯爵一定希望重重地处罚他。”

伍尔夫里克的父亲开口了：“约翰治安官，难道有什么新法律说，穿制服的人可以想干什么就干什么吗？”

这时已聚起的人群发出了一片低低的赞同声。年轻的护卫们惹下了不少麻烦，但就因为穿着某位爵爷的制服，便经常能够逃脱惩罚。这使守法的商人和农民们深恶痛绝。

菲莉帕夫人插话了：“我是伯爵的儿媳。我看到了事情的全过程。”她说道。她的声音又低又悦耳，却带着贵族的威严。拉尔夫本希望她站在自己一边，但让他沮丧的是，她却这样说道：“我很抱歉地说，这全是拉尔夫的过错。他以最无耻的方式侮辱了这姑娘的身体。”

“谢谢你，夫人，”治安官约翰恭敬地说道，但他又压低声音同菲莉帕商量道，“但我想伯爵恐怕不会就这么放过这个农家小伙儿的。”

她会心地点了点头：“我们也不想让这事闹得沸沸扬扬。把这小伙子在仓库里关二十四小时吧。像他这年龄，这不会对他有什么伤害的，但所有的人都会知道，正义得到了伸张。伯爵会满意的——我去回他的话。”

约翰犹豫了。拉尔夫明白，除了他的主人——王桥修道院副院长之外，他不愿接受任何其他人的命令。但菲莉帕的主张无疑会让所有各方满意。拉尔夫本人恨不能让伍尔夫里克挨顿鞭子，但他已开始意识到自己在这件事中算不得英雄，如果再要求更严厉的惩罚，那他将更不光彩。过了一会儿后，约翰说道：“很好，菲莉帕夫人，如果你愿意承担责任的话。”

“我愿意。”

“好的。”约翰抓住伍尔夫里克的胳膊把他带走了。那小伙子恢复得很快，已经能够正常行走了。他的家人跟着去了。也许在他被关在仓库期间，他们会给他送吃送喝，并确保他不挨打。

梅尔辛问拉尔夫：“你感觉怎么样？”

拉尔夫觉得自己的脸中间已经肿得像个鼓起的气囊。他的视线也模糊了，他的声音像是从鼻子里发出来的，而且他很疼。“我很好，”他说，“没法更好了。”

“咱们去找个修士给你看看鼻子。”

“不了。”拉尔夫不怕打斗，却讨厌外科医生们做的事情，像什么放血、拔罐、灸灼之类的，“我只需要一瓶烈性葡萄酒就行了。带我到最近的酒馆去吧。”

“好吧。”梅尔辛说着，脚底下却没动，他奇怪地打量着拉尔夫。

拉尔夫说：“你到底怎么了？”

“你没变吧，拉尔夫？”

拉尔夫耸了耸肩：“有谁变了吗？”

9

戈德温完全被《蒂莫西书》迷住了。这是一本关于王桥修道院历史的书。像大多数这样的历史书一样，它从上帝创造天地讲起。但书的大部分内容记述的是菲力普副院长的时代，也就是两个世纪前，当大教堂刚刚修建时——现在被修士们认为是黄金时代的事件。书的作者蒂莫西兄弟称，传奇的菲力普副院长既是个严守戒律的人，也是个极富人情味的人。戈德温不大明白一个人怎么可能兼备这两种品质。

羊毛集市举办的那个星期的星期三，在午祷前的研习时间，戈德温坐在修道院图书馆的一张高凳上，那本书摊开在他面前的斜面桌上。这是修道院中他最喜欢的地方：一间宽敞的屋子，高高的窗户上射来明亮的光，一个上锁的柜子里有上百本书。这里通常很安静，但是今天他却能隐隐约约地听到从教堂远端传来的集市的喧嚣——有上千人在做买卖，有讨价还价声，有争吵声，有叫卖声，还有为斗鸡和熊狗相斗呐喊和喝彩的声音。

在书的后部，后世的作者记录了教堂建设者的后代，直至今日。让戈德温高兴，但坦率地说也非常惊奇的是，他母亲的说法得到了证实，她是建筑师汤姆的后代，是通过汤姆的女儿玛莎传下来的。他不知道这个家族的哪些特性是从汤姆那里继承下来的。他猜测，一个石匠应当也是一个精明的生意人，而戈德温的外祖父和他的舅舅埃德蒙都有那种素质。他的表妹凯瑞丝也已经显示了同样的禀赋。也许汤姆像他们一样，也长着有黄色斑点的绿眼睛。

戈德温还读到了关于建筑师汤姆的继子、王桥大教堂建筑匠师杰克的事迹。他和阿莲娜太太结了婚，并生育了一代夏陵伯爵。他是凯瑞丝的心上人梅尔辛·菲茨杰拉德的祖先。这也说得通：年轻的梅尔辛作为木匠，已经显示了无与伦比的天才。《蒂莫西书》甚至提到杰克长着一头红发，杰拉德老爷和梅尔辛都继承了这一点，而拉尔夫没有。

但最让他感兴趣的还是本书中关于妇女的一章。看来在菲力普副院长的时代，王桥并没有修女。妇女被严禁进入修道院建筑内部。作者引述菲力普的话说，一名修士为了内心的平静，如果可能的话，应当永远不看女性。菲力普反对将男女修道院合于一处，他说共用设施的好处远不及产生相互诱惑的机会这一坏处大。他还说，只要不是在只有一间房子的地方，修士和修女就应当尽可能严格地分离。

戈德温久已有之的想法找到了这样权威性的支持，他心里一阵激动。在牛津的王桥学院，他享受的是全部男性的环境。大学教师是男性，学生也是男性，无一例外。七年来他几乎没和女性说过话，如果他在城里走路时低着头，他甚至可以不看女性。然而回到王桥修道院后，看到修女的次数如此频繁，使他不免心烦意乱。尽管修女们有自己的修道院，有自己的餐厅、厨房和其他建筑，但他在教堂，在医院，以及在其他公共场合，经常能遇到她们。此时此刻，就有一个叫作梅尔的修女坐在距他几英尺的地方，查阅着一部绘画本的医药书。更糟糕的是遇见镇上的姑娘。她们穿着紧身的衣服，留着诱人的发型，因为一些日常琐事，例如给厨房送原料、到医院看病等，时不时就要走进修道院院子。

戈德温心想，很显然修道院从菲力普时代的高标准上堕落了——这是他的舅舅安东尼管理懈怠的又一个例证。不过他本人也许可以因此而有所作为。

午祷的钟声响了，他合上了书。梅尔姐妹也合上了书，并冲他微笑了一下，她的嘴唇因此而形成了一个甜美的弧形。戈德温赶紧扭开了头，匆匆走出了屋子。

天气正在好转，阳光在阵雨间不时地照射出来。教堂的彩绘玻璃也随着云朵不时飘过天空而时明时暗。戈德温的心情也同样不平静。他在祈祷时走了神，不停地思忖着怎样最大限度地利用《蒂莫西书》复兴修道院。他决定在每天都举行的全体修士大会上提出这个议题。

他注意到，自上星期天的坍塌事件后，建筑匠们对高坛的修复非常迅速。碎石瓦砾已经清理干净了，塌方的区域被用绳子隔离开了。交叉甬道里较轻较薄的石板堆得越来越高。当修士们唱起圣歌时，工匠们并没有停止工作——否则一天中的祈祷仪式如此频繁，修复工程会被严重耽误的。梅尔辛·菲茨杰拉德暂时放下了雕刻新门的活计，正在南廊用绳子、树枝和栏架制作一张“蜘蛛网”，以便石匠们修复拱顶时可以站在上面。负责监督工匠们的托马斯·兰利，正和埃尔弗里克一起站在南侧的交叉甬道中，用他唯一的手臂指点着坍塌的拱券，显然是在讨论梅尔辛的工作。

托马斯是个高效的监工。他坚决果断、一丝不苟。只要哪天早晨工匠们没有按时上工——这是件经常发生的恼人之事——托马斯就会去督促他们并查明原因。如果说他有什么缺点的话，那就是他太独断专行了：他很少向戈德温汇报工程进展并征求戈德温的意见，而是自作主张，就好像他自己可以做主而不是戈德温的下属。戈德温猜想托马斯是怀疑他的能力，这让他非常烦恼。戈德温比托马斯年龄要小，但相差不多：戈德温三十一岁，托马斯三十四岁。也许托马斯认为戈德温是因为彼得拉妮拉向安东尼施压的缘故，才得到提升的。不过，此外他没有表现出其他令人讨厌的特性。他只是自行其是。

正当戈德温一边观察着，一边心不在焉地口诵着祈祷文时，托马斯和埃尔弗里克的谈话被打断了。卡斯特领主威廉昂首阔步地走进了教堂。他像他父亲一样身材高大，长着一脸黑胡须，据说脾气也同样暴躁，不过也有人说他多少被他的妻子菲莉帕软化了一些。他走到托马斯面前，挥手叫埃尔弗里克退下。托马斯面对着威廉，他的表情使戈德温想起他曾经是一名骑士，他第一次到王桥修道院是带着血淋淋的剑伤来的，而那剑伤最终导致了他的胳膊从肘部以下被截除。

戈德温很想听听威廉领主在说什么，但是却不能。威廉俯身向前，举着一根手指，说话咄咄逼人。托马斯毫不畏惧，也同样气势汹汹地回答着。戈德温突然想起，十年前托马斯来到这里的那天，也发生过一次同样激烈、火气十足的谈话。那一次，托马斯的争论对手是威廉的弟弟——当时是一名教士，现在已成为王桥主教的理查。尽管可能是胡思乱想，但戈德温觉得他们争吵的是同一件事。那会是什么事呢？难道一名修士和一个贵族家族之间真有什么问题，引发的怒火在十年之后仍不能熄灭吗？

威廉领主跺着脚走了，显然很是不满，托马斯又转身走向了埃尔弗里克。

十年前的争执将托马斯送进了王桥修道院。戈德温记得理查曾答应捐赠，以保证修道院收下托马斯。戈德温从没听说过他捐赠了什么。他很怀疑那个诺言是否兑现了。

这许多年来，修道院似乎没有人对托马斯以前的生活有多少了解。这很奇怪，修士们是经常闲聊的。他们人不多——目前是二十六人——住得又近，大家都相互打听各自的几乎一切。托马斯以前为哪位爵爷效劳？他住在哪里？骑士大多会拥有几个村庄，可以收地租，以保证他们能买得起马匹、盔甲和武器。托马斯有妻子和孩子吗？如果有的话，他们现在怎样了？这些却都没有人知道。

除了身世是个秘密外，托马斯算得上一名好修士。他虔诚而勤劳，似乎修士生活远比骑士生涯更适合他。尽管他以前打仗杀人，却像许多修士一样，身上有些女人的气质。他同马赛厄斯兄弟关系非常密切。马赛厄斯比托马斯小几岁，是个性情温柔的男子。但如果他们有什么不洁之罪的话，他们也非常谨慎，因为没人能指责他们什么。

午祷快结束时，戈德温瞟了一眼黑洞洞的中殿，结果看到他母亲彼得拉妮拉像一根柱子一样笔直地站在那里，一束阳光照耀在她那鬓发斑白、却骄傲地昂着的头部。她独自一人。戈德温不知道她已经站在那里注视自己多久了。修道院不欢迎世俗的信徒参加平日的祈祷，戈德温猜测她是来找自己的。他心里像往常一样涌起了一股欣喜和担忧交织的感情。他知道母亲愿意为他做一切事情。她卖掉了自己的房子，做了她弟弟埃德蒙的管家，这才使戈德温得以到牛津上学。每当他想起他那骄傲的母亲为此付出的牺牲，他就感激得想哭。然而每次看见母亲，他都忐忑不安，好像他又做了什么错事要遭到申斥了。

当修士和修女们鱼贯而出时，戈德温走出了队列，来到母亲面前："早安，妈妈。"

她吻了吻他的额头。"你又瘦了，"她的语气中充满了母亲的心疼，"你难道吃不饱吗？"

"老是吃咸鱼、喝稀饭，不过管饱。"他说道。

"你有什么事那么激动？"她总能窥出他的心情。

他向母亲讲了《蒂莫西书》。"我要在全体修士大会上读一读这段。"他说。

"其他人会支持你吗？"

"西奥多里克和更年轻的修士们会的。他们很多人都认为总是看到女人会让人心烦意乱。毕竟，他们都是自愿选择在全是男人的地方生活的。"

她点了点头："这会使你成为领袖的。好极了。"

"而且，他们都因为我给他们热石头而喜欢我。"

"热石头？"

"我在冬天设立了一项新制度。在结霜的夜晚，当我们到教堂进行晨祷时，给每个修士都发一块用旧布裹着的热石头。这样他们的脚就不会生冻疮了。"

"真聪明。不过，在你行动之前，还是应该确认一下究竟有多少人支持你。"

"当然。不过这符合牛津老师的教导。"

“什么教导？”

“人类是很容易犯错误的，所以我们不能依赖自己的推理。我们不能指望了解世界——我们所能做的一切就是敬服上帝的创造。真正的知识只能来源于启示。我们不应质疑已被普遍接受的道理。”

母亲脸上露出了怀疑的神色，当有学问的人宣讲高深的哲学时，凡夫俗子们经常会这样问：“主教和红衣主教们也是这样相信的吗？”

“是的。巴黎大学甚至都禁止亚里士多德和阿奎那的作品，因为它们是基于理性，而不是基于信仰的。”

“这种思维方式有助于你得到上司的赏识吗？”

这才是她真正关心的事情。她想让自己的儿子当上副院长、主教、大主教，甚至红衣主教。戈德温也有同样的想法，但他希望自己不要像她那样刻薄。“我相信是可以的。”他回答道。

“很好。不过我来找你不是为了这事。你舅舅埃德蒙刚刚遭受了一个沉重打击。意大利人威胁说要把生意迁到夏陵去。”

戈德温吓了一跳：“那我舅舅的生意就完了。”但他仍不明白她为什么要专门来找他说这件事。

“埃德蒙认为他能把意大利人争取回来，如果我们能改善羊毛集市的条件，特别是如果我们能拆掉旧桥，造一座更宽的新桥的话。”

“我猜安东尼舅舅拒绝了。”

“但埃德蒙还没灰心。”

“你想让我去跟安东尼谈谈。”

她摇了摇头：“你说服不了他。但是，如果有人在全体修士大会上提出了这个建议，你应该支持他。”

“反对安东尼舅舅吗？”

“无论什么时候有守旧的卫道士反对一项合理的新建议，你都必须使自己成为改革派的领袖。”

戈德温钦佩地笑了笑：“妈妈，您怎么对政治这么擅长呢？”

“我来告诉你。”她扭过头，目光注视着教堂东端巨大的圆花窗户，思绪回到了从前，“当我父亲刚刚开始同意大利人做生意的时候，王桥有头脸的人物都把他当作一名暴发户。他们看不起他和他的家人，千方百计地阻挠他实施一切新主张。我母亲恰好在那时候去世了，而我已长成了一名青春少女，于是我成了他倾诉衷肠的知己，他什么都跟我说。”她的脸上一向是一副冷若冰霜的表情，这时却因痛苦和愤恨而变了形。她眯起了眼，翘起了嘴，两颊也因久违了的羞涩而绯红起来。“他下定决心，决不放过这些人，直到他掌控教区公会。于是他着手行动，而我则辅佐他。”她深吸了一口气，好像又要为一次持久作战积蓄力量，“我们分化了统治集团，让他们相互争斗，然后时而与这一派结盟，时而又与那一派结盟，无情地瓦解我们的对手，又充分地利用我们的支持者，直到我们可以甩掉他们。总共用了十年时间，最终他成了教区公会的会长和首富。”

她以前也给戈德温讲述过他外祖父的故事，但从来没有这样直白过。“所以说您是他的助手，就像凯瑞丝是埃德蒙的助手一样。”

她干笑了两声：“是的。只不过当埃德蒙接手时，我们已经是镇上的头面人物了。我父亲和我爬上了山，而埃德蒙只须从山的另一侧走下去就可以了。”

他们的谈话被菲利蒙打断了。菲利蒙从回廊走进了教堂。他今年二十二岁，个子高高，脖子瘦长，内八字脚迈着小步，活像是一只鸟儿在走路。他手里拿着把扫帚。他被修道院雇为清洁工。他看上去很激动："我到处在找你，戈德温兄弟。"

尽管菲利蒙显然是有急事，彼得拉妮拉故意视而不见："你好，菲利蒙，他们还没有收你做修士吗？"

"我筹不到必需的捐赠，彼得拉妮拉太太。我们家很穷。"

"但是修道院为一名虔诚的申请者免除捐赠，这样的事情也不是没有听说过。而你作为修道院的杂役，不管领不领报酬，都已经有很多年了。"

"戈德温兄弟为我说过情，可是有些年长的修士反对。"

戈德温插话道："瞎子卡吕斯讨厌菲利蒙——我不知道为什么。"

彼得拉妮拉说："我会去同我弟弟安东尼说说的。他该管管卡吕斯。你是我儿子的好朋友——我很希望你更进一步。"

"谢谢您，太太。"

"好吧，你显然是有什么不愿当着我面说的事急着跟戈德温说，那我走了。"她吻了吻戈德温，"记住我说的话。"

"我会的，妈妈。"

戈德温感到一阵宽慰，仿佛一团乌云已从头顶上飘过，将暴风雨带向了其他城镇。

彼得拉妮拉刚刚走到听不见的地方，菲利蒙就说道："是理查主教！"

戈德温扬起了眉毛。菲利蒙总能发现别人的隐私。"你都看到什么了？"

“他在医院里，就是现在，在楼上的一间私人房间里，和他的堂妹玛杰丽在一起！”

玛杰丽是个十六岁的漂亮姑娘。她的父母——罗兰伯爵的弟弟和马尔伯爵夫人的妹妹——已经双双亡故了。是罗兰伯爵把她抚养大的。他做主把她嫁给了蒙茅斯伯爵的一个儿子。这桩政治婚姻大大地巩固了罗兰作为英格兰西南部贵族之首的地位。“他们在干什么？”戈德温问道，尽管他完全猜得到。

菲利蒙压低了声音：“他们在亲嘴！”

“你怎么知道的？”

“我带你去看。”

菲利蒙带路从南交叉甬道走出了教堂，穿过修士们的起居室，走上一段台阶，进入了修士们的卧室。这是间简陋的房子，有两排木头床架的床，每张床上都铺着干草垫。这间房子与医院共用一堵墙。菲利蒙走到一个装毯子的大柜子前，用力将柜子推开。柜子后面的墙上露出了一块松动的石头。戈德温顿时心生疑窦，菲利蒙是怎么发现这个窥视孔的？他猜想菲利蒙一定在墙的夹缝间藏过什么东西。菲利蒙小心翼翼地将石头抽出，没有发出任何声响，然后耳语道：“快看！”

戈德温犹豫了一下，低声问道：“你还在这里偷看过多少其他客人？”

“全部。”菲利蒙回答道，好像这是不言而喻的。

戈德温明白他将看到什么，而他并无此好。偷窥一位主教的不端行为也许对菲利蒙很合宜，但在他看来却是卑鄙可耻的。然而，他的好奇心不停地促动着他。最后他问自己，如果母亲在，会怎样建议呢？于是他立刻明白了过来，她会要他去看的。

墙上的洞比人的视线要低。戈德温弯下腰来，窥视过去。

医院的楼上共有两间私人客房，这是其中的一间。屋子的一角立着张祈祷台，正对着一面绘有十字架的墙。屋里有两把安乐椅和几个凳子。当有许多贵客光临修道院时，则是男人住一间客房，女人住另一间。这显然是女人们住的那间，因为一张小桌上有一些明显是女人用的物件：梳子、发带和几个戈德温不知道作什么用的瓶瓶罐罐。

地上是两张干草垫。理查和玛杰丽躺在其中的一张上。他们远不止在亲嘴。

理查主教是个很有魅力的男人，五官端正，长着一头波浪般起伏的卷发。玛杰丽约摸只有他一半年龄，是个苗条的姑娘，有着白皙的皮肤和黧黑的眉毛。他们并排躺着。理查吻着玛杰丽的脸，对她耳语着什么。他那饱满的嘴唇上漾着欢快的微笑。玛杰丽的连衣裙褪到腰间，白白的双腿美丽而修长。理查的一只手放在了她的两腿之间，娴熟而有节奏地移动着。尽管戈德温对女人毫无体验，他仍然明白理查在做着什么。玛杰丽用崇拜的眼光看着理查。她的嘴半张着，兴奋地娇喘着，脸上因激动而一片绯红。也许仅仅是偏见，但戈德温本能地感到理查只是视玛杰丽为一时的玩物，而玛杰丽却认为理查是她一生的挚爱。

戈德温注视着他们，感到一阵惊骇。突然，理查的手挪开了，戈德温看到了玛杰丽两腿间三角区域那粗粗的阴毛，在她白皙的皮肤衬托下显得格外黑，就像她的眉毛一样。戈德温连忙把眼睛移开了。

“让我看看。”菲利蒙说道。

戈德温从墙边走开。这事情太可怕了，不过下一步他该怎么办呢——是否需要做些什么呢?

菲利蒙从小孔中望去，激动得气都喘不过来了。“我看见她的屄了！”他低声说道，“他在刮着那儿呢！”

“离开这里，”戈德温说道，“我们看得已经够多了——而且是太多了。”

菲利蒙迟疑了一下，他正看得入迷；随即，他不情愿地直起身，将松动的石头放回原处。“我们必须立刻揭露主教的通奸行为！”他说。

“闭上你的嘴，让我想想。”戈德温说道。如果他听了菲利蒙的主意，他就会和理查及其有权有势的家族结仇——那是毫无意义的。但是像这样的事情肯定是可以加以利用的。戈德温努力地像他母亲那样思考着。如果揭发理查的罪过没有任何好处，那么可不可以故意隐瞒它呢?理查也许会因为戈德温保守秘密而心存感激呢。

这样做更有成算。但是必须要让理查知道戈德温在保护他。

“跟我来。”戈德温对菲利蒙说道。

菲利蒙将柜子挪回了原位。戈德温不知道隔壁是否能听到木头摩擦地面的声响。他对此有所怀疑——而且，不管怎样，理查和玛杰丽肯定正专注于他们正在干的事情，不会注意到墙那边的动静的。

戈德温在前面带路，走下楼梯，穿过起居室。共有两条楼梯通向私人客房，一条是从医院的一层上去，另一条在建筑物的外面，可供贵客们进出时不必穿过普通人待的地方。戈德温匆匆地走上了外面的那条楼梯。

他在理查和玛杰丽所处的屋外停了一下，悄声对菲利蒙吩咐道：“跟我进去。什么也别做，什么也别说。我出来时也跟着我出来。”

菲利蒙放下了扫帚。

“不，”戈德温说，“拿着它。”

“好的。”

戈德温一把推开门，大步迈进。“把这间房子彻底打扫一下，”他大声说道，“每个角落都要扫到——噢！请原谅！我以为这屋里没人呢！”

在戈德温和菲利蒙从宿舍匆匆赶往医院的途中，这对情人又有所进展。理查这时已伏在玛杰丽身上。他那长长的教士袍已经从前面撩起。玛杰丽雪白又匀称的双腿高举在主教臀部两旁的空中。他们在做什么，没有人会误解。

理查停止了前冲动作，看着戈德温，表情中既有被打断的恼怒，也有负罪的惊骇。玛杰丽惊叫了一声，也紧盯着戈德温，目光中充满了恐惧。

戈德温刻意要将这一瞬拉长。“理查主教！”他说道，装出一副很尴尬的模样。他要让理查确知自己被认出了。“但是怎么……还有玛杰丽？”他又装作恍然大悟，“原谅我！”他转过身去，并向菲利蒙喊道，“出去！快！”菲利蒙连忙跑出门外，手里仍紧紧攥着扫帚。

戈德温紧随其后，但在门口又回了下头，以确保理查看清楚他。两个情人仍然保持着做爱的姿势，一动不动，但脸色却全变了。玛杰丽用手捂住了嘴。人们在做错事时受到惊吓，经常会摆出这样一种姿态。理查的表情则变成了紧张地动着脑筋的样子。他想说些什么，却一下子想不出有什么可说。戈德温决定不再折磨他们了。他觉得自己已经做了需要做的一切。

他走了出去，但就在他关上门之前，又一件可怕的事情使他停住了脚步。一个女人正在上楼。他感到一阵恐慌，这是伯爵的长媳菲莉帕。

他马上意识到如果还有其他人知道理查的罪过，这秘密也就丧失了价值。他必须向理查发出警告。“菲莉帕夫人！”他大声说道，“欢迎来到王桥修道院！”

他身后传来了一阵匆忙杂乱的声音。他眼角的余光看见理查一跃而起。

幸运的是，菲莉帕并没有径直向前，而是驻足与戈德温交谈起来。“也许你能帮助我。”戈德温心想，从她站立的地方，是看不大清屋子里的，“我的一只手镯不见了。这镯子并不贵重，是木雕的，但我很喜欢它。”

“怎么会有这样的事情？”戈德温同情地说道，“我会要求所有的修士和修女都来寻找它。”

菲利蒙说：“我没看见过。”

戈德温对菲莉帕说：“也许它从你的手腕上滑脱了。”

菲莉帕皱起了眉：“奇怪的是，自我来到这里后，实际上一直没戴它。我一到，就把它摘下来放到了桌上，但现在我却找不着它了。”

“也许它滚进了哪个黑暗角落。菲利蒙会注意寻找的。他负责打扫客房。”

菲莉帕看了看菲利蒙：“是的，大约一小时前，我离开时看见过你。你打扫屋子时没看见它吗？”

“我还没来得及打扫呢。我刚要打扫，玛杰丽小姐就进来了。”

戈德温说：“菲利蒙刚刚打扫完别处，正要回来打扫你的房间，但是玛杰丽小姐正在……”他看了看屋里，“……祈祷。”玛杰丽跪在祈祷台前，紧闭双眼。戈德温希望她是在祈求上帝宽恕她的罪过。理查站在玛杰丽身后，低着头，紧扣双手，嘴唇嚅动着，口中念念有词。

戈德温闪到一旁，让菲莉帕进屋。菲莉帕有些疑惑地看了她的小叔子一眼。“你好，理查，”她说，“你一般不在非礼拜日做祈祷呀。”

理查将食指竖在嘴唇上，做了个安静的手势，然后指了指跪在祈祷台前的玛杰丽。

菲莉帕爽直地说道：“玛杰丽愿意怎么祈祷都没关系，可这是女人的房间，我希望你出去。”

理查掩饰住自己的宽慰，走出了房间，将门在背后关上。

他和戈德温面对面地站在走廊里。戈德温能看出理查不知如何是好。他也许很想说：“你怎么敢不敲门就闯进来？”但他的罪过太严重了，他鼓不起勇气来咆哮。然而，他又不能乞求戈德温保守秘密，那等于是承认自己受制于戈德温。于是便出现了一阵令人痛苦的尴尬。

理查正犹豫间，戈德温开口了：“我对谁都不会说的。”

理查脸上露出了宽慰之色，他瞟了戈德温一眼：“那个人呢？”

“菲利蒙想做一名修士，他正在学习服从。”

“我很感激你。”

“一个人应当忏悔自己的罪过，而不是别人的。”

“但我仍然会记住你，你是……”

“戈德温，我是安东尼副院长的外甥，担任这里的司铎。”他希望理查能明白他有足够的能量制造出麻烦来。但是，为了缓和气氛，他又说道：“许多年前，我母亲和你父亲订过婚，那时候你父亲还不是伯爵呢。”

“我听说过这事。”

戈德温心想：但你父亲抛弃了我母亲，就像你打算抛弃可怜的玛杰丽一样。然而他却友善地说道：“我们本该是兄弟的。”

“是的。”

午餐的钟声响了。他们已摆脱了尴尬。三个人各奔东西了：理查去安东尼副院长的房间，戈德温去修士的餐厅，菲利蒙则去厨房帮厨。

戈德温在穿过修士的住处时仍然心事重重。亲眼所见的畜生行径使他心烦意乱，但他又觉得自己处理得很得当。最终，理查似乎信任他了。

在餐厅里，戈德温坐在西奥多里克身旁。西奥多里克比戈德温小几岁，是个聪明的修士。他没在牛津上过学，因此很景仰戈德温，但戈德温却平等地对待他，让他很是快慰。“我刚刚读到了一些你会感兴趣的东西。”戈德温说道。他概述了令人崇敬的菲力普副院长对于女人，特别是修女的态度。“正像你经常说的那样。”他最后说道。其实，西奥多里克从未就这个问题发表过意见，但每当戈德温抱怨安东尼副院长的懈怠时，他总是附和。

“当然。”西奥多里克说道。他长着一双蓝眼睛，白皙的皮肤因为兴奋而泛红。“经常因为女人而分心，我们怎么可能有纯洁的思想呢？”

“但是我们能做些什么呢？”

“我们必须向副院长力争。”

“你是说在全体修士大会上？”戈德温说道，仿佛这是西奥多里克的主张而不是他本人的，“不错，好主意。不过其他人会支持我们吗？”

“年轻修士们会的。”

戈德温心想，年轻人对于批评长者的意见，多多少少都会支持的。但他还知道，很多修士都像他一样，宁愿过一种没有女人，或至少是看不见女人的生活。“从现在起到全体修士大会召开，无论你跟谁谈过话，都告诉我一下他们怎么说。”他说。这将会鼓励西奥多里克四处煽动支持者。

午餐上来了，是咸鱼炖豆子。戈德温刚要吃，就被托钵修士默多拦住了。

托钵修士是生活在俗人中而不是隐修于修道院的修士。他们认为自己的克己精神比修道院里的修士更加严格。修道院里的修士虽然自诩安贫乐道，却住着豪华的房子，拥有大量的田产。托钵修士传统上都没有财产，甚至没有教堂——不过许多托钵修士在从虔诚的信徒那里接受了捐赠的土地和钱财后，往往就悄悄地放弃了这一信念。那些固守原先戒律的托钵修士靠乞食为生，在厨房地板上过夜。他们在市场和酒馆门外讲道，以获取几个便士。他们会毫不犹豫地向普通修士索取食物，随心所欲地留宿修道院。毫不奇怪的是，他们自认的优越感也很遭人憎恶。

托钵修士默多尤其让人厌恶，他又胖又脏又贪，经常喝得烂醉，还不时有人看见他和妓女鬼混。但他却是个口若悬河的演讲家，他那在神学上很可疑却有声有色的布道，经常能吸引好几百名听众。

现在他又不请自来，高声地祷告起来：“我们的圣父，将这些食物赐给我们污浊、堕落的躯体，像死狗的身上长满蛆一样，我们的躯体也充满邪恶……”

默多的祈祷词从来不短。戈德温长叹一声，放下了勺子。

全体修士大会上总要读一些经文——通常选自《圣·本笃戒律》，有时也选自《圣经》，但偶尔也选自其他宗教书籍。当修士们在沿八边形会议室周边靠墙的石凳上就座后，戈德温找出了当天负责朗读的年轻修士，平静但坚决地告诉他，今天将由戈德温本人代为朗诵。于是，当读经的时间到了后，他便读出了《蒂莫西书》上那关键的一段。

他突然感到有些胆怯。他是一年前从牛津回来的，自那时起他就一直在悄悄地同人们谈论修道院的改革，但直到此时此刻，他都还没有公开对抗过安东尼。副院长身体虚弱，行事懈怠，理当给他一个当头棒喝，使他重新振作起来。而且圣·本笃曾写道：“必须召集所有人参加修士大会，因为主经常要向年轻人揭示什么才是最好的。”戈德温在全体修士大会上发言，呼吁更严格地遵守修道院规章，本是天经地义。但他仍感到自己在冒险，后悔没有对使用《蒂莫西书》这一战术再多深思一番。

但现在后悔已经太晚了。他合上书后说道：“我对我自己和我的兄弟们提出的问题是：在修士和女性隔离方面，我们是否从菲力普副院长制定的标准上堕落了？”在牛津的学生辩论中，他学会了尽可能地将自己的论点以提问的方式提出，从而不给对手以反驳机会。

首先起来反驳的是安东尼的副手——副院长助理瞎子卡吕斯。“有些修道院远离人类居住中心，或者在荒岛之上，或者在山峦之巅，或者在密林深处，”他故意用缓慢的语调说道，让戈德温很是不耐烦，“在这样的地方，兄弟们可以做到和世俗世界断绝一切联系，”他继续不慌不忙地说着，“然而王桥却从来不是这样。我们身处一个拥有七千人的大城市的中心。我们照料着基督教世界最大的教堂之一。我们中许多人都是医生，因为圣·本笃说过：‘必须对病人进行特殊的照顾，因此照料他们的一切行动都要像耶稣本人在场一样。’上帝没有赐给我们与世隔绝的奢侈。上帝赋予我们的是不同的使命。”

戈德温早就料到会有这样的话。卡吕斯连挪动一件家具都不肯，因为换了地方的家具有可能绊倒他。出于同样的担心，他反对一切变动，因为他不愿应对任何不熟悉的情况。

西奥多里克马上对卡吕斯做出了回答：“越是这样，我们就越应该严格地遵守规矩，”他说道，“就好比一个住在酒馆隔壁的人，更应该小心不要酗酒。”

修士中传来一阵低低的附和声，他们都很欣赏这一机敏的回答。戈德温也赞许地点了点头。西奥多里克的小白脸因为兴奋而涨得通红。

受此鼓励，一个叫作朱雷的见习修士出声地耳语道：“女人的确不会打扰卡吕斯兄弟，因为他看不见她们。”有几名修士笑了，但其他人都不满地摇了摇头。

戈德温感到一切进展顺利，他似乎正走在通向胜利的道路上。然而这时，安东尼副院长开腔了：“你到底想提什么建议呢，戈德温兄弟？”他没上过牛津，却明白要逼迫对手说出真实意图。

戈德温不情愿地摊牌了：“我们也许可以考虑恢复到菲力普副院长的时代。”

安东尼追问道：“你这样说究竟是什么意思？不要修女吗？”

“是的。”

“但是让她们去哪里呢？”

“女修道院可以搬到别的地方去，像王桥学院或者林中的圣约翰修道院一样，变成本院一座遥远的分院。”

众人都大吃一惊，纷纷议论起来，副院长努力想让大家安静下来，却是徒劳。最终一个声音压过了嘈杂声，是高级医师约瑟夫。他是个聪明人，但很自负，戈德温小心地提防着他。“没有修女，我们怎么开办医院？”他说道。他的牙齿不齐，以致说出话来含糊不清，像个醉鬼，却丝毫没有减弱他的威严。“她们管理药品，为病人换衣服，给不能自理的病人喂饭喂水，还给衰弱的老人梳头……”

西奥多里克说：“这些事情修士也都能做。”

“那么接生呢？”约瑟夫说道，“我们经常要接待难产的妇女，如果没有修女们实际……操作，修士能有什么办法？”

有好几个人表示了赞同，但戈德温也早料到了这个问题，于是他说：“把修女们迁到过去麻风病人住的房子怎么样？”麻风病人的住地在镇子南端河中的一座小岛上。过去那里曾住满了麻风病患者，但现在麻风病似乎已绝迹了，岛上只住着两个人，都已垂垂老矣。

机灵的卡思伯特兄弟说：“可别让我去跟塞西莉亚嬷嬷说，

要把她迁到麻风病人住的地方去。”屋里响起了一阵笑声。

“女人应当听命于男人。”西奥多里克说。

安东尼副院长发话了：“塞西莉亚嬷嬷也的确听命于理查主教。他本该做出这样的决定的。”

“但老天会阻止他。”又一个声音说道。这是司库西米恩。他是个长脸的瘦子，反对一切花钱的主意。“如果没有修女，我们都活不下去。”他说。

戈德温吃了一惊。“为什么？”他问道。

“我们没钱，”西米恩马上答道，“当教堂需要维修时，你以为是谁在支付建筑匠们的工钱？不是我们——我们负担不起。是塞西莉亚嬷嬷在付钱。是她在为医院买药品，为缮写室买羊皮纸，为马厩买饲料。所有修士和修女共有的东西都是她在付钱。”

戈德温深为震惊：“怎么会是这样？我们为什么要依赖她们？”

西米恩耸了耸肩：“多年来，很多虔诚的妇女向女修道院捐赠了大量的土地和其他财产。”

戈德温敢肯定，这并不是全部原因。修士们也有庞大的资产，他们向王桥的几乎所有居民收房租和其他费用，同时也拥有成千上万亩的田产，关键是对财产管理的方式。但现在还无法探讨这个问题。他已经在辩论中失败了。就连西奥多里克也默然不语了。

安东尼扬扬得意地说道：“好吧，这真是一场妙趣横生的讨论。谢谢你提出这个问题，戈德温。现在，让我们祈祷吧。”

戈德温气得七窍生烟，根本无心祈祷。他简直是一无所获，他不明白自己究竟在哪里出了错。

修士鱼贯而出时，西奥多里克怯生生地看了戈德温一眼说：“我不知道修女们出了这么多钱。”

“我们都不知道。”戈德温答道。他突然意识到自己在瞪着西奥多里克，赶紧换了副脸色，说道：“不过你今天真棒——你的辩才比很多牛津的人都强。”

这话说得恰到好处，西奥多里克喜形于色。

这时该是修士们到图书馆阅读，或是在回廊里散步、冥思的时候了，但戈德温另有打算。午饭和修士大会时有一件事一直让他惦记着，只是因为有更重要的事，才被按下，现在该处理这件事了。他觉得自己知道菲莉帕夫人的手镯在哪里。

修道院里几乎没有藏东西的地方。修士们都是住在一起的，只有副院长才有自己单独的房子。就连上厕所时，大家都是并排坐在一个不断有水冲洗的槽上。修士是不允许有私人物品的，因此谁都没有柜子，甚至连个匣子都没有。

但是今天戈德温发现了一个藏东西的地方。

他上楼来到宿舍。屋里空无一人。他把装毯子的柜子从墙边挪开，抽出了那块松动的石头，但他没有透过小孔窥视，而是将手伸进了孔中摸索起来。他上下左右都摸了摸，在右边摸到了一个小小的缝隙。戈德温将手指探了进去，触到了一个既不是石头也不是灰泥的东西。他用手指扒了扒，将那东西掏了出来。

是一只雕有精美图案的木手镯。

戈德温将手镯拿到亮处。手镯是用某种硬木，也许是橡木做的。朝里的一面磨得很光滑，朝外的一面则刻着相互联结的醒目的方块和斜线的图案，做工非常精致。戈德温明白菲莉帕夫人为什么喜欢它。

他把手镯放回原位，又将松动的石头塞回墙中，把柜子也挪回了平时所在的地方。

菲利蒙要这东西做什么？他也许能卖一两个便士，但很危险，因为太容易被认出了。但他也肯定不会自己戴着。

戈德温离开宿舍，下了楼，来到回廊里，但他根本无心学习或冥思。他需要找人诉说一下今天的事情。他感到有必要去见见他母亲。

这个想法使他的心头掠过一丝恐惧。母亲也许会责怪他在全体修士大会上的失败。但他敢肯定她会赞扬他对理查主教的发落，他急于告诉她这件事。他决定去找她。

严格地说，这是不允许的。修士们不能随便上街。他们需要有理由，理论上讲，在离开修道院之前必须请求副院长批准。但实际上，修道院的执事们能找出无数的理由。修道院经常要与商人们交易，购买食品、衣服、鞋袜、纸张、蜡烛、马掌、园艺用具等日用品。修士们是地主，整座城市几乎都归其所有。所有无法亲自来医院的病人也都有可能请医生前去看病。因此经常在街上看见修士并不奇怪，而戈德温作为司铎，更没有人会问他到修道院外来做什么。

然而小心谨慎些总不为过。他在确信没人看到他后，便离开了修道院，穿过喧闹的集市市场，沿着主街快步地走向他舅舅埃德蒙的房子。

正如他所希望的，埃德蒙和凯瑞丝都出门忙生意去了，他母亲独自在家指挥着仆人们。“对于做母亲的来说这真是天赐的福分，”她说道，“一天之内能见到你两次！还能款待你吃些东西。”她给他倒了一大杯浓啤酒，还吩咐厨子端一盘冷牛肉来。“修士大会开得怎么样？”她问道。

他告诉了她详情。最后他说：“我操之过急了。”

她点了点头：“我父亲过去常说：除非结果已是板上钉钉，不然决不要开会。”

戈德温微微一笑：“我该记得的。”

“不过，我仍然认为事情并不算很糟。”

这话让戈德温放下心来。母亲不会发怒了。“但我在辩论中失败了。”他说。

“你也在年轻修士中奠定了改革派领袖的地位。”

“在我被人家嘲弄了以后，还可以这样说吗？”

“总比无所作为要好。”

戈德温不敢肯定母亲的这个看法是否正确，但像往常一样，即使他怀疑母亲的建议是否明智，也不会当面顶撞她，而是会稍后再仔细考虑。“还有一件非常奇怪的事情。”他说，接着便对她讲述了理查和玛杰丽的事情，只是省略了肉体方面的细节。

她大吃了一惊。“理查简直是疯了！”她说，“如果蒙茅斯伯爵发现了玛杰丽不是处女，婚礼会被取消的。罗兰伯爵一定会暴怒。理查也会被褫夺教职的。”

“但是很多主教都有情妇，难道不是吗？”

“这不一样。教士也许会有‘女管家’，有妻子之实，只是没有名分。主教也许会有好几个。但是让一位贵族妇女在婚前不久失身——即使是伯爵的儿子，也很难再从事教职了。”

“您觉得我该做些什么？”

“什么也别做。迄今为止，你的处置都完全得当。”她的语气中掩饰不住骄傲。接着她又说道："总有一天这件事情会成为一件有力的武器的。只要记住就行。"

"还有一件事，我不知道菲利蒙是怎么发现那块松动的石头的。我觉得他起初是利用那里藏东西的。我猜得没错——我在那里找到了菲莉帕夫人丢的手镯。"

"有意思，"她说，"我有一种强烈的感觉，这个菲利蒙会对你非常有用的。你看，他什么都敢干。他无所顾忌，没有道德约束。我父亲就有一个这样的伙计，愿意替他干所有的脏活儿——像什么造谣、传播流言蜚语、挑起争斗等等。这样的人也是无价之宝。"

"那么您认为我不该报告这件偷窃之事了？"

"当然不能报告了。如果你觉得这镯子很重要的话，就叫他自己还回去——他只消说自己是在扫地的时候捡到的就行。但是不要揭发他。我保证，你会因此而获利的。"

"那么我该保护他喽？"

"就好比你需要养一条疯狗来看门一样。他很危险，但值得养。"

10

星期四那天，梅尔辛完成了他刻的门。

他暂时干完了南廊的活儿。脚手架已经搭好，不需要他再为石匠们制作模架了，因为戈德温和托马斯已经决定为省钱而尝试梅尔辛所说的不用模架的办法了。于是他回到他正雕刻的门前，却发现这里剩下的事情也不多了。他用了一个小时修补了一个聪明的童女的头发，又用了一个小时修改了一个愚拙的童女的傻笑，但他不敢肯定自己是否改得更好了。他感到很难做决断，因为他的思绪不停地在凯瑞丝和格丽塞尔达之间游荡着。

整整一星期，他都不能鼓起勇气同凯瑞丝说话。他感到羞愧难当。每当他看到凯瑞丝，就会想起自己怎样拥抱了格丽塞尔达，怎样吻了她，怎样和她——一个自己并不喜欢，更不用说爱的女孩子——做了人类最示爱的行为。尽管以前他也曾时常甜蜜地憧憬着当他和凯瑞丝那样做的时刻，但现在一想起这事，他的心里就充满了忧虑和恐惧。格丽塞尔达是无辜的——不，她也有错，但这并不是梅尔辛烦恼的原因。无论那是凯瑞丝之外的哪个女人，他都会有同样的感觉的。他和格丽塞尔达做了那事，就使那种行为完全丧失了爱的意义。现在他无法面对自己真心相爱的女人了。

他凝视着自己的作品，努力不去想凯瑞丝，而思索着这扇门能否算完工了。就在这时，伊丽莎白·克拉克走进了北门廊。她是个面色苍白、身材瘦削的姑娘，但仍很漂亮。她今年二十五岁，长着一头美丽的卷发。她的父亲是理查前任的王桥主教。像理查一样，他也住在夏陵的主教宫，但他经常来王桥，结果迷恋上贝尔客栈的一名女招待，于是生下了伊丽莎白。由于系非婚所生，伊丽莎白对自己的社会地位极其敏感，丝毫的冒犯都会惹得她勃然大怒。但梅尔辛喜欢她，因为她聪明，也因为在梅尔辛十八岁时，她吻了他，还让他摸了自己的乳房。她的乳房长在胸口的高处，还很平，像是在一个浅浅的杯子上铸成的，轻轻触碰都会使她的乳头变硬。他们的罗曼史因为一件梅尔辛认为无伤大雅而伊丽莎白认为不可原谅的事情——梅尔辛开的一个关于好色的教士的玩笑——而结束了，但梅尔辛仍然喜欢她。

她拍了拍他的肩膀，然后看了看门，不禁将手捂在了嘴上，深吸了一口气。“她们简直活了！”她说。

梅尔辛激动得一阵颤抖。伊丽莎白可不会轻易赞扬人。但他仍然觉得应当谦虚一下。“我只不过是把每个人都刻得不一样。在旧门上，童女们都是一模一样的。”

“不只是这样。她们看上去就像是马上要走出来和我们说话一样。”

“谢谢你。”

“不过这扇门和教堂里的其他一切都很不一样，修士们会怎么说呢？”

“托马斯兄弟喜欢它。”

“司铎呢？”

“戈德温？我不知道他会怎么想。但如果有麻烦的话，我会向安东尼副院长申诉的——他肯定不想再打一扇门，付两份工钱。”

“不错，”她想了想，又说，“而且《圣经》上也没说她们都长得一模一样——只说其中的五个预先做了准备，另外五个直到最后一分钟还无所事事，结果误了宴会。但是埃尔弗里克会怎么看呢？”

“这门又不是给他刻的。”

“可他是你的师傅。”

“他只关心收钱。”

她并不信服：“问题是你的手艺比他好。这一点显而易见，这两年所有的人都看出来了。埃尔弗里克永远不会承认这一点，但这正是他恨你的原因。他也许会让你为这扇门而后悔的。”

“你总是看事物的阴暗面。”

“是吗？”她生气了，“好吧，咱们走着瞧，看我说得对不对。我倒巴不得我说错了。”她转身就走。

“伊丽莎白？”

“呃？”

“你觉得这门刻得好，我真的很高兴。”

她没回答，但看上去气消了些。她挥了挥手，就离开了。

梅尔辛决定就此收工。他用粗布把门包了起来。他必须让埃尔弗里克看看，现在正是时候：雨停了，至少是暂时停了。

他叫了一名工匠来帮忙抬门。建筑匠们有抬笨重物体的技巧。他们将两根结实的木棒平行放在地上，又将一些木板交叉搭在木棒上，使其中心形成了坚实的基础。他们用手将门抬到了木板上，然后一边一个站在了两根木棒之间，将木棒抬了起来。这样的安排就像送病人去医院的担架一样。

即便如此，门仍然显得非常沉重，但梅尔辛已经习惯于抬重物了。埃尔弗里克从来不许他拿身材矮小做借口，结果就是使他变得出奇地强壮。

两人来到埃尔弗里克家，将门抬了进去。格丽塞尔达坐在厨房里。她比那天看上去又性感了许多——她那原本就很大的乳房似乎更大了。梅尔辛不愿与人龃龉，所以竭力想对她友善些。“你想看看我做的门吗？”他在从她身旁经过时说道。

“我为什么要看一扇门？”

“门上刻着画儿，是聪明的童女和愚拙的童女的故事。”

她绷着脸冷笑了一声：“别跟我提童女。”

两人将门抬进了院子。梅尔辛觉得女人真是捉摸不透。自他们做爱以后，格丽塞尔达就一直对他非常冷漠。如果她对梅尔辛的感受就是这样，那她为什么要做爱呢？她明确地说过她不想再做第二次了。梅尔辛本想告诉她自己也是这么认为——实际上他一想起将来也许还要做爱就感到恶心——但这话说出来会伤人，所以他什么也没说。

他们将担架放在地上，给梅尔辛帮忙的工匠就离开了。埃尔弗里克在院子里，他那肌肉结实的身躯伏向了一堆木料，正用一根数英尺长的方木棍敲打着每根木头，计算着能做成多少块木板。他的舌头在嘴里顶着腮帮，每当他动脑筋时，都会摆出这样一副表情。他瞪了梅尔辛一眼，又继续计算起来。于是梅尔辛什么也没说，只是将包着门的布展开，将门靠在一堆石块上立了起来。他对自己的这件作品感到格外骄傲。他是照传统的图案刻的，但也有一些令人惊叹的创新。他迫不及待地想将门安在教堂上。

“四十——七。”埃尔弗里克说道，然后转向了梅尔辛。

“我做好了这扇门，”梅尔辛骄傲地说道，“你觉得怎么样？”

埃尔弗里克打量了一番门。他长着个大鼻子，这时鼻孔却令人惊奇地颤动着。接着，在毫无预警的情况下，他挥起那根计算用的木棍打在了梅尔辛的脸上。那是根很硬的木棍，他出手又极狠。梅尔辛痛苦地尖叫了一声，踉跚着后退了两步，倒在了地上。

“你个下流胚！”埃尔弗里克吼道，“你毁了我女儿！”

梅尔辛急着想反驳，然而满嘴是血，发不出声音。

“你好大胆！”埃尔弗里克咆哮着。

这句话就像是个信号，艾丽丝从屋里现身了。“你这条毒蛇！”她厉声喝道，“你钻进了我们家，糟蹋了我们的小姑娘！”

梅尔辛心想，他们假扮这一切都是自然发生的，但一定事先策划过。他啐出了嘴里的血，说道：“糟蹋？她根本不是处女！”

埃尔弗里克又挥动了他那临时凑合的大棒，梅尔辛滚向一旁，但棍子还是打在了他的肩上，一阵疼痛。

艾丽丝说：“你怎么能这样对待凯瑞丝？我可怜的妹妹——等她知道了这件事，她会心碎的。”

梅尔辛像被针刺了一下，立刻反问道：“你肯定要告诉她，是吗？你这母狗。”

“哼，你不可能悄悄地跟格丽塞尔达结婚。”艾丽丝说。

梅尔辛深感震惊："结婚？我不会娶她的。她讨厌我！"

这时，格丽塞尔达出现了。"我当然不想嫁你，"她说，"可我不得不嫁。我怀孕了。"

梅尔辛瞪着她说："不可能——我们只做了一次。"

埃尔弗里克冷笑了一声："一次就够了，你个小白痴。"

"那我也不娶她。"

"你要是不娶她，我就解雇你。"

"你不能那样做。"

"为什么？"

"我不管。我反正不娶她。"

埃尔弗里克扔下棒子，捡起了一把斧头。

梅尔辛喊了声："上帝呀！"

艾丽丝上前一步："埃尔弗里克，别杀人。"

"别拦着我，娘儿们。"埃尔弗里克说。

仍然躺在地上的梅尔辛迅速地闪开，害怕丢命。

埃尔弗里克的斧子劈下了，但不是劈向梅尔辛，而是劈向了他的门。

梅尔辛大叫道："别！"

锋利的斧刃劈进了一个长发童女的脸部，木头沿着纹理裂开了。

梅尔辛哀号道："住手！"

埃尔弗里克又举起了斧子，这回出手更狠，门被一劈两半了。

梅尔辛站起身来。他惊恐万分，感到自己眼里满含着泪水。"你没有权利这样做！"他本想大声吼叫，但出口的声音却低得像是耳语。

埃尔弗里克又一次高高地举起了斧子，并转向了梅尔辛：“往后站，小兔崽子——别招惹我。”

梅尔辛看到埃尔弗里克的眼中射出了疯狂的光芒，只好后退了两步。

埃尔弗里克的斧头又一次劈在了门上。

梅尔辛呆呆地立着，木然地看着，泪水顺着他的脸奔流而下。

11

“跳跳”和“小不点儿”热烈地亲昵着。它们是一窝生的，却毫不相像：“跳跳”是一条棕色的小公狗，“小不点儿”则是一条黑色的小母狗。“跳跳”是典型的乡村狗，精瘦而多疑，而在城里长大的“小不点儿”则胖乎乎的，总是一副满足的样子。

距离凯瑞丝母亲去世的那天，格温达在羊毛商家凯瑞丝的卧室地板上那一窝杂种狗中挑出“跳跳”，已经过去十年了。自那以后，格温达和凯瑞丝就成了亲密的朋友。尽管她俩一年只能见两三次面，却无话不说。格温达觉得自己可以把一切秘密都告诉凯瑞丝，丝毫不必担心有任何信息会传到她父母或韦格利村的任何人耳中。她认为凯瑞丝也会有同样的想法：因为格温达根本不和王桥的其他女孩儿说话，绝无不慎泄密的危险。

格温达是在羊毛集市举办的那个星期的星期五来到王桥的。她的父亲乔比去了教堂前的集市市场，叫卖他在韦格利村附近的森林中诱捕的一些松鼠皮。格温达则径直来到凯瑞丝家，两条狗也再度相会了。

像以往一样，她们谈起了男孩子。“梅尔辛的情绪很奇怪，”凯瑞丝说，“星期天时他还一切正常，还在教堂里吻了我——接着，到了星期一，他就连我的眼睛都不看了。”

“他一定是有什么事感到愧疚。”格温达立刻说道。

“可能跟伊丽莎白·克拉克有关。她总拿眼睛瞄着梅尔辛，尽管她是个冷漠的人，而且还比他大好几岁。”

“你和梅尔辛做过那事吗？”

“做什么事？”

“你知道……我小时候把那叫‘吭哧’，因为大人们做那事时会发出那种声音。”

“哦，那事？没有，还没做过。”

“为什么还没有？”

“我不知道……”

“你不想吗？”

“想，但是……难道你不担心一辈子都听命于某个男人吗？”

格温达耸了耸肩：“我不喜欢那样，但是，另一方面，我也不用担心。”

“你怎么样？你做过那事吗？”

“恐怕算不上做过。好几年前，我答应了邻村的一个男孩儿，就想看看到底是怎么回事。就像喝过葡萄酒一样，有那么一种浑身热辣辣的感觉。就做了那么一次。不过，如果伍尔夫里克什么时候想做，我都会让他做的。”

“伍尔夫里克？我还没听说过这个名字呢！”

“我知道。我是说，我们从小就认识，那会儿他老爱揪我的头发，然后跑开。后来有一天，就在圣诞节后不久，我在他走进教堂时看到了他。我发现他已经长成了一个男人。嗯，不仅是个男人，而且是个真正的棒小伙儿。他头发上喷着香粉，脖子上围着一条深黄色的围巾，看上去真帅。”

“你爱上他了？”

格温达叹了口气。她不知道该怎样表达她的感觉。那不仅仅是爱。她对他朝思暮想，真不知道假如没有他，她该怎么活。她曾经幻想过绑架他，把他关在密林深处的小茅屋中，那样他就没法逃跑了。

“好了，不用说了，你脸上的表情已经回答了我的问题，”凯瑞丝说道，“他爱你吗？”

格温达摇了摇头：“他简直都不搭理我。我巴望着他能做些事表明他知道我是谁，哪怕是揪揪我的头发。可他跟珀金的女儿安妮特恋爱了。安妮特是条自私的母狗，可伍尔夫里克偏偏仰慕她。他俩的父亲都是村上最富的人。安妮特的父亲养鸡、卖鸡，而伍尔夫里克的父亲有五十亩地。”

“你说得简直没希望了。”

“我不知道。什么叫没希望？安妮特也许会死。伍尔夫里克也许会突然明白过来他一直是爱我的。我父亲也许会成为伯爵，命令他娶我。”

凯瑞丝微笑起来：“你说得对，爱永远不会没希望的。我倒挺想看看这男孩子。”

格温达站起身来：“我正等着你说这话呢。那就去找找他吧。”

她们走出了屋子，两条狗紧随在她们的脚跟后。这星期头几天狂袭了这座城市的暴雨已变成了零星小雨，但主街上仍然泥泞不堪。因为羊毛集市在举行，泥浆中又夹杂着各种牲畜的粪便、腐烂的蔬菜，以及数以千计的来客留下的各种各样的垃圾。

她们踩着泥水，躲着泥坑走着，凯瑞丝问起了格温达家里的情况。

“奶牛死了，”格温达说道，“爸爸需要再买一头，但我不知道他哪里有钱买。他只有几张松鼠皮可卖。”

“今年一头奶牛要卖十二先令呢，”凯瑞丝关切地说道，“也就是一百四十四银便士。”凯瑞丝总是靠心算，她从博纳文图拉·卡罗利那里学会了阿拉伯数字，她说这使得计算容易多了。

“过去的几个冬天，就是这头奶牛养活了我们，特别是那几个小孩子。”格温达太熟悉挨饿的滋味了。即使有那头奶牛产奶，妈妈还是有四个婴儿夭折了。难怪菲利蒙渴望做修士呢，她心想：每天都能吃饱，一顿不少，为此付出什么样的牺牲都值得。

凯瑞丝问：“你父亲会怎么办呢？”

“他会偷偷地做些什么的。偷一头奶牛可不容易——你没法把奶牛装进包里——但他肯定会施什么诡计的。”格温达嘴上说得很有信心，心里却没底。爸爸不诚实，但也不聪明。他会不择手段地再弄一头奶牛的，无论是合法的还是非法的手段，他都不会顾忌，但他也许会失败的。

她们穿过修道院的大门，走进了宽阔的集市市场。经受了足足六天坏天气的折磨，商人们都浑身湿漉漉的，狼狈不堪。他们的货物都被雨淋湿了，但收获却很少。

格温达感到很尴尬。她和凯瑞丝几乎从未谈起过两家家境的巨大差异。格温达每次来，凯瑞丝都会悄悄地塞给她一件礼物让她带回家：或是一大块奶酪，或是一条熏鱼，或是一卷布，或是一罐蜂蜜。格温达会表示感谢——而且她总是发自内心地感激——但她也不会多说什么。当父亲怂恿她利用凯瑞丝的信任偷些什么时，她说要是那样的话她就没法再去了，而像现在这样，她一年有三四次都能给家里带回些东西的。就连爸爸也觉得她说得有理。

格温达寻找着珀金卖鸡的摊位。安妮特很可能在那里，而无论安妮特在哪里，伍尔夫里克都不会离得太远。格温达猜得没错。她看到了肥胖而狡黠的珀金，他正点头哈腰、油腔滑调地逢迎着顾客们，而其他人要搭话，他都是三言两语就打发了。安妮特端着一盘鸡蛋，在一旁妖冶地微笑着。托盘顶住她的连衣裙，紧紧地绷起她的乳房。她那漂亮的头发有几缕从帽子里钻了出来，在她红润的脸颊和纤长的脖颈上飘荡着。伍尔夫里克跟在她的身旁，看上去像是一个迷了路的大天使误闯进了人间。

“那就是他，”格温达小声说道，“那个大个子——”

“我能看出他是哪个，”凯瑞丝说，“他可真是‘秀色可餐’哪。”

“你明白我的意思了吧。”

“不过他年龄有点儿小，是吧？”

“他十六岁。我十八岁。安妮特也是十八岁。”

“不错。”

“我知道你在想什么，”格温达说，“他太英俊了，我配不上他。”

“不——”

“英俊的男人永远不会爱上丑女人，是吧？”

“你并不丑——”

“我在镜子里看见过自己。”那是个可怕的回忆，格温达的脸上现出了痛苦的表情，“当我知道自己长什么样子后，我大哭了一场。我的鼻子太大，两只眼睛离得太近。我长得像我父亲。”

凯瑞丝反驳道：“你有一双美丽的浅褐色眼睛，还有一头茂密的秀发。”

“可是我配不上伍尔夫里克。”

伍尔夫里克侧身对着格温达和凯瑞丝。他的侧影就像雕塑一样优美。她俩默默地欣赏了好一阵子——他转过身来，格温达惊得倒吸了一口凉气。他的另一侧脸全然是另一番景象：青一块紫一块，一只眼睛还闭着。

格温达跑向了他。“你怎么了？”她惊叫道。

伍尔夫里克吓了一跳。“哦，你好，格温达。我跟人打了一架。”他半转过身去，显然有些难为情。

“跟谁打了一架？”

“伯爵的一个护卫。”

“你被打伤了！”

伍尔夫里克有些不耐烦了：“别担心，我没事。”

他当然不明白格温达为什么如此关切。他没准还以为她是在幸灾乐祸呢。于是凯瑞丝插话了：“哪个护卫？”她问道。

伍尔夫里克饶有兴趣地打量了她一番，从她的穿着上看出了她是个富家女子：“他叫拉尔夫·菲茨杰拉德。”

“噢——梅尔辛的弟弟！”凯瑞丝说，“他受伤了吗？”

“我打破了他的鼻子。”伍尔夫里克露出了骄傲之色。

“你挨罚了吗？”

“在仓库里关了一晚上。”

格温达痛苦地叫了一声："你真可怜！"

"没什么。我哥哥护卫着我，没人敢再打我。"

"就算那样……"格温达吓坏了。在她看来，无论什么样的监禁，都是最可怕的刑罚。

安妮特打发了一个买主，加入了谈话。"哦，是你呀，格温达。"她冷冷地说道。伍尔夫里克也许没有意识到格温达的情感，安妮特可不同，她对待格温达的态度既有敌视也有蔑视。"伍尔夫里克打了一个调戏我的护卫，"她说道，掩饰不住内心的满足，"他就像一支歌谣里唱的骑士。"

格温达厉声说道："我可不愿意他为了我的缘故把脸伤成那样。"

"幸运的是，那种情况不大可能发生，是吧？"安妮特得意地说道。

凯瑞丝说："谁也说不清未来会怎样。"

安妮特被她的插话吓了一跳。她打量了凯瑞丝一番，显然很惊讶格温达的伙伴竟然穿着这么昂贵的衣服。

凯瑞丝抓住了格温达的胳膊："很高兴认识你的韦格利乡亲，"她优雅地说了一句，"再见。"

她俩走开了。格温达咯咯笑着说："你狠狠地镇住了安妮特。"

"她太讨厌了。就是她这种人败坏了女人的名声。"

"伍尔夫里克为她挨了揍，她还那么高兴！我恨不得挖了她的眼睛。"

凯瑞丝若有所思地说道："他除了长相好外，究竟是个怎样的人呢？"

"他强壮、傲慢、讲义气——就像那些愿意为别人打架的人。但他心眼很好，他会长年累月、不知疲倦地为他们家奔忙，直到累死。"

凯瑞丝一言不发。

格温达说："你不大喜欢他，是吗？"

"照你说的，他简直有点儿呆。"

"如果你是我父亲养大的，你就不会认为一个为家庭奔忙的人是呆子了。"

"我明白。"凯瑞丝攥了攥格温达的胳膊，"我觉得他对你来说的确很可爱——为了证明这一点，我要帮你得到他。"

格温达没有想到："你有什么办法？"

"跟我来。"

她们离开了集市市场，走到了城北头。凯瑞丝将格温达领到圣马克教区教堂附近的一条小巷中。"一个聪明的女人住在这里。"她说道。她俩将狗留在外面，俯身钻进了矮矮的门。

这间位于楼下的狭窄的单间房子被一张帘子隔成了两半。前面的半间里有一把椅子和一个凳子。格温达心想，炉子一定在后半间，她不明白为什么有人总爱在厨房里藏东西。屋子很干净。屋里有一股强烈的气味，像是草味，又有些酸，算不上芳香，却也不难闻。凯瑞丝喊道："玛蒂，我来了。"

过了一会儿，一个四十来岁的女人撩开帘子走了进来。她长着灰白的头发，皮肤因为长年在屋子里而显得苍白。她一看来的是凯瑞丝，就笑了笑，然后又仔细地审视了格温达一番，说道："我看你的朋友正处于热恋中——但那小伙子却不大搭理她。"

格温达倒吸了一口凉气："你怎么知道的？"

玛蒂重重地坐在了椅子上。她身材矮胖，有点儿喘不上气。“来这里的人主要是因为三个原因：疾病、仇恨和情爱。你看上去很健康，你这么年轻，还结不下什么仇敌，所以你一定是恋爱了。但那小伙子肯定对你很冷淡，不然你也用不着来找我了。”

格温达瞟了一眼凯瑞丝。凯瑞丝显得很高兴，说：“我跟你说过，她可聪明了。”两个姑娘坐在了长凳上，满怀期望地看着那妇人。

玛蒂继续说道：“他住得离你很近。你们也许就是一个村的，但他家比你家要富。”

“一点不错。”格温达大为惊讶。玛蒂无疑是猜的，但她竟猜得这么准，简直是另有一双眼睛。

“他长得英俊吗？”

“非常英俊。”

“但是他爱上了村里最漂亮的姑娘。”

“如果你认为那种姑娘算是漂亮的话。”

“那姑娘家也比你家富。”

“是的。”

玛蒂点了点头：“这种事情太常见了。我能帮助你，不过你得明白，我跟幽灵世界一点儿关系也没有。只有上帝才能创造奇迹。”

格温达糊涂了。所有人都知道，死人的鬼魂掌控着活人的祸福。如果你让鬼魂高兴，他们就会把兔子引进你设的圈套，会让你生下健康的宝宝，会让阳光照在你即将成熟的庄稼上。而如果你做了什么惹他们生气的事，他们就会让你的苹果生虫，让你的奶牛产下畸形的小崽，让你的丈夫阳痿。就连修道院里的医生都说，向圣徒祈祷比求他们的医药管用。

玛蒂继续说道："不要绝望。我可以卖给你一剂能带来爱的药。"

"我很抱歉，我没有钱。"

"我知道。但你的朋友凯瑞丝特别喜欢你，她想让你幸福。她来这里时，已经准备好为那剂药付钱了。不过，你必须正确地使用药。你能跟那男孩子单独待一小时吗？"

"我会想出办法来的。"

"把药放进他喝的水里，用不了多久他就会欲火中烧。所以你必须单独和他在一起——如果他能看见其他女孩，他会转而迷上她的。因此一定要让他远离其他女人，而且你一定要对他非常甜蜜。他会认为你是世界上最可爱的女人的。要吻他，跟他说他很棒，而且——如果你想的话——跟他做爱。过一会儿后，他会睡着的。等他醒来时，他会记起他在你的怀抱中度过了他一生中最销魂的时光，他会渴望尽快再来一次的。"

"难道我不需要再来一剂药吗？"

"不需要。第二回，靠你的爱、你的欲望和你的温柔就足够了。女人能使任何男人感到极度快活，只要他给你机会。"

这正是格温达求之不得的，使得她心醉神迷："我都等不及了。"

"那咱们现在就开始调药吧。"玛蒂从椅子上站起来，"你们可以到帘子里面来。"她说。格温达和凯瑞丝跟着她走了进去。"帘子只是给那些无知的人准备的。"

厨房的地板非常洁净，屋里有一个非常大的炉子，配备着很多蒸煮东西用的架子和钩子，远远比一个女人做饭所需要的多得多。屋里还有一张饱经烟熏火燎、布满油渍污痕却擦得很干净的笨重桌子；一个排列着陶罐的架子；一个锁着的柜子，里面可能装着玛蒂的药中所需要的较珍贵的原料。墙上还挂着张大石板，上面潦草地刻着些字母和数字，大概是药方。“为什么你要把这些东西都藏在帘子后面？”格温达问道。

“一个男人如果制作药膏或药剂，他会被称为药师；而一个女人如果做同样的事情，就有被斥为女巫的危险。镇上有个女人叫疯子尼尔，到处喊叫说有鬼。托钵修士默多指控她是异端。尼尔是疯了，没错，但她并不害人。可默多还是坚持要求审判她。男人们喜欢杀女人，默多就时不时地给他们找借口，事后向他们收钱，算作他们的施舍。这就是我总是跟人们说只有上帝能创造奇迹的原因。我并不能呼神弄鬼。我只能运用森林里的草药和我的观察力。”

玛蒂说话时，凯瑞丝在厨房里四处踅摸着，就像在自己家里一样。她把一只搅拌用的碗和一个小瓶子放在桌上。玛蒂给了她一把钥匙，让她打开柜子。“放一勺蒸馏过的葡萄酒，再滴三滴罂粟汁，”玛蒂说，“咱们得小心别放过量，不然药力太强，他会太早就睡着的。”

格温达大为惊讶：“凯瑞丝，你要来配药吗？”

“我有时候给玛蒂帮忙。但什么也别跟彼得拉妮拉说，她会反对的。”

“就是火烧着了她的头发，我都不会告诉她的。”凯瑞丝的姑姑不喜欢格温达，出于同样的原因，她也不大可能喜欢玛蒂：她们都出身低贱，这一点是彼得拉妮拉非常在意的。

可是为什么凯瑞丝这个富家女竟愿意跑到一个偏僻小巷来，

在一个女制药师的厨房里给她打下手呢？凯瑞丝配药时，格温达突然想起她的这个朋友一向对疾病和治疗感兴趣。凯瑞丝还是个小孩子时，就想做医生，她不知道只有修士才被准许学医。格温达记得她母亲去世后，她曾说过："可是人为什么会得病呢？"塞西莉亚嬷嬷告诉她那是因为人有罪；埃德蒙则说谁也不真正知道原因。他俩的回答都没能让凯瑞丝满足。也许她现在在玛蒂的厨房里，也仍然在寻找那个问题的答案呢。

凯瑞丝把药液倒进了一个小瓶子里，用塞子塞上，又用绳子把塞子系紧，在绳子的末端打了个死结。然后她把瓶子递给了格温达。

格温达将瓶子塞进了系在她腰带上的皮包里。她不知道自己到底能有什么办法让伍尔夫里克单独和她待一个钟头。她刚才不假思索地说自己会想办法，但现在药已经到手了，她却发现自己可能毫无办法。单是和伍尔夫里克说几句话，他都会显得不耐烦。他希望所有的空闲时间都和安妮特在一起。格温达到底能找出什么需要和他单独在一起的理由呢？"我想带你去一个能掏野鸭蛋的地方。"但为什么她要带伍尔夫里克去，而不是带自己的父亲去？伍尔夫里克有些天真幼稚，却不傻，他一定会明白她别有用心的。

凯瑞丝给了玛蒂十二个银便士——相当于格温达爸爸两个月的佣金。格温达说："谢谢你，凯瑞丝。我希望你能参加我的婚礼。"

凯瑞丝大笑起来："这正是我所希望的——要有信心！"

她们告别了玛蒂，又回到羊毛集市市场。格温达决定先看看伍尔夫里克住在哪里。他们家很富，不会装穷，因而不会免费借宿修道院。他们也许住在某个旅馆里。她可以装作不经意地向他，或者向他的兄弟，打听旅馆价格等问题，仿佛她想知道镇上的众多旅馆中哪家最好似的。

一名修士从她身旁走过，格温达突然有些愧疚地意识到，她都没想着去看看她哥哥菲利蒙。爸爸不会去看他，因为父子反目已经多年了，但格温达仍然爱他。她知道哥哥阴险狡诈、心术不正，但他仍然呵护妹妹。他们一起度过了很多饥饿的严冬。她决定，待她找到伍尔夫里克后，就去看他。

但是还没等到她和凯瑞丝走到集市市场，她们就遇到了格温达的父亲。

乔比站在修道院大门旁，贝尔客栈外。和他在一起的是一个身穿黄色紧身外套、相貌凶狠的男人。他背上背着个包——手里还牵着头棕色的奶牛。

乔比挥手叫格温达过去。“我找到了一头奶牛。”他说。

格温达仔细地看了看。奶牛约摸两岁大，很瘦，看上去脾气不大好，但似乎还健康。“好像不错。”她说。

“这位是小贩西姆。”他说着，向穿黄外套的人打了个响指。像他这样的小贩会走村串乡地卖一些小日用品——诸如针、扣子、小镜子、梳子什么的。他的奶牛也许是偷来的，但这对爸爸来说无所谓，只要价钱合适就行。

格温达问她父亲：“你是从哪里弄到钱的？”

“说实在的，我还没付钱呢。”他回答道，脸上露出了诡诈的神情。

格温达预料到她父亲一定有什么阴谋：“那你打算怎么办？”

“这更像是一种交换。”

“你拿什么跟他换奶牛？”

“你。”爸爸说。

“别犯傻了。”她说，但随即她感到一个绳套从她头顶上落了下来，将她的身体箍紧，使她的双臂紧紧地贴在身体两侧。

她一时晕头转向。怎么会发生这样的事情？她奋力想挣脱，但西姆却将绳子越拽越紧。

“好了，别折腾了。”爸爸说。

她不相信他们是当真的。“你以为你在做什么事？”她满腹狐疑地说道，“你不能卖了我，你这个傻瓜！”

“西姆需要一个女人，而我需要一头奶牛，”爸爸说，“就这么简单。”

西姆第一次开腔了：“你的女儿，可真够丑的。”

“这太荒唐了！”格温达说。

西姆冲她笑了笑。“别担心，格温达，”他说，“只要你安分守己，照我说的去做，我会对你很好的。”

格温达明白了，他们是当真的。他们当真认为他们能够达成这笔交易。于是她感到像是有一根冰冷的针扎进了她的心窝。

凯瑞丝开口了。“这玩笑开得够大的了，”她的声音又响亮又清晰，“赶快放了格温达。”

西姆并没有被她命令的口吻所吓倒：“你算老几，敢在这儿发号施令？”

“我父亲是教区公会会长。”

“但你不是，”西姆说，“而且就算你是，你也管不着我和我的朋友乔比。”

“你不能拿奶牛交易这个女孩儿。”

“为什么不能？”西姆说，“这是我的奶牛，这女孩儿是他的女儿。”

他们越吵越高的声音吸引了过路的人们，他们纷纷驻足打量起这个被绳子捆绑的姑娘。有人问：“怎么回事？”另一个人答道：“他要卖了他女儿，买这头奶牛。”格温达看到她父亲的脸上现出了惊恐的神色。他本以为能悄无声息地完成这笔交易的——但他远没有聪明到能预见公众的反应。格温达意识到这些旁观者也许是她唯一的希望了。

凯瑞丝向一位从修道院大门里走出来的修士挥了挥手。“戈德温兄弟！”她叫道，“请过来解决一桩纠纷。”她以一种胜利的神情看着西姆。“修道院对羊毛集市上达成的所有买卖都有仲裁权，”她说，“戈德温兄弟是司铎。我想你该接受他的权威吧。”

戈德温说：“你好，凯瑞丝表妹。出什么事了？”

西姆不满地咕哝道：“他是你的表兄，是吗？”

戈德温冷冷地白了他一眼：“无论这里有什么争议，我都将努力做出公正的判决，作为一个上帝的人——我希望你能相信这一点。”

“很高兴听你这样说，老爷。”西姆说道，声音变得谄媚起来。

乔比也同样油腔滑调地说道：“我认识你，兄弟——我儿子菲利蒙在听你差遣。我知道你打心眼儿里对他好。”

“好了，这些就不必多说了，”戈德温说，“到底是怎么回事？”

凯瑞丝说：“乔比想卖了格温达买那头牛，你跟他说他不能那样做。”

乔比说：“她是我女儿，老爷，她十八岁了，还没出嫁，所以我有权处置她。”

戈德温说：“但是卖你的孩子仍然是一桩可耻的行为。”

乔比突然现出一副可怜相：“我也不想这样做，老爷，只是我家里还有三个小孩子，我没有地，没办法养活那几个孩子过冬，除非我有一头奶牛，而我们的老奶牛死了。”

越聚越多的人群中发出了一阵低低的同情声。人们都知道冬天难过，对于一个须养家糊口的人来说尤其如此。格温达开始绝望了。

西姆说道：“戈德温兄弟，你也许觉得这事可耻，但这算罪过吗？”他说话的语气就像是已经知道了答案，格温达心想他以前也许在别的地方也经历过同样的争论。

戈德温显然不情愿，但还是说道：“《圣经》似乎的确认可你卖自己的女儿为奴。见《出埃及记》第二十一章。”

“你们看看，怎么样！”乔比说道，“这是基督徒的行为！”

凯瑞丝愤怒了。“《出埃及记》！”她不屑地说道。

一个旁观者插话了：“我们不是以色列的孩子。”她说道。她是个矮矮胖胖的妇人，长着地包天的下颌，使得她的下巴很惹眼。她尽管衣着简朴，说起话来却斩钉截铁。格温达认出她是马克·韦伯的妻子玛奇。“现在奴隶制已经不存在了。”玛奇说道。

西姆说：“那么学徒制又怎么说呢？学徒们没有报酬，还要挨师傅的打骂。还有见习修士和见习修女，以及那些为了衣食而到贵族家里做佣人的人，又该怎么说呢？”

玛奇说："他们的生活虽然有些苦，可他们不能被买卖——是吧，戈德温兄弟？"

"我没有说这样的交易是合法的，"戈德温答道，"我在牛津学习的是医学，而不是法律。但是从《圣经》或者教堂的教义中，我找不出能说这些人的行为是犯罪的理由。"他看着凯瑞丝，耸了耸肩，"对不起，表妹。"

玛奇·韦伯将双臂交叉在胸前："好吧，贩子，你打算怎么把这姑娘带出镇子？"

"用绳子牵走，"他说，"就像我把奶牛牵进来的方式一样。"

"啊，不过你把奶牛牵进来时，用不着从我和这些人身旁经过。"

格温达的心头涌起了希望。她不知道旁观者中会有多少人支持她，但假如打起架来，他们更可能站在镇上的妇女玛奇一边，而不会帮助外来人西姆。

"我跟刁蛮的妇人打过交道，"西姆说道，嘴噘了起来，"还从来没有谁能给我惹出麻烦来。"

玛奇把手放在了绳子上："也许你以前是太幸运了。"

西姆一把将绳子拽开："别动我的东西，免得我伤着你。"

玛奇又故意把手放到了格温达的肩膀上。

西姆粗暴地推了玛奇一把，她向后踉跄了几步。人群中传出了一阵低低的抗议声。

一个旁观者说道："如果你见过她丈夫，你就不敢这么干了。"

人们一阵大笑。格温达想起了玛奇的丈夫，那位性情温和的巨人。要是他这会儿能出现，该多好呀！

然而却是治安官约翰赶来了。几乎在任何地方只要有人群聚集，他那训练有素的鼻子都能闻到。“不许推搡，”他说，“是你在惹事吗，贩子？”

格温达又燃起了希望。小贩们一向名声不好，而治安官一来就认为是西姆在制造麻烦。

西姆立刻换了副谄媚的嘴脸，简直比换顶帽子还快。“请原谅，治安官老爷，”他说，“但是如果一个人按照谈好的价格为他买的东西付清了账，就应当允许他带着他买的东西完好无损地离开王桥。”

“那当然。”约翰不得不表示同意。一个市镇必须维护其买卖公平的信誉，“不过你买了些什么？”

“这姑娘。”

“哦，”约翰似乎思考了片刻，“谁卖了她？”

“我，”乔比说道，“我是她父亲。”

西姆接着说道：“而这大下巴的女人威胁说要阻止我把这姑娘带走。”

“是这样的，”玛奇说，“因为我从来没听说过王桥市场买卖过妇女，这儿的其他人也没听说过。”

乔比说：“一个人愿意怎么处置自己的孩子，别人都管不着。”他乞求般地扫视了一番人群，“有人觉得不对吗？”

格温达知道没人会回答。有的人对自己的孩子很慈爱，有的人对自己的孩子很粗暴，但他们全都认为父亲对孩子有绝对的权力。她愤怒地大叫道：“如果你们也有像他这样的父亲，你们就不会站在这里装聋作哑了。你们有谁被自己的父母卖过？有谁在幼年手小得足够伸进别人的钱袋时，被父母逼着偷窃过？”

乔比有些慌了。“她在胡说八道，治安官老爷，”他说，“我的孩子都没有偷过东西。”

“别介意，”约翰说道，“所有人都听着。我要管管这事。谁要是不同意我的决定，可以去向副院长申诉。不管是谁，如果再有推搡动作，或者其他粗暴行为，我都将全部予以逮捕。我希望你们都听清楚了。”他威严地扫视了一遍人群。没有人说话，大家都急着想听他的决定。他继续说道：“我不知道有什么理由说这桩交易是非法的，因此小贩西姆可以带着这姑娘离开。”

乔比说：“你们看看我说什么来着，难道——”

“闭上你的臭嘴，乔比，你这傻瓜，”治安官说道，“西姆，现在你走吧，动作快点儿。玛奇·韦伯，假如你敢抬抬手，我就把你关进仓库里，你丈夫也别想阻拦我。羊毛商凯瑞丝，请你什么话也别说——如果你愿意，回家跟你父亲抱怨去。”

还没等约翰说完，西姆就使劲地拽了把绳子。格温达的身子向前一倾，她连忙把一只脚伸到身前，才没摔倒在地。接着，她就不得不跌跌撞撞、半走半跑地向前挪动了。她用眼角的余光看到凯瑞丝在她身旁走着。但治安官约翰一把抓住了她的胳膊，她回头抗议了一句，但没过多久她就从格温达的视野中消失了。

西姆在泥泞的主街上健步如飞。他紧紧地拽着绳子，使得格温达东倒西歪。当他们走到桥边时，她开始感到绝望了。她试着把绳子向后拉了一把，他的回应是格外使劲地一拽，使她摔倒在泥浆里。她的胳膊仍然被绑着，因而她没法用手保护自己，于是她平着扑倒在地上，胸部擦伤了，脸也浸入了烂泥中。她挣扎着站起身来，放弃了一切抵抗。她像头牲畜一样被绳子拴着，浑身沾满污泥，心里又羞又怕，踉踉跄跄地跟在她的新主人身后，穿过了桥梁，走上了通向森林的道路。

小贩西姆牵着格温达穿过城郊的新镇，来到了叫作“绞架路口”的十字路口。这里是对罪犯执行绞刑的地方。他走上了向南通向韦格利村的路。他把捆着格温达的绳子系在自己的手腕上，这样当他走神时，格温达也无法逃走了。格温达的小狗“跳跳”紧跟着他们，但西姆不断地向它扔着石头。当一块石头正中它的鼻子后，它终于夹着尾巴跑走了。

走了几英里后，太阳开始落山了。西姆拐进了森林中。格温达看不出路边有任何标记，但路径一定是西姆精心挑选过的，因为在林中走了几百步后，他们又走上了一条小路。格温达往下一看，地上清晰地有一串小小的蹄印。她认出那是鹿踩出来的。她猜想这条小路会通向水边。果不其然，他们来到了一条小溪旁。小溪两侧的植物都被踩进了泥中。

西姆跪在小溪旁，用手捧起清冽的水喝了几口。然后他将格温达的绳子向上提了提，套住了她的脖子，松开了她的手，把她推到了水边。

她在小溪里洗了洗手，又大口地痛饮起来。

“洗洗你的脸，”西姆命令道，“你长得可真够丑的。”

她照他吩咐的做了，满心忧虑，不明白他为什么在乎自己的长相。

小路从泉眼的另一端继续向前伸延着。他们沿着小路继续走去。格温达是个健壮的姑娘，走上一天路都没问题，但她现在既沮丧又悲伤又害怕，这使她感到精疲力竭。无论前面是什么遭遇在等着她，尽管十有八九比现在还糟，她仍然盼望着快些到达目的地，以便能坐下来休息休息。

夜色降临了。鹿走过的路在树间蜿蜒了几英里，渐渐地消逝在山脚下。西姆在一棵非常高大的橡树下停住了脚步，低低地吹了声口哨。

不一会儿，黑黢黢的林间突然闪出了一个人影，说道："一切都好，西姆。"

"一切都好，杰德。"

"你带什么来了，水果馅饼吗？"

"有你一片，杰德，和其他人一样，只要你有六便士。"

格温达明白了西姆打算做什么。他要她卖淫。这对她来说不啻晴天霹雳，她踉跄了一下，跪倒在地上。

"六便士，是吗？"杰德的声音似乎是从很远的地方传来的，但格温达仍然能听出他兴奋得在颤抖，"她多大了？"

"她父亲说她十八岁了。"西姆拽了拽绳子，"站起来，你个懒母牛，我们还没到地方呢。"

格温达站起身来。她心想：这就是他要我洗脸的原因。明白了这一点，她禁不住哭了起来。

她一边跌跌撞撞地踩着西姆的脚印向前走着，一边绝望地哭着，最终来到一片中央燃着篝火的空地。她透过泪眼望去，看到十五到二十个人沿空地的边缘躺着，大多裹着毯子或斗篷。几乎所有借着火光看她的人都是男人，但她还是看到了一张表情冷漠、下巴光滑的白人女子的脸。那女人匆匆地看了她一眼，就又缩回了地上的一堆破布中。一只翻倒的葡萄酒桶和七零八落的木头杯子表明他们都已喝得酩酊大醉。

格温达明白了，西姆把她带到了一个贼窝。

她呻吟起来。西姆会逼她服侍其中的多少人呀?

她刚刚问了自己这个问题，就得到了答案：所有的人。

西姆拽着她穿过空地，来到一个背靠着树、上身挺直坐在地上的人面前。“一切都好，塔姆。”西姆说。

格温达立刻明白了这是什么人：英国最著名的匪首，名唤“隐身者塔姆”。他面貌很英俊，尽管因为喝了酒而变得通红。人们都说他出身高贵，不过他们总是这样说著名的强盗。格温达打量着他，为他的年轻而深感惊讶：他才二十五六岁。不过那时候任何人杀死强盗都是不犯法的，因而匪首一般都活不到年老。

塔姆说：“一切都好，西姆。”

“我拿阿尔文的牛换了这丫头。”

“不错。”塔姆的声音稍稍有些含糊。

“我们要向伙计们收费，每人六便士，不过你当然可以免费了。我想你很愿意第一个来吧。”

塔姆用发红的眼睛打量了她一番。也许是抱着希望吧，但格温达觉得从他的眼光中看到了一丝怜悯。他说：“不了，西姆，谢谢。你该怎么办就怎么办吧，让伙计们玩得高兴些。不过你也许愿意明天再说。我们从去王桥的几个修士那里抢来了一桶好葡萄酒，伙计们这会儿差不多都喝得烂醉如泥了。”

格温达的心中跳动着希望也许对她的折磨会被推迟。

“我得跟阿尔文商量一下，”西姆有些疑虑地说道，“谢谢，塔姆。”他转过身去，牵着背后的格温达走了。

几码之外，一个宽肩膀的男人挣扎着站起身来。西姆说：

"一切都好，阿尔文。"看来"一切都好"是这帮强盗的问候语和口令。

阿尔文正处于烂醉之后脾气暴躁的阶段，"你弄来什么东西了？"

"一个水灵灵的大姑娘。"

阿尔文用手托起了格温达的下巴。他捏得非常紧，其实毫无必要。他将她的脸扭向火光。格温达不得不直视着他的眼睛。阿尔文像隐身者塔姆一样，非常年轻，但也同样因放荡淫乱而气色不佳。他满嘴酒气地说道："看在基督的分上，你捡了个丑丫头。"

格温达平生第一次因为别人说自己丑而感到高兴，阿尔文也许不想对自己做任何事情了。

"我只能弄到我能弄到的，"西姆不耐烦地说道，"一个人如果有个漂亮的女儿，他不会只拿她换一头奶牛的，是吧？他会把她嫁给富裕的羊毛商的儿子的。"

一想起她父亲，格温达就愤怒。他一定知道，起码会怀疑，可能发生这样的事情。他怎么能这样待她？

"好了，好了，这没关系，"阿尔文对西姆说道，"这么多人里才两个女人，伙计们都快受不了了。"

"塔姆说等到明天再说，因为他们今晚都喝得太多了——不过还是听你的。"

"塔姆说得对，有一半人都已经睡着了。"

格温达的恐惧消退了一些。一夜之间什么事情都可能发生。

"好吧，"西姆说，"反正我也累得半死了。"他看了格温达一眼。"躺下，你。"他从来不叫她的名字。

她躺下了。西姆用绳子将她的双脚捆在一起，又把她的双手绑在背后。然后他和阿尔文分别躺在了她的两侧。没过一会儿，两个男人就都睡着了。

格温达筋疲力尽，但她根本不想睡。双手被绑在背后，使她浑身上下都很难受。她试着在绳子里活动了一下手腕，但西姆把绳子拽得很紧，死结打得很牢。她所得到的一切就是皮肤磨破了，绳子磨得她的皮肉火辣辣地疼。

绝望转化为无助的愤怒。她想象着自己在向捕获她的人复仇：他们都龟缩在她面前，而她拿着鞭子狠狠地抽打着他们。但这只是毫无意义的幻想。她又将思绪转到逃跑的实际办法上来。

首先她得让他们给她松绑。然后，她得能逃走。这些都实现了，她还得确保他们没法追上她并重新捕获她。

这简直不可能。

12

格温达醒来时感到很冷。虽然时值仲夏，但夜晚仍然很凉，而她除了身上穿的薄薄的连衣裙，什么也没有盖。天色已经由黑变灰。她借着微弱的光看了看四周：所有的人都一动不动。

她想撒尿。她想过就尿在这里，尿湿自己的裙子。如果能让他们厌恶她，那才好呢。但几乎就在这个念头刚一出现的同时，她就立即打消了。那等于放弃努力，而她决不放弃。

但是她该怎么办呢?

阿尔文躺在她身旁，他仍然系在腰带上的刀鞘里有一把长长的匕首，这使格温达的脑海中闪出了一个主意。她不敢肯定自己到底有没有勇气把这个正在形成的计划执行到底，但她不肯多想自己有多害怕。她必须这样做。

尽管她的脚踝被绑在一起，她仍然能挪动腿。她踢了阿尔文一脚。他似乎毫无感觉。她又踢了一脚，他动了动。当她踢出第三脚后，他笔直地坐起了身。“是你在踢我吗？”他含糊地说了一句。

“我要撒尿。”她说。

“不能尿在空地上。这是塔姆定的规矩。要撒尿，往外走二十步；要拉屎，走五十步。”

“这么说，强盗也有规矩。”

阿尔文不解地瞪着格温达。他脸上讽刺的表情消失了。格温达意识到他不是个聪明人。这很好。但他强壮、凶残，她必须格外谨慎。

她说：“我被绑着，哪儿也去不了。”

他嘟囔了一句，解开了她脚踝上的绳子。

她计划的第一步实现了，但她却更加害怕了。

她挣扎着站起身来。她的腿被捆了一夜后，所有的肌肉都感到酸痛。她迈出了一步，趔趄了一下，又摔倒了。“我的手还被绑着，太不得劲了。”她说。

阿尔文没有理睬。

计划的第二步没有奏效。

她还必须再试。

她又站了起来，走进了树林中。阿尔文紧跟着她，用手指数着步子。他数到十后，又开始从头数起。当第二次数到十后，他说：“已经够远了。”

她无助地看着他。“我没法撩起我的裙子。”她说。

他会上当吗?

他默不作声地盯着她。格温达简直能听出他的头脑像水磨的轮子一样轰隆隆地运转着。他可以帮她撩起裙子让她尿，但那是母亲为蹒跚学步的幼童做的事情，对他来说是个羞辱。或者，他也可以松开她的双手。手脚都解放后，她也许会撒腿就跑。但她身材矮小、疲惫不堪，加之手脚麻木，根本不可能跑得过一个身高腿长、肌肉发达的壮汉。他一定在想，这并不很危险。

于是他解开了她手腕上的绳子。

她把头扭过去不看他，这样他就看不到她脸上胜利的表情了。

她揉了揉胳膊，使血液流通。她恨不得用手指抠出他的眼睛，但脸上却竭力装出一副甜蜜的微笑，说了声：“谢谢你。”好像他做了件大善事。

他什么也没说，只是默默地站着，等着，注视着她。

当她撩起裙子蹲下时，本以为他会把头扭开，但他却把眼睛瞪得更大了。她迎着他的目光，不愿意在自己做着人类自然而然的事情时显出羞耻来。他的嘴微微地张开了，她觉察到他的呼吸更急促了。

现在该是计划最艰难的一部分了。

她慢慢地站起身来，在将裙子放下之前让他好好看了看。他舔了舔嘴唇，她明白他已经上钩了。

她走上前去，站在了他面前。“你愿意做我的保护人吗？”她用一种自己并不习惯的小女孩的声调说道。

他没有显示出怀疑的迹象。虽然一言未发，却用一只有力的大手抓住了她的乳房捏了捏。

她疼得吸了口气。“别这么使劲！”她抓住了他的手，“温柔些嘛。”她握着他的手在自己的乳房上移动着，轻轻地摩擦着乳头，使它挺了起来，“要是你温柔些，会更好的。”

他咕哝了一句，但继续轻轻地摩擦着。接着他用左手揪住了她的领口，拔出了匕首。匕首有一英尺长，头是尖的，刀刃闪闪发光，一看就是刚刚磨过不久。他显然是想割开她的连衣裙。这可不行——那样她以后就得赤身裸体了。

她轻轻地抓住他的手腕，并握住片刻。“你用不着拿刀子，”她说，“看。”她后退了一步，解开腰带，一把将裙子掀过头顶，脱了下来。这是她穿的唯一的一件衣服。

她将裙子摊在地上，躺了上去。她努力挤出了一副笑脸，但觉得肯定是一副怪相。接着她将两腿岔开了。

他只犹豫了一瞬间。

他右手依然拿着刀，左手撸下了自己的内裤，跪在她的两腿之间。他用匕首指着她的脸，说：“敢不老实，我就划开你的脸。”

“你用不着这样，”她说，她绞尽脑汁地想着这样的男人喜欢听女人说什么，“我又高又壮的保护人。”她说。

他对此没有反应。

他伏在她身上，下面胡乱地捅着。“别那么快嘛。”她说着，咬牙忍受着他笨拙的戳刺带来的疼痛。她将手伸到腿间，导引着他进入体内，然后将两腿抬起，以便他更容易地进入。

他用手撑着身子，俯在她上方。他将匕首放在她头旁的草地上，右手按在刀柄上，一边向她身体里捅着，一边呻吟着。她随着他的身体一起蠕动，装出心甘情愿的样子，注视着他的脸，强迫自己不去看旁边的匕首，以等待时机。她既害怕又厌恶，但她头脑中有一部分始终保持着冷静，并不停地算计着。

他闭上了眼睛，仰起了头，就像一头野兽在嗅着微风中的气味。他的胳膊伸得很直，将自己撑得很高。她冒险看了一眼刀子。他的手稍稍挪开了一点儿，这时只抚住了刀柄的一部分。她现在就可以把刀子抓过来，但他的反应会有多快呢?

她又看了看他的脸。他龇牙咧嘴，神情越发专注了。他插入得越来越快，她则配合着他的动作。

让她惊愕的是，她感到一股暖流传遍了她的腰腹之间。她吓坏了。这个人是个杀人越货的强盗，比禽兽强不了多少，他还打算以六便士一次的价钱逼她卖淫呢。她做这件事是为了救自己的命，不是为了享乐！然而她下身仍然越来越湿润，而他也插入得越来越快。

她感觉到他的高潮就要来临了。如果现在不动手，就再也没有机会了。他像是投降一样呻吟了一下，于是她动手了。

她从他的手底下抓过了刀子。他脸上入迷的表情没有变化，他没有注意到她的动作。她怕他看到她在做什么，从而在最后一刻制止她，便从躺着的地方将上身挺起，毫不犹豫地将刀子向上刺去。他发觉了她的行动，睁开了眼睛，脸上现出了震惊和恐惧的表情。她奋力一刺，将刀子插进了他下巴正下方的喉咙中。她骂了一句，知道自己没有刺中脖子上最要害的部位：气管和颈动脉。他既疼且怒，大叫了起来，但他并没有丧失战斗力，她知道自己仍然处于死亡的边缘。

她想都没想，本能地做出了下一个动作。她用左臂击打了他的肘内侧。他支撑在地上的胳膊不得不弯曲，于是他不情愿地扑倒了。她使劲地推着长一英尺左右的匕首，而他浑身的重量都压在了刀刃上。随着刀子自下而上地进入他的头部，一股鲜血从他张开的嘴里喷出，向她的脸上飞来。她又是本能地将头向旁边一甩，但手依然在将刀子向上捅。有那么一瞬，刀子遇到了障碍，但很快就穿过了，直到他的眼珠似乎都要爆炸了，她看到刀尖从他的眼窝中露出头来，上面还带着鲜血和脑浆的沫子。他摔倒在她身上，死了，或者说就要死了。他沉重的躯体压得她喘不过气来，就像是被压在了一棵倒下的大树下。有好长一阵子，她都动弹不得。

让她极度厌恶的是，她感觉到他在自己体内射精了。

她心里充满了迷信的恐怖。他这个样子，比拿着刀子威胁她还要可怕。她在极度恐慌中，扭动着身子从他的身下钻了出来。

她摇摇晃晃地爬起身来，大口地喘着粗气。她胸前沾着他的血，腿上沾着他的精液。她战战兢兢地向强盗们的营地瞟了一眼。有没有人已经醒来，听见了阿尔文的叫喊声？即使他们都仍在沉睡，那一声有没有惊醒谁？

她浑身颤抖着将连衣裙从头顶套下，扣上了带扣。她有自己的钱包和小刀。刀子主要是吃东西用的。她的眼睛几乎不敢从阿尔文身上移开：她有一种可怕的感觉，也许他还没死。她觉得自己该补上一刀，却鼓不起勇气来。这时从空地方向传来了一个响声，吓得她一激灵。她必须赶紧逃跑了。她四下望了望，辨清了方向，然后一头向大路的方向冲去。

她突然想起，大橡树附近还有个哨兵，这让她又是一阵惊恐。她蹑手蹑脚地穿过树林，当接近那棵树时，小心翼翼地不弄出一点儿声响来。随即她看见了那哨兵——他叫杰德——正躺在地上睡得死沉。她踮起脚尖从他身旁走过，运用了全部的意志才克制住自己没有疯狂地奔跑起来。她终于没有惊动他。

她找到了那条鹿走过的小道，循着它来到小溪边。好像没有人在后面追她，于是她洗去了脸上和胸部的血迹，又捧起冰冷的水往私处撩了撩。她知道前方还有漫长的道路，又大口大口地痛饮了一番。

她慌乱的心情稍稍平静了些，又继续沿着鹿走过的小径走去。她一边走一边聆听着。强盗们会用多久发现阿尔文呢？她连尸体都没有隐藏。等他们明白发生了什么事情后，他们肯定会追赶她，因为她是他们用一头奶牛换来的。那头奶牛值十二先令呢，是像她父亲那样的劳动者半年的收入。

她走到大路上。对于一个单身行走的女人来说，无遮无掩的大路像森林里的小道一样危险。隐身者塔姆那伙人并不是林中唯一的强盗，而且除他们之外还有许多其他人——护卫、农家男孩儿、小股的士兵——都有可能占一个无力抵抗的女人的便宜。但她首要的目标是逃离小贩西姆和他的同伙们，因此速度是至关重要的。

她该往什么方向去呢？如果她回家，去韦格利村，西姆也许会追到那里要她回去的——很难说她父亲会怎么处置。她需要信得过的朋友。凯瑞丝会帮助她的。

于是她奔向了王桥的方向。

天气很晴朗，但在下了好几天的雨后，道路很泥泞，步行也就越发困难。不久，她爬到了一座小山顶上。回头一望，她能沿着大路看到大约一英里开外。在她的视线尽头，她看到一个身影正大步流星地赶来。他穿着黄色的紧身短外套。

是小贩西姆。

她撒腿就跑。

疯子尼尔一案于星期六中午在教堂的北交叉甬道开庭。理查主教主持了教会法庭的审判。安东尼副院长坐在他右边，他的私人助理劳埃德副主教坐在他左边。劳埃德是个不苟言笑的黑头发教士，人们都说他实际上主持着主教的全部事务。

来旁听的镇民很多。对异端的审判可是场好戏，王桥有好多年没看到了。许多手艺人和雇工都在星期六中午收了工。教堂外面，羊毛集市也结束了，商人们正在拆除摊位，收拾没卖出去的货物。买主们也在为打道回府做准备，或者忙着安排将买到的东西搬上木筏，准备顺流而下到梅尔库姆海港。

凯瑞丝在等待审判开始时，心中忧郁地想念着格温达。她现在在做什么？小贩西姆会强迫她和他睡觉，这是肯定的——但也许还有更可怕的事情会降临到她头上。作为他的奴隶，他还会逼她做其他什么事情呢？凯瑞丝毫不怀疑格温达会想法逃跑——但她能成功吗？如果她失败的话，西姆会怎样处罚她呢？凯瑞丝明白，她也许永远不得而知了。

这真是奇怪的一个星期。博纳文图拉·卡罗利没有改变主意：至少在修道院改善羊毛集市的设施前，佛罗伦萨的羊毛采购商们不会再来王桥了。凯瑞丝的父亲和其他富裕羊毛商与罗兰伯爵一起闭门密谈了半个星期。梅尔辛继续处于一种奇怪的情绪中，吞吞吐吐、躲躲闪闪、表情阴郁。而天又开始下雨了。

尼尔被治安官约翰和托钵修士默多押进了教堂。她身上唯一的衣服是件无袖罩袍，虽然前襟扣着，却露出了她瘦骨嶙峋的双肩。她既没穿鞋也没戴帽。在两个男人的挟持下无力地挣扎着，但嘴里却大声地诅咒着。

当他们让她安静下来后，一队镇民走上前来，证实他们听到过她呼唤魔鬼。他们说的是实话。尼尔的确经常拿魔鬼来吓唬人——当有人拒绝施舍她时，当有人在街上挡住她的道时，当有人穿着好衣服时，或者当根本没有任何原因时。

所有证人都讲述了在听到她的诅咒后发生的一些不幸的事情。一位金匠的妻子丢失了一枚昂贵的胸针；一位旅店老板养的鸡全死了；一个寡妇屁股上生了个疖子——她的抱怨引发了哄堂大笑，但这却是极具说服力的证词，因为众所周知女巫有着歹毒的怪癖。

审判正进行中，梅尔辛出现在凯瑞丝身旁。“这些人的话真蠢，”凯瑞丝气愤地对他说，“有比他们多十倍的人可以做证说尼尔诅咒了他们，却什么事也没发生。”

梅尔辛耸了耸肩：“人们只相信他们想相信的事情。”

“普通人也许是这样，但主教和副院长应当更明白事理——他们都受过教育。”

“我有事要跟你说。”梅尔辛说道。

凯瑞丝来了精神，也许她就要知道他情绪消沉的原因了。她一直在斜视着他，这时便转过头来，结果看到他左侧脸上肿起了一大块。“你怎么了？”

人群中因为尼尔一句激动的插话而突然爆发出一阵大笑和吼叫，劳埃德副主教不得不反复高呼肃静。当梅尔辛的声音又能听见时，他说：“别在这儿说。咱们找个安静点儿的地方吧。”

她几乎就要转身跟他走了，却突然改了主意。将近一个星期，他都对她冷冰冰的，让她迷惑，让她伤心。现在，他终于要说出他在想什么了——却指望她招之即来。凭什么要由他来定时间呢？他已经让自己等了五天——为什么不能让他等上一小时呢？“不，”她说，“现在不行。”

他显得很意外：“为什么？”

“因为我这会儿不方便，”她说，“我要听审判。”她扭过头去时，分明看见他脸上闪过一丝受伤的表情，她的确后悔太过冷酷了，但现在已经太晚了，她不打算道歉。

证人们都讲完了。理查主教问道："妇人，你说过是魔鬼主宰着大地吗？"

凯瑞丝义愤填膺。邪教徒崇拜撒旦，是因为他们相信撒旦在统治大地，而上帝只掌管天国。疯子尼尔恐怕根本不知道这样复杂的教义。理查附和托钵修士默多的鬼话，实在有失体统。

尼尔大喊道："去你个屎吧！"

人们都被这句侮辱主教的粗话逗乐了，爆发出一阵大笑。

理查说："如果这就是她的辩词……"

劳埃德插话了。"别人可以替她辩护。"他说。他的语气是恭敬的，但他纠正了上司的错误，却显得轻描淡写。毫无疑问，懒惰的理查要依靠劳埃德来提醒他规矩。

理查扫视了一遍交叉甬道。"有人愿意替尼尔说话吗？"他喊道。

凯瑞丝等了等，但没有人自告奋勇。她不能容许这样的事情发生。必须有人站出来，指出整个审判过程的不合理来。见再没有人说话，凯瑞丝站了起来。"尼尔疯了。"她说道。

所有人都四下张望起来，想看看有谁这样傻，居然站在尼尔一边。很多人认出了凯瑞丝，发出了低低的嘀咕声——镇上的大多数人都认识凯瑞丝——但他们也没感到太过奇怪，凯瑞丝一向有爱标新立异的名声。

安东尼副院长倾了倾身子，对主教耳语了几句。理查说："羊毛商埃德蒙的女儿凯瑞丝告诉我们，这个被指控的女人疯了，而我们不需要她的指点，就已经得出了这样的结论。"

他这句冷冷的讽刺对凯瑞丝来说却如火上浇油。"尼尔根本不知道她在说什么！她呼唤魔鬼，也呼唤圣徒，还呼唤星星和月亮。这和狗叫一样毫无意义。如果你们要因此而绞死她的话，你们也应该绞死对国王嘶叫的马。”她掩饰不住声音中的鄙夷，尽管她明白同贵人说话时流露出蔑视是不明智的。

一些人低声表示了赞许，他们喜欢剑拔弩张的辩论。

理查说：“但是你听见了人们做证说她的诅咒带来了危害。”

“昨天我丢了一便士，”凯瑞丝反驳道，“我煮了个鸡蛋，却发现它已经坏了。我父亲咳嗽了一夜。但没有人诅咒我们。糟糕的事情总是要发生的。”

许多人听了这话都摇起头来。人们大多认为所有的不幸无论大小，都与某些人在背后说坏话有关。凯瑞丝丧失了听众们的支持。

凯瑞丝的叔叔安东尼副院长了解她的观点，以前也同她辩论过。这时他向前倾了倾身子，说：“你肯定不会认为上帝应当对疾病、不幸和损失负责吧？”

“不——”

“那么，谁该对此负责呢？”

凯瑞丝模仿着安东尼的那副娘娘腔说：“你肯定不会认为生活中的所有不幸都该或者由上帝，或者由疯子尼尔负责吧？”

劳埃德严厉地说道：“对副院长说话要放尊重些。”他不知道安东尼是凯瑞丝的叔叔。镇民们则哄堂大笑起来，他们都认识一本正经的副院长和他特立独行的侄女。

凯瑞丝最后说道：“我认为尼尔是无害的。她疯了，没错，但她并不害人。”

托钵修士默多突然站起身来。“我的主教大人，王桥的镇民们，朋友们，”他用他那洪亮的嗓音说道，“魔鬼无处不在，总是引诱我们犯罪——比如撒谎、贪食、酗酒、吹嘘，还有纵欲。”人们喜欢听这些：默多对罪恶的描述让人们想象起那些人人喜欢的放纵之事，但他严厉的斥责却使大家都免除了负罪感。“可他并非无影无踪，”默多继续说道，声音因激动而高昂起来，“就像马会在泥地里留下蹄印，厨房里的老鼠会在黄油上留下肮脏的痕迹，淫棍会在少女的子宫里留下他邪恶的精液一样，魔鬼也一定会留下——他的印记！”

人们高呼着表示赞同。他们都明白他是什么意思，凯瑞丝也不例外。

“我们可以通过魔鬼留下的印记来识别他的仆人们。因为他吸吮他们的热血，就像孩子从母亲胀起的乳房吸吮甘甜的乳汁一样。而且，像孩子一样，他也需要一个乳头来吸吮——也就是第三个乳头！”

凯瑞丝注意到，默多吸引得听众们全神贯注。他的每一句话，在开始时都用的是低沉、平静的声音，随之音调越来越高，接连迸出一个又一个激情洋溢的词语，直至高潮。听众们也给予了热情的回应，先是静静地听他说，最终则爆发出欢呼以示赞同。

“这种印记是黑色的，像乳头一样隆起，而且是从周围白皙的皮肤中突兀而起的。它有可能在人体的任何部分。有时是在女人柔软的乳沟，非自然的现象残忍地模仿了自然的现象。但魔鬼更喜欢将其隐藏在人体更隐秘的部位，例如：腹股沟、私处，特别是……”

理查主教大声说道：“谢谢你，托钵修士默多，你不必再讲了。你希望检查这个女人的身体，找到魔鬼的印记。”

“是的，我的主教大人，因为——”

“很好，不必继续说了，你已经很好地陈述了自己的观点，”理查四下里望了望，“塞西莉亚嬷嬷来了吗？”

女副院长和朱莉安娜姐妹及一些高级修女坐在法庭侧面一条长凳上。疯子尼尔的裸体不能由男人来检查，所以必须由女人在密室检查然后来汇报。修女显然是恰当的人选。

凯瑞丝一点儿也不羡慕她们的这桩差事。镇上大多数居民都是每天洗脸洗手，每星期清洗一次身体上气味更大的部位。全身的洗浴至多一年两次，虽说对健康有危险，却是非常必要的。然而，疯子尼尔似乎从来不洗浴。她的脸很脏，手也很脏，浑身的臭味就像是个粪堆。

塞西莉亚站了起来。理查说：“请把这个女人带到密室，脱去她的衣服，仔细检查她的身体，然后回来诚实地报告你发现了什么。”

修女们当即起立，向尼尔走去。塞西莉亚和善地对疯女人说着话，并轻轻地抓住了她的胳膊。但尼尔可不傻。她使劲挣扎着，将手臂甩向了空中。

这时，托钵修士默多喊道：“我看见了！我看见了！”

四个修女奋力将尼尔抓牢。

托钵修士说：“不用脱她的衣服了，只要看看她右胳膊下面就行。”当尼尔再度开始挣扎时，他大步走了过去，亲手抓住她的胳膊，高高地举过她的头顶。“在这里！”他说着，指了指她的腋窝。

人们向前涌去。有人大声喊道：“我看见了！”其他人也跟着附和。然而除了正常的腋毛外，凯瑞丝什么也没看见，但她并不想凑上前去仔细看，像其他人那样侮辱尼尔。她毫不怀疑尼尔的那个部位有某种疤或痣。很多人皮肤上都有斑迹，尤其是年长者。

劳埃德副主教高呼维持秩序。治安官约翰用棍子打退了涌上前来的人群。当教堂里最终安静下来后，理查站了起来。“王桥的疯子尼尔，我判你犯有异端罪，”他说，“现在，你将被绑在牛车后，用鞭子抽打着游街，然后被带到叫作绞架路口的地方，在那里执行绞刑，直至死亡。”

人群中爆发出欢呼声。凯瑞丝厌恶地扭过头去。有这样的审判，任何妇女都难保安全。她的目光落在了一直在耐心等她的梅尔辛身上。“好吧，”她没好气地说道，“你想说什么？”

“外面雨已经停了，”他说，“咱们到河边走走吧。”

修道院养着一些矮种马，供高级修士和修女外出时骑乘，此外还养着一些壮实的马拉车干重活儿。这些马和有钱有势的访客骑来的马一起，都被安置在教堂大院南端的一排石头马厩内。附近的厨房菜圃就以马厩里的马粪做肥料。

拉尔夫和罗兰伯爵的其他扈从一起，在马厩所在的院子里等待着。他们的马都已经备好鞍鞯，准备踏上两天的归程，返回夏陵附近罗兰的伯爵城堡。现在只等伯爵现身了。

拉尔夫拉着自己的马在和父母话别。这是一匹名叫“怪兽”的枣红马。“我不明白为什么史蒂芬当上了韦格利村的领主，而我什么也没有。”他说，“我们俩年龄一般大，而无论是骑马、挥矛还是击剑，他都不比我强。”

每次父子见面，杰拉德老爷都满怀希望地问起同样的问题，而拉尔夫则不得不令人失望地给予他同样的回答。如果不是他父亲迫切期望他提升的可怜心情，拉尔夫克服自己的失望还容易些。

“怪兽”是一匹幼马，是狩猎用的猎马——一名护卫是不配骑昂贵的战马的。但拉尔夫喜欢它。每当拉尔夫在狩猎中驱动它时，它都很听话。这时院子里的一切活动都让“怪兽”感到兴奋，它急不可耐地想要出发。拉尔夫凑近它的耳朵小声说道：“静一静，我可爱的小伙计，你马上就能撒腿飞奔了。”马听到他的话，安静了下来。

“要时时警醒，让伯爵高兴，”杰拉德说道，“这样当有职位空缺时，他就会想到你。”

拉尔夫心想，这些话说得没错，但真正的机会只能出自于战场。不过，现在战争比一个星期前更迫近了。拉尔夫没有参加伯爵和羊毛商们的会谈，但他猜想羊毛商们愿意借钱给爱德华国王。他们希望国王对法国采取一些断然行动，以报复法国对南部港口的袭击。

与此同时，拉尔夫渴望着在战场上出出风头，着手夺回十年前丧失的家族的荣誉——不仅为了他父亲，也为了他本人的荣耀。

“怪兽”又踩起蹄子甩起了头。为让马安静下来，拉尔夫开始四下里遛马，他父亲陪着他一起走着。他母亲则站得远远的。拉尔夫被打破的鼻子让她心烦。

他和父亲一起走过菲莉帕夫人的身旁。她一只手紧紧地拽着一匹精神抖擞的骏马的缰绳，正和她丈夫威廉领主聊着天。她穿着紧身的衣服，很适合于长途骑行，但也使她丰满的胸部和修长的双腿更显突出。拉尔夫总在找借口同她搭讪，但这并没有给他带来好处：他只是她公公的扈从之一，她从来不搭理他，除非是不得不说话的时候。

拉尔夫看到，她正对着丈夫微笑，并用手背轻轻敲打着他的胸脯，假意在嗔怪他。拉尔夫心中充满了愤恨。为什么和她享受这份亲昵的不是他本人？毫无疑问，如果他像威廉一样，是四十多个村庄的领主，她也会愿意的。

拉尔夫感到自己对人生满怀抱负。但他什么时候才能真正建功立业呢？他和父亲走到了院子的尽头，又转身往回走。

他看到一个独臂的修士走出厨房，穿过了院子，不禁心中一怔，这个人怎么这般面熟？过了一会儿，他想起在哪里见过他了。这是托马斯·兰利，十年前在森林里杀死了两个士兵的骑士。自那天后拉尔夫就没再见过他，但他哥哥梅尔辛见过，因为这位骑士出身的修士现在掌管着修道院建筑的修缮事务。托马斯穿着褪了色的修士袍，而不再是骑士的华服，他的头也剃成了修士的光头。他的腰部比以前臃肿了，但仍然端着副战士的架势。

托马斯走过后，拉尔夫不经意地对威廉领主说道：“这就是他——那个神秘的修士。”

威廉厉声问道：“你说什么？”

“托马斯兄弟。他以前是个骑士，谁也不知道他为什么进了修道院。”

“你到底都知道些他的什么情况？”虽然拉尔夫没说任何冒犯的话，威廉的声音中却带着怒气。也许他这会儿情绪不佳，尽管有他美丽的妻子含情脉脉地对他微笑着。

拉尔夫后悔挑起了这番对话。“他来王桥的那天我在这里。”他说。他想起了那天下午孩子们发的誓，心中犹豫着。因为那个誓言，也因为威廉莫名的恼怒，拉尔夫没有将一切和盘托出。“他带着剑伤，流着血，踉踉跄跄地走了进来，”他继续说道，“一个男孩子是忘不了这样的事情的。”

菲莉帕说：“真奇怪。”她看了看她丈夫，“你了解托马斯兄弟的情况吗？”

“当然不了解，”威廉不耐烦地说道，“我怎么会知道这样的事情？”

她耸了耸肩，把眼光移开了。

拉尔夫继续向前走，很高兴摆脱了这件事。“威廉老爷在撒谎，”他低声对父亲说道，“可我不知道为什么。”

“别再问有关那个修士的任何问题，”父亲急切地说道，“这显然是个碰不得的话题。”

罗兰伯爵终于现身了。安东尼副院长陪在他身旁。骑士们和护卫们都上了马。拉尔夫亲吻了父母，也翻身坐上了马鞍。“怪兽”急于出发，向旁边跨了一步。这一下抻得拉尔夫被打破的鼻子火辣辣地疼。他咬了咬牙，对此他没有任何办法，只能忍。

罗兰走向了他的马“胜利”——一匹眼睛上方有一块白的黑色牡马。但他没有翻身上马，而是牵着缰绳走着，继续同副院长谈着话。威廉喝道：“史蒂芬·韦格利骑士和拉尔夫·菲茨杰拉德，在前面开路，把桥清出来。”

拉尔夫和史蒂芬策马越过教堂的绿地。羊毛集市使绿地被践踏得一派凌乱，地上一片泥泞。有几个货摊还在继续做生意，但大部分都已经撤了，许多人已经离去了。他俩穿过了修道院的大门。

在主街上，拉尔夫看到了打破他鼻子的那个男孩儿。他叫伍尔夫里克，来自史蒂芬的韦格利村。他那被拉尔夫反复捶打过的左脸青肿了起来。伍尔夫里克和他的父母兄弟一起站在贝尔客栈外。他们显然是也要离去了。

拉尔夫心想，你最好是祈祷别再让我看见你。

他竭力想憋出几句羞辱的话来，但一片嘈杂的人声让他分了心。

他和史蒂芬沿着主街向前骑去，他们的马在泥浆中灵巧地奔跑着。他们看到前面有一群人。在下坡到一半时，他们不得不停了下来。

街道被好几百人堵住了，有男人，有女人，也有孩子。他们叫喊着、大笑着，相互推搡着向前挤去。他们全都背对着拉尔夫。他的目光超过他们的头顶向前望去。

乱哄哄的人群前面是一辆牛拉的车，绑在车后的是一个半裸的女人。拉尔夫以前见过这样的场面，被鞭打着游街是一种常见的刑罚。那女人只穿着一条粗羊毛织的裙子，用一条带子系在腰间。当他能看得到她时，他看到她的脸很脏，她的头发乱蓬蓬的，所以起初他以为她很老。但随即他看见了她的乳房，才发现她原来只有二十来岁。

她的双手被绑在一起，并被同一根绳子拴在牛车的末端。她踉踉跄跄地在牛车后走着，时而摔倒在地，被绳子拖着在泥浆中翻滚，直到她挣扎着再度站起身来。镇上的治安官跟在她后面，用一条牛鞭——系在棍子末端的一截皮条——使劲地抽打着她赤裸的后背。

人群的最前头是一伙青年男子。他们奚落着、辱骂着、嘲笑着那女人，不停地向她掷泥巴和垃圾。她的反应让他们更加兴奋。她高声地叫骂着，还向每个走近她的人啐唾沫。

拉尔夫和史蒂芬策马冲进了人群。拉尔夫抬高了声音。“让开！让开！”他用尽最大的力气喊道，“给伯爵让开道！”

然而没有人在意他们。

修道院南墙外直到河边，是一个很陡的斜坡。这一带的河岸布满乱石，不适于平底船或木筏卸货，因而所有的码头都在河南岸更适宜泊船的郊外新镇。一年中的这个时候，静静的北岸上便长满了灌木和野花。梅尔辛和凯瑞丝坐在水面上方一处低低的陡坡上。

河因为下雨而涨水了。梅尔辛注意到，河水比以前流得更快。他能看出是什么原因：河道比以前窄了。那是河岸的扩展造成的。在他小时候，南岸的大部分都是一条宽阔、泥泞的河滩，上面有很多沼泽。那时的河水非常平缓，他作为一个小男孩，能够平躺在水面上从河的一岸游到另一岸。但是为防洪而筑起了石墙的众多新码头，将同样的水量压缩在了更窄的水道中。河水飞快地奔流着，仿佛迫切地要钻过桥去。桥那边的河道重新变宽，河水缓缓地绕过了麻风病人岛。

“我干了件非常糟糕的事。”梅尔辛对凯瑞丝说。

不幸的是，她今天看上去格外动人。她穿着深红色亚麻布连衣裙，风姿绰约，容光焕发。她刚才一直在为审判疯子尼尔的事愤愤不平，但这时就只剩下忧虑了，这使她看上去楚楚可怜，让梅尔辛心如刀绞。她一定注意到了他一星期都不敢看她的眼睛。但他要告诉她的事情，恐怕比她所能想象的一切还要糟糕。

自从和格丽塞尔达、埃尔弗里克和艾丽丝争吵后，他一直没和任何人说起过此事。甚至没有人知道他的门被捣毁了。他很想找人倾诉，以卸下心头的包袱，但他忍下了。他不想告诉父母，母亲只会指责他，而父亲只会对他说要像个男人一样。他本可以同拉尔夫谈谈的，但拉尔夫同伍尔夫里克打架后，两人之间一时冷淡了，梅尔辛认为拉尔夫举止像个无赖，拉尔夫也明白这一点。

他害怕告诉凯瑞丝这一事实。有那么一阵子他问自己为什么。他并不惧怕她会做什么。她也许会表示出鄙夷——她倒是一向爱蔑视别人——但她不可能说出比他经常对自己说的更严厉的话了。

他意识到，他真正害怕的是伤害她。他能够忍受她的怒火，但他却无法面对她的痛苦。

她问："你还爱我吗？"

他没有想到她会问这个问题，但他毫不犹豫地答道："爱。"

"我也爱你。那么任何其他事情就都是我们可以共同解决的问题了。"

他但愿她说的是对的。他无比希望如此，以致泪水夺眶而出。他扭过脸去不让她看见。这时一群人乱哄哄地涌上桥头，他们的后面跟着一辆移动缓慢的牛车，他明白这一定是疯子尼尔在被鞭打着穿过镇子，前往新镇的绞架路口。桥上已经挤满了正在离去的商人和他们的货车，交通几乎凝滞了。

“怎么回事？”凯瑞丝问道，“你在哭吗？”

“我和格丽塞尔达睡了觉。”梅尔辛陡然说道。

凯瑞丝张大了嘴巴。“格丽塞尔达？”她不相信地说道。

“我羞愧死了。”

“我还以为会是伊丽莎白·克拉克呢。”

“她太高傲了，不会主动的。”

凯瑞丝的反应出乎他的意料：“哦，要是她主动提出，你也会跟她做那事喽？”

“我不是那个意思！”

“格丽塞尔达！天哪，我还以为我不会这么掉价呢。”

“她没法跟你比。”

“Lupa！”她说的是拉丁语“婊子”。

“我根本就不喜欢她。我恶心死了。”

“你以为这样会让我感觉好一点吗？你是想说如果你当时很受用，你就不会这么后悔了吗？”

“不是！”梅尔辛气急败坏。好像不管他说什么，凯瑞丝都铁了心要曲解一般。

“那到底是为什么？”

“她哭个不停。”

“噢，看在上帝的分上！如果所有姑娘都哭个不停，你都会那样做喽？”

“当然不是！我就是想跟你解释一下，为什么我根本不想做，可这事还是发生了。”

她的奚落使得他越描越黑。“别说废话了，”她说，“如果你不想让这事发生，就不会发生的。”

“听我说，求求你了，”他沮丧地说道，“她求我，我说不。接着她就哭了，我用胳膊搂着她安慰她，然后……”

“噢，别跟我说这些恶心人的细节了——我不想听。”

他有些恼羞成怒了。他知道自己做错了事，预料到她会愤怒，但她的鄙夷刺痛了他。“好吧。”他说着，闭上了嘴。

但沉默并不是她想要的。她不满地瞪了他一会儿，又开口了：“你还有什么话说？”

他耸了耸肩：“我再说话还有什么用？不管我说什么，你都冷嘲热讽。”

“我不想听你那些一钱不值的借口。不过你好像还有什么事想告诉我——我能感觉到。”

他叹了口气：“她怀孕了。”

凯瑞丝的反应又一次出乎他的意料。她的怒气仿佛霎时消退了。她的脸刚才一直因气愤而紧绷着，这会儿似乎一下子松弛下来，只剩下了悲哀。“一个孩子，”她说，“格丽塞尔达要生下你的孩子了。”

“也许不会的，”他说，“有时候……”

凯瑞丝摇了摇头：“格丽塞尔达是个健康的姑娘，吃得又好。她没有理由流产。”

“我并不想这样。”他说道，然而他自己也不敢肯定他说的是真心话。

“那你想怎么办？”她说，“那是你的孩子。即使你讨厌孩子的妈妈，你也会喜欢孩子的。”

“我得跟她结婚。”

凯瑞丝倒吸了一口凉气：“结婚！那可是一辈子的事。”

“我生下了孩子，我就得养。”

“但你要跟格丽塞尔达过一辈子！”

“我知道。”

“你没必要那样，”她果决地说道，“你想一想。伊丽莎白·克拉克的父亲也没跟她母亲结婚。”

“他是主教。”

“还有屠宰沟的莫德·罗伯茨——她有三个孩子，可谁都知道孩子的父亲是屠夫爱德华。”

“他已经结婚了，和他自己的妻子另外还生了四个孩子呢。”

“我是说，出了这样的事并不一定非要结婚。你该怎么样还可以怎么样。”

“不，我不能。埃尔弗里克会把我赶出来的。”

她陷入了沉思：“这么说，你已经同埃尔弗里克谈过了？”

“谈过？”梅尔辛摸了摸自己青肿的脸，“我看他简直是想杀了我。”

“那他妻子——我的姐姐呢？”

“她冲着我直嚷嚷。”

“就是说她也知道了。”

“是的。她说我必须娶格丽塞尔达。总之，她从来不想让我和你在一起。我不知道为什么。”

凯瑞丝咕哝道：“她自己想要你。”

这话梅尔辛还是第一次听说。很难想象高傲的艾丽丝会倾慕一个卑微的学徒：“我一点儿也没看出来。”

“那只是因为你从来都不看她一眼，这让她很难过。她嫁给埃尔弗里克是很不情愿的。你伤透了我姐姐的心，现在你又要伤透我的心。”

梅尔辛把眼光移开了，他根本没想到自己竟会伤别人的心。事情怎么会变成这样？凯瑞丝渐渐地平静了下来。梅尔辛忧郁的目光沿着河面移到了桥上。

他看到人群停止了前进。一辆满载着羊毛包的沉重的牛车陷在了桥南端的泥里，大概是一只轮子折断了。牵着尼尔的牛车无法通过，只得停住了。两辆车的周围都挤满了人，有的人还爬到了羊毛包上想看得更清楚些。罗兰伯爵也正打算离开王桥。他骑着马，和扈从们一起在镇子那端的桥上，然而就连他们也难以让镇民们让出道来。梅尔辛看见他弟弟拉尔夫骑在他那匹黑鬃黑尾的枣红马上。安东尼副院长显然是来送伯爵的。眼看着伯爵的人马冲进了人群中，竭力想清开道路却无济于事，他绞扭着双手站在那里，显得焦急万分。

梅尔辛的直觉向他发出了警报。他确信一定有什么地方出了严重差错，但他一时还不明白究竟在哪里。他更仔细地观察起桥来。星期一时，他注意到上游那边纵向连接桥桩的巨大橡木出现了裂缝。裂缝之处被钉上了铁条加以固定。这件活儿没让梅尔辛干，所以他以前也没太在意。如果裂缝是在桥柱之间的正中，他会认为那只是因为木料年久腐朽了。然而，裂缝却是在靠近压力本应较小的中央桥墩的地方。

自星期一后他就没想这事——他需要想的心事实在太多了——然而这时他恍然大悟了。中央的桥墩似乎不是在支撑着这些圆木，而是在向下拽它们。这说明有什么东西破坏了桥墩的基础——一想到这点，他立刻就明白了是怎么回事。一定是越来越湍急的水流冲走了桥墩底部河床的泥土。

他想起孩提时代光着脚在海滩上漫步时，自己曾站在海水的边缘，让涌上来的海水漫过双脚，他注意到退却的海水会将他脚指头下的沙子吸走。这样的现象一向会令他着迷。

如果他的想法是正确的，那么底下没有任何支撑物的中央桥墩，现在就是悬吊在桥上——因而也就是悬吊在裂缝上的。埃尔弗里克钉的铁条不仅无济于事，实际上反而使问题更严重了，因为它使得桥在缓慢地趋向于新的稳定位置。

梅尔辛猜想中央这对桥墩中的另一座——也就是桥的远端、下游那边的那座——仍然支撑在地上。水流肯定是将其大部分力量倾泻在了上游的桥墩上，而对下游桥墩的冲击就减弱了。只有一座桥墩损坏了，似乎桥的其他部分仍然接合得很紧密，足以将桥支撑起——只要不再施加额外压力的话。

但是今天裂缝似乎比星期一更大了。原因不难猜测。成百上千的人涌到了桥上，桥的负重比平时大出了许多；更何况还有一辆负重累累的羊毛车，羊毛包上又坐了二三十人。

恐惧攫住了梅尔辛的心，他觉得桥不可能长久地承受这样的压力。

他隐隐约约地听见凯瑞丝在说话，但根本没听清她在说什么，直到她提高声音说道："你连听都不听！"

"马上就要出大事故了。"他说。

"你说什么？"

"我们必须叫所有人都下桥去。"

"你疯了？他们都在折磨疯子尼尔。就连罗兰伯爵都没法叫他们挪动一步。没人会听你的话的。"

“我觉得桥恐怕要塌。”

“噢，快看！”凯瑞丝指着前方说，“你能看见吗？有人从森林里跑出来，正沿着大路跑呢，就快到桥的南头了。”

梅尔辛不明白这有什么要紧，但还是顺着凯瑞丝手指的方向望去。的确，他看到一个年轻女子正在狂奔，头发全都飘散在背后。

凯瑞丝说：“好像是格温达。”

在她的身后，一个身穿黄外套的男人紧追不舍。

格温达活到今天，还从来没感到这么累过。

她知道走远路最快的办法是跑二十步再走二十步。在半日之前，当她看见小贩西姆在她背后一英里后，她就开始这样做了。曾经一度，她看不见西姆了，但当背后的道路视野又开阔后，她看到西姆也是走跑交替着。一英里又一英里，一小时又一小时，他离她越来越近。到了将近半上午，她知道依这样的速度，不等她赶到王桥，西姆就会抓住她。

绝望之下，她钻进了森林。但她不敢离大路太远，以免迷路。终于，她听到了飞奔的脚步和沉重的喘息，透过灌木丛望去，她看到西姆从大路上跑了过去。她明白当他跑到一段能看到较远的路后，就会猜出她做了什么。果然，过了一会儿后，他回来了。

她不得不在森林中艰难前行，每隔几分钟便静静地立一会儿，四下倾听一番。在相当长的时间里，她躲开了西姆，她知道他会搜索道路两旁的森林，看看她是否在哪里躲藏。但她的前进速度也减慢了下来，因为夏天灌木茂密，她不得不披荆斩棘，还得不断地观察她是否偏离大路太远。

当她听到远处嘈杂的人声后，她明白自己已经离城市不远了，她就要彻底逃脱了。她走到了大路边，小心翼翼地透过灌木向外望了望。大路的两个方向都空荡荡的——在北边大约四百多码外，她能看见大教堂的塔楼。

她距目的地已经近在咫尺了。

她听到了一声熟悉的吠叫。她的小狗“跳跳”从路旁的灌木丛中蹿了出来。她弯下腰去拍了拍它，它便欢快地摇着尾巴，舔着她的手。格温达的眼泪夺眶而出。

她没有看见西姆，于是冒险走上了大路。她拖着疲惫不堪的身子，又恢复了跑二十步再走二十步，不过这回有“跳跳”欢快地在她旁边蹦跳着，以为是一种新游戏。她每次换步时，都要回头看看。当她第三次回头时，她看到了西姆。

他距她只有一百码左右。

绝望像汹涌的浪潮一样向格温达袭来，她真想倒在地上就死。但她已经到了城郊，桥离她只有四百码左右了，于是她强打精神跑了起来。

她想飞奔起来，但腿却不听使唤。至多只能做到跌跌撞撞的小跑。她的脚很疼。低头一看，鲜血正从她那双烂鞋的洞里往外渗。她转过了绞架路口，看到前面的桥上有一大群人。他们全都在看什么东西，没有人注意到她正在拼命逃跑，而小贩西姆在后面紧紧追赶。

除了那把吃东西用的小刀，她没有任何武器。而那把小刀切开一只烤好的野兔还行，却绝不可能让一个男人残废。她满心懊悔当初没有鼓起勇气从阿尔文头上拔出那把匕首带上，现在她实际上是手无寸铁。

她向前跑着，她的一边是一排矮小的房子——是住不起城里的穷人们的房子——另一边是一片叫作“情人地”的绿地，属于修道院。西姆已经离她很近了，她能听见他的呼吸声，他也和她一样上气不接下气。恐惧使她最后的能量都爆发了出来。“跳跳”吠叫着，但声音中更多的是害怕而不是挑战——它还没忘了击中它鼻子的那块石头。

靠近桥边的是一片黏乎乎的泥沼，被靴子、马蹄和车轮搅和得一团狼藉。格温达蹚进了烂泥中，极度期望泥沼给身体笨重的西姆带来的麻烦比对她自己要大。

她终于到了桥边。桥这一端的人群相对不那么稠密，她冲进了人群中。人们都在向另一边张望，一辆满载着羊毛包的车挡住了一辆牛车的去路。主街上凯瑞丝家的房子已经历历在目，她必须赶到那里。“让我过去！”她尖叫着，在人群中推搡着。似乎只有一个人听到了她的声音。那人扭过头来，她看出那是她哥哥菲利蒙。他惊恐地张开了嘴，想挤过来，但人群挡住了他，就像挡住了她本人一样。

格温达试图推开拉着羊毛车的几头牛，冲将过去，但其中的一头牛狠狠地甩了一下它那庞大的头，将她搡到一边。她失去了重心——就在这时，一只大手牢牢地抓住了她的胳膊，她知道自己再度落入了魔掌。

“到底把你抓住了，你这母狗。”西姆喘着粗气。他把她拽向自己，使尽浑身力气，重重地在她脸上扇了一巴掌。她已经无力抵抗了。“跳跳”猛咬着西姆的脚跟，但无济于事。“你再也别想跑了。”他说。

绝望吞没了格温达。所有的一番辛苦——引诱阿尔文，杀死他，长途跋涉地逃命——霎时全都落空了。她又回到了当初，又成了西姆的俘虏。

就在这时，桥似乎动了起来。

13

梅尔辛看到桥弯曲了。

在中央桥墩的近端上方，整个桥面像一匹折断了脊梁的马一样陷了下去。正在折磨尼尔的人突然感到他们脚下的桥面变得不稳当起来。他们趔趄着，纷纷抓住身旁的人想站稳。这时一个人翻过桥栏杆仰面掉下河去，接着是另一个，继而又是一个。向尼尔发出的咆哮声和嘘声很快就被警告的呼喊和惊慌的尖叫淹没了。

梅尔辛说了声："噢，可别！"

凯瑞丝尖叫道："怎么回事？"

他想说，所有那些人啊——那些陪伴我们长大的人，那些对我们友善的女人，那些我们憎恶的男人，那些钦佩我们的孩子；那些母亲和儿子，那些叔叔和侄女；那些凶残暴戾的雇主、不共戴天的仇敌，还有那些搅得我们心烦意乱的情人——他们都要死了！可他一句话也说不出来。

有那么一瞬间——还不及喘一口气的工夫——梅尔辛希望桥的结构能在新的位置上稳定下来，但他的希望落空了。桥又一次下陷了。这一次，连接在一起的木头纷纷从连接点上裂开了。人们站立的纵向的木板从固定它们的木钉上弹了起来；支撑着桥面的横向短圆木从其托座中挣脱了出来。埃尔弗里克钉在裂缝上的铁条也与木头分离了。

桥的中央部分似乎向梅尔辛这一侧，也就是上游的一侧，倾斜了过来。羊毛车翻倒了，原先在羊毛包上站着或坐着的看客们都被甩入了河中。巨大的木头纷纷折断，飞向空中，凡被它们击中者均当即丧命。本不结实的栏杆断开了，牛车缓慢地滑向了桥的边缘，无助的挽牛们惊恐地哀号着。牛车缓缓地从空中落下，那情景真如噩梦一般，最终触及了水面，发出一声霹雳般的巨响。突然之间，有十几个人跳进或落入了河中，接着又是几十个人。后来掉下的人，还有或大或小散落的木头，纷纷砸在了先行落水的人们的头上。有人骑或无人骑的马也相继落入了水中，而车子又砸在了它们头上。

梅尔辛首先想到的是他的父母。但他们都没有出席对尼尔的审判，他们也不想观看对她的惩罚。他母亲认为到这样大庭广众的场合有失她的身份，他父亲对处死一个疯女人这样的事情也不感兴趣。所以，他们选择了去修道院同拉尔夫话别。

但是拉尔夫这时在桥上。

梅尔辛看到他弟弟正拼命地想控制住他的坐骑“怪兽”。“怪兽”后腿人立，正蹬踹着前腿。“拉尔夫！”他无助地叫喊着。这时“怪兽”身下的木头落入了水中。“不！”梅尔辛叫喊着，眼睁睁地看着骑手和马一起从他的视野中消失了。

梅尔辛的视线又闪到了桥的另一端，凯瑞丝看到格温达的地方。他看到格温达正同一个身穿黄外套的男人搏斗着，紧接着桥的这一部分就垮塌了，桥崩塌的中部将两端也拽入了水中。

河里现在到处是挣扎的人、恐慌的马、断裂的木头、破碎的车辆，还有流着血的尸体。梅尔辛突然意识到凯瑞丝已不在他身旁了，她正翻过一块块岩石，蹚过一片片泥潭，沿着河岸跑向大桥。她回头看了他一眼，喊道："快点儿！你还等什么？快来帮忙！"

拉尔夫心想，战场一定就是这个样子：惊叫声，爆裂声，倒下的人们，吓得发狂的马匹。他刚刚闪过这样的念头，身下的桥面就陷落了。

他感到一阵恐慌。他不明白发生了什么事情。桥本来在他的下方，就在他的马蹄下，现在却不见了，他和他的坐骑都被凌空抛下。接着他就感到两腿之间"怪兽"熟悉的身躯也没有了，他知道他俩已分开了。一瞬间后他触碰到了冰冷的河水。

他向下沉去，赶紧屏住了呼吸。恐慌已经消失了。他虽然仍很害怕，却冷静了下来。他小时候曾在海边玩过——他父亲的领地中有一座海滨村庄——他知道自己将会浮出水面，尽管似乎需要很长时间。他为长途出行而穿的衣服这时已浸透了，和他的剑一起，都大大地增加了他的重量。假如他穿着盔甲，他就会一沉到底，并且永远地留在那里了。但他的头最终露出了水面，他大口地呼吸起来。

他孩提时代曾时常游泳，但那是很多年前的事情了。然而现在，那时候学会的本领多多少少帮助了他，他得以使头浮在水面上方。他开始破浪向北岸游去。在他的身旁，他认出了"怪兽"的黑鬃和枣红色的身躯。"怪兽"像他一样，也在向最近的河岸游去。

马的步态变了，拉尔夫明白它踩到了实地。他也让自己的双脚落到了河床上，结果发现自己也能站起来了。他蹚过了浅滩。河底黏乎乎的泥浆似乎拼命想把马拽回河当中。“怪兽”奋力跃上了修道院墙下窄窄的一条河岸。拉尔夫也爬了上去。

他转身看了看。水中有好几百人，很多人在流血，很多人在惊叫，也有很多人死了。他看到离岸边不远的地方有一个身穿夏陵伯爵的红黑色制服的人，脸朝下漂浮着。他走回水中，抓住了那人的皮带，将他拖回岸上。

他把那人沉重的躯体翻了过来，结果心下一沉。那是他的朋友史蒂芬。他的脸上没有伤痕，但胸部深陷了下去。他大张着眼睛，却没有一点生命的迹象。他没有呼吸，躯体损坏得如此严重，拉尔夫都觉得没必要去探他的心跳了。拉尔夫心想，几分钟前我还在羡慕他，而现在我却成了幸运者。

他怀着一种难以言状的负疚感，合上了史蒂芬的眼睛。

他想到了自己的父母。仅仅几分钟前他刚刚在马厩的院子里和他们告了别。即使他们跟着他，这时也到不了桥边。所以他们一定是平安的。

菲莉帕夫人在哪里呢？拉尔夫的思绪回到了桥垮塌前的一刻。威廉领主和菲莉帕在伯爵队伍的后部，当时还没有上桥。

但是伯爵上了桥。

拉尔夫能够清晰地回忆起当时的场景。罗兰伯爵紧跟在他身后，不耐烦地驱动着他的坐骑“胜利”，穿行于拉尔夫骑着“怪兽”从人群中挤出的缝隙中。罗兰一定是在拉尔夫不远处落水的。

拉尔夫的耳畔又响起了父亲的话语：要时时警醒，让伯爵高兴。他激动地想到，也许这就是他苦苦等待的良机。他不必等着打仗，今天就可以一展身手了。他要去救罗兰——哪怕是只把“胜利”救上来。

这想法让他精神大振。他扫视了一遍河面。伯爵穿着非常醒目的紫色长袍，外面披着黑色丝绒斗篷。在河里密密麻麻的死人和活人中，很难找出单个的人来。但他随即看到了一匹眼睛上方有一块醒目白斑的黑色牡马。他的心跳加剧了：那是罗兰的坐骑。“胜利”正在破浪前游，但显然不能游成一条直线，它的一条或多条腿可能折断了。

在马的旁边漂浮着一个身穿紫色长袍的高大身躯。

拉尔夫的机会来了。

他脱去了外衣，那会妨碍他游泳。他只穿着内裤，重新投入水中，向伯爵游去。他不得不在众多男人、女人和孩子中闯出一条路来。许多还活着的人都不顾一切地伸出手来想抓住他，这延缓了他的行进。他无情地挥动着拳头，残忍地将他们推开。

他终于摸到了“胜利”。马的挣扎正在减弱。但它又挺了一会儿才开始下沉，然而，当它的头沉入了水中之后，它又开始挣扎起来。“没关系，伙计，没关系。”拉尔夫对着马耳朵说道，但他相信马肯定是要淹死了。

罗兰仰面朝天浮在水面上，紧闭双眼，已失去了知觉，也可能是死了。他的一只脚还绊在马镫里，这可能就是他没有沉入水底的原因。他的帽子不见了，头顶上一片血污。拉尔夫不明白人伤成了这样还怎么能活。但他仍然要救他。当你救的人是一位伯爵时，即使带回的是他的尸体，也肯定会得到重赏的。

他想把罗兰的脚从马镫里拽出来，却发现马镫的带子紧紧地缠绕在他的脚踝上。他伸手去拔刀，这才想起刀系在皮带上，而皮带和他的外衣一起都留在了岸上。但是伯爵也有武器，拉尔夫伸手在罗兰的刀鞘中摸出了匕首。

“胜利”的惊厥却使拉尔夫难以割断马镫带。每次他抓住马镫，还不等他的刀触及皮带，那垂死的马就又将马镫拽开了。在搏斗中他割伤了自己的手背。但最终他用双脚紧紧地顶住马身，稳住了身体，得以用刀割断了马镫带。

现在他必须把昏迷中的伯爵拖上岸。拉尔夫水性并不是很好，而且他已经因筋疲力尽而大口喘着粗气。更糟糕的是，他无法用被打破的鼻子呼吸，因而嘴里不断灌进河水。他将身子伏在垂死的“胜利”身上，停顿了片刻，想缓过一口气。但是已经没有依附的伯爵的身体开始下沉了，拉尔夫明白不能再等了。

他用右手抓住罗兰的脚踝，开始向岸边游去。他发现当自己只能用一只手划水时，很难保持头部始终浮在水面上。他没有回头看罗兰——如果伯爵的脑袋沉到了水下，他拉尔夫一点儿办法也没有。几秒钟之后他就上气不接下气了，四肢也感到酸痛了。

他对此很不习惯。他年轻力壮，一天到晚都在打猎、舞矛和击剑。他能在骑上一整天马后，晚上依然赢得摔跤比赛。但是现在他的肌肉却似乎不听使唤了。因为要拼命昂着头，他的脖子感到生疼。他无法做到呼吸时不喝水，这使他时常哽塞和咳嗽。他拼命地划着左臂，也只能勉强保证自己浮在水面上。他使劲拽着伯爵庞大的身躯。罗兰因为衣服浸透了水而变得越发沉重起来。他接近河岸的速度极其缓慢，这让他痛苦不堪。

他终于游到了离岸不远的地方，可以脚踩到河床了。他依然拖着罗兰，大口喘着气，开始蹚水上岸。当走到水只没过他膝盖的地方时，他转过身来，架起了伯爵，用胳膊托着他走过最后几步，上了岸。

他把罗兰放在地上，就瘫倒在他身旁，精疲力竭了。他鼓起最后一点力气，摸了摸伯爵的胸膛，还有强劲的心跳。

罗兰伯爵还活着。

桥的垮塌使格温达吓得麻木了。但仅仅一瞬间后，突然浸入冰冷的水中又使她清醒过来。

当她的头探出水面后，她发现周围全都是争吵和叫喊的人们。有的人抱住了断裂的木头漂浮起来，而其他人全都靠抱住别人而使自己浮出水面。那些被抱住的人发现自己在被往下拖，就挥拳猛打着想要挣脱。很多拳都没能打中目标，而被打的人也奋起还击。这情景就像是王桥午夜的酒馆外，假如不是不断有人死去，还真有些滑稽。

格温达喘了口气又沉到了水下——她不会游泳。

她又浮了上来。让她惊恐的是，小贩西姆就在她的眼前，水像喷泉一样从他嘴里喷出。他又开始向下沉去，很显然，他像格温达一样，也不会游泳。绝望之中，他一把抓住格温达的肩膀，想借她做个倚靠。格温达赶紧往下一沉。西姆发现她不足以帮自己浮上水面，便放了她。

格温达在水下屏住呼吸，竭力使自己冷静下来，她心想：我不能淹死，毕竟我已经闯过了这么多的难关。

当她又一次浮出水面时，她感到自己被一个沉重的躯体拱到了一边，她凭借眼角的余光看见，是在桥垮塌前一刻将她甩到一边的那头牛。它显然没有受伤，并且游得很有力。她伸出手，蹬着腿，奋力抓住了牛的角。她曾一度将牛头拽到了一边，但牛强悍的脖子马上向回一摆，又挺直了头。

格温达拼命地抓住牛角。

她的小狗“跳跳”出现在她身旁，毫不费劲地游动着，并冲她欢快地吠叫着。

牛向郊区那边的河岸游去。格温达死死抓着它的角，即使她感到胳膊都快要脱落了。

有人抓住了她，她回头一看，又是西姆。他想借她使自己浮起来，却把她向下拽去。她一只手抓着牛角，腾出另一只手推开了西姆。他向后一倒，头部恰好落在离格温达的脚不远的地方。格温达仔细地瞄了瞄，使出浑身力气一脚踹在他脸上。西姆惨叫了一声，但很快安静了下来，他的头沉到了水下。

牛发现自己已能踩到地面了，便步伐沉重地缓缓走出水来，鼻子呼哧呼哧地喷着鼻息，还溅起大片的水花。格温达一待自己能在河底立足，便放开了牛。

“跳跳”惊恐地叫了一声。格温达小心翼翼地四下张望了一番。西姆没有在岸上。她又扫视了一遍水面，在尸体和漂浮的木材中寻找着黄色短外套。

她看见了西姆。他紧抱着一块木板浮在水面上，两腿蹬着水，径直向她游来。

她没法跑，因为已经没有力气了，而且她的连衣裙也被河水浸透，变得沉重起来。河的这边无处可藏。桥既然塌了，她也没法过河去王桥了。

但她也不能再让他抓住自己。

她看到西姆在费力挣扎，这让她燃起了希望。如果他保持静止不动，木板会使他浮在水面上，但他却不停地踢腿扑腾着想上岸，这就使他变得不稳定起来。他要先将木板按下，身子才能向上，然后踢腿前进，结果头又埋入了水中。这个样子他也许永远休想上岸。

她觉得这一点是有把握的。

她迅速地四下望了望。河里到处漂着木头，从可承重的圆木到碎屑木片都有。她的目光落在了一根长一码左右的结实的木条上。她走进水中抓起了木条，然后蹚水向她的主人迎去。

西姆停止了扑腾。在他的面前，是那个他想奴役的女人——怒气冲冲、神色坚定，还挥舞着一根可怕的棍子。在他的身后，等待他的是淹死。

他选择了前进。

格温达站在齐腰深的水中，严阵以待。

她看到西姆又停了下来，从他的动作判断，他在用脚探河底。

机不可失，时不再来。

格温达将棍子高高地举过头顶，迈步向前。西姆看出了她的意图，拼命扑腾着想逃离，但他已失去了平衡，既不能游泳也不能蹚水，还无法躲闪。格温达用尽浑身气力，将棍子向他的头顶砸去。

西姆翻了翻眼珠，失去了知觉，又向水下沉去。

格温达伸手向前抓住了他的黄外套。她不想让他漂走——他没准还活着。她把他拽过来，双手抓住了他的头，使劲地按到了水下。

把一个人的躯体按在水下，比她想象得要困难得多，即使他已经失去了知觉。他那油乎乎的头发非常滑腻。她不得不把他的头夹在胳膊下，然后双脚离地，这样她的体重才能把他们两个人都拖入水下。

她开始感到自己也许已经胜利了。淹死一个男人需要多长时间？她不知道。西姆的肺里一定已经灌满了水。她到底什么时候可以撒手呢？

西姆突然抽动起来。她连忙夹紧了他的头。有那么一阵子，她费了很大力气才控制住他。她不敢确定西姆是苏醒过来了，还是仅仅是无意识的痉挛。他的抽搐非常强烈，但似乎是盲目的。格温达的脚又触到了地面，她顿时信心大增，把西姆夹得更紧了。

她四下望了望。没有人看他们，人人都在忙着自救。

又过了一会儿，西姆的抽动越来越微弱，很快就完全停止了。格温达慢慢地松开了手。西姆缓缓地沉入了水底。

他再也上不来了。

格温达气喘吁吁地蹚水上岸，一屁股坐在了泥浆中。她摸了摸皮带上的皮包，皮包还在。强盗们没来得及抢走她的皮包，她得以带着它闯过了重重难关。皮包中珍藏着“智者”玛蒂制作的贵重的情药。但她打开皮包一看，却只剩下了几块碎瓷片——小瓶子已经碎了。

她放声大哭起来。

凯瑞丝看到的第一个在有意识地做着什么事的人，是梅尔辛的弟弟拉尔夫。除了一条被水浸透的内裤外，他什么也没穿。除了先前被打伤的鼻子红肿着之外，他也没受任何伤。拉尔夫把夏陵伯爵拖出了水，把他放在了岸边一具穿着伯爵手下人制服的尸体旁边。伯爵的头部受了可怕的重伤，很可能是致命的。拉尔夫显然已累得筋疲力尽了，他也不知道下一步该怎么办。凯瑞丝考虑着该对他说些什么。

她四下看了看。在河的这一边，只有一小条泥泞的河岸，其间还布满了乱石，根本没有太多地方来摆放死者和伤者，必须把他们转移到别处去。

在几码之外，有一溜石阶从河面通向修道院的一扇门。凯瑞丝有了主意。她指着那扇门对拉尔夫说："把伯爵从那儿抬进修道院去。小心点儿把他放到教堂里，然后跑步去医院。告诉你看到的第一位修女，赶紧把塞西莉亚嬷嬷找来。"

拉尔夫似乎很高兴有人下命令，他立刻照她说的去执行了。

梅尔辛开始蹚水下河，但凯瑞丝制止了他。"看看那群傻瓜们。"她说着，手指向了断桥靠城镇的那一端。有好几十人站在那里，呆愣愣地看着他们眼前的惨象。"把所有身强力壮的人叫到这儿来，"她继续说道，"他们可以把人们拽上岸，抬到教堂里去。"

梅尔辛犹豫了一下："他们没法从那边过来。"

凯瑞丝明白他的意思。那些人必须从漂浮在水面上和沉在水底的桥的残骸之间涉水过来，那有可能造成更多的伤亡。但是主街上这一侧的房屋都有与修道院一墙之隔的花园。角落处车夫本的房子在墙上开了一扇小门，使他可以直接从花园来到河边。

梅尔辛也想到了这一点。他说："我带他们到本家里去，从他的院子穿过去。”

“好的。”

他翻过了乱石，推开那扇门，走了进去。

凯瑞丝又扫视起水面。一个大个子蹚着水走上了不远处的河岸，她认出那是菲利蒙。他大口地喘着粗气，问道：“你看见格温达了吗？”

“看见了——就在桥塌下之前，”凯瑞丝答道，“小贩西姆在追她，她正跑呢。”

“我知道——但是她现在在哪里？”

“我没看见她。现在你最好是把水里的人都拽上岸来。”

“可我要找到我妹妹。”

“如果她还活着，她肯定就在那些需要救上岸来的人当中。”

“好吧。”菲利蒙又大步走回河里，蹚得水花四溅。

凯瑞丝万分焦急地想知道自己的家人都在哪里——但眼下要做的事情实在太多了。她发誓一旦有可能，就立刻去寻找父亲。

车夫本出现在他的门口。他是个运货马车夫，宽肩膀，细脖子，矮墩墩，一辈子更多的是靠卖力气而不是靠动脑筋过活。他几乎是连滚带爬地下到河岸上，但四下望了望，不知道该做些什么。

凯瑞丝的脚下躺着一名罗兰伯爵的扈从，穿着红黑两色的制服，显然已经死了。凯瑞丝说：“本，把这个人扛到教堂里去。”

本的妻子莉比抱着个小孩子出来了。她比她丈夫要聪明一些。她问道：“咱们是不是应该先救活着的人呀？”

“咱们必须把水里的人都拽上来，先不管是死是活——咱们也不能把尸体放在岸上，那会挡救援人的道儿的。把他扛到教堂去吧。”

莉比觉得她说得有理。“本，你最好照凯瑞丝说的办。”她说。

本毫不费力地扛起尸体走了。

凯瑞丝意识到如果用建筑匠们的担架来抬人，速度会快得多。修士们可以组织担架队。但修士们在哪里呢？她叫拉尔夫去报告塞西莉亚嬷嬷，但直到现在一个人都没来。受伤的人需要绷带、药膏和清洗液：所有的修士和修女都将派上用场。必须把理发师马修找来，会有很多骨折的人需要治疗。还有“智者”玛蒂，需要她的药剂缓解伤者的疼痛。凯瑞丝应当去报信，但在救援行动尚未有序地组织起来之前她又不愿离开河边。梅尔辛跑到哪儿去了？

一个女人正在往岸上爬。凯瑞丝走进水中把她拽了起来。是格丽塞尔达。她的湿衣服紧紧贴在身上，凯瑞丝能够看到她丰满的乳房和肿胀的大腿。凯瑞丝知道她怀孕了，便急切地问道：“你还好吗？”

“我觉得还好。”

“没流血吧？”

“没有。”

“谢天谢地。”凯瑞丝四下望了望，欣喜地看到梅尔辛带着一队人从车夫本的花园里出来了，其中有几个人穿着伯爵扈从的制服。她对梅尔辛喊道：“扶着格丽塞尔达的胳膊，搀她上台阶，到修道院里去。她需要坐下休息一会儿。”她又用安慰的口吻补充了一句，“不过，她一切都好。”

梅尔辛和格丽塞尔达都用异样的眼光看着她，她顿时明白了眼前的情形多么奇特。三个人呆立了片刻：一个将要做母亲的女人，她孩子的父亲，以及爱着他的女人。

凯瑞丝率先醒悟过来，她随即转过身去，开始向人们发号施令。

格温达哭了一会儿，便停住了。并不是那破碎的瓶子让她这么伤心的，玛蒂可以再配一副情药，凯瑞丝也会再付钱的，只要她俩中有一个人还活着。她的眼泪是为过去一天一夜她所经历的一切而奔流的，从她父亲的背弃到她血流不止的双脚。

她一点儿也不后悔杀死了那两个人。西姆和阿尔文想让她做奴隶，要她卖淫。他们罪有应得。杀死他俩甚至都不算谋杀，因为铲除强盗是不犯法的。但她的双手仍然抖个不停。她为自己战胜敌人赢得自由而欣喜若狂，与此同时也为自己做过的事情眩晕恶心。她永远忘不了西姆临死前的那阵子抽搐。她也很害怕阿尔文的刀尖从他自己的眼眶里刺出的情景出现在她梦中。在如此强烈的悲喜交集之下，她抑制不住颤抖。

她努力不去想杀人的事情。在塌桥事件中还会有谁死去呢？她父母昨天就打算离开王桥了。可她哥哥菲利蒙呢？她最好的朋友凯瑞丝呢？还有她心爱的男人伍尔夫里克呢？

她向河对岸望去，结果立刻对凯瑞丝放了心。她和梅尔辛都在河那边。他们显然是在组织一帮人把河里的人们拽上岸。格温达感到一阵欣慰，至少自己没有被彻底孤独地留在这个世界上。

但是菲利蒙怎么样了？他是桥塌之前她看到的最后一个人。他应当是在她不远处落水了，他们此后的遭遇应当是一样的，然而她现在却看不见他。

还有伍尔夫里克在哪里？她怀疑他是否有兴致去看一个巫婆被鞭打着游街，但他的确是计划今天和家人一起返回韦格利村的，很有可能——她心想，上帝呀，千万别这样——在桥坍塌的那一刻，他们正在过桥准备回家呢。她发疯似的扫视着河面，寻找着他那惹眼的黄褐色头发，心中祈祷着她但愿看见他正起劲地游向岸边，可别让她看见他脸朝上浮在水面上。然而她却根本看不见他。

她决定过河去。她不会游泳，但她心想，如果能有一块足够大的木头让她浮起来，她也许能蹬着腿游过河去。她看见了一块木板，便从水里拽了出来，向上游走了五十码左右，以避开那众多的尸体。然后她又重新下了水。“跳跳”毫不畏惧地跟着她。游过河比她想象得要费力得多，她的湿衣服也延缓了速度，但她最终游到了对岸。

她跑向了凯瑞丝，她俩紧紧地拥抱在一起。凯瑞丝问：“你怎么样？”

“我逃脱了。”

“西姆呢？”

“他是个强盗。”

“他现在在哪里？”

“他死了。”

凯瑞丝似乎吓了一跳。

格温达连忙说：“桥塌的时候淹死的。”她甚至都不愿意让她最好的朋友知道究竟。她又继续说道：“你看见我们家的人了吗？”

“你父母昨天就走了。我刚才看见菲利蒙了——他正到处找你呢。”

“谢天谢地！伍尔夫里克怎么样？”

“我不知道，从河里捞上来的人里没他。他的未婚妻昨天就走了，但他的父母和哥哥今天早上都在大教堂里，看审判疯子尼尔呢。”

“我要去找他。”

“祝你好运。”

格温达跑上修道院的台阶，穿过了绿地。一些摊主还在打包。刚刚有好几百人在一场事故中丧生，而他们居然还能兀自做自己的事情，这让她感到难以置信——但她很快明白了过来，他们可能还不知道发生了什么事情呢：桥是在几十分钟前刚刚坍塌的，尽管感觉像是已过了好几小时了。

她出了修道院的门，来到主街上。伍尔夫里克和家人一直住在贝尔客栈。她跑了进去。

一个少年站在啤酒桶间，一副很害怕的样子。

格温达说：“我找韦格利村的伍尔夫里克。”

“这儿一个人也没有，”男孩子说道，“我是学徒，他们让我看着啤酒。”

格温达猜想，已经有人招呼所有的人都去河边了。

她又跑了出去。就在她出门的一瞬间，伍尔夫里克出现了。

她顿时放下心来，竟一把抱住了他。“你还活着——谢天谢地！”她大叫了起来。

“有人说桥塌了，”他说，“是真的吗？”

“是真的——吓死人了。你们家别的人呢？”

“他们先走了一会儿，我留下来收几笔债。”他手里拿着一个小小的皮钱包，“但愿桥塌的时候他们没在上面。”

“我知道该怎么找他们，”格温达说，“跟我来。”

她拉起他的手。他没有把手抽回，跟着她进了修道院的院子。她还从来没有这么长时间地接触过他的身体。他的手很大，手指头因为干活而很粗糙，手掌却很柔软。尽管发生了这样悲惨的事情，她仍然感到他的手在给她的全身带来一股股暖流。

她拉着他走过绿地，进了大教堂。“他们正把人们从河里拽上来，送到这里来。”她解释道。

已经有二三十个人躺在了教堂中殿的石板地上，还有更多的人正不断被送进来。几名修女在照料伤员，周围高大的石柱更显出她们的娇小。那个通常领着唱诗班唱歌的瞎子修士似乎在指挥。“把死人放到北边，”格温达和伍尔夫里克走进中殿时，他正喊叫着，“把受伤的人放到南边。”

伍尔夫里克突然放声大哭，声音中既显示出惊愕，又包含着焦虑。格温达顺着他的眼光望去，看到他的哥哥大卫躺在受伤的人当中。他俩都跪在了大卫身边。大卫比伍尔夫里克大几岁，长着同样的大个子。他还有呼吸，他的眼睛也睁着，但他却似乎没有看见他俩。伍尔夫里克对他叫道：“戴夫！”他声音虽低，但却很急，“戴夫，是我啊，我是伍尔夫里克。”

格温达感到有什么东西黏乎乎的，这才意识到原来大卫是躺在一摊鲜血中的。

伍尔夫里克说：“戴夫——妈和爸在哪里？”

大卫没有回答。

格温达向四周望了望，看见了伍尔夫里克的母亲。她躺在中殿的远端，在北廊里，也就是瞎子卡吕斯吩咐放死人的地方。“伍尔夫里克。”格温达平静地叫道。

“什么事？”

“你妈妈。”

他站起身看了看。“噢，不。”他叫道。

他们穿过了宽阔的中殿。伍尔夫里克的母亲躺在韦格利村的领主史蒂芬老爷身旁——现在他们平等了。她是个娇小玲珑的女人——她居然生出了两个这么高大的儿子，可真让人诧异。她生前虽瘦却很结实，精力相当充沛，现在却像个脆弱的玩具娃娃，又苍白又瘦小。伍尔夫里克把手放在了她的胸膛上探探心跳。他的手刚往下一压，一股水便从她的嘴里涌出。

“她淹死了。”他小声说道。

格温达用手臂搂住了他宽阔的肩膀，想用爱抚来安慰他，却不知道他注意到没有。

一个穿着红黑两色罗兰伯爵制服的士兵扛着一个已无气息的大个子男人的躯体进来了。伍尔夫里克又倒吸了一口凉气，那是他的父亲。

格温达说：“把他放在这儿，挨着他妻子。”

伍尔夫里克蒙了。他默不做声，显然无法接受眼前的事实。格温达本人也茫然不知所措。在这样的情况下，她能对她心爱的男人说些什么呢？她想出的每一句话都显得很傻。她迫切地想安慰他，却不知道该怎么办。

伍尔夫里克呆呆地凝望着他父母的尸体，格温达又把眼光移到了教堂另一端他哥哥身上。大卫躺在那里一动不动。她快步走到他身旁。他的眼睛茫然地瞪着，但他已没有呼吸了。她伸手摸了摸他的胸——没有心跳了。

伍尔夫里克怎么受得了啊?

她擦干了自己的眼泪，又回到伍尔夫里克身旁。隐瞒事实是毫无意义的。“大卫也死了。”她说。

伍尔夫里克脸上毫无表情，仿佛不明白她在说什么。格温达心中涌起了一个可怕的念头：莫非这突如其来的打击让伍尔夫里克精神错乱了?

但他最终开口了。“他们全都，”他低声说道，“三个人，全都死了。”他抬眼看了看格温达，她看到他眼里涌出了泪水。

她用胳膊搂住了他，感觉到他那庞大的身躯因为无助的抽泣而晃动着。她搂紧了他。“可怜的伍尔夫里克呀，”她说，“可怜的，可爱的伍尔夫里克呀。”

“感谢上帝，我还有安妮特。”他说道。

一小时后，中殿的大部分地面上都已经摆满了死者和伤者的躯体。副院长助理瞎子卡吕斯站在他们当中，瘦脸的司库西米恩站在他身旁充当他的眼睛。卡吕斯主事，是因为安东尼副院长不见了。“西奥多里克兄弟，是你吗?”卡吕斯说道，显然是听出了这位刚刚走进来的白脸蓝眼修士的脚步声，“去把掘墓人找来。告诉他找六个身强力壮的人帮助他。我们需要至少一百多个新墓穴，这样的天气，埋葬尸体是耽搁不得的。”

“我这就去，兄弟。”西奥多里克说道。

卡吕斯尽管眼睛是瞎的，却把事情安排得井井有条，这给凯瑞丝留下了深刻印象。

凯瑞丝把梅尔辛留在了河边，他卓有成效地组织起了打捞工作。她又确认了修女和修士们都已得到通知，然后找来了理发师马修和“智者”玛蒂。最后她打探了自家人的情况。

桥坍塌时，只有安东尼叔叔和格丽塞尔达在桥上。她在教区公会大厅看到她父亲和博纳文图拉·卡罗利在一起。埃德蒙说：“这回他们不得不修一座新桥了！”说罢他就一瘸一拐地到河边帮着捞人去了。其他人也都安全：彼得拉妮拉姑姑在家里做饭；凯瑞丝的姐姐艾丽丝和埃尔弗里克在贝尔客栈；她表兄戈德温在大教堂里，正监督南侧圣坛的修复工程。

格丽塞尔达回家休息去了。安东尼仍然没有找到。凯瑞丝虽然不喜欢她的这个叔叔，但并不希望他死，每当一具新尸体被送进中殿，她都焦虑地望上一眼。

塞西莉亚嬷嬷和修女们在为伤者清洗伤口，用蜂蜜做抗菌药，再裹上绷带，还分发着恢复体力用的加了香料的热啤酒。战场上造就的医生——理发师马修手脚麻利，动作敏捷。他和过度肥胖、气喘吁吁的“智者”玛蒂相互配合。先是玛蒂给伤者服下镇静药，过上几分钟后马修再为他们接上骨折的胳膊和腿。

凯瑞丝又走到了南侧的交叉甬道。那里没有中殿那样喧哗、忙碌和血污，几名身为高级医师的修士簇拥在仍然昏迷不醒的夏陵伯爵周围。伯爵的湿衣服已经脱去，盖上了厚厚的毯子。“他还活着，”戈德温兄弟说，“但伤得很重。”他指了指伯爵的后脑，“他的部分头盖骨碎了。”

凯瑞丝从戈德温的肩膀上望过去。她能看到那头盖骨像一块破了的馅饼皮一样，沾满了血污。她还能从缝里看到灰色的物质。伤得这么重，怕是肯定没救了吧？

医师中最年长的约瑟夫兄弟也这么认为。他摩挲着自己的大鼻子，张开牙齿不全的嘴巴说道："我们得把圣徒遗骸请来，"和往常一样，他说话含糊不清，像个醉鬼一样牙齿间发着咝咝声，"这是他起死回生的最大希望了。"

凯瑞丝一点儿也不相信一位逝去已久的圣徒的遗骨能治好一个活人破裂的头颅。但她什么话也没说，她明白自己的这种观点是极端孤立的，所以大多数时候她都三缄其口。

伯爵的两个儿子威廉领主和理查主教也站在一旁看着。头发乌黑、身材高大，一副战士体型的威廉，活脱脱是躺在桌子上昏迷不醒的这个人的年轻的翻版。理查则显得白白胖胖一些。梅尔辛的弟弟拉尔夫站在他们身旁。"是我把伯爵从水里拉上来的。"他说。凯瑞丝已经是第二次听他说这话了。

"好，干得不错。"威廉说。

威廉的妻子菲莉帕和凯瑞丝一样，也不满意约瑟夫兄弟的断言。"你们就没有一点儿办法救救伯爵了吗？"她说。

戈德温回答道："祈祷就是最有效的救治。"

圣骨贮藏在高高的圣坛下的一个上了锁的小隔间内。戈德温和约瑟夫去取圣骨了，他们刚一出门，理发师马修便俯下身来，仔细察看了一番伯爵头部的伤口。"像他们那样永远别想治好伯爵，"他说，"即使有圣徒帮忙也不行。"

威廉厉声问道："你这话是什么意思？"凯瑞丝心想他的口气简直和他父亲一模一样。

"像其他骨头一样，头盖骨也是骨头，"马修回答道，"骨头能自己愈合，但每块骨头都必须放在正确的位置上，不然就会长歪。"

“你觉得你比修士们还高明吗？”

“我的老爷，修士们知道怎样呼唤神灵的帮助，而我只会接合破裂的骨头。”

“你从哪儿学会这本事的？”

“我在国王的军队里当了很多年军医。和苏格兰人打仗时，我曾经和令尊伯爵老爷一起行过军。我以前也见过被打破的头。”

“你现在打算拿我父亲怎么办呢？”

凯瑞丝心想，马修在威廉咄咄逼人的追问下有些紧张，但他似乎对自己说的话很有把握：“我要把碎骨头从伯爵的脑袋里取出，清洗干净，然后再努力把它们重新拼好。”

凯瑞丝倒吸了一口凉气。她根本不敢想象做这么冒险的手术。马修哪里来的胆量出这样的主意？要是搞砸了可怎么办呀？

威廉问：“那样他就会好吗？”

“我不敢说，”马修答道，“有时候脑伤会产生奇怪的后果，会损伤人走路或者说话的功能。我只能把他的头盖骨拼好。如果你们想要奇迹，还是去求求圣徒吧。”

“这么说你不能保证成功喽？”

“只有上帝是万能的。人只能尽力而为，然后期望最好的结果。但我相信如果这伤再不处置，令尊就没救了。”

“但是约瑟夫和戈德温都读过古代医圣的书。”

“而我在战场上救治过伤员，有的死了，也有的痊愈了。到底听谁的，你看着办吧。”

威廉看了看他妻子。菲莉帕说：“让理发师试试吧，再求圣·阿道福斯帮帮他。”

威廉点了点头。“好吧，”他对马修说，“动手吧。”

“我想让伯爵躺在靠近窗户的地方，”马修语气坚决地说道，“光线好些，更容易看清伤口。”

威廉向两个见习修士打了个响指。“照他说的办。”他命令道。

马修又说：“余下的，我只需要一碗热葡萄酒了。”

修士们从医院里抬来了一张搁板桌，放到了南侧交叉甬道的一张大窗户下。两名护卫把罗兰伯爵抬到了桌子上。

“请让他脸朝下。”马修说。

他们把伯爵翻了个个儿。

马修有一个皮包，里面装着理发师兼外科医生因之得名的那些锋利的工具。他首先拿出了一把剪子，俯下身去开始剪去伯爵伤口周围的头发。伯爵长着一头浓密的油性黑发，马修剪下了一绺绺卷发，扔在了地上。当伤口周围的一圈头发都被剪掉后，伤势就看得更清楚了。

戈德温兄弟拿着圣骨匣进来了。这是一个用黄金和象牙制成、雕刻得很精美的匣子，里面藏有圣·阿道福斯的头盖骨，以及一条胳膊和一只手的骨头。他一看马修正在给罗兰伯爵做手术，便愤怒地问道：“这是怎么回事？”

马修抬头看了一眼：“如果你愿意把圣骨放在伯爵的背上，尽可能离他的头近一些，我想圣徒会让我的手更稳当一些的。”

戈德温迟疑了一下，显然是为一个理发师竟然担此重任而感到气愤。

威廉领主说道：“照他说的做吧，兄弟，不然我父亲就要死在你们门上了。”

戈德温仍然没有听从，而是对站在几码之外的瞎子卡吕斯说道：“卡吕斯兄弟，威廉老爷命令我——”

“我听见威廉老爷的话了，”卡吕斯打断了他的话，“你最好是满足他的愿望。”

戈德温没想到他会这样回答，脸上显出愤怒又沮丧的神情。他把圣骨匣放到了罗兰伯爵宽阔的背上，但毫不掩饰自己的不悦。

马修又拿起了一只精致的小镊子，动作十分精巧地夹住一片碎骨看得见的边缘，提了起来，丝毫没有触及下面的灰色物质。凯瑞丝入神地看着。那片骨头正是头部的，上面还附着头皮和头发。马修轻轻地把骨头放进了那碗热葡萄酒中。

他如法炮制，又夹出了两片小碎骨。中殿那边传来的嘈杂声——伤者的呻吟和死者亲友们的哭泣——似乎都已消退，被这边遗忘了。观看马修手术的人都一声不响、一动不动地围着他和昏迷不醒的伯爵，站成了一圈。

接着，他处理起仍然与头盖骨的其余部分相连的碎骨片。每次他都是先把头发剪去，再用葡萄酒里浸过的亚麻布仔细地擦洗四周，然后用小镊子轻轻地将骨头按压在他认为原有的位置。

气氛如此紧张，凯瑞丝连大气都不敢出一口。她还从没有像此时此刻钦佩理发师马修一样钦佩过任何人。他这样勇敢无畏，这样技艺高超，这样信心十足。而他是在一位伯爵的头上做这样精细得令人难以置信的手术啊！如果出了差错，他们没准会吊死他的。然而他的手仍然像教堂正门上石头刻的天使的手一样平稳自如。

最后，他把浸在葡萄酒碗里的那三片分离的碎骨放回了原位，拼接在一起，就像是在修补一只破碎的花瓶。

他又把伤口周围的头皮抚平，迅捷、精巧地缝合起来。

现在，罗兰伯爵的头盖骨完整了。

“伯爵肯定会睡上一天一夜的，”他说，“等他醒来后，给他服下‘智者’玛蒂的大剂量的催眠草药。然后他必须一动不动地再睡上四十天四十夜。如果有必要，用绳子把他固定住。”

随后他请求塞西莉亚嬷嬷把伯爵的头包扎起来。

戈德温离开大教堂，跑到了河边，灰心丧气，又怒气冲冲。实在是不成体统，卡吕斯让所有的人都为所欲为。安东尼副院长是个软弱的人，但比卡吕斯要强。必须把他找到。

河里的大部分人都已经被打捞上岸了。那些仅仅是鼻青脸肿、受到惊吓的人都已经自行离去。大部分死者和受重伤的人都已被抬进大教堂，剩下的都是些被桥的残骸羁绊住的人。

安东尼也许死了，这一想法让戈德温既激动又害怕。他渴望修道院能有新人掌权——一个能严格地阐释本笃戒律，精细地管理财务的人。但与此同时，他又明白安东尼是他的庇护人，在新的副院长手下，他就不一定能继续晋升了。

梅尔辛征用了一只船。他和另外两个小伙子一起把船撑到河中央，桥的大部分残骸都漂浮在那里。三个人都只穿着内裤，正试图抬起一根沉重的圆木以解救什么人。梅尔辛个子矮小，但另两个都是彪形大汉，显然平时吃得都不错，戈德温猜想他俩都是伯爵的护卫。尽管三个人都身强力壮，但站在一只小小的手划船中，他们却很难对那些沉重的木头使上劲。

戈德温站在一群镇民当中，心里交织着恐惧和希望，看着两名护卫抬起一根沉重的圆木，梅尔辛从下面拽出一个人来。梅尔辛匆匆地检查一遍后，喊道：“玛格丽特·琼斯——死了。”

玛格丽特是个无足轻重的老太太。戈德温不耐烦地喊道：“你们看见安东尼副院长了吗？”

船上的人相互看了看，戈德温意识到自己太蛮横了。但是梅尔辛回答道：“我看见了一件修士袍。”

“那就是副院长！”戈德温叫道。安东尼是唯一还没有下落的修士。“他现在怎么样，你知道吗？”

梅尔辛从船的一侧俯下身去，显然这个样子没法凑近，于是他潜入水中。最终他喊道：“还有呼吸。”

戈德温既高兴又失望。他高喊道：“那就快把他拽出来，快点儿！”“求求你们了。”他又补了一句。

没有人回他的话，但他看见梅尔辛钻到了一块部分沉入了水中的木板下，随后向另两个人发出了命令。那俩人放开了他们正搬着的一根圆木的一头，让它慢慢地滑进了水中，然后走到小船船头，俯下身来抓住了梅尔辛头顶上的那块木板。梅尔辛似乎费力地在把安东尼的衣服从一堆纠缠在一起的木板和木块中拽出来。

戈德温眼巴巴地看着，为自己不能搭一把手加快救援进程而深感沮丧。他对两个旁观的人吩咐道：“到修道院里叫两个修士抬一副担架来，就说是戈德温派你们去的。”那两个人上了台阶，进了修道院。

梅尔辛终于把那个已无知觉的人从桥的残骸中奋力拽了出来。他把副院长拖到了船边，另两个人把他抬进船里。随后梅尔辛也爬上了船，他们一起撑船向岸边移动。

热心的人们七手八脚地把安东尼抬下了船，放在了修士们抬来的担架上。戈德温迅速地检查了一遍副院长的伤势。他还有呼吸，但他的脉搏很微弱。他两眼紧闭，脸色苍白得吓人。他的头部和胸部都只是有青肿，但他的骨盆好像碎了，而且他在流血。

修士们把他抬了起来。戈德温在前面开路，穿过了修道院的院子，进了大教堂。“让一让！让一让！”他喊叫着。他们把副院长抬过中殿，抬进了圣坛——教堂中最神圣的地方。戈德温吩咐修士们把副院长放在高坛前。安东尼浸透了的修士袍清晰地显出了他臀部和双腿的轮廓。他的下身扭曲得非常厉害，已完全变了形，只有上半身还能看出是个人。

没过多久，所有的修士都聚到了不省人事的副院长身旁。戈德温从罗兰伯爵那里拿回了圣骨匣，放到了安东尼的脚边。约瑟夫把一个珠宝做的十字架放在安东尼胸口上，把他的手合拢在十字架上。

塞西莉亚嬷嬷跪在了安东尼身旁。她用一块在有镇定作用的药水里浸过的布擦净了他的脸。她对约瑟夫说：“他的很多骨头看来都碎了。你想让理发师马修来给他看看吗？”

约瑟夫默默地摇了摇头。

戈德温对此很欣慰。如果把理发师叫来，会玷污了圣所的。最好还是让上帝来做决定吧。

卡吕斯兄弟主持了最后的祈祷，然后带领修士们唱起了圣歌。

戈德温不知道该寄什么希望。多年来他一直盼望着结束安东尼副院长的管理，但在这最后时分，他却瞥见了可能取代安东尼的是什么：卡吕斯和西米恩的共治。他俩都是安东尼的心腹，比他好不到哪儿去。

突然，戈德温看见理发师马修站在人群的边缘，正越过修士们的肩头，审视着安东尼的下半身。戈德温正要愤怒地命令他离开圣坛，他却几乎让人难以觉察地摇了摇头，走开了。

安东尼睁开了眼睛。

约瑟夫兄弟大叫道：“赞美上帝！”

副院长似乎想说些什么。仍跪在他身旁的塞西莉亚嬷嬷连忙俯下身去贴着他的脸，仔细地辨听着。戈德温看到安东尼的嘴唇动了动，希望自己也能听见。但没过多久，副院长就完全沉默了。

塞西莉亚似乎大吃了一惊。“是真的吗？”她问道。

所有的人都瞪大了眼睛。戈德温问：“他说了些什么，塞西莉亚嬷嬷？”

她没有回答。

安东尼的眼睛闭上了，他似乎起了一些微妙的变化，然后一动不动了。

戈德温俯下了身子，安东尼的呼吸没有了。戈德温又把手放到他的心脏处，没有探到心跳。他又抓起了安东尼的手腕，摸了摸脉，也没有跳动。

他站起身来。“安东尼副院长已经离开了这个世界，”他说，“愿上帝赐福于他的灵魂，欢迎他进入天国。”

全体修士齐声说道：“阿门。”

戈德温心想：这回不得不举行一次选举了。

第三部分

*1337*年*6*月至*12*月

14

王桥大教堂成了一处恐怖之地。受伤的人们痛苦地呻吟着，或者哭爹叫娘，或者喊着上帝或圣徒的名字，祈求救救他们。每隔几分钟，就会有寻找亲友的人发现要寻找的人已经死了，因为突如其来的震惊和悲伤而放声大哭或失声尖叫。躺在地上的人们，无论死活，都浑身是血，断骨七扭八歪，衣服破烂透湿。教堂的石板地因为血、水和河岸的泥浆交融而变得湿滑。

在一派恐怖景象当中，围绕着塞西莉亚嬷嬷，形成了一个小小的镇静而高效的圈子。她就像一只伶俐的小鸟，在躺在地上的人们之间穿梭着。一小群戴着兜头帽的修女跟随着她，其中就有她长期的助手、已被人们尊称为“老朱莉”的朱莉安娜姐妹。塞西莉亚嬷嬷一边检查着每一个伤员，一边发布着命令：清洗伤口、敷药膏、包扎伤口、喂草药。遇到较严重的伤势，她会差人去请“智者”玛蒂、理发师马修或者约瑟夫兄弟。她说的话总是既平静又清晰，她下的命令总是既简短又果断。她使大多数伤员的情绪都稳定了下来，也使他们的亲属放下了心、燃起了希望。

这情景让凯瑞丝既清晰又痛苦地回想起她母亲去世的那一天。那一天她也是既害怕又困惑，但只是深藏在她的内心中。那一天塞西莉亚嬷嬷也像现在这样镇定自若。然而尽管有塞西莉亚救助，妈妈还是死了，就像今天许多受伤的人也会死去一样，不过人们会理性地面对死亡，会感到已经尽了一切努力。

有的人得病时，会去祈求圣母和圣徒，但那只会让凯瑞丝更加恐惧和不安，因为谁也不知道神灵们会不会施救，甚至都不知道他们听见了没有。塞西莉亚嬷嬷没有圣徒们的神通，这一点凯瑞丝十岁时就知道了，但是她那镇定、务实的气质还是让凯瑞丝既心生希望又感到无奈，不过最终会给她的心灵带来安宁。

现在凯瑞丝也成了塞西莉亚随从中的一员。她并没有真正下过决心，甚至连想都没想过。她听从现场最果断的人的命令，正如桥刚刚坍塌，人们都不知所措的时候，河边的人们都听从了她的命令一样。塞西莉亚麻利、实干的作风是富有感染力的，她周围的人都变得沉着冷静起来。凯瑞丝本人正端着一小碗醋，一名叫作梅尔的漂亮的见习修女正把一块碎布浸在醋中，擦洗着木材商的妻子苏珊娜·切普斯托脸上的血。

她们马不停蹄地一直干到深夜。幸亏夏天昼长，天黑之前所有浮在水面上的人都被捞上了岸——不过没人知道有多少淹死的人沉到了河底或者被冲到了下游。谁也没看见疯子尼尔的踪影，她肯定是被绑着她的牛车拖到了水下。令人不平的是，托钵修士默多却活着，除了脚崴了一下之外没有受任何伤，他一瘸一拐地进了贝尔客栈，正大嚼着热火腿、畅饮着浓啤酒给自己压惊呢。

天黑之后，对伤者的救治仍在烛光下进行着。一些修女精疲力竭，不得不休息了；还有一些修女被太多的惨象和死别压垮，总是听错命令或变得笨手笨脚，也不得不被打发走；但是凯瑞丝和一小伙骨干一直坚持了下来，直到再无事可做。当最后一条绷带打上最后一个结后，一定已经过了午夜，凯瑞丝蹒跚着走过绿地，回到了她父亲的家。

爸爸和彼得拉妮拉紧紧握着手坐在餐厅里，为他们的弟弟安东尼的死悲痛欲绝。埃德蒙的眼睛里满含着泪水，彼得拉妮拉哭得非常伤心。凯瑞丝亲吻了他们俩，却想不出能说些什么。她知道自己一旦坐下，就会在椅子里睡着，所以硬撑着爬上了楼。她紧挨着格温达躺在床上。格温达像以往一样和她睡在一起，她也因精疲力竭而睡熟了，没有被搅醒。

凯瑞丝闭上了眼睛，她的身体疲惫不堪，她的心却因为悲伤而隐隐作痛。

在众多死者中，她父亲只为一人悲痛，而她却能感受到他们全体的重量。她回想着那些躺在大教堂冰凉的石板地上她死去的朋友、邻居和相识的人，想象着他们的父母、儿女、兄弟姐妹的哀伤，巨大的痛苦让她崩溃了。她在枕头里呜咽了起来。格温达没有说话，伸出胳膊搂住了她，把她紧紧抱住。没过多久，她终于被倦意袭倒，沉睡了过去。

天刚亮她就起床了。格温达仍在酣睡，她独自回到了大教堂，继续干活。受伤的人们大部分已被送回家。那些仍须留下观察的人——包括依然昏迷不醒的罗兰伯爵——则被转入了医院。死者的尸体被整齐地摆放在教堂东端的唱诗班席位处，等待下葬。

时间飞一般地流逝着，几乎没有片刻的工夫小憩。直到星期六下午很晚的时候，塞西莉亚嬷嬷告诉凯瑞丝该歇一歇了。她四下里望了望，意识到大部分工作都已经做完了，这才静下心来思索起未来。

直到那一刻之前，她一直无意识地以为正常的生活已经结束，她生活在一个恐怖和悲惨的新世界里。现在她意识到，像所有其他事情一样，这种状态也会过去。死去的人会下葬，受伤的人会痊愈，王桥也最终会挣扎着恢复正常。于是她想起了，就在桥垮塌的前一刻，还有一场悲剧在发生，同样极其残酷和令人心碎。

她在河边找到了梅尔辛。他正同埃尔弗里克和托马斯·兰利一起，指挥着五十多名志愿帮忙的人们清理着河道。梅尔辛和埃尔弗里克的龃龉在灾祸面前被搁置了起来。大部分散落的木头都被打捞上来，堆在了岸边。但是也有木头仍然相互连接在一起，其中有一大团钉在一起的木头漂浮在水面上，随波浪微微地上下起伏，却像一头被杀死的巨兽一样原地不动。

人们想把桥的残骸拆解为较小的部分，以便处理。这可是件危险的活儿，因为桥随时有可能进一步坍塌，造成这些帮忙的人伤亡。他们用一根绳子拴住了已部分没入水中的桥的中央部分，一队人在岸上使劲拽着绳子。河中央有一只小船，梅尔辛和大个子马克·韦伯还有一个划船人留在船上。当岸上的人们歇息时，船就划到残桥旁，马克在梅尔辛的指导下，用一把伐木用的大斧猛砍圆木。然后船再退到安全的距离外，埃尔弗里克一声令下，岸上的人们再合力拽绳子。

在凯瑞丝的注视下，桥的一块很大的部分被拆解了开来。所有的人都一齐欢呼，人们将这团纠缠在一起的木头拖上了岸。

一些帮忙的人的妻子们拿着面包和啤酒来了。托马斯·兰利下令休息一会儿。人们纷纷坐下歇息，凯瑞丝找到了梅尔辛。“你不能和格丽塞尔达结婚。”她直截了当地说道。

这突然的直白并没有让梅尔辛吃惊。“我不知道该怎么办，”他说，“我一直在想这事。”

“你愿意和我一起走走吗？”

“好的。”

他们离开了河边的人群，走上了主街。在羊毛集市的喧嚣结束之后，王桥像个墓地一样沉静。所有的人都待在家里，或照料伤者，或哀悼死者。“城里没有几家没人死伤的，”她说，“当时桥上肯定有上千人，或者想离开，或者在折磨疯子尼尔。教堂里有一百多具尸体，我们救治了四百多个受伤的人。”

“还有五百多名幸运的人。”梅尔辛说。

“我们本来也有可能在桥上，或者离桥不远。你我现在都可能躺在唱诗席的地上，浑身冰冷，一动不动。但是我们都收到了上帝的馈赠——我们的余生。我们决不能因为一个错误而糟蹋这份大礼。”

“这不是一个错误，”梅尔辛厉声说道，“这是一个孩子——一个有灵魂的人。”

“你也是个有灵魂的人——而且还是个非同寻常的人。看看你刚才在干什么。有三个人在河上管事。一个是镇上最有钱的建筑匠。一个是修道院的执事。还有一个呢……才是一个学徒，还不满二十一岁。可镇上的人都听你的命令，就像他们愿意服从埃尔弗里克和托马斯一样。”

“这并不意味着我就能逃避自己的责任。”

他们拐进了修道院的院子。大教堂前的绿地被参加羊毛集市的人们践踏得一片狼藉，布满了车辙、泥沼和大大的水洼。凯瑞丝看到教堂西面三扇巨大的窗户上映照着朦胧的太阳和裂开的云层，一幅画面像圣坛背壁的装饰画一样被隔成了三份。晚祷的钟声也开始敲响。

凯瑞丝说："想一想吧，你总是说想去看一看巴黎和佛罗伦萨的建筑。你现在全都要放弃了吗？"

"我想是这样。一个男人不能抛弃他的妻子和孩子。"

"这么说你已经把她看作你的妻子了。"

他搂住了她。"我永远不会把她看作我妻子，"他痛苦地说道，"你知道我爱的是谁。"

这一回她想不出巧妙的回答了。她张开嘴巴想说话，却一个字也说不出。她感到喉咙像是哽塞住了。她赶紧眨了眨眼睛，以免眼泪流出，随即她又低下头去，以遮掩自己的情感。

他抓住了她的胳膊把她拉近。"你知道的，是吧？"

她强迫自己迎着他的目光。"是吗？"她的视线模糊了。

他吻着她的嘴唇。这次吻的感觉与她以前所经历的任何一次都不同，他的嘴唇移动得很轻柔，但一直顶着她的嘴唇，仿佛他是想永远记住这一刻，于是她恐慌地意识到，他是在想：这是他们最后一次接吻了。

她紧紧地抱住他，想让这一刻持续到永远，但他终于抽回了身，实在是太短暂了。

"我爱你，"他说，"但我要娶格丽塞尔达。"

生和死都还在继续。小孩子在出生，老人在死去。星期天，屠夫爱德华的妻子埃玛在妒火中烧之下，用他们家最大的一把切肉刀砍了她那淫乱的丈夫。星期一，贝丝·汉普顿的一只鸡不见了，后来被发现在格林尼·汉普森家厨房的锅里炖着，于是格林尼被治安官约翰剥光了衣服鞭打了一顿。星期二，豪威尔·泰勒在圣马可教堂的房顶上干活时，脚下一根腐朽的圆木松动了，他摔了下来，砸穿了天花板，落在下面的地上，当场死去。

到星期三时，除了两座主要桥墩的残桩外，桥的残骸已清理完毕，木头都堆在了岸上。河道开放了，平底船和木筏就可以满载着在羊毛集市上采购的羊毛及其他货物，离开王桥前往梅尔库姆港，再从那里运往佛兰德斯和意大利了。

凯瑞丝和埃德蒙到河边检查河道清理情况时，梅尔辛正用打捞上来的木头扎一只木筏，准备摆渡人们过河。“木筏比船要好，”他解释道，“牲畜可以自己上下，车子也可以直接推上来。”

埃德蒙表情忧郁地点了点头。“为了每星期的集市，也只好如此了。幸亏到下一届羊毛集市时，我们就能有一座新桥了。”

“我看还不行。”梅尔辛说。

“可你跟我说过，建一座新桥需要一年！”

“是的，那是说建一座木桥。可如果再建一座木桥，还会塌的。”

“为什么？”

“请跟我来。”梅尔辛把他们领到一堆木料前。他指着一组巨大的圆木说：“就是这些木头组成了桥墩——它们可能就是国王赐给修道院的那著名的二十四根英国最好的橡树。请看看它们的底部。”

凯瑞丝能看出这些巨大的圆木原本是被削尖的，只是由于长年在水下泡着，它们的轮廓已经没那么分明了。

梅尔辛说：“木桥没有基础。柱子就是插在河床里的。那样并不结实。”

“可这桥已经矗立了好几百年了！”埃德蒙愤愤地说道。每当他和人辩论时，他都像是要吵架。

梅尔辛已经习惯了，没有在意他的语调。“可它现在塌了，”他耐心地说道，“有些情况发生了变化。木桥墩原先是结实的，现在却不结实了。”

“什么情况能发生变化？河还是那条河嘛。”

“是这样的，先是你在岸上修了一座仓房和一个码头，还修了一道墙来保护你的财产。好几个别的商人也纷纷效仿。我小时候常在上面玩的河南岸那里，原先的泥滩大部分都没了。于是河水就没法再泛上泥滩了。结果水流就比以前急了——特别是在下了像今年这么大的雨以后。”

“所以就必须建一座石桥了？”

“是的。”

埃德蒙抬起头来，看见埃尔弗里克也站在一旁听着。“梅尔辛说建一座石桥需要三年。”

埃尔弗里克点了点头：“三个建筑季。”

凯瑞丝知道，大多数建筑工程都需要在温暖的月份进行。梅尔辛曾向她解释过，当灰泥还没等抹匀就会凝固时，是不能建石墙的。

埃尔弗里克继续说道：“一季打基础，一季搭桥拱，一季修桥面。每个阶段后，都必须让灰泥晾上三四个月，晾结实了，才能开始下一个阶段，在上面继续搭建。”

“三年没有桥呀。”埃德蒙忧郁地说道。

“四年，除非你能马上开工。”

“你最好是先为修道院估算一下费用。”

“我已经开始估算了，但这不是一下子就能成的。我还需要两三天时间。”

“你尽快吧。”

埃德蒙和凯瑞丝离开了河岸，走上了主街。埃德蒙情绪激动地迈着他那偏向一侧的步伐大步走着。尽管他的腿萎缩了，他却从来不让任何人扶他。为了保持平衡，他走路时像奔跑一样大幅度地摆动着手臂。镇上的人都知道要给他腾出足够的空间，特别是当他显得急匆匆时。“三年哪！”他一边走一边说着，“羊毛集市会受到沉重打击。我不知道我们多久才能恢复正常。三年哪！”

他们回到家时，看到凯瑞丝的姐姐艾丽丝也来了。她仿照菲莉帕夫人的发式精心地束起了头发，戴了顶帽子。她和彼得拉妮拉姑姑一起坐在桌旁。凯瑞丝从她们的表情上，一眼就看出她们一直在谈论自己。

彼得拉妮拉走进厨房，端出了啤酒、面包和新鲜黄油。她给埃德蒙的杯子倒满了酒。

彼得拉妮拉礼拜日那天大哭了一场，但自那以后她就很少再显出因失去了弟弟安东尼而痛苦的迹象。令人意外的是，一向不喜欢安东尼的埃德蒙，倒好像伤心得多：人们经常在无意中发现他的眼眶里涌起了泪花，尽管那泪花消逝得也同样快。

埃德蒙满脑子都是关于桥的事情。艾丽丝本想质疑梅尔辛的判断，但埃德蒙不耐烦地打消了她这个念头。“这孩子是个天才，”他说，“他比很多建筑匠师都懂得多，可他还没出学徒期呢。”

凯瑞丝愤愤地说道：“可惜他还是要跟格丽塞尔达过一辈子了。”

艾丽丝起而为自己的继女辩护：“格丽塞尔达没有任何错。”

“不，她有错，”凯瑞丝说，“她根本就不爱梅尔辛。她引诱他，是因为她男朋友离开了镇子，就是这么回事。”

“梅尔辛是这么跟你说的？”艾丽丝嘲讽地笑道，“要是一个男人不想做那事，他就可以不做——记住我的话吧。”

埃德蒙咕哝了一句。“男人有可能经不起诱惑。”他说。

“哦，这么说，你站在凯瑞丝一边了，是吗，爸爸？”艾丽丝说，“我一点儿也不奇怪，你一向都是这样的。”

“这不是站在谁一边的问题，”埃德蒙回答道，“一个男人也许事先并不想做某件事，事后也会后悔，但在一闪念间他的意愿可能发生变化——特别是当一个女人耍花招时。”

“耍花招？你凭什么认为是格丽塞尔达主动投怀送抱呢？”

“我没这么说。但是我知道一开始是她在哭，梅尔辛想安慰她。”

是凯瑞丝告诉他这些的。

艾丽丝愤愤地说：“你总是袒护那个不听话的学徒。”

凯瑞丝正吃着涂了黄油的面包，但她一点儿胃口也没有。她说：“我猜他们会生出半打肥胖的孩子。梅尔辛会继承埃尔弗里克的产业，又像他岳父一样，成为镇上的一个业主，为商人们盖房子，谄媚教士以换取合同。”

彼得拉妮拉说：“要是那样，不就求之不得了吗？他将成为镇上的头面人物之一。”

“他本来有更远大的前程的。”

“是吗，当真？”彼得拉妮拉故作惊讶地嘲讽道，“他爸爸不过是个落魄的骑士，连花一先令给他妻子买双鞋都买不起。你凭什么认为他前程远大？”

凯瑞丝被她的嘲讽深深地刺痛了。的确，梅尔辛的父母不过是穷食客，吃喝全靠修道院供给。对他来说，能继承一位富庶的建筑匠的产业的确意味着社会地位的提高。但她仍然认为他本应大有作为的。她说不清自己能为他勾画出什么样的前程。她只知道他与镇上所有的人都不同，她难以忍受他将成为一个普通人。

星期五那天，凯瑞丝带格温达去见“智者”玛蒂。

格温达还留在镇上，是因为伍尔夫里克也在，他要安排家人的下葬事宜。埃德蒙的女仆伊莲帮格温达烤干了衣服，凯瑞丝为她包扎了脚，还给了她一双旧鞋子。

凯瑞丝感到格温达没有把她森林历险的全部真相说出。她说西姆把她带到了强盗那里，她逃跑了。西姆一路追她，在桥塌的时候死了。治安官约翰对她的说法很满意：强盗是不法分子，因此西姆的遗产不用传承。格温达自由了。但是凯瑞丝相信，森林中一定还发生了些其他事情，一些格温达不愿说的事情。凯瑞丝没有逼迫她的朋友。有些真相最好是深埋起来。

这星期镇上人全在忙着办葬礼。由于死者都是非正常死亡，葬礼的仪式也大同小异。给死者擦洗遗体，给穷人缝尸布，给富人钉棺材，给所有的人挖墓穴，给教士付钱。并非所有的修士都能做教士，只有几个人有资格，于是他们排了班，一连几天，一天到晚，在大教堂的北侧为人们主持葬礼。王桥还有六座较小的教区教堂，那里的教士也都忙得不可开交。

格温达一直在帮着伍尔夫里克忙前忙后，做着传统上该由女人做的事情，擦洗遗体、缝尸布、挖空心思地安慰他。他有些魂不守舍。尽管他把葬礼的所有细节都安排得周到细致，却会一连好几个小时皱着眉头，摆出一副奇怪的表情，眼睛茫然地盯着前方，好像是在解什么巨大的谜。

到星期五那天，葬礼基本上都办完了，但是代理副院长卡吕斯却宣布星期日为所有遇难者的灵魂举办一场特殊的祷告，因此伍尔夫里克要等到星期一才能走了。格温达告诉凯瑞丝，他似乎对有一个同村的人陪伴他很是感激，但只有在谈起安妮特时他才会显出些生气来。于是凯瑞丝提出再为她买一剂情药。

她们在“智者”玛蒂的厨房里找到了她。她正在熬制药物。小小的屋子里弥漫着药草、食油和葡萄酒的味道。“我已经把我要在星期六和星期天用的所有东西全都用光了，”她说，“我得重新备货了。”

“不管怎么说，你一定赚了些钱。”格温达说。

“是的——如果我能把钱都收回来的话。”

凯瑞丝一惊：“怎么，还会有人对你赖账吗？”

“有的人——我一向都要在人们还没消痛时就提前收费——如果他们一时没钱，也不能不给他们治呀。大多数人事后都会付账，但也有人不是。”

凯瑞丝为她的朋友愤愤不平：“他们怎么说？”

“各种各样的理由。付不起啦，药没起作用啦，服药前没经他本人同意啦，说什么的都有。不过别担心。世界上还是守信的人多，足够我维持下去的。你们想要什么？”

“格温达的情药在桥塌时丢了。”

“这好办。你干吗不自己给她配一副呢？”

凯瑞丝一边配药，一边问玛蒂：“有多少孕妇最后会流产呢？”

格温达知道她为什么问这问题。凯瑞丝把梅尔辛的窘况全都告诉了他。两个少女在一起的大部分时间都在谈论伍尔夫里克的冷漠和梅尔辛的高度责任感。凯瑞丝甚至动了自己买一副情药用在梅尔辛身上的念头，但最终还是作罢了。

玛蒂目光犀利地看了她一眼，只是含糊地答道：“没人知道。很多时候，一个女人会一个月不来月经，而下个月又来了。她是怀了孕又流了产，还是因为什么其他原因？谁也说不清。”

“哦。”

“不过，如果这是你们俩担心的事情的话，我告诉你们，你们俩都没怀孕。”

格温达马上问道：“你怎么知道的？”

“我只消看看你们就知道了。一个女人怀孕了，几乎马上就会起变化。不仅是她的肚子和乳房，她的脸色、步态、情绪，都会变化。这些事情，我比大多数人看得都准——所以人们叫我‘智者’。那么是谁怀孕了？”

“埃尔弗里克的女儿，格丽塞尔达。”

“噢，是的，我早看出来了。她都怀孕三个月了。”

凯瑞丝大吃了一惊：“多长时间？”

“三个月，差不了太多。只要看看她就够了。她一向不瘦，但现在更是胖乎乎的了。那么你们为什么吃惊呢？我猜她怀的是梅尔辛的孩子，对吗？”

玛蒂总能猜到点子上。

格温达对凯瑞丝说："我记得你跟我说那事发生得不久。"

"梅尔辛没告诉我准确的时间，但给我的印象是不久之前，而且只发生过一次。现在看来，他跟她做那事，已经好几个月了！"

玛蒂皱起了眉："他为什么要撒谎？"

"为了使他显得没那么坏？"格温达猜道。

"那样就好些吗？"

"男人的想法很奇怪。"

"我要去问问他，"凯瑞丝说，"现在就去。"她放下了瓶子和量勺。

格温达问："那我的药怎么办？"

"我来帮你做完，"玛蒂说，"凯瑞丝已经等不及了。"

"谢谢你。"凯瑞丝说着，走了出去。

她径直来到河边，但这回梅尔辛却不在那里。她在埃尔弗里克家也没找到他。她想他一定是在石匠的阁楼里。

在大教堂的西面，石匠领班的工作间恰好占据了塔楼中的一座。凯瑞丝攀上塔楼扶壁中狭窄的螺旋梯，来到了这里。屋子很宽敞，高高的尖拱窗使光线非常充足。沿着其中的一堵墙，整齐地码放着大教堂初建时的石匠用过的雕刻模具。这些形状优美的模具精心地保存下来，就是为了维修时再用。

地面是供建筑匠师画图用的。地板上铺着一层灰泥，大教堂最早的石匠领班、建筑匠师杰克，就是用铁制的绘图仪在灰泥上画他的设计图的。刻画的痕迹起初是白色的，但随着时间的推移渐渐地消失了，于是就可以在旧的图上面画新的图。当设计图很多，已很难分清新旧时，就会在上面铺上新的灰泥，于是这一过程再重新开始。

羊皮纸，也就是修士们用来抄写《圣经》经文的薄薄的羊皮，用来画图就太贵了。在凯瑞丝的时代，一种新的书写媒质已经出现了，那就是纸，但纸是从阿拉伯人那里传来的，修士们视之为穆斯林异教徒的发明，因而拒绝使用。不管怎么说，纸得从意大利进口，并不比羊皮纸便宜。而且在地板上画图还有一大好处：木匠可以直接把木头放在地上的设计图上面，严格地按照建筑匠师所画的线条刻制模具。

梅尔辛跪在地上，正按照一幅设计图刻着一块橡木，但他不是在做模具。他在刻一只有十六个齿的齿轮。旁边的地上还有一只较小的齿轮，梅尔辛停了一会儿，把两只齿轮放在一起，看是否合适。凯瑞丝在水磨上见过这样的齿轮，它们把水车的轮叶和磨石连接起来。

他一定听见了她踏在石阶上的脚步声，但他太专注于自己的工作了，都没有抬头看上一眼。她注视了他片刻，气恼和爱意在心中激烈地搏斗着。这正是她所熟悉的他在全神贯注时的模样：他那矮小的身躯俯向他的作品，他那有力的手和灵巧的手指细致地做着修改，他的面孔纹丝不动，他的目光坚定不移。他就像一只正俯身畅饮着溪水的小鹿。凯瑞丝心想，当一个男人在做自己生来该做的事情时，就是这个样子。他正处于一种快乐中，但还不仅仅是快乐。他在完成自己的使命。

她突然喊出声来："你为什么要骗我？"

他的凿子脱落了。他痛得大叫一声，举起手指看了看。"天哪。"他说着，把手指塞进了嘴里。

“对不起，”凯瑞丝说，“你伤着了吗？”

“问题不大。我什么时候骗你了？”

“你给我的印象是格丽塞尔达只勾引了你一次。可实际上你们俩在一起鬼混，已经有好几个月了。”

“不，我们没有。”他吸吮着他流血的手指。

“她已经怀孕三个月了。”

“不可能，那事才发生了两个星期。”

“就是三个月，从她的体形就能看出来。”

“你能看出来？”

“是‘智者’玛蒂告诉我的。你为什么骗我？”

他正视着她的眼睛。“可我没有骗你，”他说，“那事就发生在羊毛集市那个星期的星期天。是第一次，也是唯一的一次。”

“那么，才过了两个星期，她怎么就敢肯定自己怀孕了？”

“我不知道。不过，女人到底过多久才能知道自己怀孕了呢？”

“你不知道吗？”

“我从来没问过。不管怎么说，三个月前格丽塞尔达还和……”

“噢，天哪！”凯瑞丝说道，她的心头闪起了一束希望的火花，“她还和她以前的男朋友瑟斯坦在一起呢。”那火花已燃成了火焰，“那肯定是他的孩子。是瑟斯坦的孩子，不是你的。你不是孩子的父亲！”

“会是这样吗？”梅尔辛简直不敢相信。

“当然——这样一切都说得通了。如果她突然爱上了你，她会寻找一切机会和你在一起的。可你说她从来都不搭理你。”

“我想那是因为我不想娶她。”

“她从来就没喜欢过你。她只是需要给她的孩子找个父亲。瑟斯坦跑了——也许就是在她告诉他自己怀孕后，给吓跑的。而你恰好住在她们家，又傻得足以中她的圈套。噢，感谢上帝！”

“感谢‘智者’玛蒂。”梅尔辛说。

她看到了他的左手。血正从一根手指上涌出。“噢，我让你受伤了！”她叫了一声，抓起他的手，仔细检查着伤口。伤口不大，但很深。“我很抱歉。”

“没那么严重。”

“不，很严重。”她说道，不知道自己是在说伤口还是别的什么事情。她吻了吻他的手，她的嘴唇感觉到了他的热血。她把他的手指放进自己嘴里，把伤口吮干净。这动作如此亲昵，感觉简直像是性行为，她闭上了眼睛，心醉神迷。她咽了咽口水，品味着他的鲜血，激动得浑身颤抖起来。

桥塌之后一星期，梅尔辛扎起了一只木筏。

木筏是在星期六一早完工的，正好为一星期一次的王桥集市派上了用场。为此梅尔辛整个星期五晚上都在挑灯夜战，凯瑞丝猜想他恐怕还没有时间同格丽塞尔达谈话，告诉她自己已经知道了那孩子是瑟斯坦的。凯瑞丝和她父亲来到河边，想体验一下第一批赶集的人到来的感觉——他们来自周围村庄，有用篮子提着鸡蛋的妇女，有用车拉着黄油和奶酪的农民，还有赶着羊群的牧羊人。

凯瑞丝很佩服梅尔辛的这件作品。木筏大得足以载下一辆马拉车，而不必让牲畜卸下辕杆。筏的四周还有一圈结实的木栏，可以防止羊跌下河去。河两岸都搭起了与水面齐平的木台，以便车辆上下。乘客需要付一便士，由修士收取——渡船像桥一样，也属于修道院。

最巧妙的却是梅尔辛设计的使木筏从河的这一边到那一边的方式。一条长长的绳子从筏的南端伸出，一直伸过河，绕过一根柱子，再拉回此岸，绕过一个滚筒，再回到筏上，系在筏的北端。滚筒通过一组木齿轮与一个由牛拉动的转盘连接：凯瑞丝昨天看见过梅尔辛在刻那组齿轮。由一根杠杆改变齿轮的转动方向，这样滚筒就可以根据木筏是去还是回来改变方向了——没有必要改变牛踱步的路线，也不用让牛掉头。

“这很简单。”当凯瑞丝为之惊叹时，梅尔辛说道——而她仔细看过后，觉得也确实简单。杠杆只是把一只大齿轮撬起，使两个较小的齿轮进入了它原先的位置，就改变了滚筒转动的方向。然而，王桥的人都从来没见过这样的东西。

整个上午，半个镇子的人都来观赏过梅尔辛令人惊奇的机械装置。凯瑞丝深深地为他感到骄傲。埃尔弗里克也站在一旁，向所有提问的人解释机械原理，把梅尔辛的功劳记到了自己账上。

凯瑞丝想不通埃尔弗里克的脸皮怎么会这么厚。他捣毁了梅尔辛刻的门——假如不是发生了塌桥这么大的灾难，这一暴行会让全镇的人都感到惊骇和愤慨的。他用棍子打了梅尔辛，梅尔辛的脸现在还肿着。他合谋了企图让梅尔辛娶格丽塞尔达，生下别人的孩子的阴谋。梅尔辛继续与他合作，是因为觉得救灾重于他们的争执。但凯瑞丝不明白埃尔弗里克怎么还能昂得起头来。

木筏的设计很精彩——却没有充分解决问题。

埃德蒙指出了这一点。在河对岸，来赶集的人们和车辆沿着郊区的道路一直排到了目力所及范围之外。

“如果用两头牛，会更快的。”梅尔辛说。

“会快上一倍吗？”

“不会，不会那么快的。我可以再造一条渡船。”

“那边已经有一条了。”埃德蒙说着，伸手一指。他说得没错，船夫伊恩正划着船在摆渡步行的旅客。伊恩的船没法载车，他也拒绝牲畜上船，他一次收费两便士。平日里他连糊口都难：他每天两次渡一名修士去麻风病人岛，此外就很难再有生意了。但今天，他那边也排起了队。

梅尔辛说：“是的，你说得对。归根到底，渡船是代替不了桥的。”

“这真是飞来横祸，”埃德蒙说，“博纳文图拉带来的消息已经够糟糕的了。但这——这足以毁了这镇子。”

“所以你必须建一座新桥。”

“不是我，是修道院。副院长死了，不知道他们什么时候能选出一个新的来。我们只能去逼代理副院长拿主意。我现在就去找卡吕斯。凯瑞丝，跟我一起去吧。”

他们走上主街，进了修道院。通常来访者必须先到医院，请杂役去通报他们想见哪位修士：但埃德蒙不是等闲人物，而且他很高傲，决不会这样去求人通报的。副院长是王桥的领主，但埃德蒙是教区公会会长，是使王桥有了今天这般规模的商人们的首领，在管理镇子方面，他一向视修道院副院长为合伙人，更何况过去十三年，副院长是他的弟弟，所以他径直来到了大教堂北侧副院长的住所。

这是一座木结构的房子，像埃德蒙家一样，一楼有一个门厅和一个客厅，二楼有两间卧室。没有厨房，因为副院长的膳食是由修道院厨房准备的。有很多主教和修道院副院长都住在宅院里——王桥的主教就在夏陵有一处很不错的宅子——但王桥修道院副院长的住所却很简朴。不过，屋里的椅子很舒服，墙上也挂着些描绘《圣经》故事的挂毯，还有一座很大的壁炉，使得屋里在冬天很暖和。

凯瑞丝和埃德蒙来到时，上午正好过了一半，年轻的修士们这时一般都在劳动，年长的修士则在阅读。埃德蒙和凯瑞丝在副院长住所的门厅里见到了瞎子卡吕斯。他正和司库西米恩密谈着什么。“我们必须谈谈建一座新桥的事了。”埃德蒙开门见山地说道。

“很好，埃德蒙。”卡吕斯说，他从声音听出了这是谁。凯瑞丝注意到，他的语调并不热情，心想他们是否来得不是时候呢。

埃德蒙对于气氛也像她一样敏感，但他一向咄咄逼人。他拉过一把椅子坐下，说：“你估计你们什么时候会选举一位新的副院长呢？”

“你也坐下吧，凯瑞丝。”卡吕斯说。凯瑞丝不明白他怎么知道自己也在这里的。“选举的日期还没定，”卡吕斯继续说道，“罗兰伯爵有权提名一位候选人，可他还没有恢复知觉呢。”

“我们等不及了。”埃德蒙说。凯瑞丝觉得他说话太唐突，但他一向如此，她也就没说什么。“我们必须马上开始建新桥，”她父亲继续说道，“木桥不行，得建一座石桥。那需要三年时间——如果我们再不开工，就得四年了。”

“石桥？”

“这是必须的。我一直在和埃尔弗里克和梅尔辛谈这件事。再建一座木桥，会像旧桥一样塌掉的。”

“可是费用呢！”

“大概是二百五十英镑，要看怎么设计了。这是埃尔弗里克算的。”

西米恩兄弟说：“建一座木桥需要五十英镑，可因为费用，安东尼副院长上星期还拒绝了。”

“可你们看看这结果吧！一百多个人死了，更多的人受了伤，损失了那么多牲畜和车辆，副院长死了，伯爵这会儿还在死神的门口徘徊呢。”

卡吕斯生硬地说道：“我希望你不是在责怪已故的安东尼副院长要对所有这一切负责。”

“我们不能还声称他的决策是正确的。”

“上帝已经为我们的罪过惩罚了我们。”

埃德蒙叹了口气。凯瑞丝也感到很沮丧。修士们无论什么时候做错了事，都会拉上帝来做托词。埃德蒙说：“我们凡夫俗子很难揣摩上帝的旨意。但有一件事我们却很清楚，如果没有桥，这镇子也就完了。我们已经输给夏陵了。如果不尽快建起一座石桥，用不了多久，王桥就会变成一个小村子的。”

“这也许就是上帝为我们安排的。”

埃德蒙开始气急败坏起来：“难道上帝会这么讨厌你们这些修士吗？相信我吧，如果羊毛集市和王桥市场完蛋了，这个有二十五名修士、四十名修女和五十个杂役的修道院也就没法存在了，医院、唱诗班和学校也没法存在了。就连大教堂都不可能有了。王桥的主教一向住在夏陵——如果那边财大气粗的商人们主动提出，拿出他们蒸蒸日上的市场的利润，在他们的镇子上给他建一座金碧辉煌的新大教堂，该怎么办呢？没了王桥市场，没了镇子，没了大教堂，没了修道院——难道这就是你们想要的？”

卡吕斯脸上露出了惊恐的神色。显然他没有想过：塌桥会真的从长远上影响修道院的地位。

但是西米恩说道：“如果修道院连座木桥都修不起，就更别提石桥了。”

“可你们必须修！”

“石匠们愿意免费干活儿吗？”

“当然不能，他们得养家糊口。但我们已经说过了，镇民们愿意筹钱借给修道院，将来以过桥费来还。”

“这样你们就剥夺了我们桥上的收入！”西米恩愤愤地说道，“你们又回到了那个骗局上，是吧？”

凯瑞丝插话了：“可你们现在根本收不到过桥费。”

“恰恰相反，我们收到了摆渡费。”

“你们能支付埃尔弗里克造木筏的钱了。”

“这比修桥的钱要少多了——即便如此，也已经让我们囊空如洗了。”

“你们永远也别指望收到很多钱——摆渡太慢了。”

“将来也许会有那么一天，修道院有能力修一座新桥。如果上帝愿意，他会告诉我们办法的。那时候我们就能继续收过桥费了。”

埃德蒙说："上帝已经告诉了你们办法。他启示我女儿想出了这么一个以前从来没有人想到过的筹钱办法。"

卡吕斯一本正经地说道："请让我们来判断上帝做了些什么。"

"很好，"埃德蒙站起身来，凯瑞丝也站了起来，"我很遗憾你们是这样的态度。这是王桥的灾难，是住在这里的所有人的灾难，包括修士。"

"我必须听从上帝的指示，而不是你的。"

埃德蒙和凯瑞丝转身就走。

"还有一句话，你愿意听吗？"卡吕斯说。

埃德蒙在门口转过身来："当然。"

"非神职人员是不可以随随便便进修道院的房子的。下次如果你想见我，请先到医院，派一名见习修士或修道院雇的杂役来叫我出去，按规矩办。"

"我是教区公会会长！"埃德蒙抗议道，"我一向是直接来见副院长的。"

"毫无疑问，那是因为安东尼副院长是你的弟弟，他才不愿意按规矩办的。但现在情况不同了。"

凯瑞丝看了看她父亲的脸色。他在强压着怒火。"很好。"他紧绷着脸说道。

"愿上帝赐福你。"

埃德蒙出去了。凯瑞丝紧跟着他。

他们一起穿过了泥泞的绿地，经过了少得可怜的一簇市场摊位。凯瑞丝体会到她父亲的责任有多么重。别人大多只操心养家糊口的事情，埃德蒙却要操心整个镇子的命运。她瞟了他一眼，看到他忧郁地皱着眉，一副痛苦的表情。埃德蒙不像卡吕斯，不会甩手不管，只说按上帝的旨意行事。他在绞尽脑汁地思索解决问题的办法。即使没有修道院的帮助，他也要竭尽全力做该做的事情，凯瑞丝心中油然对他涌起了一股热爱。他从来没抱怨过自己的责任，只要承担起来，决不推卸。想到这儿，她鼻子酸了。

他们离开了修道院的院子，穿过了主街。当来到自家门前时，凯瑞丝问道：“咱们该怎么办？”

“事情明摆着呢，不是吗？”她父亲说道，“咱们决不能让卡吕斯选上副院长。”

15

戈德温想当王桥修道院的副院长。他一心期盼着。他跃跃欲试地要改善修道院的财务，加强对其土地及其他财产的管理，这样修士们就用不着再去找塞西莉亚嬷嬷找财路。他渴望着更严格地将修士与修女隔离，还要他们都不与镇上的人往来，以使他们可以呼吸纯净圣洁的空气。除去这些无可指摘的动机之外，也还有其他。他垂涎权威与名声显赫。入夜之后，他在想象中已经当上了副院长。

“把回廊中的杂物清理干净！”他会这样对一名修士说。

“是，副院长神父，马上就干。”

戈德温喜欢副院长神父那种叫法。

“日安，理查主教。”他会这么说，称不上谄媚，但彬彬有礼。

而理查主教也会像一位有地位的教士对另一位有身份教士的态度回答：“也祝你日安，戈德温副院长。”

“我相信一切还中你的意吧，主教大人？”他可能会说，这次是毕恭毕敬了，但仍是下级对大人物的口吻，并不像出自小人物之口。

“噢，是的，戈德温，你在这儿干得太出色了。”

“主教大人太客气了。”

也许有一天，当他和一位衣着华丽的有权势的人并肩在回廊中散步时，会说：“阁下能屈尊到我们这简陋的修道院来，真让我们蓬荜生辉。”

“谢谢你，戈德温神父，不过我来是为了求教的。”

他想得到这一职务——但他不清楚如何做到。他为这事思虑了整整一个星期，同时还得监督上百个人的埋葬和安排礼拜天的重大仪式，既是安东尼的丧礼，也是为王桥所有死者灵魂做悼念。

与此同时，他对任何人绝口不提他的希望。只是在十天之前他才学会了直率的代价。他曾去参加《蒂莫西书》和一场对改革的强烈争论的例会——一帮守旧派居然平起平坐地反对他，仿佛他们曾经演习过似的，要把他像车轮下的青蛙似的轧扁。

他不会容许这种事情再次发生。

礼拜天上午，当修士们列队进入食堂吃早餐时，一名见习修士悄悄告诉戈德温，他母亲要在大教堂北廊里见他。他谨慎地溜了出去。

他悄悄地穿过回廊和教堂时，已经开始担忧，他猜得出发生了什么事。昨天出的事让彼得拉妮拉心烦意乱，她睁眼躺了半夜思虑那事。这天早晨天一亮她就想好了一个行动计划——他也在其中。她一准是处于最不耐烦和盛气凌人的状态。她的计划大概不错——但即使不好，她也会坚持让他去执行。

她身穿一件湿斗篷——外面又下雨了——站在北廊的暗处。“我弟弟埃德蒙昨天来见瞎子卡吕斯了，”她说，“他告诉我，卡吕斯已经像是副院长一样行动了，推举不过是走走形式。”

在她的语气里有一种指责的调子，好像这是戈德温的过错。他辩护着回答："在安东尼舅舅尸骨未寒时，守旧派就已倒向支持卡吕斯了。他们根本不听候选人要有对手的议论。"

"嗯，年轻人呢？"

"他们当然要我争一争。他们喜欢我就《蒂莫西书》起来面对安东尼副院长的做法——虽说我被否决了。不过我什么都没说。"

"还有别的候选人吗？"

"托马斯·兰利是个外行。有些人不赞成他，因为他原来是个骑士，还杀过人，这都是他自己承认的。可是他挺能干，做起事来很讲效率，而且从来不欺负见习修士……"

他母亲一副沉思的模样："他有什么经历？怎么当上修士的？"

戈德温的担忧缓和些了，看来她不打算训斥他不行动了。"托马斯只是说，他一向渴求圣洁的生活，当他带着创伤来到这里的时候，他决心再也不离开了。"

"我记得这事，那是十年以前了。可我从来没听到他是怎么负的伤。"

"我也没听说过。他不喜欢谈论他过去的戎马生涯。"

"他进修道院是谁花的钱？"

"怪得很，我也不知道。"戈德温时常惊叹他母亲一针见血的提问本事。她可能专横跋扈，但他不得不佩服她。"可能是理查主教——我记得他承诺了日常赠品。但他本人不会有那么多钱的——他当时还不是主教呢，只是个教士。也许他在替罗兰伯爵发话。"

"弄清楚。"

戈德温迟疑了。他得把修道院图书馆中的全部证书查看一遍。而图书馆管理员奥古斯丁兄弟虽然不可能盘问他这个司铎，但别人会的。这样的话，戈德温就会陷于窘境，只好杜撰出一个花言巧语的故事来解释自己的作为，而若是那赠品是现金，不是土地或其他财产——虽不寻常，却有可能——他还得查明细账……

"怎么了？"他母亲厉声说。

"没什么。你说得不错。"他提醒自己她那指手画脚的态度是爱他的表现，或许那是她所知道的表达母爱的唯一方式呢，"总会有记录的。让我好好想想……"

"什么？"

"那样一种赠品总要大肆宣扬的。副院长在教堂里宣布，还要为捐赠人祈福，然后在布道时大讲，向修道院赠地的人会如何如何在上天得到褒奖。可我不记得托马斯来的时候有什么那种举动。"

"寻找证书还有更主要的原因。我认为托马斯是个带着秘密的人。而秘密终归是个弱点。"

"我要深入查一查。你认为我该对想让我参与推举的人说些什么呢？"

彼得拉妮拉狡猾地一笑："我觉得你该对他们说，你无意做候选人。"

戈德温离开他母亲时，早餐已经结束。迟到者是不允许就餐的，这是多年来立下的规矩。但厨房总管雷纳德兄弟总能为他喜欢的人找到一份吃的。戈德温进了厨房，拿到了一块干酪和一块面包。他站着吃起来，在他身边，修道院的仆人们把早餐的碗从食堂里拿了回来，洗刷着熬粥的铁锅。

他边吃边回味他母亲的忠告。他越想越觉得高明。他一旦声明他不参与推举，他说的别的话就会有旁观者评论的效果了。他可以操纵选举而不被怀疑有自私的动机。这样他就可以在最后时刻采取行动。他感到一股暖流：对他母亲不停思考的精明感戴不尽，对她那颗从不气馁的心忠诚不渝。

西奥多里克兄弟看到他在那里。西奥多里克端正的面容因义愤而发红。“西米恩兄弟在早餐时对我们说，卡吕斯要当副院长了，”他说，“全都是要维持安东尼的明智统治的话，他是不会改变任何事情的！”

戈德温心想，这可够狡猾的。西米恩利用戈德温不在场的机会，说出这番权威性的话，戈德温要是在场，就会挑战的。他同意地说：“这不够光彩。”

“我问道，别的候选人会不会获准在早餐时候以同样的方式向修士们发表讲话。”

戈德温咧嘴一笑：“你真是好样的！”

“西米恩说，没必要有其他候选人了。‘我们不是在举行射箭比赛。’他说。照他的观点，已经做出了决定，安东尼副院长在指定卡吕斯做副院长助理时，就已经选定他做接班人了。”

“这完全是废话。”

“一点不错，修士们都气愤了。”

戈德温心想，这真是太好了。卡吕斯由于想剥夺他们的选举权，连他的支持者都得罪了。他自己拆了自己候选的墙脚。

西奥多里克继续说："我觉得我们应该迫使卡吕斯退出竞选。"

戈德温本想说：你疯了吗？但他咬住了牙关，尽量做出一副像是在认真考虑西奥多里克的话的样子。"这是解决问题的最佳方案吗？"他问道，仿佛当真没有把握。

西奥多里克对这个问题感到奇怪："你是什么意思？"

"你说兄弟们全都生了卡吕斯和西米恩的气。照这样下去，他们就不会选卡吕斯。但要是卡吕斯退出了，守旧派就会另外推出一个候选人。这一次他们可以挑一个好些的，可能是得人心的——比如说，约瑟夫兄弟。"

西奥多里克听了大惊："我从来没这样去想问题。"

"也许我们该希望卡吕斯仍是守旧派的选择。人人都知道他反对任何改革。他当修士的理由就是：他愿意知道每天都照样：他要走同样的小路，坐在同样的位子上，吃饭、祈祷、睡觉都在同样的地方。也许是因为他失明，不过我怀疑他就是不失明也会是这样子的。原因并不重要。他相信这里的一切都无须变化。如今，没有多少修士是那么满意的——这就使卡吕斯相对易于被击败。一个代表守旧派、却提出一些小改革的候选人反倒更可能取胜。"戈德温意识到，他已经忘记了要装出含糊其词的样子，开始立规矩了。他赶紧收回来，补充说："我不清楚——你是怎么想的？"

"我认为你是个天才。"西奥多里克说。

戈德温心想：我不是天才，但我学得快。

他来到医院，看到菲利蒙正在清扫楼上的私人客房。威廉老爷还在这里照看他父亲，守候着他醒来或死去。菲莉帕夫人和他在一起。理查主教已经回到他在夏陵的宫殿，但说好今天要回来，主持大型葬仪礼拜。

戈德温把菲利蒙领到图书馆。菲利蒙不大识字，但取出那些证书，他还是有用的。

修道院存有一百多部证书。多数是土地转让契约。土地所有权主要在王桥附近，少数分散在英格兰的遥远地区和威尔士一带。其他证书则是授权修士修建他们的修道院，建造一座教堂，从夏陵伯爵领地的一处采石场免费采石，在修道院周围的土地上分片划归为住宅区并加以出租，主持法庭，开办每周一次的集市，为渡河收款，举办一年一度的羊毛集市，把货物经河运送到梅尔库姆而不必给付沿河所经的任何土地的领主税款。

这些文献都是用笔写在羊皮纸上的。羊皮纸是经过仔细清洗、刮擦、漂白的薄皮，再经伸展而形成可以书写的表面。长的羊皮纸被卷成卷，再用细皮绳捆扎好。羊皮纸文献都保存在带铁箍的箱子里。箱子上了锁，钥匙放在图书馆中一个小型的雕花盒内。

戈德温打开箱子时，失望地皱起了眉头。证书不是规整地码放着的，而是看不出次序地乱放在箱子里的。有些纸卷有破损，边缘也磨破了，而且全都积满了灰尘。文献一定是按日期顺序排列的，他心想，因为每个纸卷上都编了号，而号码的目次都列在箱盖内侧，这样就可以迅速找到某个所需的证书了。如果我当上了副院长……

菲利蒙一个个地取出那些证书，吹掉上面的浮尘，给戈德温一一摆放在桌子上。大多数人都不喜欢菲利蒙。有一两名老修士根本就不信任他，但戈德温却不这样：把你当作上帝的人，你是难以不信任他的。大多数修士只是习惯了有他这么一号人——他毕竟已在这里待了很长时间了。戈德温记得他还是个孩子的样子，高高的个子，笨手笨脚，总是在修道院里转悠，询问修士们哪个圣者最好祈求，他们是不是亲眼见过奇迹。

大多数证书都是在一张纸上抄成两份的。在两份中间用大号字母写成“骑缝证书”字样，然后把那张纸从中间用锯齿形分成两半，把“骑缝证书”字样也分开。双方各执该纸的一半，而按锯齿形切痕对接，便能证明两份文书都是真的。

有些纸上有洞，大概是活羊曾被寄生虫咬破过。还有些被咬啮过，大概是在某个时候由老鼠留下的。

不消说，文献全是用拉丁文写就的。越是近期的越容易读懂，但那种旧式的手写体戈德温却难以分辨，他翻看着，直到找到了一个日期。他寻找的是十年前万圣节后不久写下的东西。

他检查了每一张纸，但什么也没发现。

最近的一张记录的是那之后数周的事情。罗兰伯爵应允杰拉德骑士将其土地的所有权转给修道院，以此换取了修道院免除了他的债务，并在他和夫人的余生中供养他们。

戈德温还不算大失所望。恰恰相反，无论是托马斯没有通常的赠予就被接纳——这本身已经很奇怪了，抑或是那证书被保存在无法看到的别的地方，看来都像是彼得拉妮拉的直觉是对的，托马斯定有秘密在身。

在一座修道院中，是没有很多私密之处的。修士们不该有私人财产，也没有秘密。虽说一些富有的修道院为高级教士们修建了私人地下室，但在王桥，他们都睡在一个大房间里——唯有副院长例外。几乎可以肯定地说，藏有接纳托马斯的证书就在副院长的住所。

那地方此时住着卡吕斯。

这就使事情难办了。卡吕斯更不会让戈德温搜查那里的。搜查也难说是必要的；那里大概会有个盒子或提包，外表很一般，却藏有已故副院长安东尼的个人文献：从他当见习修士开始的笔记本，来自大主教的一封友情信函，一些布道词。卡吕斯可能在安东尼死后查看过这些东西，但他没理由允许戈德温再查一遍。

戈德温皱起眉头思考着。别人能查吗？埃德蒙或者彼得拉妮拉可以要求看看他们已故兄弟的物品，而卡吕斯断难拒绝这样一个要求，但他可以事先转移修道院的文件。对，这种搜查只能暗中进行。

铃响了，该进行第三次祈祷了，这是上午九点的必修。戈德温意识到，这是他有把握这时卡吕斯不在副院长住所而在大教堂礼拜的唯一时间。

他得逃过这次祈祷。他必须想出一个说得过去的托词，这并非易事——他是司铎，是绝不能逃避祈祷的人物。但再无他途了。

“我要你到教堂来找我。”他对菲利蒙说。

“好吧。”菲利蒙答应着，不过他面带难色：修道院的杂役在礼拜时是不准进入唱诗班席的。

“圣歌一唱完马上就来。在我耳根低语。你说什么都行，也别管我做什么，说下去就是了。”

菲利蒙愁得皱起了眉头，不过还是点头同意了。他肯为戈德温做任何事情。

戈德温离开了图书馆，走进了去往教堂的队伍。中殿中只有少数几个人：镇上的大多数人会在晚些时候来这里参加为坍桥的死难者举行的弥撒。修士们仍在唱诗班席上就位，仪式开始了。“噢，上帝，俯身来救援我吧。”戈德温随着别人一起说着。

他们唱完圣歌，开始了第一首赞美诗，这时菲利蒙出现了。全体修士都瞪着他，就如在熟悉的仪式中出现非常规的事情时人们都会做的那样。西米恩兄弟不满地拧起了眉头。指挥唱歌的卡吕斯感到了骚动，满脸困惑。菲利蒙来到戈德温的席位，弯下腰去。“保佑那个没抱着不敬神的意图走来的人。”他低语道。

戈德温装出吃惊的样子，又继续倾听，而菲利蒙则背诵着《诗篇》的第一章。过了一会儿，戈德温用力摇起头，像是拒绝什么要求。随后他又听了一阵子。他打算要想出一个精美的故事来解释他的哑剧。或许他可以说，他母亲坚持要跟他马上谈她兄弟安东尼副院长的葬礼事宜，而且还威胁说，要是菲利蒙不给戈德温送信，她就自己闯进唱诗班。彼得拉妮拉受到压抑的个性再加上家中的悲痛，使这个故事让人信以为真。在菲利蒙结束了背诵之后，戈德温做出了听从的表情，起身随菲利蒙离开了唱诗席。

他们匆匆绕过大教堂，奔向副院长的住所。一个年轻的杂役在扫地。他不敢盘问一名修士。他可能会告诉卡吕斯，戈德温和菲利蒙来过这里——但也就为时过晚了。

戈德温觉得副院长的住所不够体面。比主街上埃德蒙舅舅的宅子还小。一位副院长应该像主教那样，有一栋和身份相称的宅院。而这所房子毫无光辉可言。墙上挂着几块壁毯，描绘的是《圣经》中的场面，还起着挡风的作用。但总体的装置都很乏味，缺乏想象力——与已故的安东尼的作风倒也相当。

他们把房间很快地搜索了一遍，不久就发现了他们要找的东西。在楼上的卧室里，在祷告桌旁的一个柜子里，有一个大皮包，用柔软的姜褐色的山羊皮做的，漂亮地用红线缝制而成。戈德温肯定，这一定是镇上一个皮匠送的虔诚的礼物。

在菲利蒙的密切注视下，他打开了皮包。

里面有三十张左右的羊皮纸，平摊而放，每张之间都夹着亚麻布加以保护。戈德温迅速地翻找着。

有几张上写着对《诗篇》的研究笔记，安东尼大概有时候想过写一部评论集，这事后来被搁置了。最意想不到的是用拉丁文写的一首爱情诗，题为《碧眼》，是写给一个长着碧眼的男人的。安东尼舅舅和他家所有的人一样长着一双闪金斑的碧眼。

戈德温想不出是谁写的这首诗。多数妇女的拉丁文达不到能写诗的程度。曾经有个修女爱恋安东尼吗？或者这首诗出自一个男人之手？羊皮纸已陈旧发黄，果真是爱情逸事的话，也发生在安东尼的青年时代。但他一直保存着这首诗。或许他并不像戈德温想象得那样乏味。

菲利蒙问："那是什么？"

戈德温感到负疚。他偷窥了他舅舅一生中最隐蔽的角落，他悔不该这样做。"没什么，"他说，"只是一首诗。"他拿起了下一张纸——算是探到金子了。

那是日期标在十年前圣诞节的一份证明。涉及诺福克郡林恩附近的五百英亩土地的所有权。主人于近期亡故，该契约将此无主之产转让给王桥修道院，并且详细开列了耕种该处土地的佃户应交付修道院的年金——粮食、毛皮、小牛和家鸡。其中指定了充当管家的农人，负责每年向修道院交纳产品。还签下了用来代替实际产品的现金交付——这种做法如今已经盛行，尤其是在那些土地远离其主人住地的地方。

这是一个典型的证书。每年收获之后，十多个类似居住点的代表们就来修道院交付他们的贡赋。住在近处的，秋初就来了；余下的在整个冬天都会陆续到来，只有极少数离得太远的要到圣诞节之后才到。

这份契约还开列了就修道院接受托马斯·兰利骑士为修士一事所出的礼物。这也是例行公事。

但这篇文献有一个特点是非同一般的。签署人竟然是伊莎贝拉王后。

这倒有意思了。伊莎贝拉是爱德华二世国王不忠实的王后。她背叛了她的国王夫婿，并扶她十四岁的儿子即位。被废黜的国王死后不久，安东尼副院长出席了在格洛斯特为他举行的葬礼。托马斯就是那前后到王桥来的。

有几年，王后及其情夫罗杰·莫蒂默统治着英格兰；不久之后，爱德华三世尽管还年轻，却亲政了。新王如今已二十四岁，牢牢地掌握着政权。莫蒂默已死，现年四十二岁的伊莎贝拉在诺福克郡内离林恩不远的高地城堡中过着奢华的退隐生活。

“就是它了！”戈德温对菲利蒙说，“是伊莎贝拉王后安排了托马斯当修士。”

菲利蒙皱起了眉头：“可是为的什么呢？”

菲利蒙虽然没受过教育，却十分精明：“真的，为的什么呢？”戈德温答道：“估摸她想奖励他，或封上他的嘴，或者兼而有之。而这正发生在她宫廷政变之时。”

“他一定为她出了力。”

戈德温点了点头："他携带着一条消息，或者打开了城堡的大门，或者向她泄露了国王的计划，或者助她得到了某个重要的伯爵的支持。可是为什么要保密呢？"

"不是秘密了，"菲利蒙说，"司库一准知道这事。在林恩也是尽人皆知。管家到这里来时一定要跟一些人说起的。"

"但没人知道这整个安排是为托马斯做出的——除非他们看到了这份证书。"

"看来这就是秘密了——伊莎贝拉王后为了托马斯的缘故，送上了这份礼品。"

"一点不错。"戈德温把文件收拾好，仔细地仍在羊皮纸中间夹上亚麻布，还把皮包放回柜子。

菲利蒙问："可是这为什么是秘密呢？这样的安排中并没有什么不老实或不允许的呀——这种事总在发生嘛。"

"我也不知道这事为什么要保密，也许用不着我们知道吧。人们想隐藏真相这一事实本身对我们的目的可能就足够了。咱们走吧。"

戈德温心满意足了。托马斯有个秘密，而戈德温却知道了。这就给了戈德温力量。此时他感到信心十足，可以冒险把托马斯推出来当副院长的候选人了。他也感到了一丝忧虑，托马斯可不是笨蛋。

他们回到大教堂。第三次祈祷的仪式几分钟之后就结束了。戈德温着手为大型葬仪布置教堂。按照他的吩咐，六名修士抬起安东尼的棺材，放在神坛前的一个台子上，然后用蜡烛把棺材围起来。镇上的人开始在中殿中聚集。戈德温向他的表妹点头致意。凯瑞丝在她平素的头饰上蒙了黑纱。跟着他就看到了托马斯，正在一名见习修士的帮助下抬进来一把华丽的大椅子。那是主教的座椅，即主教座，使教堂具有了特殊的大教堂地位。

戈德温触了一下托马斯的胳膊："让菲利蒙干吧。"

托马斯生气了，认为戈德温提供帮助是因为他缺了一臂："我能行。"

"我知道你能。我想跟你说句话。"

托马斯要年长些——他三十四岁，而戈德温三十一岁——但在修士们的席列上，戈德温要高于他。尽管如此，戈德温总有点怕托马斯。这位后来者通常对这位司铎表现出得体的遵从，而戈德温也觉得他得到了托马斯认为他应得的尊敬，仅此而已。虽然托马斯在各方面都对圣·本笃的约定循规蹈矩，然而他却随身给修道院带来一种他始终未曾失去的独立不羁的作风。

要想欺骗托马斯谈何容易——但这恰恰是戈德温要做的。

托马斯让菲利蒙接替他抬着座椅的一侧。戈德温把他领到甬道里。"他们都在议论你可能是下一位副院长的人选。"戈德温说。

"他们对你也说着同样的话呢。"托马斯回敬道。

"我会拒绝的。"

托马斯扬起了眉毛："你出乎我所料，兄弟。"

"两条理由，"戈德温说，"第一，我认为你会做得更出色。"

托马斯益发惊讶了。他大概没想到戈德温竟会如此谦恭。他当然没错：戈德温在撒谎。

"第二，"戈德温继续说，"你更可能获胜。"这时戈德温倒是在说实话，"年轻人喜欢我，可你在任何年龄的人当中都有人缘。”

托马斯那张英俊的面孔堆满了疑惑。他在等着下面的话茬儿。

“我想帮你一把，”戈德温说，“我相信重要的是要有一个愿意改革修道院和改善其财务的副院长。”

“我认为我能做到这些。可你想从支持我当中得到什么回报呢？”

戈德温深知什么要求都不提并不是最佳办法。托马斯是不会相信那一套的。他编出了一个言之成理的谎言：“我愿意当你的助手。”

托马斯点点头，但并没有当即同意。“你打算怎么帮我？”

“首先，让你赢得镇上人的支持。”

“只因为羊毛商埃德蒙是你舅舅吗？”

“没那么简单。镇上人操心的是桥。卡吕斯绝对不肯说什么时候他要动手修桥。他们竭力不让他当副院长。要是我告诉埃德蒙，你一当选就会动工修桥，全镇人都会做你后盾的。”

“这并不能让我赢得许多修士的选票的。”

“那不一定。别忘了，修士们的选择要经主教认可的。大多数主教会谨慎地听取当地人的意见——而理查是最怕惹事的了。要是镇上人都出来支持你，事情就不一样了。”

戈德温看得出来，托马斯并不信任他。这后来者端详着他，戈德温感到一大颗汗珠顺着他的脊梁骨向下淌着，但他在对方的逼视下只好保持着不动声色的样子。不过托马斯在听他的道理。“毫无疑问，我们需要一座新桥，”他说，“卡吕斯支吾搪塞是很愚蠢的。”

“因此你无论如何要承诺你打算做的事。”

“你的话很有说服力。”

戈德温举起双手做了个辩解的姿势：“我并不想这样。你应该做你认为是上帝意志的事情。”

托马斯面带狐疑，他并不相信戈德温这么无动于衷。但他还是说：“好吧。”然后又找补说：“我要为此祈祷。”

戈德温感到今天他从托马斯嘴里再也得不到更强的赞同了，若是再勉为其难说不定还适得其反呢。“我也会的。”他说完就转身走了。

托马斯答应了一定就会做的，会为此祈祷。他没什么个人欲望。如果他认为是上帝的意旨，他就会当副院长，若不是呢，他就不当。戈德温一时间拿他再没办法了。

此刻围着安东尼的棺材已经点燃了一圈烛光。中殿里挤满了镇上的人和邻近村子里的农人。戈德温在人群中搜寻着凯瑞丝的面孔，刚才他还看见过呢。他发现她在南交叉甬道处，观看梅尔辛设在甬道中的脚手架。他对凯瑞丝的童年有着充满柔情的忆念，当时他是她无所不知的成年表兄。

自坍桥以来她一直面色忧郁，这是他注意到的，但今天她似乎兴致好了些。他很高兴：他抓住了她的弱点。他碰了碰她的肘部：“你的样子很开心。”

“是啊，”她嫣然一笑，“一个浪漫的情结刚刚解开。不过你不会懂的。”

“当然不懂了。”他心想，你根本不知道，在修士当中有多少浪漫情结呢。但他什么也没说。世俗的人最好不要知道发生在修道院中的罪孽。他说：“你父亲要和理查主教谈重新建桥的事呢。”

“真的？”她怀疑地说。她小时候曾对他有过英雄崇拜的感觉，但如今她对他不那么敬畏了。“这是什么意思？又不是他的桥。”

“修士们选副院长要经主教的认可。理查可以让人们知道，他不会赞成拒绝重建桥梁的人的。有些修士可能会受到触动，但其余的会说，选一个不会被批准的人是毫无意义的。”

“我懂了。你当真认为我父亲能帮上忙？”

“绝对的。”

“那我就提提看。”

“谢谢你啦。”

铃声响起。戈德温溜进了教堂，又站进了在唱诗席上列队的修士中间。这时是正午。

他这一上午干得不错。

16

伍尔夫里克和格温达星期一一早就离开了王桥，走在返回他们的韦格利村的长路上。

凯瑞丝和梅尔辛目送着他们乘着梅尔辛的新渡船过了河。梅尔辛为新船的成功满心欢喜。他知道，那些木制的船具很快就会磨损的。铁制的要好得多，可是……

凯瑞丝另有所思。“格温达完全沉溺在爱情里了。”她叹了口气。

“她跟伍尔夫里克根本不可能。”梅尔辛说。

“你哪里知道啊。她可是个有主意的姑娘。看看她是怎么逃出小贩西姆手的吧。”

“可伍尔夫里克和那个安妮特订了婚——她好看多了。”

“在罗曼史中，好看可不是一切。”

“为了这一点，我每天都在祷告上帝。”

她开怀大笑了：“我爱你那好玩儿的面孔。”

“可伍尔夫里克为了安妮特和我弟弟干了一架。他一定是爱她的。”

“格温达弄到了催爱的药。”

梅尔辛不赞成地看了她一眼：“这么说，你认为一个姑娘可以诱使一个爱着别人的男人娶她了？”

她一时说不出话来了。她喉部柔嫩的皮肤变成了粉红色。“我从来没这样想过这件事，”她说，“这当真是一码事吗？”

“类似吧。”

“可是她并没有强迫他——她只是想让他爱上她。”

“她应该不用药去努力做到这一点。”

“如今我为帮她这个忙感到不好意思。”

“太晚了。”

伍尔夫里克和格温达已经在对岸下了渡船。他们转过身来挥了挥手，然后就沿着大路穿过了树丛，那条狗“跳跳”跟在他们身后。

梅尔辛和凯瑞丝沿主街往回走。凯瑞丝说：“你还没跟格丽塞尔达谈呢。”

“我打算现在就去。我说不上我到底是盼着去谈呢，还是害怕去谈。”

“你没什么可怕的。是她说了谎话。”

“那倒是。”他摸了摸自己的脸，那块青肿差不多消下去了，“我只是希望她父亲不要再动粗了。”

“你要我和你一起去吗？”

他巴不得有她支持呢，但他摇了摇头：“我把事情弄得一团糟了，还是由我自己来清理吧。”

他们在埃尔弗里克的家门外停下了脚步。凯瑞丝说：“祝你好运。”

“谢谢。”梅尔辛匆匆吻了她的嘴唇，抑制住再吻她的诱惑，迈步走了进去。

埃尔弗里克正坐在桌边吃着面包和奶酪，面前还摆着一杯淡啤酒。在他身后，梅尔辛能够看到艾丽丝和女仆在厨房里。没有格丽塞尔达的身影。

埃尔弗里克问："你到哪儿去了？"

梅尔辛打定主意，既然没什么可怕的，干脆就表现得无所畏惧。他不睬埃尔弗里克的问话。"格丽塞尔达在哪儿？"

"还躺在床上呢。"

梅尔辛朝着梯子上边高喊："格丽塞尔达，我想跟你谈一谈。"

埃尔弗里克说："没时间谈了。我们这会儿有活儿要干呢。"

梅尔辛还是不理他。"格丽塞尔达！你最好现在就起来。"

"呸！"埃尔弗里克说，"你以为你算老儿，在这儿发号施令的？"

"你想要我娶她，是不？"

"那又怎么样？"

"那她最好习惯听她丈夫的吩咐办事。"他又提高了嗓门，"现在就下楼来，要不你就只好从别人嘴里听到我要说的话了。"

她在楼梯顶上露面了。"我就来！"她烦躁地说，"有什么大惊小怪的？"

梅尔辛等到她下来，然后说："我已经找出来谁是那胎儿的父亲了。"

她的眼中闪过畏惧："别犯傻，那是你。"

"不，是瑟斯坦！"

"我从来没和瑟斯坦睡过觉！"她看着她父亲，"说真的，我没有。"

埃尔弗里克说："她不说假话。"

艾丽丝从厨房出来了。"没错。"她说。

梅尔辛说："我和格丽塞尔达睡觉是在羊毛集市那个星期的礼拜日——十五天之前。格丽塞尔达怀孕已经三个月了。"

"我没有！"

梅尔辛紧盯着艾丽丝："你知道的，不是吗？"

艾丽丝躲开了他的逼视。梅尔辛继续说："可你撒了谎——甚至对凯瑞丝，你的亲妹妹。"

埃尔弗里克说："你不会知道她怀孕有多久了。"

"看看她嘛，"梅尔辛回答，"你看得出她的肚子鼓起来了。不算太大，可是鼓了。"

"你怎么懂这种事情？你还是个小子呢。"

"不错——你们都靠着我的无知，是不是？差一点你们就成功了。"

埃尔弗里克摇着一根指头："你和格丽塞尔达睡了觉，现如今你就得娶她。"

"噢，不，我不会娶她的。她并不爱我。她和我睡觉是在瑟斯坦跑掉之后为她的胎儿找个父亲。我知道我做了错事，但我不想娶了她，在后半辈子一直惩罚自己。"

埃尔弗里克站了起来："你得娶她，你知道的。"

"不。"

"你非娶她不可。"

"不。"

埃尔弗里克涨红了脸，他叫道："你必须娶她！"

梅尔辛说："你想让我不停地说'不'要说多久？"

埃尔弗里克看出来他是当真的。“这样的话，你被解雇了，”他说，“滚出我家去，再也别回来了。”

梅尔辛正盼着这一招呢，这让他如释重负。这意味着争吵结束了。“好的。”他想从埃尔弗里克身边走过去。

埃尔弗里克挡住了他的路：“你觉得你想往哪儿去？”

“到厨房去取我的东西。”

“你指的是你的工具？”

“是的。”

“那不是你的，是我花钱买的。”

“学徒总是拿走工具的，在结束他的……”梅尔辛语塞了。

“你的学徒期还没满呢，所以你别想拿走工具。”

梅尔辛没料到这一招：“我已经干了六年半了！”

“你按规定要学七年。”

没有工具，梅尔辛就无法谋生了。“这是不公的，我要向木工行会申诉。”

“我盼着你去呢，”埃尔弗里克得意扬扬地说，“你争辩说一个学徒因为和他师傅的女儿睡觉被解雇，倒应该得到一套免费工具的奖励，这听起来倒蛮有意思呢。行会里的木匠都有徒弟，而且多数还有女儿。他们会把你扔出去，屁股摔到地上的。”

梅尔辛意识到他说得没错。

艾丽丝说：“瞧吧，你如今可是真惹上麻烦了，是不是啊？”

“没错，”梅尔辛说，“不过不管出了什么事，也比我跟格丽塞尔达和她的家人一起过日子要强。”

那天时近正午，梅尔辛前往圣马可教堂参加豪威尔·泰勒的葬礼，因为他希望那儿有人会给他一份工作。

梅尔辛抬头观看木制的天花板——那座教堂没有石制穹顶——能够看到在深漆的木头上，有一个人形的洞，是豪威尔死时样子的无情的明证。那上面的一切全都腐朽了，参加葬礼的建筑匠都内行地议论着；但他们都是在事故之后才说这类话的，可惜他们的洞察力来得太晚，没能挽救豪威尔一命。现在已经弄清，屋顶已经朽得无法修补，而应彻底更换，从图纸开始重建了。这就意味着要关闭教堂。

圣马可是座穷教堂。教堂的捐赠很可怜，名下的一个十英里外的农场，由教士的兄弟经营，也就勉强可以养活全家。教士乔夫罗伊神父只能从镇子较穷的北部，他那教区八九百名教民中拿到一些收入。那些实际上并不贫穷的人也都装穷，因此他们缴纳的什一税也就少得可怜。他靠为他们做洗礼、主持婚礼和丧葬为生，收费大大低于大教堂的修士。他那教区的教民都结婚很早，育有许多子女，去世也都年轻，因此，他的活计倒很多，后来日子过得也就不错了。但如果关闭了教堂，他的收入就会枯竭——也就没钱给建筑工付工钱了。

结果便是屋顶的工作半途而废了。

镇上所有的建筑匠都来到葬礼上，其中也就有埃尔弗里克。梅尔辛站在教堂里，想做出一副满不在乎的样子，可这又谈何容易：大多数人都知道他被解雇一事。他受到了不公平的待遇，可话说回来，他毕竟不是无瑕可指的。

豪威尔有个年轻的妻子，与凯瑞丝过从甚密，这时凯瑞丝陪着那寡妇和其他遗属走了进来。梅尔辛移到凯瑞丝身边，告诉了她他跟埃尔弗里克闹出的事。

乔夫罗伊神父身穿旧袍主持祈祷。梅尔辛还在想着屋顶的问题。在他看来，应该有一种办法拆除屋顶又不必关闭教堂。当年久失修，木头朽到经不起工匠的体重时，标准的方法是围着教堂搭起脚手架，把木头敲落到中殿里。这样，教堂就呈一种敞开作业的状态，直到新屋顶竣工并铺好瓦片。但也可以用教堂厚实的侧墙为支撑，造一个可以旋转的吊车，把屋顶的梁木逐个吊起来，而不用把木头推倒，然后摆过墙壁，放到墓地中。这样，木制的天花板可以原封不动地保留着，在屋顶重建后再加以替换。

在墓园里，他一个个地观察那些人，不知哪一个最可能雇用他。他决定试探一下比尔·瓦特金——镇上第二大建筑匠，对埃尔弗里克一向不服气。比尔长着秃头顶，周边留着黑发，天生的修士发式。他在王桥承建了大多数民宅。和埃尔弗里克一样，他也雇用一名石匠和一名木匠，以及几个壮工、一两个学徒。

豪威尔不算富裕，他的遗体只穿着寿衣，没用棺材，就下葬了。

乔夫罗伊神父告辞之后，梅尔辛走近了比尔·瓦特金。“日安，瓦特金师傅。”他郑重地说。

比尔的反应并不热烈：“啊，年轻的梅尔辛吗？”

“我已经离开了埃尔弗里克的队伍了。”

“我知道这事，”比尔说，“而且我也知道原因。”

“你听到的只是埃尔弗里克的一面之词。”

“我想听的都已听到了。”

梅尔辛明白，埃尔弗里克祈祷之前和进行之中已经到处和人讲了。他敢肯定，埃尔弗里克在叙述中一定会隐瞒格丽塞尔达想利用梅尔辛充当瑟斯坦的孩子的父亲这一事实。但他认为寻找借口对自己无益，最好还是承认错误。“我认识到我做错了，我很后悔，可我还是个好木匠啊。”

比尔同意地点点头：“新渡船证明了这一点。”

梅尔辛得到了鼓励：“你肯雇我吗？”

“当什么？”

“当木匠啊。你说了我是个好木匠。”

“可你的工具在哪儿呢？”

“埃尔弗里克不会给我的。”

“他做得对啊——因为你还没结束你的学徒期呢。”

“那就再让我当上六个月的学徒。”

“我还得给你一套工具，最后什么都得不到？我做不到那么大方。”工具很贵，因为钢和铁都费钱。

“我可以当个壮工，省下钱来给自己买工具。”这要花很长时间，但他已无路可走了。

“不行。”

“为什么不行呢？”

“因为我也有个女儿。”

这太难以容忍了：“你明知道，我对姑娘们不是威胁。”

“你给学徒们树立了榜样。我要是躲过了这一关，怎么能阻止别人别这么碰运气？”

“这可太不公平了！”

比尔耸了耸肩：“你可能会这么想。但去问问镇上别的木匠师傅吧。我认为你会发现他们和我想的是一样的。”

“可我该怎么办呢？”

“我不知道。你在和她胡来之前就应该想到的。”

“你失掉一个好木匠不可惜吗？”

比尔又耸了耸肩：“我们剩下的人有的是活儿可干呢。”

梅尔辛转身走开了。这就是行会的麻烦了。他痛苦地想：不管出于好的还是坏的理由，排除异己符合他们的利益。缺少木匠只会提高他们的工钱。他们用不着急着去主持公道。

豪威尔的寡妇在她母亲的陪伴下离开了。凯瑞丝从同情人的身份中解放出来，便来到梅尔辛的跟前。“你怎么满脸不高兴呢？”她说，“你并不太认识豪威尔啊。”

“恐怕我得离开王桥了。”他说。

她脸色唰地变白了：“你到底为什么要离开呢？”

他把比尔·瓦特金的话告诉了她。“唉，你看，在王桥没人肯雇我，而且因为我没工具，也不能单干。我可以和我的父母一起住，但我不能从他们嘴里分食物。因此我得到没人知道格丽塞尔达的事情的地方去找工作。同时，也许我能省下足够的钱买一把锤子和一把凿子，然后到另一个镇子去，争取得到木匠行会的接纳。”

在他向凯瑞丝解释这些的时候，他开始认识到局面的一片凄惨。他像是初遇似的端详着她那熟悉的容貌，也再一次被她那闪光的碧眼、小巧分明的鼻子和下颏坚定的突起所迷惑。他认识到，她的嘴与面部的其余部分不大相称：太大，而且嘴唇过于饱满。她的嘴与她整个面相的规律不相协调，犹如她肉体的本性颠覆了她严谨的头脑一样。那是一张为性而生的嘴，想到他可能要走，再也不能吻那张嘴，他心中充满了绝望。

凯瑞丝生气了："这不公平！他们没有权利。"

"我也这么认为，可是看来我却无能为力，只能接受了。"

"等一等，咱们来想想看。你可以和你的父母住在一起，到我家吃饭。"

"我可不愿像我父亲那样仰人鼻息。"

"你用不着嘛。你可以买下豪威尔·泰勒的工具——他的寡妻刚刚告诉我，她要价一镑。"

"我是分文没有。"

"找我父亲借好了。他一向喜欢你，我敢说他一定会答应的。"

"可是雇用不在行会的人是不合规矩的。"

"规矩可以打破嘛。镇上一定有人迫不及待地要跟行会对抗呢。"

梅尔辛意识到，他已经被那些老人压垮了精神，他由衷地感激凯瑞丝拒不接受失败的劲头。她当然是对的，他应该待在王桥，向这一不公正的规矩开战。而且他也知道谁最迫切地需要他的才干。"乔夫罗伊神父。"他说。

"他有那么迫切吗？为什么呢？"

梅尔辛把教堂屋顶的事解释了一遍。

"咱们这就去找他。"凯瑞丝说。

教士住在教堂旁边的一栋小房子里。他俩看到他正在准备午饭——咸鱼炖青菜。乔夫罗伊三十多岁，身材像个士兵，高个儿宽肩。他的样子有些粗鲁，但人人都知道他处处替穷人着想。

梅尔辛说："我能在不关闭教堂的条件下修好屋顶。"

乔夫罗伊样子很警觉："这话像是对祈祷者许愿。"

“我要做一个吊车，把屋顶的木头抬起来，放到墓地里。”

“埃尔弗里克解雇了你。”那教士向凯瑞丝的方向投去尴尬的一瞥。

她说：“我知道事情的原委，神父。”

梅尔辛说：“他开除我是因为我不肯娶他的女儿。但她怀的孩子不是我的。”

乔夫罗伊点点头：“这么说你是受到了不公平的对待了。我能相信这事，我对行会不大以为然——他们的决定很少不是自私的。不过，你还没有满师呢。”

“木匠行会有哪个人能不关闭教堂来修复屋顶呢？”

“我听说你连干活的工具都没有。”

“这事由我去解决好了。”

乔夫罗伊若有所思：“你想要多少工钱？”

梅尔辛伸长了脖子：“一天四便士，外加材料费。”

“那可是熟练木匠的工钱。”

“要是我没有合格木匠的技能，你就解雇我。”

“你可够骄傲的。”

“我只是在说我能做到的事。”

“自鸣得意算不上这世上最坏的罪孽。只要我的教堂不关门，我是付得起一天四便士的工钱的。你要花多长时间造好吊车？”

“最多两个星期。”

“我要到吊车肯定能用的时候才付给你钱。”

梅尔辛吸了口气。他会一文不名，但他能对付。他可以和父母住，在羊毛商埃德蒙的餐桌上吃饭。他能熬过去的。“你花钱去买材料，把我的工钱存到第一根木梁移动并安全地放到地面上的时候。”

乔夫罗伊迟疑了。“我会遭非议的……不过我也别无选择了。”他伸出了右手。

梅尔辛和他握了手。

17

从王桥到韦格利——有二十英里的路程，要足足走一天——一路上，格温达始终在希望有机会用一下她的春药。可惜她失望了。

倒不是伍尔夫里克小心提防。恰恰相反，他很坦率友好。他谈起他的家人，跟她说每天早晨他醒来意识到他们的死不是梦时，他如何落泪。他考虑周到，不时问她是不是累了，要不要休息。他告诉她，土地是靠得住的，一个人可以一辈子拥有，再传给后人，而且当他耕作土地——除草、围篱或清除石子——时，他是在完成使命。

他甚至还拍拍“跳跳”。

那天快过完的时候，她比以往更爱恋他了。不幸的是，他对她流露的感情只是同伴式的关照，而不是超越那一点的动情。与小贩西姆在树林里时，她曾满心希望那些男人不要像野兽，而此时她倒愿意伍尔夫里克身上更多点野性了。整整一天，她都没做出什么举动引起他的兴致。她让他仿佛只是偶然地看到了她的浑圆有力的大腿。当地形起伏时，她借故喘着粗气，突出她的胸脯。一有机会，她就蹭蹭他，碰碰他的胳膊，或者把一只手放到他的肩头。这一切都毫无成效。她知道自己不算漂亮，但她身上有一种东西时常使男人盯着她看和喘着粗气——但这对伍尔夫里克都不起作用。

他们在中午时分停下来休息，吃了随身携带的面包和干酪；他们从一条清溪中用手捧着喝水，她没机会给他吃药。

尽管如此，她仍然感到幸福。这一整天她都有他陪在身边，她可以看着他，跟他谈话，逗他大笑，对他同情，偶尔还能碰一下他。她哄骗自己，只要她喜欢，她能随便在任何时候亲吻他，但那是在她不这么下心思的时候。简直就像结了婚似的。可那种感觉很快就过去了。

他们在傍晚回到韦格利。村子矗立在一处高岗之上，四面八方的山坡上布满农田，天气总是多风。在王桥活跃喧闹的两个星期之后，这块熟悉的地方似乎又小又静，只有沿着通向领主宅第和教堂的大路边上散布着一些简陋的住房。那栋宅第和王桥商人的住宅一样大，卧室都在楼上。教士的住所也是一处精致的房子，有几处农家还算盖得牢固。但大多数农舍不过是两室的陋屋：一间通常用来养家畜，另一间则充当厨房和全家的卧室。只有教堂是石砌的。

比较牢固的房子要首推伍尔夫里克一家。房子的门窗紧闭，一副荒废的外观。他走过去来到第二家大房子，那里住着安妮特和她的父母。他随便对格温达挥了挥手，算是道别，转身就走了进去，脸上还早早堆起了笑容。

她感到失落的刺痛，仿佛刚从一个快活的梦境中醒来。她吞下了不快，抬腿穿过田地。六月初的雨水对庄稼大有好处，小麦和大麦都长得绿油油的，但现在需要日照来灌浆了。村妇们沿着一畦畦的谷物移动，深弯着腰在拔草。一些人向她挥手。

格温达走近家门时，心中升起既忧又怒的感情。自从那天她父亲用她向小贩西姆换了一头奶牛以来，她还没见过她父母。几乎可以肯定，她爸以为她还和西姆在一起呢。她这一露面会吓他们一跳的。他看到她会说什么呢？而面对着出卖了她的信任的父亲，她又打算说什么呢？

她有把握，她母亲对卖女儿的事一无所知。爸大概会跟妈编些格温达跟一个小子私奔的故事。妈会气得发疯的。

她挺高兴看到了几个小弟妹——凯西、琼妮和埃里克。她这时才意识到她有多么思念他们。

在一片一百英亩土地的尽头，半掩在林边树木中的，就是她的家。比起农人的陋屋更加窄小，只有一个房间，夜里连奶牛都得挤在一起。那是用枝条编成墙涂上泥巴造就的：地面上伸出树枝，细杈像篮筐一样编在一起，用草泥和牛粪混起来涂死缝隙。草顶上有一个洞，让地中间生的烟从那里冒出去。这样的房子只能维持几年，就又得重建了。此时在格温达的眼里，屋子比以往更不像样子。她决心不在这种地方过一辈子——每隔一两年就生下一个婴儿，多数再因饥饿死去。她不会像她母亲一样过日子的。那样活着还不如死了好呢。

她离家还有一百码远的时候，看到她父亲向她走来。他提着一个大罐子，大概是要到安妮特母亲佩姬·珀金那位村里的酿酒师手里买些淡啤酒。每年这个时期，爸总有些钱，因为地里有许多活要雇他干。

起初他并没看见她。

她打量着他走在田间窄道上的瘦削身材。他穿着一件长及膝盖的罩衫，戴一顶破帽子，脚上是用草系着的家做便鞋。他尽量迈着既偷偷摸摸又潇洒自由的步子：他总是像个神色紧张的陌生人似的在家中装出一副满不在乎的样子。他的大鼻子两旁是一双靠得很近的眼睛，宽大的下巴上凸出一个下颏，因此他的面相就如一个大三角形——格温达知道自己长得像他。他用眼角瞥着穿过地里的妇女，仿佛他并不想让她们知道他在观察她们。

他走到跟前，才抬起他低垂的眼皮下向上朝她投来他那鬼鬼祟祟的一瞥。他马上目光又向下，然后再抬起。她扬起下颏，傲慢地瞪了一眼。

他脸上掠过惊诧的神色。“是你？”他说，“出什么事了？”

“小贩西姆不是个白铁匠，他是个强盗。”

“他现在在哪儿？”

“在地狱里，爸，你可以在那里见他。”

“你把他杀了？”

“不是。”她早已想好不说出实情，“上帝杀死了他。王桥的大桥坍塌时，西姆正在过桥。上帝为他的罪孽惩罚了他。他还没惩罚你吗？”

“上帝宽恕好基督徒。”

“你要对我说的就这些吗？——上帝宽恕好基督徒？”

“你是怎么跑出来的？”

“用我的智慧。”

他脸上掠过一个狡猾的表情。“你是个好姑娘。”他说。

她怀疑地瞪着他：“你这会儿又想什么鬼点子了？”

“你是个好姑娘，”他重复了一遍，“现在进屋去见你母亲吧。你今天的晚饭会喝上一杯淡啤酒的。”他说完就继续走他的路了。

格温达皱起了眉头。爸看来不怕妈知道实情以后会说些什么。也许他以为格温达出于羞耻心不会告诉她。哼，他想错了。

凯西和琼妮在屋外的地上玩儿。她们看到格温达，就跳起身，朝她跑来。她们又跳又叫，高兴极了。格温达搂住两个妹妹，想起曾以为再也看不到她们了；就是在那时，她为把长刀捅进阿尔文的脑袋而狂喜了。

她进到屋里，妈坐在一个板凳上，给小埃里克喂奶，帮他抱稳奶杯，以免泼洒。她看到格温达时，高兴得叫了起来。她放下奶杯，站起身，拥抱了她。格温达哭了出来。

她一哭，可就止不住了。她哭是因为西姆拴着她，带她出了城，还因为他让阿尔文×她，为了桥塌时死的一切人，也因为伍尔夫里克爱着安妮特。

等她抽泣过去，可以开始讲话了，她说："妈，爸把我卖了。他卖掉我换了头奶牛，而我不得不去和强盗在一起。"

"这太不对了。"她母亲说。

"比不对还错呢！他太恶毒、邪恶了——他是个魔鬼。"

妈从拥抱中抽出身来："别这么说。"

"这是真的！"

"他是你父亲。"

"做父亲的是不会把孩子当牲口卖的。我没有父亲。"

"他养了你十八年啊！"

格温达不解地瞪着眼："你怎么能这么狠心？他把我卖给了强盗！"

"可他给我们换来了奶牛。所以才有奶喂埃里克，哪怕我的奶干了。你这不是回来了吗？”

格温达吃惊了：“你在替他辩解！”

“他是我拥有的一切呀，格温达，他不是王子。他甚至都不算农夫，只是个没有土地的短工。可他在差不多二十五年里为这个家尽了一切努力。他能工作时就干活儿，不得已时还得偷。他养活了你，还有你哥，运气好的话，他还要对凯西、琼妮和埃里克做同样的事。不管他有什么毛病，没有他我们的日子会更难。所以就别叫他魔鬼了吧。”

格温达说不出话来了。她本来难以接受她父亲出卖了她的念头。此刻她必须面对这一现实：她母亲也一样坏。她感到了茫然。就像桥在她脚下摇晃似的——她难以理解，她正在经历着什么。

他父亲提着那一罐淡啤酒进了家。他像是没注意到那种气氛。他从壁炉架上取下三个木杯。“好啦，”他高高兴兴地说，“咱们来为咱们的大丫头回来干一杯。”

格温达走了一整天之后，又饿又渴，她接过杯子大口喝着。但她懂得她父亲此时的心情。“你有什么打算？”她问。

“嗯，”他说，“下星期就是夏陵集市了，是吧？”

“那又怎么样？”

“嗯……我们可以再来一次。”

她简直不敢相信听到的话：“再来一次什么？”

“我卖掉你，你跟着买主走，然后再逃掉，跑回家，你蛮不赖嘛。”

“蛮不赖？”

“我们已经有了一头值十二先令的奶牛！唉，差不多我要干上半年的活儿才能赚十二先令呢。”

“以后呢？以后怎么办？”

“啊，还有别的集市嘛——温彻斯特、格洛斯特，我也说不上来还有多少了。”他又从淡啤酒罐里倒满了他的杯子，“怎么——这可比当年你去偷杰拉德骑士的钱包强多了！”

她没有喝酒。她嘴里有一股苦涩，如同她刚吃了什么腐败的东西。她想和他争论。难听的话，气恼的诅咒，已经来到了她的唇边——但她没有说出口。她的感受已经不只是气愤了。吵架又有什么用？她再也不能相信她父亲了。而且由于妈不肯背弃他，格温达对她也不信任了。

“我该怎么办？”她说了出来，但她并不想从屋里任何人的嘴里得到回答。这问题是问她自己的。在这个家里，她已经成了一个商品，在市集上出售。她要是不打算接受这个，她能做什么呢？

她可以走。

她吃惊地意识到，这座房子已经不再是她的家了。这一打击动摇了她存在的基础。从她记事以前起，她就住在这儿，如今她在这里感觉不到安全了。她将离开。

不是下个星期，她心里明白，甚至不是明天早晨——她必须现在就走。

她没地方可去，但这没什么两样。待在这里，吃着她父亲放在桌上的面包，就无异于向他的权威屈服。她就得接受他对她的估价，作为一个商品去出售。她后悔不该喝了那第一杯淡啤酒。她唯一的机会是当场拒绝他，并走出他的房子。

格温达看了看她母亲。“你错了，”她说，“他就是个魔鬼。那些老故事说得对：你和魔鬼做交易，你就会比你想的还要付出得多。”

妈躲开了她的目光。

格温达站起了身。重新斟满的杯子还在她手中。她把杯子一歪，把啤酒倒在了地上。“跳跳”马上舔了个干净。

她父亲气愤地说：“我为这一罐淡啤酒花了四分之一便士呢！”

“再见。”格温达说着，便走出门去。

18

在接下来的礼拜天，格温达出席了庭审听证，那将决定她所爱的男人的命运。

采邑法庭于礼拜后在教堂中开庭。通过这种形式，村子采取集体行动。提法庭上的一些问题是有争议的——关于地界的辩论，盗窃和强奸的指控，债务的争吵——但更经常的是做出专断的决定，诸如何时开始用共有的八牛队耕种。

理论上说，采邑的领主高踞于佃户之上来审判，但由来自法国的入侵者差不多在三个世纪之前带到英格兰的诺曼法，强制领主们不得追随其先辈的习惯；而为了弄清有什么习惯，他们只好正式请教村中的十二位德高望重的人，也就是陪审团。因此，在实践中，审理程序往往成为领主和村民间的谈判。

就在这个礼拜天，韦格利却没有领主。史蒂芬骑士死于塌桥事故。格温达把这一消息带到了村中。她还报告说，有权任命史蒂芬继任者的罗兰伯爵也受了重伤。在她离开王桥的前一天，伯爵才刚刚恢复了知觉——人虽然醒了，却发着高烧，说不出一句完整的话。因此一时还无法指望韦格利会有个新领主。

这也不算什么异常情况，领主们经常不在：在战场，在议会，在诉讼，或者去随侍伯爵或国王了。罗兰伯爵常指定一个代理，通常都是他的一个儿子——但在目前的状况下，他却无法指定代理人了。由于没有领主，执法官只好勉为其难地尽力解决土地所有权的案子了。

执法官或总管的工作，在理论上，就是执行领主的决定，但这不可避免地赋予了他高居乡亲之上的某种程度的权力。至于权力到底有多大，就全靠领主的个人好恶了，有些控制很严，另一些则很宽松。史蒂芬骑士一向从宽，但罗兰伯爵则是出了名地严控不放。

总管内特一直是史蒂芬骑士及其前任亨利骑士的执法官，而且不管下一任是谁，他还很可能会留任。他瘦小枯干，还是个驼背，但精力充沛。他精明又贪婪，一有机会就向村民索贿，周密地把他那有限的权力发挥到极致。

格温达不喜欢内特。她反对的倒不是他的贪婪——那是所有执法官的通病。但内特其人的性格扭曲，和他的肢体缺憾一样，令人不快。他父亲就曾是夏陵伯爵的执法官，但内特没有继承到那样的高位，他抱怨是由于他驼背，最终只落得在韦格利这小村子中当了个小官。他似乎对一切年轻力壮、相貌英俊的人恨之入骨。他空闲的时候喜欢和安妮特的父亲珀金喝上一杯——自然是珀金出酒资啦。

今天法庭上的问题是如何处理伍尔夫里克家的土地归属。

那是一大片土地。农人既不平等，他们的土地也就不均衡。标准就是一弗基特，在英格兰的这一带，就是三十英亩。从理论上说，一弗基特就是一个人能耕种的土地面积，通常也就足以养活一家人了。然而，韦格利的大多数人都只有半弗基特，也就是十五英亩，或者多少也差不许多。他们只好另寻办法来支持他们的家庭：在林中设网捕鸟，在遍及“溪地”的河中下网捞鱼，用廉价的皮革下脚料编织皮带或便鞋，为王桥的商人用纱织布，或者到树林中偷猎国王的鹿。少数人的土地多于一弗基特，珀金就有一百英亩。这样的富裕农人需要帮手来耕种他们的土地，帮手来自他们自己的儿子、亲戚，或者雇用格温达父亲这样的短工。

一个佃户死后，他的土地可以由他的寡妻、子嗣或嫁出去的女儿来继承。不管是哪种情况，这种传承要由领主颁发执照，还要缴纳称作遗产税的高额税。在正常情况下，塞缪尔的土地会自动地由他的两个儿子继承，也就没必要通过法庭听证了。兄弟俩只消凑足并缴纳遗产税，然后或者把土地均分或者一起耕种，并为他们的母亲做出安排，也就没事了。可是塞缪尔的一个儿子和他一起死了，这就使问题复杂化了。

村里所有的成年人大体上都出席了法庭。格温达今天更是兴致勃勃。伍尔夫里克的前途将会一锤定音，而他打算和另一个女人共度未来的事实，并没有使格温达的关注稍减。她有时会想，她或许巴不得他和安妮特的日子过得凄凄惨惨，但她做不到。她只想他能幸福。

礼拜结束后，从领主宅第搬来了一把大木椅和两条板凳。内特坐到椅子上，陪审团则在板凳上就座。其余的人都站着。

伍尔夫里克说得很简单。“我父亲有韦格利领主的九十英亩土地，”他说，“五十英亩在他之前就由他父亲拥有了，四十英亩是十年前死去的他的叔父的。由于我母亲和我兄弟已经亡故，我又没有姐妹，所以我是唯一的继承人。”

“你多大了？”内特问。

“十六岁。”

“那你还算不上一个男人呢。”

看来内特打算把事情搅得难办了。格温达知道原因，他想索贿，可伍尔夫里克没钱。

“年龄不是一切，”伍尔夫里克说，“我比多数人都又高又壮呢。”

一个叫亚伦·阿普尔特里的陪审员说：“大卫·乔恩斯继承他父亲遗产时十八岁。”

内特说：“十八不是十六。我想不起允许十六岁的孩子继承遗产的先例。”

大卫·乔恩斯不是陪审团成员，他就站在格温达身边。“我也没有九十英亩地。”他说，引起一阵笑声。大卫和多数人一样，只有半基弗特土地。

另一个陪审员发言了：“九十英亩地对一个大人都太多了，何况对一个孩子。喂，到目前还是三个人耕种呢。”说话的是比利·霍华德，二十五岁上下，曾追求过安妮特，没有成功——这可能是他支持内特给伍尔夫里克下绊的原因。“我有四十英亩，还得在收获季节雇工呢。”

好几个人点头赞同。格温达开始悲观了。这对伍尔夫里克不利。

“我可以找人帮忙。”伍尔夫里克说。

内特说：“你有钱付工钱吗？”

伍尔夫里克有些发窘，格温达的一颗心飞向了他。“我父亲的钱包在桥塌时丢了，我的钱又花在丧葬上了，”他说，“可是我能给雇工分点收下来的粮食。”

内特摇起头：“村里所有的人都已经在自己的土地上成天干

活了，而那些没地的人已经被雇走了。没有谁愿意放弃付现金的活计，去换取只能拿到没保障的粮食的短工的。”

“我会收获庄稼的，”伍尔夫里克激动地表达着决心，“需要的话，我可以日夜连轴转。我会向你证明一切，我能干好。”

格温达对他那张英俊的面孔仰慕之极，真想跳起来喊出她对他的支持。但男人们都摇头了。大家都知道，一个人不可能靠自己的力量收获九十英亩的庄稼。

内特转向珀金：“他和你女儿订了婚。你能帮他什么忙吗？”

珀金思虑起来：“也许你可以把那块地暂时转给我。我可以缴遗产税。以后，等他娶了安妮特，再把土地收回去。”

“不行！”伍尔夫里克当即反对。

格温达知道他为什么如此反对这个主意。珀金最大的特点就是狡诈。从现在到成婚，他会在醒着没睡的时间，分分秒秒地都要琢磨出个办法把伍尔夫里克的土地据为己有。

内特问伍尔夫里克：“既然你没钱，你又怎么缴遗产税呢？”

“我把庄稼收回来，就有钱了。”

“就算你打下了庄稼，还不一定够税钱呢。你父亲为他父亲的地缴了三镑，为他叔父的地缴了两镑呢。”

格温达喘不过气来了。五镑可是一大笔钱哪，看来伍尔夫里克是凑不起这笔款子啦，说不定要把他家的老底都花掉呢。

内特继续说：“再者，遗产税通常都是继承人取得遗产之前——而不是收获之后——就要缴的。”

亚伦·阿普尔特里说：“在这种情况下，内特，你可以宽大为怀嘛。”

“我行吗？一位领主可以这么做，因为土地是他的，他有权宜的范围。可要是一个执法人宽大为怀，他是在放弃别人的钱。”

“可是无论如何，我们只需要一个调解。在韦格利新的领主认可之前，一切都不是最后定案。不管新领主是谁吧。”

格温达想，严格地说，这倒是真的；但实际上，一位新领主不大可能否定父产子继的案例。

伍尔夫里克说：“老爷，我父亲的遗产税没有五镑那么多。”

“我们可以查一查账。”内特回答得太快了，格温达猜想，他大概是等着伍尔夫里克对这个数目质疑呢。她想起来了，内特时常在听证中间制造某种停顿。她估摸是给当事人一个机会向他行贿。他大概以为伍尔夫里克藏着钱呢。

两位陪审员从教堂的法衣室内搬来一个装有采邑文献的箱子，里面有采邑法庭判决的记录，是写在长长的羊皮纸上卷成卷的。内特能读会写——一名执法官要有文化，以便为领主记账。他在箱子里翻找到那份相关的记录。

格温达觉得伍尔夫里克把事情办砸了。他靠直率的讲话和明显的真诚是不够的。内特最想弄清的是收取领主的遗产税。珀金一心要为他自己把土地弄到手。比利·霍华德仅仅出于怨恨就想把伍尔夫里克击败。而伍尔夫里克却没钱行贿。

他也不懂花招。他相信只要把案情说清楚就能得到正义。他根本不懂把握局面。

她或许能帮他一把。乔比家的孩子能够长大就不可能不懂要花招的事。

伍尔夫里克在他的辩诉中没有求助于村民的自身利益，她要为他这么做。她转向站在她身边的大卫·乔恩斯。“我真纳闷你们男人一点不为这事操心。”她说。

他警觉地看了她一眼：“你想要达到什么目的，丫头？”

“尽管这里有突然死亡的原因，但这是个子承父产的问题。要是你们听凭内特在这案子上找碴，他就会在一切遗产上下手了。他总能为继承问题编出些理由的。你难道就不怕他会干涉你自己儿子的权利吗？”

大卫面露忧虑。“你这话可能有点道理，姑娘。”他说，然后就转过脸去跟他另一侧的乡亲议论起来。

格温达还觉得，伍尔夫里克今天要求有个最终裁决是个错误，最好是只要求个临时判决，那样的话，陪审员们会更便于采纳的。她走过去和伍尔夫里克说话，而他正同珀金和安妮特争论着。格温达走近时，珀金满脸狐疑，安妮特则鼻孔朝天，不过伍尔夫里克倒是和平素一样彬彬有礼。“喂，我的同路伙伴，”他说，“我听说你离开了你父亲的家。”

“他吓唬我说要卖掉我。”

“又要卖第二次？”

“我能逃跑多少次，就卖多少次。他觉得他找到了不见底的钱包。”

“你在哪儿住着呢？”

“赫伯茨寡妇收留了我。我在给总管干活，在领主的地里。从日出到日落，一天一便士——内特要让他的雇工筋疲力尽地回家。你认为他会把你想要的给你吗？”

伍尔夫里克做了个鬼脸：“他像是不情愿。”

"一个女人会用完全不同的法子办这事。"

他显出惊疑的样子："怎么办？"

安妮特瞪着她，但格温达不去理睬她的目光。"一个女人不会要求裁决的，尤其是人人都知道今天的判决不是最终的。她不会对可能性轻易说不的。"

伍尔夫里克动着脑筋："那她会怎么办呢？"

"她只要现在暂时继续耕种那块地。她会让有约束力的决定等到新的领主指定后再说。她懂得，在这期间大家都习惯了她拥有那块地，这样当新领主露面时，他的认可也就像是约定俗成了。她就不给别人留下争论余地地得到了她想要的东西。"

伍尔夫里克还没有想透彻："嗯……"

"这不是你想要的，但今天你充其量只能得到这么多。内特怎么会拒绝你呢？他可没人手把庄稼收割回来啊。"

伍尔夫里克点着头，他在思考着可能性："大家会看到我收庄稼，也就习惯了这念头。以后嘛，再否认我的继承权就显得不公了。而且我也付得起遗产税了，至少是其中的一部分。"

"那样你就比目前大大地接近你的目标了。"

"谢谢你。你聪明极了。"他触了下她的胳膊，然后转过去面对着安妮特。她悄声对他说了句很尖锐的话。她父亲满脸不高兴。

格温达走开了。她心想，甭跟我说聪明。要告诉我，我……什么？漂亮？绝不是。你生命之爱？那是安妮特。一个真正的朋友？见鬼去吧。这么说我想要什么？我何必这么不顾一切地帮助你？

她自己也没有答案。

她注意到，大卫·乔恩斯正热烈地跟那个叫亚伦·阿普尔特里的说话。

内特挥舞着采邑的那卷文献。“伍尔夫里克的父亲塞缪尔，出资三十先令继承了他父亲的遗产，又出资一镑继承了他叔父的土地。”一先令是十二便士——那时没有先令的硬币，但大家都照样这么说——二十先令是一镑。内特宣读的总数恰好是他原先说的一半。

大卫·乔恩斯说话了。“一个人的土地应该传给他的儿子，”他说，“不管我们的新领主是谁，我们不想给他那种印象：他能随便拿走应属继承人的产业。”

一片赞同的低低的说话声。

伍尔夫里克迈步向前：“总管，我知道你今天无法做出最后的决定，我宁愿等到新领主指定后再说。我只要求让我继续耕种那块地。我会把庄稼打下来的，我发誓。不过就是我收不成，你也没有损失。而如果我成功了，你也没向我承诺过什么。新领主来的时候，我就听凭他开恩了。”

内特一副困窘的样子。格温达明知，他本来指望从这案子中想办法捞钱的。也许他想从伍尔夫里克未来的岳父珀金手里得到一笔贿赂。她盯着内特的面孔，看着他努力想着办法拒绝伍尔夫里克卑微的要求。就在他犹豫不决的时候，有一两个村民开始嘀咕了，他意识到，他要是表示不同意，对他自己绝无益处。“好啊，”他故作大度地说，其实并不令人信服，“陪审团怎么说？”

亚伦·阿普尔特里和别的陪审员简短地商议了一下，然后说：“伍尔夫里克的要求不高，而且合理。他应该继续占有他父亲的土地，直到韦格利的新领主任命了为止。”

格温达长出了一口气。

内特说：“谢谢你们，陪审员们。”

夜审结束了，人们开始回家吃饭。大多数村民一周吃得起一次肉，一般都挑在礼拜天。连乔比和埃恩娜通常都能对付出一顿烧松鼠或豪猪，而且一年这个时分会有许多野兔可抓。赫伯茨寡妇在火上的锅里煮着一块羊颈。

格温达在他们离开教堂时遇到了伍尔夫里克的目光。“干得好，”他们一边一起走，她一边说，“他没法拒绝你，哪怕他一心想那样。”

“那是你的主意，”他佩服地说，“你完全清楚我该说的话。我不知道该怎样感谢你。”

她强制着没有告诉他，他们穿过墓地，她说：“你怎么收庄稼呢？”

“我不知道。”

“你干吗不让我来帮你干活儿呢？”

“我没钱。”

“我不在乎，我只挣够吃的就行。”

他在门口站住脚，转过身，胆怯地看了她一眼：“不，格温达，我看那不是个好计划。安妮特不会喜欢的，坦率地说，她是对的。”

格温达觉得自己脸红了。他的话是不容怀疑的。如果他因为她可能太懦弱或别的原因拒绝了她，就没必要那样直视着她，或者提及他未婚妻的名字了。他知道，她羞于承认她爱恋着他，而他拒绝了她的帮助，就是因为他不想鼓励她这无望的感情。“好吧，”她眼睛垂下，低声说，“你怎么说都行。”

他热情地笑了笑：“不过我还是感谢你主动要帮忙。”

她没有回答，过了一会儿，他转身走开了。

19

天还没亮，格温达就起床了。

她睡在赫伯茨寡妇家地面铺的草上。她睡着时，脑子还总是知道时间，就在天亮前叫醒了她。格温达掀开毯子，站起身时，睡在她旁边的寡妇并没有动静。她摸索着向前走，打开后门，迈进院子。“跳跳”摇着身子跟着她。

她站在那里停了一会儿。如同韦格利常有的那样，外面吹着一股清新的微风。天空已经不是漆黑一团了，她可以隐隐约约地看到一些模糊的轮廓：鸭舍、茅厕、梨树。她无法看见相邻的住宅，那里就是伍尔夫里克的家；但她听到了拴在小羊圈外的他那条狗的低哼，她咕哝了一句让它安静的话，它就认出了她的声音，放心地不叫了。

这是个宁静的时刻——近来，她在一天里有了太多的这种时刻了。她长这么大，一直都生活在挤满了婴儿和小孩的一间小屋子里，随时都会有至少一个孩子要吃的，因为碰疼了而哭闹，因为不听话而叫喊，或者是无缘无故地生气而尖叫。她绝对想不到她会怀念那种环境。和这位安详的寡妇住在一起，女主人要么是亲切和蔼地聊天，要么是沉默寡言地让你舒舒服服，她倒反而留恋起家来。有时候，格温达竟期盼着幼儿的啼哭，想抱起他们哄一哄。

她找到了旧木盆，洗了手和脸，随后便回到屋里。她在黑暗中摸到了桌子，打开面包盒，从存了一星期的长面包上切下了厚厚的一片，跟着就出了门，边走边吃。

村子里一片静谧，她是第一个起床的。农人们日出而作，日落而息，在一年的这段季节里，白昼长得令人厌倦。他们珍惜每一分钟的休息时间。只有格温达才利用清晨及日出之间和黄昏及天黑之间的时光。

当她把农舍甩在身后，迈步穿过田野时，天破晓了。韦格利有三处耕地："百亩""溪地"和"长田"。以三年为一周期，每块耕地上轮作着不同的庄稼。最贵的粮食小麦和黑麦在第一年播种；然后是次要的庄稼，如燕麦、大麦、豌豆和大豆，在第二年种植；第三年则休耕不种。今年，"百亩"那儿种的是小麦和黑麦，"溪地"种的是各种二类作物，"长田"则休耕。每块耕地又划分成一英亩大小的一畦；每家佃户的土地由许多畦组成，散布在三处耕地中。

格温达来到"百亩"处，开始在伍尔夫里克的畦里除草，拔掉麦垄间生生不已的断尾草、金盏花和狗茴香。她在他的地里干活，帮他一点忙，不管他知道不知道，她都很高兴。她每弯一次腰，都省掉他弯一次腰的力气；她每拔起一根草，都在让他的庄稼长得更好。就像给他送礼。她一边干活，一边想着他，在心里勾画着他的笑容，聆听着他的话音——那种还带着孩子气的急切的男人的低沉的嗓音。她触摸着他那些小麦的绿株，想象着她在捋摩着他的头发。

她拔草直到日出，然后转移到领主的土地——也就是由他或他的雇农耕种的地亩——干挣钱的活儿。虽然史蒂芬老爷已经亡故，他的庄稼可还要收割；他的继任者会要求原先农活的严格数量。太阳西落时，格温达挣到了她一天的面包，就来到伍尔夫里克的另一块土地上，在那里一直干到天黑——若是有月亮，还要干得更长。

她对伍尔夫里克一句话也没说。不过，在一个人口不过二百的村子里，没什么事情可以长期隐瞒的。赫伯茨寡妇就曾带着温馨的好奇询问过她：你想得到什么。"他打算娶珀金家的姑娘。这你知道——那是阻挡不住的。"

"我只想让他成功，"格温达回答道，"他理当成功。他是个诚实的人，心地善良，而且他甘心工作，直到他干不成为止。我想让他幸福，哪怕他娶了那个妖女。"

今天领主土地的农工们都在"溪地"，收获老爷的早豌豆和大豆，而伍尔夫里克就在近旁，挖一条排水沟：六月初的大雨后，地里积了水。格温达看着他干活：他只穿着内裤和靴子，他的宽背俯在铁锨上。他像磨盘一样不知疲倦地挖着。只有他皮肤上闪亮的汗珠暴露了他有多么卖力。中午时分，安妮特来到他跟前，她头上扎了个绿色的缎带，显得很漂亮，她提着一罐淡啤酒和裹在一块麻袋里的面包和奶酪。

内特总管摇响了铃。大家都停止了工作，退到耕地北端的一排树下。内特分发着苹果酒、面包和洋葱给农工们——午饭是算在报酬里面的。格温达背靠着一棵鹅耳枥树坐下来，打量着伍尔夫里克和安妮特，她那种专注劲，如同一个死刑犯看着木工做绞架。

起初，安妮特还是她那副调情的老样子：侧歪着头，眨着眼，为伍尔夫里克说的什么话假装惩罚地拍打着他。随后她正经起来，不停地跟他说着，而他像是争辩着自己的无辜。他俩都瞥着格温达，她猜想他们在说她。她估摸安妮特发现了她一早一晚在伍尔夫里克的地里干活。后来安妮特赌着气走了，伍尔夫里克独自沉思着吃完了午饭。

饭后，大家都在一小时午饭的剩余时间休息着。年纪大些的人都摊开四肢躺在地上睡觉，而年轻的则聊天。伍尔夫里克来到格温达坐的地方，蹲在她身边。“你在我地里除草？”他说。

格温达没想抱歉：“我估摸安妮特训你了。”

“她不想让你为我干活儿。”

“她想让我干什么，把草再插回地里去吗？”

他四下打量了一下，压低了声音，不想让别人听见——尽管人人都肯定猜得到，他和格温达在谈论着另一个人。“我知道你是好意，我也领情了，可这惹是生非了。”

她和他离得这么近，心里挺舒服。他身上有泥土和汗水的气味。“你需要帮助，”她说，“而安妮特没有太大用处。”

“请你别批评她。实际上，根本就别提她。”

“好吧，可你一个人收不成庄稼。”

他叹了口气。“要是太阳总晒着就好了。”他自然地抬头看了看天，完全是农人的反应。天上布满了浓云，所有的粮食作物都在湿冷的天气中挣扎。

“让我给你干活儿吧，”格温达请求着，“告诉安妮特，你需要我。男人就应该是他妻子的主人，而不是反过来。”

“我会考虑这件事的。”他说。

但第二天，他雇了个短工。

那人是个过路的，在黄昏时出现了。村民们在夕阳下围着他，听他讲他的故事。他名叫格拉姆，来自索尔兹伯里。他说，他家房子烧塌时，妻子和孩子们都死了。他一路来到王桥，希望能在修道院什么地方找点活儿干。他兄弟是那里的一名修士。

格温达说："说不定我认识他呢。我哥哥菲利蒙在修道院干了好几年了。你兄弟叫什么名字？"

"约翰。"有两名修士都叫约翰，但没等格温达问哪个才是格拉姆的兄弟，他接着说，"我出发的时候，带了点钱好沿路买吃的。后来我让强盗抢了，如今是身无分文了。"

人们纷纷对那人表示同情。伍尔夫里克请他睡在家里。第二天是星期六，他开始为伍尔夫里克干活儿，说好管吃管住，外加一份打下的庄稼作为报酬。

星期六一整天，格拉姆都干得十分卖力。伍尔夫里克正浅耕他在"长田"的休闲地，锄去蓟草。那是两个人合作的活计：格拉姆牵马，马要站住，就鞭赶它向前，而伍尔夫里克则扶犁。礼拜天他们休息了。

礼拜天在教堂里，格温达看到凯西、琼妮和埃里克时，一下子哭了出来。她从未想到自己会这样想念他们。整个一个星期的时间，她都拉着埃里克。后来她母亲对她说了些难听的话，"你为那个伍尔夫里克伤透了心。给他除草不能让他爱上你。他对那个不顶用的安妮特目不转睛呢。"

"我知道，"格温达说，"反正我就想帮他。"

"你得离开这村子。这里没你的事了。"

她知道她母亲说得对。"我会的，"她说，"我要在他们婚礼后的那天离开。"

母亲压低了声音："你要是还待在这儿，当心你父亲。他没放弃再赚十二先令的念头。"

"你是什么意思？"格温达问。

母亲只是一个劲儿地摇头。

"他现在卖不成我，"格温达说，"我离开了他家。他没管我的吃住。我在给韦格利的领主干活。我不再是爸囤积的货物了。"

"还是小心点好。"母亲说，再也没别的话了。

在教堂外，过路的格拉姆跟格温达攀谈起来，打听她的事，还提议饭后一起散步。她猜到他"散步"的意思，当面回绝了，但后来她看到他和大卫·乔恩斯的女儿、黄头发的乔安娜在一起。乔安娜只有十五岁，傻乎乎地中了一个过路人几句甜言蜜语的圈套。

星期一天刚蒙蒙亮，太阳还没出来时，格温达在伍尔夫里克"百亩"的地里拔草，这时伍尔夫里克穿过田地朝她跑来，一副气急败坏的样子。

她不顾他的想法，每天一早一晚继续在他的地里干活，看来把他逼急了。他会做什么呢——揍她一顿？她向他如此挑战之后，他大概可以泰然地对她动武——人们会说她自找，而现如今她离开了父母的家，也没人肯维护她了。她感到害怕。她亲眼见过伍尔夫里克打断了拉尔夫·菲茨杰拉德的鼻子。

她跟着就告诉自己别犯傻。虽说他打过好多架，但她从来没听说他打过妇女或孩子。不过，他那气势汹汹的样子还是让她打战。

可根本不是那么回事。他刚一跑到听得见的距离，就喊道：

“你见到格拉姆了吗？”

“没有啊，怎么了？”

他来到跟前站住了，气喘吁吁地说：“你在这儿多久了？”

“我天亮前就起床了。”

伍尔夫里克垂下了肩膀：“这么说，他要是走的这条路，这会儿已经追不上了。”

“出什么事了？”

“他跑了——骑我的马跑了。”

原来伍尔夫里克是为这个生气。马可是值钱的东西——只有像他父亲那样富裕的农人才养得起。格温达回忆起，她刚说她可能认识他兄弟，格拉姆马上转移了话题。当然，他根本就没有什么兄弟在修道院，他也没在火中死了老婆孩子。他是个骗子，骗取了村民们的信任，目的就是要偷东西。“我们多傻呀，还信了他的鬼话。”她说。

“我还把他领到家里，我最傻了，”伍尔夫里克苦涩地说，“他待了这段时间，就是让马熟悉了他，就肯跟他走了。他走的时候，狗也没叫。”

格温达为伍尔夫里克心疼了，他在最需要马的时候丢了马。“我觉得他走的不是这条路，”她思索着说，“他不可能走在我前面——夜里太黑了。而要是他在我后面，我会看见他的。”出进村子只有一条路，到领主宅第就是尽头了。但地里有许多小路。“他大概走了‘溪地’和‘长田’之间的那条路——那是进入森林的捷径。”

“马在树林里跑不快的，我还可以追上他。”伍尔夫里克转身沿原路跑了回去。

“祝你好运。”格温达在他身后喊着，他挥手表示听见了，但没有回头。

可是，他没交上好运。

当天黄昏，当格温达扛着一袋豌豆从“溪地”向领主的谷仓走去时，她经过了“长田”，又看见了伍尔夫里克。他在用铁锹翻那块休闲地。他显然没有追上格拉姆，也没牵回失去的马。

她放下口袋，走进地里去跟他说话。“你不能这么干，”她说，“你在这儿有三十英亩地，你已经耕了多少，十英亩？没人能耕二十英亩的！”

他没有正视她的目光。他还继续翻着地，脸色铁青。“我不能耕地了，”他说，“我没马了。”

“你套上犁吧，”她说，“你很壮，又是轻犁——而且你只是除蓟草。”

“我没人扶犁。”

“有，你有。”

他瞪着她。

“我来扶吧。”她说。

他摇了摇头。

她说：“你已经没了家人，如今又丢了马。你靠自己一人没法干。你没别的路了。你得让我帮你。”

他把目光移开，越过田地，望向村子，她知道他在想着安妮特。

“我要为明早的第一件事做好准备。”格温达说。

他的目光又回到她身上，脸上流露出动情的神色。他在热爱土地和取悦安妮特的愿望之间徘徊。

“我要来敲你的门，”格温达说，“我们来一起耕地。”她转身走开，然后停下脚步，回头看着。

他没说“是”。

可也没说“不”。

他们耕了两天地，然后堆干草，然后又捡春天的蔬菜。

如今格温达挣不到钱付赫伯茨寡妇的吃住费了，她得另找地方睡觉，于是就搬到了伍尔夫里克的牛棚里。她解释了原因，他没有反对。

过了第一天之后，安妮特不再给伍尔夫里克送午饭了，这样格温达就为他俩从他的橱柜里准备食物了：面包，一罐淡啤酒，煮鸡蛋或者冷咸肉，春洋葱或甜菜。伍尔夫里克依旧不置可否地接受了这种交换。

她依然带着那份春药。装在皮口袋里的小陶瓶，系着一根绳吊在她脖子上，就垂在她的乳沟里，别人看不见。她可以在午饭时候把药掺到他的淡啤酒里，但在地里，又是光天化日之下，她没法利用药力发作的效果。

每天晚上，他都到珀金家去，同安妮特和她的家人一起吃晚饭，格温达就独自闷坐在厨房里。他回来时往往满脸忧郁，但他什么也不跟格温达说，所以她估摸他一定是顶撞了安妮特的闲话。他不再吃喝就上了床，因此她没法下药。

在格拉姆跑后的那个星期六，格温达用咸猪肉煮青菜，给自己做了一顿晚饭。伍尔夫里克家里存着四个成人吃的东西，所以食物多得很。尽管已经进了七月，晚上还很凉，她吃完之后又向厨房的火里添了一块木柴，坐在跟前看着那柴烧起来，想着直到短短的几个星期之前她过的那种简朴单调的生活，奇怪那样的日子怎么会和王桥的桥一起，彻底地垮塌了呢。

门开了，她以为是伍尔夫里克回来了。他一回来，她就会退到牛棚去，但她很享受睡前俩人交换的几句友好的话。她热切地抬起头，期待着看到他那张英俊的面孔，却受到了意外的惊吓。

那不是伍尔夫里克，却是她父亲。

跟他一起来的，是个长相粗鲁的陌生人。

她满心畏惧地一跃而起："你想干吗？"

"跳跳"发出了一声敌对的吠叫，但马上就吓得躲开了乔比。

乔比说："好啦，我的小姑娘，用不着害怕嘛，我是你爸啊。"

她沮丧地想起她母亲在教堂里含糊其词的警告。"他是什么人？"她指着那陌生人说。

"这位是从阿秉顿来的乔纳，一个皮革商。"

格温达难过地想，乔纳可能当过一段商人，他可能是来自阿秉顿，但他的靴子是破旧的，他的衣服是肮脏的，而他那蓬乱的头发和胡须表明，他已经有几年没进过城里的理发店了。

格温达表现出了比她感到的更大的勇气，说："从我这儿滚开。"

"我跟你说过她好斗嘛，"乔比对乔纳说，"不过她是个好姑娘，而且壮实。"

乔纳这才第一次开口。"甭担心。"他说。他舔着嘴唇打量着格温达，而她恨不得比身上这件薄羊毛皮裙穿得更多些。"我这辈子已经驯服过好几匹小母马了。"他补充了一句。

格温达毫不怀疑，她父亲已经照他威胁过的，又把她卖了。她原本以为离开他的家能保证她的安全。村民们恐怕不会容忍诱拐受他们雇用的一个短工吧？可是现在天已经黑了，在这件事惊动人们之前，她可能就被远远地带走了。

没人能帮助她。

然而，她是不会束手就擒的。

她无奈地四下张望，想找一件武器。她几分钟之前投进火里的那根木柴，一头已经燃着，不过足有十八英寸长，而且这一头还在火外，吸引了她的目光。她迅速弯下腰，一把抓在手里。

“好啦，用不着那玩意儿，”乔比说，“你不想伤着你老爸吧，嗯？”他向前靠近了一些。

一腔怒火燃遍她全身。他打算卖掉她，居然还敢称自己老爸！她猛然间就是想伤着他。她气得尖叫着，向他扑去，把燃着的木柴捅向他的面孔。

他向后跳开，但她气得发疯了，继续向前逼近。“跳跳”也怒气冲冲地吠叫着。乔比抬起胳膊保护自己，想挡开那根燃着的木柴，但她身强力壮。他挥舞的双臂挡不住她的冲击，她把木柴烧红的那头直戳向他的脸上。柴火烧焦了他的面颊，疼得他直叫。他脏兮兮的胡子烧着了，散发出皮肤焦煳的恶心气味。

这时格温达被人从身后抓住了。乔纳的一双胳膊搂住了她，把她的双臂箍在了体侧。她扔掉了燃烧的木柴。火苗当即从地上的草堆蹿起。“跳跳”让火吓得跑出了屋子。格温达在乔纳的怀里挣扎着，扭动着，从一边甩向另一边，可乔纳却出奇地有劲。他把她脚离地举了起来。

门洞中出现了一个高大的身影。格温达只看到了轮廓，跟着就又不见了。格温达感到自己被摔到了地上。一时间她晕了过去。待她恢复了知觉，乔纳正跪在她身上，想用绳子捆住她双手。

那高个子身影又出现了，格温达认出是伍尔夫里克。这次他提着一只大橡木桶。他利落地把一桶水泼到燃着的草上，把火扑灭了。随后他换了下手，抱起桶，在跪着的乔纳的头上狠狠砸了一下。

乔纳攥着格温达的手松开了。她分开双腕，感到绳索松了。伍尔夫里克抡起水桶，又更重地砸了乔纳一下。乔纳闭上眼，倒在了地上。

乔比用衣袖捂住胡子，把火熄灭，随后跪倒在地，极其痛苦地呻吟着。

伍尔夫里克拽着乔纳上衣的前襟把那昏厥的家伙提了起来。“他到底是谁？”

“他叫乔纳。我父亲想把我卖给他。”

伍尔夫里克抓住那人的皮带拎起来，把他抬到前门，扔到了外面的大路上。

乔比呻吟着：“救救我，我的脸烧伤了。”

“救你？”伍尔夫里克说，“你放火烧我的家，还攻击我的短工，你还想要我救你？快滚！”

乔比爬起身，可怜地呻吟着，跌跌撞撞地出了前门。格温达摸了摸胸口，没有感到什么温情。她本来可能会留给他的那一点点爱今夜全被毁掉了。在他从门洞出去时，她希望他永远别再和她说话了。

珀金举着一支灯芯草做的火把，来到后门。“出什么事了？”他问，“我觉得听到了一声尖叫。”格温达看到安妮特在他身后踟蹰着。

伍尔夫里克回答了问题：“乔比带着一个恶棍来到了这里，他们想把格温达带走。”

珀金咕哝着：“看来你已经把问题处理了。”

“毫不费力。”伍尔夫里克意识到手里还提着水桶，这才放到地上。

安妮特说：“你受伤了吗？”

“一点没有。”

“你需要什么吗？”

“我只想睡觉。”

珀金和安妮特听出了暗示，就走开了。别人似乎都没听到这一场骚乱。伍尔夫里克关上了门。

他借着火光瞅着格温达：“你觉得怎么样？”

“发抖。”她坐在板凳上，双肘靠到厨房的桌子上。

他走到橱柜跟前：“喝一点葡萄酒来镇定一下。”他取出一个小桶，放在桌子上，又从架子上拿来两个杯子。

格温达突然一惊。这是不是她的机会呢？她竭力让自己振作起来，她得迅速行动了。

伍尔夫里克往杯子里倒了酒，然后把小桶放回橱柜。

格温达只有一两秒钟的时间。就在他转身的时候，她把手伸到胸口，拽出用皮条吊在脖子上的小口袋。她从口袋中摸出了小瓶子。她的一只手颤抖着打开瓶塞，把药倒进了他的杯子。

就在她把小口袋塞回衣领时，他转过了身。她拍拍自己，好像只是在拽衣服。他是个典型的男人，根本没注意有什么不对头的地方，就隔着桌子坐到了她对面。

她拿起杯子，举着向他祝酒。“你救了我，”她说，“谢谢你。”

“你的手在抖，”他说，“你受了惊吓。”

他俩都喝了一口酒。

格温达不知道那药力要多久才能生效。

伍尔夫里克说：“你帮我在地里干活，也救了我。谢谢你。”

他俩又喝了一口酒。

“我不知道还有没有更坏的事情，”格温达说，“像我有这样的一个父亲，或者像你，连父亲都没有了。”

“我为你难过，”伍尔夫里克若有所思地说，“我至少还有对父母的美好记忆。”他喝光了杯中酒，“我平常很少喝葡萄酒——我不喜欢那种醉醺醺的感觉——但今天蛮好。”

她仔细地盯着他看。“智者”玛蒂说过，他会动情的。格温达寻找着这种迹象。没错，他很快就开始斜睨着她，像是头一次见到。过了一会儿，他说：“你知道吧，你长着这么好的脸蛋，里面含着多少善良啊。”

这时她该运用她女性的手段来诱惑他了。可她惊慌地意识到，她还没这样做过。像安妮特那样的妇女时时都在卖弄。然而，当她想到安妮特做过的举动——忸怩地笑着，摸摸自己的头发，眨着眼睫毛——时，她连让自己试试看都做不到。她只是感到傻乎乎的。

“你心眼好，”她说，想靠谈话来争取时间，“可是你的脸还露出了别的意思。”

“什么呢？”

“力量。是那种并非来自肌肉而是来自意志的力量。”

“今晚我觉得特有劲。”他咧嘴笑了笑，“你说过没人能挖过二十英亩地——可这会儿我觉得我就能。”

她把她的手放到他在桌子上的手上。“好好歇一歇，”她说，“还有的是挖地的时间。”

他看着在他的大手上的她的小手。“我们的肤色不一样，”他说，仿佛发现了一个惊人的事实，“瞧，你的手是棕色的，而我的是粉色的。”

“不同的肤色，不同的发色，不同的眼睛颜色。我不知道咱们的孩子会是什么样呢？”

他对这想法笑了笑。随后他明白了她这话里有毛病，就变了表情。他的面孔一下子严肃起来。若是她不这么在意他对她的感情，这种变化也就一笑置之了。他一本正经地说：“我们不会有孩子的。”他把手抽了回去。

“咱们别去想那个了。”她无奈地说。

“你是不是有时候希望……”他追问着。

“什么？”

“你是不是有时候希望这世界跟现在不一样？”

她站起身，绕过桌子走过来，紧挨着他坐下。“别希望了，”她说，“就我们俩，又是夜里了。你想做什么都随你便。”她直视着他的眼睛，“随便你怎样。”

他也盯着她。她看到了他脸上思慕的样子，随着一阵胜利的惊喜，她意识到他想要她。还得再加点药让他发作起来，但这是确定无疑的，此时此刻，他在这世界上别无他求，一心只想和她做爱。

可他还是没有动。

她拉起他的一只手。她把那只手拽到她的嘴唇上时，他没有抵挡。她握着那些粗大的手指，然后把手掌压到她的嘴上。她亲吻着他的手，还用舌尖舔着。然后她把他那只手按到她的乳房上。

他的手紧拢着她的乳房，显得乳房很小。他的嘴张开着，她看得出他在喘着粗气。她把她的头向后仰着，等着他来吻，但他什么也没做。

她站起身，迅速把衣裙从头顶上脱下，并扔到地上。在火光中，她浑身赤裸地站在他面前。他睁大着眼睛盯着她，嘴也张开了，仿佛目睹了一个奇迹。

她又拉起他的一只手。这一次，她让那大手触到她大腿间柔软的部位，让手掩住三角区那儿的阴毛。她下身已经湿极了。他的手指一下子就滑了过去，她不由得兴奋地哼了一声。

但他没有主动地做什么，她明白他因犹豫不决而麻木了。他想要她，但他并没忘记安妮特。格温达可以在一夜中把他像木偶般地动来动去，甚至还可以同他那呆滞的躯体行房，可是终归改变不了什么。她需要他主动。

她向前俯身，依旧握着他的手抵在她的阴部。“亲亲我。”她说。她把她的脸凑近他的脸。“吻吧。”她说。她离他的嘴只有一英寸。她不会再凑近了——应该由他来弥合这距离。

他突然动了一下。

他抽出了他的手，躲开她，并且站起了身。“这是错的。”他说。

而她知道她已经失去了机会。

泪水充满了她的眼睛。她从地上捡起了她的衣服，遮在了胸前，挡住了她的赤身裸体。

“对不起，”他说，“我不该做任何这样的事。我误导了你。我太残忍了。”

她心想：不，你没有。是我太残忍了。我误导了你。可是你太强壮了。你太忠诚了。你太好了，我配不上你。

但她什么也没说。

他的目光坚定地躲着她。“你该到牛棚去了，”他说，“去睡吧。我们到早上就感觉不一样了，到那时候就都好了。”

她从后门跑了出去，都没费事穿上衣服。月光泻地，可是没人看见她，而她也什么都不在乎了。她跟着就钻进了牛棚。

在那木头房子的一头，是一个堆干净草的高台。那里就是每夜她当床的地方。她爬上梯子，一头躺倒，难过得都不介意尖利的草扎着她赤裸的皮肤了。她又失望又羞耻地哭了。

她最终平静下来之后，站起身来，穿上衣裙，然后裹上一条毯子。她这么做的时候，觉得听到了外面的脚步声。她从粗陋的篱笆墙的一个缝隙向外张望。

月亮几乎是圆的，她能够看得清清楚楚。外面是伍尔夫里克。他朝牛棚的门口走来。格温达的心跳加快了。或许还没有完全过去。但他在门外迟疑着，然后走开了。他回到他屋里，在厨房门口转过身，回到牛棚，又转身回去。

她看着他踱来踱去。她的心怦怦直跳，但她没有动。她尽了自己的所能鼓励他。他该采取最后一步的。

他在厨房门口停下了。他的身体被月光投射出影子，从头到脚勾出一条银线。她清楚地看到他穿着内裤。她知道他打算做什么，她曾见过她哥哥做过同样的事情。她听到伍尔夫里克开始滑稽的自娱动作时发出的呻吟声。她盯着他在月光下美好的身影，浪费着他的欲望，她感到她的心仿佛要碎了。

20

在圣·阿道福斯诞辰前的礼拜天，戈德温针对瞎子卡吕斯采取了行动。

每年的这个礼拜天，王桥大教堂都要举行特殊的礼拜活动。由副院长抬着圣者的骨殖绕着教堂行进，后面尾随着列队的修士。他们为丰收的气候做着祈祷。

像往常一样，由戈德温为教堂做礼拜的准备工作——摆放蜡烛，准备燃香和移动家具——协助他的是菲利蒙这样的见习修士和雇工。圣·阿道福斯需要再设一道祭坛，那是按照要求能在教堂里四下挪动的一座平台上安置的一张雕刻精美的木桌。戈德温把这座祭坛放在交叉甬道的东端，上面摆放一对镀银的烛台。他一边做着，一边在心里焦灼地思考着自己的地位。

眼下他已经说服托马斯参选副院长，他的下一步就是清除反对派。卡吕斯只能算是一个轻松的目标——但他人在其位就成了不利因素，因为戈德温并不想显得无情无义。

他在祭坛的中央摆上了一个圣骨盒十字架，那是一个以十字架原物的木头做芯、镶了珠宝的金十字架。这个基督遇难的原物木料是一千年前由君士坦丁大帝之母海伦娜奇迹般地发现的，该木料的片断分散到了全欧洲的各座教堂之中。

戈德温在祭坛上布置装饰品时，看到塞西莉亚就在跟前，连忙停下工作和她搭话。“我知道罗兰伯爵头脑已恢复了清醒，”他说，“赞美上帝。”

“阿门，”她说，“他的高烧持续了这么长时间，我们都为他的性命担忧呢。他的头盖骨破裂之后，准是有什么古怪念头钻进了他的脑子。他说的话全都不着边际。可是，今天早晨他醒来后，说话就正常了。”

“你救活了他。”

“上帝救活了他。”

“不过，他还是感激你的。”

她微微一笑：“你还年轻，戈德温兄弟。你将来就会明白，有权势的人是从来不表示感激的。无论我们给了他们什么，他们都坦然接受。”

她的这种指教态度使戈德温不悦，但他把恼怒藏在内心：“无论如何，我们现在终于能够选举副院长了。”

“谁会胜出呢？”

“有十名修士坚决承诺要选卡吕斯，只有七人支持托马斯。加上候选人自己的选票，得有十票左右。另有六个人还没打定主意。”

“所以选谁都可能。”

“但卡吕斯现在领先。要是有了你的支持，塞西莉亚嬷嬷，托马斯也能成。”

“我没有选举权。”

“可是你有影响啊。如果你肯说，修道院需要更严格的控制和改革措施，而且你觉得托马斯更可能贯彻这一纲领，一些动摇派就会摆向他的。”

“我不该偏向一方。”

“也许没有吧。可是你可以说，除非他们能够更好地理财，否则你将继续资助修士们。这又有什么不妥呢？”

她那双明眸愉悦地闪亮了：自己可不是那么轻易被说服的。“那简直是明确地支持托马斯了。”

“是啊。”

“我严守中立。我将高兴地和修士们选出的任何人合作。这是我最后的表态，兄弟。”

他毕恭毕敬地鞠了一躬：“我当然尊重你的决定啦。”

她点点头，走开了。

戈德温满心喜悦。他从来没指望她认可托马斯。她是保守的。人人都揣测她倾向卡吕斯，但戈德温如今可以传出话去，说选哪个候选人她都满意。这样，他就颠覆了她对卡吕斯的暗中支持。她听到他如何利用她的话时，甚至可能发火，但她无法收回她确保中立的声明。

他自忖：我多机灵啊，我真有当副院长的资格。

把塞西莉亚中立化是有益的，但还不足以击垮卡吕斯。戈德温还需要给修士们生动地演示一下，卡吕斯会多么不胜任领导他们。他迫不及待地希望今天就有机会。

卡吕斯和西米恩此时就在教堂，演习礼拜的仪式。卡吕斯是代理副院长，因此他得率领队列，捧着装有圣者骨殖的镶象牙的金质圣骨盒。西米恩作为司库和卡吕斯的挚友，要陪他走完那段路程，戈德温能看出卡吕斯在数着步点，以便他到时能自己走。当卡吕斯尽管失明，仍能自信地走动的时候，教众会印象深刻，这简直如同一个小奇迹。

队列总是从教堂的东端开始，那里高高的祭坛上存放着遗物。副院长要打开柜橱的锁，取出圣骨匣。他要托着圣骨匣沿着唱诗班席的北通道，绕过北交叉甬道，走到中殿的北甬道，穿过西端，再回到中殿的中央，进入交叉点。他要在那里爬上两级台阶，把圣骨匣放到第二座祭坛，就是戈德温刚刚布置就绪的那个祭坛。整个礼拜过程中，圣骨都要保持在那里，供教众瞻仰。

戈德温环顾教堂，目光落在教堂南甬道正在修缮的地方，便走进去看进展如何。梅尔辛被埃尔弗里克解雇之后，就再不参与这里的工作，但他那惊人的简单方法仍在继续采用。这种方法不用昂贵的木框架在砌灰时支撑新的石件，每块石材只靠一根简单的绳子固定在位：绕过石材的长边，并用一块石头平衡。这种办法不能用在拱肋上，那是由又长又窄的石头一块块相拥而构成的，因此要为那些构件做出模壳。不过，梅尔辛还是为修道院省掉了一笔木工费用。

戈德温承认梅尔辛的才干，但跟他在一起仍感到不自在，而愿意与埃尔弗里克合作。埃尔弗里克始终都是个驯顺工具，这一点很可靠，从来不会惹是生非；而梅尔辛太喜欢特立独行了。

卡吕斯和西米恩走了。教堂为礼拜做好了准备。戈德温把一直帮忙的人都打发走了，只留下了还在交叉点扫地的菲利蒙。

一时之间，大教堂里已经空空荡荡，只剩下他们两个人了。这就是戈德温的机会了。原先想好一半的计划这时已在他脑子里成熟了。他还有些犹豫，因为这要冒极大的风险。但他仍决定赌一把。

他叫过菲利蒙。“现在，”他说，“赶快——把平台向前挪动一码。”

在很多时候，大教堂对于戈德温不过是个工作的场所。这是一块要利用的空间，一座该修理的建筑，一处收入的来源，同时也是一个财务负担。不过赶上这种机会，大教堂就要重现雄伟辉煌了。烛光跳动，光影在金色的烛台上闪烁，身穿袍服的修士和修女们在古老的石柱间滑动，唱诗班的合唱声直抵高高的穹顶。难怪数万名镇民在驻足观看时全都屏气凝神了。

卡吕斯率领着队列。在修士和修女唱歌之际，他开启了高高祭坛下的隔断——靠摸索——取出了镶象牙的金质圣骨匣。他高举着圣骨匣，开始了环绕教堂的游行。他的白胡须和瞎眼睛，使他俨然一个圣洁的无辜者的形象。

他会跌入戈德温的圈套吗？如此简单——看来也太轻而易举了。在卡吕斯身后几步远的戈德温咬着嘴唇，竭力保持镇静。

教众们诚惶诚恐。戈德温始终都想不通，这些芸芸众生何以如此心甘情愿地任人摆布。他们看不到圣骨，就算看得到，也无法与其他的人骨加以区分。然而，由于装饰豪华的匣子，震撼人心的美妙颂歌，修士和修女们的统一袍服，以及使他们全都相形见绌的高耸的建筑，他们都感受到了某种神圣的存在。

戈德温紧盯着卡吕斯。当他到达北甬道最西端的正中时，他猛地向左一转，西米恩站在一旁，随时准备在他判断有误时纠正他，其实没有必要。好啊！卡吕斯越自信，在那关键时刻绊倒的可能性就越大。

卡吕斯计算着步子，分毫不差地大步走到中殿的中央，再转过身，一直向祭坛走去。在暗示之下，歌声停止，队列在肃穆静谧的气氛中继续前进。

戈德温心想，这有点像半夜中摸黑去找厕所。卡吕斯大半生来一年都要多次走这条路。他此刻正在作为队列的领头人走这条路，未免让他紧张。但他外表很平静，只有他的嘴唇的轻微翕动泄露了他在计数。但戈德温确知他的计数会出错。他会不会当众出丑呢？还是他会逃过这一劫呢？

在圣骨经过时，教众们都畏惧地后退。他们知道，触碰一下那精美的小匣子会产生奇迹，但他们同样相信，对遗骨的任何不敬都会招致灾难的后果。死者的精灵无处不在，监视着等待最后审判日的人们；而那些曾经度过神圣一生的人享有无边的权力奖励或惩罚生者。

戈德温心中闪过一个念头：圣·阿道福斯会因即将在王桥大教堂发生的事故而对他不满。他一时因恐惧而战栗了。随后他说服自己，他的作为是为了有利于存放圣骨的修道院，而且能够洞察人生的全知的圣者会理解，这是为了有个最好的结果。

卡吕斯在走近祭坛时，放慢了脚步，但步幅仍保持着丈量的长度。戈德温屏住了呼吸。卡吕斯在迈出按照他的计数该跨的一步时，似乎有些迟疑，使他离安置祭坛的平台就差一点了。戈德温听天由命地盯着，唯恐在最后时刻在计划安排上会有什么变化。

随后，卡吕斯又信心十足地向前走了。

他的一只脚比预计的早一码碰到了平台的边缘。由于四下一片寂静，他的便鞋踢到空木板的声音就分外响亮。他又惊又怕，不由自主地发出一声惊呼。他的动作带着他向前走。

戈德温的心被一股胜利的冲动提了起来——但只维持了片刻，就撞出了灾难。

西米恩伸手去抓卡吕斯的胳膊，但为时已晚。圣骨匣从卡吕斯的双手中飞了出去。教众们异口同声地发出了惊骇的粗气。那珍贵的匣子撞到石头地面上，摔开了，把圣骨撒了一地。卡吕斯摔在沉重的木雕祭坛上，把祭坛推得掉下了平台，上面的装饰品和蜡烛滚到了地上。

戈德温吓坏了。这比他设想得严重多了。

圣者的头骨滚过地板，停在了戈德温的脚下。

他的计划成功了——但效果太好了。他本想让卡吕斯摔倒，露出无能为力的样子，但他没想让神圣的遗骸遭到亵渎。他惊恐地瞪着地上的头骨，而那上面空空的眼窝似乎指责地回望着他。什么可怕的惩罚会降临到他头上呢?

他这辈子还能偿还这样的罪过吗?

由于他是等待着这一事故的，他的惊恐要比别人稍微轻些，所以他是第一个重新镇定下来的。他站在骨殖的旁边，向空中伸出双臂，用压倒骚乱的声音高叫："大家——全都跪下！我们要祈祷！"

前边的人跪下了，其余的人迅速地照做了。戈德温开始了他熟悉的祷词，修士们和修女们随声一起祈祷。在充满教堂的齐诵声中，他整理了似乎尚未毁损的遗骸。随后，他以演戏般的缓慢动作，用双手捧起头骨。他由于迷信的恐惧而颤抖，但还是勉强拢住了双手。他嘴里诵念着拉丁语的祷词，把头骨捧到匣子边，放了进去。

他看到卡吕斯在挣扎着往起站，他指着两个修女："快扶副院长助理到医院去，”他说，“西米恩兄弟，塞西莉亚嬷嬷，你们和他一起去好吗？”

他又捡起一块骨头。他吓坏了，心知为了这件事他比卡吕斯更该受责；但他的动机是纯正的，他仍希望安慰圣者。与此同时，他清楚他的行动在所有在场的人眼中应该是好的：他在紧急关头担起了责任，像是个真正的领导。

然而，这种畏惧的时刻不该持续得太久。他得把骨骸收拢得更快些。“托马斯兄弟，”他说，“西奥多里克兄弟，过来帮我一下。”菲利蒙向前迈了一步，但戈德温挥手让他退后，他不是修士，只有为上帝服务的人才能触碰骨骸。

卡吕斯在西米恩和塞西莉亚的搀扶下，一瘸一拐地走出了教堂，留下戈德温成为这一场合不容置疑的主人。

戈德温叫来菲利蒙和另一名雇工奥托，嘱咐他们去扶正祭坛。他俩把祭坛在平台上摆放端正，奥托捡起了烛台，菲利蒙捡起了镶珠宝的十字架。他们毕恭毕敬地把它们一一放到祭坛上，然后收拾好散落的蜡烛。

全部的骨头都被捡了起来。戈德温想扣上那匣子的盖，但扣上之后不能严丝合缝。他尽量收拾好一些，就庄严地把匣子放到了祭坛上。

戈德温刚好想起来，他该让托马斯而不是他自己出面临时充当修道院的领导人。他捡起西米恩捧着的书，交给了托马斯。用不着指点托马斯该做什么。他打开了书，找到了该用的那一页，读起了韵文。修士们和修女们列队站在祭坛各一侧，这时托马斯领着他们唱起了颂歌。

他们总算把礼拜做完了。

戈德温一走出教堂，马上就又战栗了。这几乎酿成了一场灾难，但他似乎侥幸成功了。

当队列走到回廊解散的时候，修士们全都激动地纷纷议论起来。戈德温靠着一根柱子，竭力恢复镇静。他聆听着修士们的议论。有人觉得遗骨的散落是上帝不想让卡吕斯当副院长的迹象——这种反应正是戈德温预期的。但让他沮丧的是，大多数人表达了对卡吕斯的同情。这可不是戈德温所想要的。他意识到他大概得给卡吕斯一点恩惠，同情地扯扯他的后腿了。

他打起精神，匆匆赶往医院。他要在卡吕斯情绪消沉，还没听到修士们理解的风声之前，到达那里。

副院长助理坐在床上，吊着一条胳膊，头上缠着绷带。他脸色苍白，神情恍惚，每隔几分钟，面部肌肉就会神经质地抖动一下。西米恩坐在他身边。

西米恩恶狠狠地瞪了戈德温一眼。“我想你该高兴了。”他说。

戈德温不理睬他。“卡吕斯兄弟，圣者的遗骨已经在赞美诗和祷词声中恢复了原位，你听了一定高兴的。圣者会对这次悲剧事件原谅我们大家的。”

卡吕斯摇了摇头。“没有事故，”他说，“一切都是上帝的安排。”

戈德温又升起了希望。这样就好。

西米恩的情绪也沿着同一条线进行着，他想拦一下卡吕斯：“先别忙着说什么，兄弟。”

“这是个迹象，”卡吕斯说，“上帝在告诉我们，他不想让我当副院长。”

这正是戈德温之所愿。

西米恩说：“废话。”他从床边的桌上拿起一个杯子。戈德温猜想里面盛的是温葡萄酒和蜂蜜，是塞西莉亚嬷嬷为多数病患开的药方。西米恩把杯子递到卡吕斯手里：“喝吧。”

卡吕斯喝了，但他还在谈着原先的话题：“忽视这样的预兆是个罪过。”

“预兆不那么容易解释。”西米恩争辩说。

“或许不，但即使你是对的，兄弟们会选举一个连捧着圣者的遗骸都要摔跤的副院长吗？”

戈德温说：“事实上，一些修士恰恰可能因为怜悯而倾向你，而不是排斥你。”

西米恩向他投来困惑的一瞥，不知他葫芦里卖的什么药。

西米恩的怀疑是有道理的。戈德温在扮演负责指出候选者缺点的教吏的角色，因为他想从卡吕斯口中得到的不仅是模糊生疑的说法。卡吕斯可能就此明确讲出退出的想法吗？

如他所希望的，卡吕斯和他争论了起来。“一个人被推为副院长，是因为兄弟们尊敬他，而且相信他能明智地领导他们——而不是出于可怜。”他说这番话时，是对自己的终身残疾有苦涩的认可的。

“我认为是这样的。”戈德温装出满脸不情愿的样子试探着，仿佛这样的承认从他嘴里说出来并非他所愿。他大着胆子，又补充说：“不过，也许西米恩是对的，你应该推迟任何最后的决定，直到你康复。”

“我和平时一样健康，”卡吕斯反驳说，拒绝在年轻的戈德温面前承认虚弱，“什么都不会改变的。明天我还会和今天一样摸索前进。我不会参选副院长的。”

这正是戈德温期待的话。他猛地站起身鞠了一躬，如同表示感谢，其实是要藏起他的面孔，生怕会暴露他的胜利感。“你和以往一样清醒，卡吕斯兄弟，”他说，“我要把你的意愿转告给其余的修士。”

西米恩张开嘴要抗辩，但他被刚从楼梯上进到房间里的塞西莉亚嬷嬷抢先制止了。她神情有些慌张。“罗兰伯爵要求见见副院长助理，”她说，“他威胁说他要下床，可他不该动，因为他的头骨可能还没有痊愈。可卡吕斯也不能动啊。”

戈德温看着西米恩。“我们去吧。”他说。

他们一起上了楼梯。

戈德温感觉良好。卡吕斯甚至不知道他着了道。出于他自己的想法，他从竞选中退出了，这样就只剩下了托马斯。而戈德温随时都可以把托马斯抹掉。

他的计划惊人地成功——到目前为止。

罗兰伯爵仰卧在床上，头上缠着厚厚的绷带，但他的威严照样不减。理发师应该来过了，因为他的脸已经刮过，而他的黑发——就未被绷带缠住的部分来看——已经整齐地修了边。他穿着一件紫色的短上衣和一条新裤子，两条裤腿时髦地染成两种颜色：一条红，一条黄。尽管人还躺在床上，他仍扎着腰带，别着匕首，脚上还穿着皮短靴。他的长子威廉及其妻子菲莉帕站在床边。他的年轻秘书杰罗姆神父，身穿教士袍服，坐在近旁的写字台旁，准备好笔和封蜡。

口谕很简单明确：伯爵已恢复掌权。

“副院长助理来了吗？”他用清晰洪亮的声音问。

戈德温比西米恩反应要快，他抢先做了回答：“副院长助理卡吕斯摔了一跤，他本人也躺在这医院里，爵爷，”他说，“我是司铎戈德温，和我一起的是司库西米恩。我们为你奇迹般的康复感谢上帝，因为他导引着为你看病的修士医生的手。”

“是那个理发匠修复了我破裂的脑袋，”罗兰说，“感谢他吧。”

因为伯爵仰卧在床，眼睛对着天花板，戈德温看不清他的脸；但他有一种印象，伯爵的表情茫然得奇怪，他不知道这次受伤是不是留下了永远的后遗症。他问：“你所需要的一切使你舒适的东西都齐备了吗？”

“要是不齐备，你很快就知道了。现在，都听着，我的侄女玛杰丽就要嫁给蒙茅斯伯爵的次子罗杰了，我估计你们都知道这事。”

“知道。”戈德温突然闪过一道记忆：玛杰丽曾经就仰卧在这同一房间内，她的两条白腿举在空中，与她的堂兄理查——王桥的主教——私通。

“婚礼由于我的受伤而不适宜地推迟了。”

戈德温回忆，这不是实情。塌桥只是一个月前的事。实情大概是伯爵需要证实伤势没有削弱他，他依旧有权势值得与蒙茅斯伯爵结盟。

罗兰继续说：“婚礼将在三个星期之后在王桥大教堂举行。”

严格地说，伯爵应该提出请求，而不是下达命令，而当选的副院长会对他这种颐指气使的态度感到怒气冲天的。不过当然啦，现在还没有副院长。无论如何，戈德温也想不出罗兰的希望实现不了的理由。“好极了，我的爵爷，”他说，“我会做好必要的准备的。”

“我想要新的副院长届时主持礼拜。”罗兰继续说。

西米恩惊讶地哼了一声。

戈德温迅速地盘算着，这么匆忙倒十分符合他的计划。“好极了，”他答道，“有两名候选人，但副院长助理卡吕斯今天撤下了他的名字，就只剩下托马斯兄弟一个新人了。我们可以照你的意愿尽快选举。”他简直不敢相信他的好运。

西米恩知道，他脸上是失败的模样。“等一下。”他说。

但罗兰根本不听。“我不要托马斯。”他说。

戈德温没料到这一点。

西米恩暗笑，对这最后一分钟的缓解感到高兴。

戈德温一惊，说道：“可是，我的爵爷——”

罗兰不准他插嘴。“把我的侄子白头扫罗从林中圣约翰修道院召来。”他说。

戈德温心中充满了预感。扫罗和他是同代人。在当见习修士时，他们曾是朋友。他们曾经一起去了牛津——但在那里他们分道扬镳了，扫罗变得更加虔诚，而戈德温却益发世俗了。扫罗如今是圣约翰那座附属修道院的副院长。他对修士的人品持之甚严，而且他从来不肯出风头，但他聪颖、虔诚，为大家所拥戴。

“尽快把他召来，”罗兰说，“我将任命他为王桥的下一任副院长。”

21

梅尔辛坐在王桥北端的圣马可教堂的屋顶上。他从那儿能够看到全镇。在东南方，一道河湾将修道院揽在其臂弯之内。修道院的建筑物及其周围的地面占据镇子的四分之一——墓场、市场、果园和菜园——大教堂则在其中拔地而起，如同荨麻地里的一棵橡树。他还能看到修道院的雇工在菜圃中摘菜，从马厩中出粪，从车上卸下木桶。

镇中心是富人区，尤其是从河边蜿蜒而上的主街，数百年前的第一批修士当是从这里爬坡上来的。以身着色彩艳丽、质地高超的毛纺外衣为标志的好几位富商高视阔步地沿街行走，商人们总是在奔波忙碌。另一条宽阔的通衢是高街，从西到东贯穿全镇中间，在修道院的西北角附近，与主街呈直角相交。他还在那同一个角落里看到了教区公会大厅宽大的屋顶，那是镇上除修道院之外的最大建筑物。

主街上与贝尔客栈相邻、与凯瑞丝的家对门的，是高于多数其他建筑的修道院大门。在贝尔客栈门外，梅尔辛看到有一群人围着托钵修士默多。这个托钵修士似乎不受任何特殊的修道规章的约束，在塌桥之后就一直待在王桥。丧失了亲人和受到惊吓的人们对他那些充满激情的路边布道尤其疑虑重重，而且他还要收取银质的半便士和四分之一便士。梅尔辛认为他是个骗子，他的神圣的气愤是假装的，他的眼泪掩盖了他那玩世不恭的贪婪——不过梅尔辛的看法只是少数人的观点。

在主街的尽头，大桥的残桩仍然戳在水面上，旁边由梅尔辛打造的渡船正载着一辆装树干的大车过河。西南方是工业区，宽阔场地上的一栋栋大房子里是屠宰场、鞣皮场、酿酒坊、面包房，以及形形色色的作坊——那种气味和肮脏是镇上有头有脸的居民所不能容忍的，然而这一带却创造了大量财富。河流在这里变宽了，中间的麻风病人岛把河水分成了两岔。梅尔辛看到了船夫伊恩划着他的小筏子向岛上而去，他的乘客是一名修士，大概是给仍在岛上的一个麻风病人送吃的。河的南岸排列着船坞和库房，其中好几处都正在从筏子和驳船上向下卸货。再往外是新镇的郊区，一排排的茅舍夹在果园、草场和花园之间，那几处地方是修道院的雇工为修士和修女生产食品的地方。

圣马可教堂所在的镇子的北端是贫民区，教堂周围拥挤着雇工、寡妇、失落者和老人的住处。这是个穷教堂——梅尔辛却在这里碰上了运气。

四个星期之前，走投无路的乔夫罗伊神父雇用了梅尔辛造一台吊车，修复教堂的屋顶。凯瑞丝说服了埃德蒙借钱给梅尔辛买工具。梅尔辛用一天半便士的工钱雇了一个十四岁的男孩吉米帮工。今天，吊车完工了。

不知怎么的，梅尔辛要试用一种新机械的消息不胫而走。大家都对他的渡船赞叹不已，都一心想看一看他现在又有了什么新玩意儿。墓地里已聚集了一小群人，多数都是些闲人，不过也有乔夫罗伊、埃德蒙和凯瑞丝，以及镇上的一些建筑工匠，最著名的就是埃尔弗里克。若是梅尔辛今天失败了，那就是在他的朋友和对手面前的失败。

这还不算是最坏的。这项工作免除了他外出求职之需。但那种命运仍然悬在他的头上。若是吊车用不成，人们就会得出结论：雇用梅尔辛带来了厄运。他们会说，神灵不愿他留在镇上。他就得在更大的压力下出走。他只好对王桥——也对凯瑞丝告别。

在过去的这四个星期里，他锯木成型并拼装出他的吊车，在这期间他才第一次认真想到失去了她。这使他情绪低沉。他认识到她是他在这世上的一切欢乐。如果天气好，他想和她一起在阳光下散步；如果他看到什么美丽的东西，他就想展示给她看；如果他听到了什么有趣的事情，他的第一个念头就是告诉她，看到她的笑靥。他的工作给了他愉快，尤其在他想出了解决难题的妙法的时候；但那是一种冷漠的头脑中的满足，他深知，没有凯瑞丝，他的生活将是漫长的冬季。

他站起身，是把本事付诸实施的时候了。

他造的是一架具有革新特色的普通吊车。同一切吊车一样，有一根穿过一组滑轮的绳索。在教堂的墙头、屋顶的边缘处，梅尔辛制作了一个绞架似的木结构，伸出一根长臂横过屋顶。那根绳索拉出来直抵长臂的顶端。在绳索的另一端，也就是墓场的地面上，是一个脚踏轮，由吉米那男孩在启动时把绳索绕在上面。这一切都是标准的。革新是在绞架上装了一个转轴，使长臂可以摆动。

为使自己不致遭受豪威尔·泰勒的厄运，梅尔辛在两腋处扎了一根皮带，拴在一块牢靠的石头的顶部：他若是跌下来，不致摔得太远。经过这一番保护之后，他把一块木板从屋顶上移开，把吊车的绳索捆到一根木头上。这时他向下面的吉米叫道："转动轮子！"

他随后就屏住了呼吸。他有把握吊车会工作的——理应如此，但这毕竟是个高度紧张的时刻。

在地面上那台巨大的脚踏轮里面的吉米开始走动。轮盘只能向一个方向运转。它要把一个制动器压到一个不对称的齿上：每个齿的一侧都有轻微的角度，这样制动器就沿坡渐渐移动了；但另一侧是垂直的，因此任何反向运动都会当即受到遏制。

轮子转了，屋顶的木头升起了。

当那根木头离开屋顶结构之时，梅尔辛高喊："停！"

吉米停止了踩踏，制动器咬紧了，那根木头悬在了空中，轻轻地摆动着。到此为止，一切正常。下一步是可能出毛病的地方。

梅尔辛转动吊车，使其长臂开始摆动。他屏住呼吸，目不转睛地盯着。随着所载重物移动了位置，结构上承住了新的张力。吊车的木头吱嘎作响。长臂摆了半圈，把那根木头从原地经屋顶上方吊到了草场上的新地点。人群中异口同声地发出了惊叹的低声议论，他们从来没见过一个可以转动的吊车。

"把它放下来！"梅尔辛高呼。

吉米打开了制动器，让那重物晃晃悠悠地向下落，随着转盘转动和绳索松开，木头降下了一英尺。

大家都默默地瞅着。当木头挨到地面时，人们发出了一轮欢呼。

吉米把木头从绳子上解开。

梅尔辛让自己享受了一分钟的胜利的喜悦。这架新吊车成功了。

他从梯子上下来。人群欢呼雀跃，凯瑞丝亲吻了他，乔夫罗伊神父跟他握手。“太神奇了，”那教士说，“我从来没见过像这样的东西。”

“谁都没见过，”梅尔辛骄傲地说，“这是我的发明。”

另有好几个人来恭贺他。人人都为成为这一场面的第一批见证人而高兴——只有埃尔弗里克除外，他站在人群背后，满脸铁青。

梅尔辛没去招呼他。他对乔夫罗伊神父说：“咱们的协议说好了，机器成功了，你要付我钱的。”

“欣然同意，”乔夫罗伊说，“到现在为止，我欠你八先令，我为你拆除其余的木头并重建屋顶。付款越快，我才越高兴呢。”他打开腰包，取出捆在一包里的一些硬币。

埃尔弗里克大声说：“等一等！”

大家都看着他。

“你不能给这孩子开工钱，乔夫罗伊神父，”他说，“他还不是个合格的木匠呢。”

梅尔辛自忖，这种事绝不应该发生。他已经把工作做了——现在要不付工钱可是为时已晚。但埃尔弗里克根本不讲公道。

“废话！”乔夫罗伊说，“他已经做出了镇上别的木匠干不了的活儿。”

“那也一样，他还没入行会呢。”

“我倒是想加入，可你不准。”

“那是行规。”

乔夫罗伊说："我说这不公平——镇上的许多人都会同意的。他已经当了六年半学徒，除了管饭和睡在厨房地板上，没有拿过工钱，人人都知道他已经干了好几年合格木匠的活儿了。你不该连工具都不给就赶他出来。"

聚在周围的人都低声表示赞同。大家普遍认为，埃尔弗里克做得有点太过分了。

埃尔弗里克说："为了尊重你，神父，我要说，那是行会，而不是你，要决定的。"

"那好吧，"乔夫罗伊抱起双臂，"你要我别给梅尔辛工钱——哪怕他是镇上唯一能够给我修教堂而不用关闭教堂的人。我才不听你的呢。"他把钱递给梅尔辛，"现在你可以把这案子告到法庭了。"

"修道院的法庭。"埃尔弗里克气得五官倾斜，"一个人有冤情要告教士，在由修士掌管的法庭上，他能得到公平的听证吗？"

人群中对此发出了些同情的声音。他们知道太多的由修道院法庭偏袒教士的案例了。

但乔夫罗伊回敬地喊道："在一个由师父们把持的行会里，一个学徒能够得到公平的听证吗？"

人群对此哈哈大笑了：他们赞成教士的论点。

埃尔弗里克一副斗输的模样。不管在什么法庭，他都可以赢得他和梅尔辛之间的争议，但他却无法轻易地压倒一名教士。他愤愤地说："学徒不听师傅的，教士还支持学徒，这可是镇子倒霉的日子。"但他感到了他已经失败了，就转身走了。

梅尔辛掂了掂手里硬币的分量：八先令，或者九十六银便士，合五分之二镑。他知道他得数一数，但他太高兴了，不想费事了。他终于挣到了他的第一笔工钱。

他转向埃德蒙。“这是还你的钱。”他说。

“现在只给我五先令好了，余下的以后再说，”埃德蒙慷慨地说，“你自己要存些钱——你应该有自己的钱的。”

梅尔辛笑了。这样他就有三先令可以花了——他长这么大还没有过这么多钱，他都不知道该怎么办了，也许他可以给他母亲买一只鸡。

这是正午时分，人群开始散去，回家去吃午饭。梅尔辛与凯瑞丝和埃德蒙一起走着。他觉得自己的前途有了保障。他已经证明了自己是个木匠，如今有了乔夫罗伊神父创下的先例，再有人雇他时就不会犹豫了。他能挣钱吃饭了。他可以有自己的家了。

他可以成婚了。

彼得拉妮拉在等候他们。在梅尔辛给埃德蒙数出五先令的时候，她在桌上摆了一碟香喷喷的草药烤鱼。为了庆贺梅尔辛的成功，埃德蒙把莱茵河甜葡萄酒斟满了每个人的杯子。

但埃德蒙不是老停在过去的人。“我们应该动手建新桥了，”他迫不及待地说，“白白地过了五个星期，什么都没干！”

彼得拉妮拉说：“我听说伯爵的健康迅速复原了，或许修士们不久就要选举了。我应该问一问戈德温——可从昨天瞎子卡吕斯在礼拜时摔倒起，我一直还没见到他。”

“我想有一个现成的建桥设计，”埃德蒙说，“这样的话，新任副院长选举后就可以立即开工了。”

梅尔辛的耳朵竖起来了：“你有什么想法吗？”

“我们知道得造一座石桥。我想把桥造得能让两辆车通过那么宽。”

梅尔辛点点头：“那样，两端就都要是缓坡，人们下桥时就会脚踩干地，而不致陷到泥岸上。”

“对啊——太高明了。”

凯瑞丝说：“可你怎么在河中间建起石桥呢？”

埃德蒙说：“我没主意，但应该是可能的。石桥多得很嘛。”

梅尔辛说：“我听人说过这种事。你得建一个叫作围堰的特殊结构，让水不流到施工的地方。这很简单，但人们说你要切实保证不漏水。”

戈德温忧心忡忡地走了进来。他是不该在镇上进行社交拜访的——理论上说，他只能在有特殊差事时才能离开修道院。梅尔辛想不出发生了什么事。

“卡吕斯把他的名字从选举中撤出了。”他说。

“好消息！”埃德蒙说，“来一杯这种酒。”

“先别忙庆祝。”戈德温说。

“为什么不呢？这样就剩下托马斯是唯一的候选人了——而托马斯是想建桥的。我们的问题解决了。”

“托马斯不再是唯一的候选人了，伯爵提名了白头扫罗。”

“噢。”埃德蒙思虑着，“有那么糟吗？”

“有。扫罗人缘好，而且在林中圣约翰的副院长任上表现出了能力。要是他接受了提名，他很可能得到原先支持卡吕斯的人的选票——这就意味着他能获胜。这样，扫罗作为伯爵的侄子和推荐对象，很可能会按他的提名人的要求办事——而伯爵可能反对修建新桥，因为那样会从夏陵市场夺走生意。”

埃德蒙面带忧容：“我们还可以做什么呢？”

“我希望这样：得有人到圣约翰修道院去把这条消息告诉扫罗，并把他带到王桥。我已经自愿担当这一任务，我希望能有什么办法让我能说服他拒绝提名。”

彼得拉妮拉说话了。“这可能解决不了问题。”她说。梅尔辛认真地听她讲着。他并不喜欢她，但她很聪明。她继续说：“伯爵会另提一个候选人的。他提的候选人都可能反对建桥的。”

戈德温点头同意：“这样，就算我能让扫罗不参加竞选，我们一定要有把握，伯爵的第二个选择是不可能当选的。”

“你想的是谁？”他母亲问。

“托钵修士默多。”

“高明。”

凯瑞丝说：“他可够呛！”

“一点不错，”戈德温说，“一个贪婪、醉酒的寄生虫，一个自以为是的惹祸坯。修士们是绝不会选他的。所以我们要让他当伯爵推出的候选人。”

梅尔辛认识到，戈德温跟他母亲一样，有这种搞阴谋的天才。

彼得拉妮拉说：“我们该怎么办呢？”

“首先，我们需要说服默多接受提名。”

“这并不难，只消告诉他有个机会就成。他挺愿意当副院长的。”

“同意。可我不能做这件事。默多会当场怀疑我的动机的。人人都知道我支持托马斯。”

“我来跟他说，”彼得拉妮拉说，“我要告诉他，你和我意见不一，而我不想要托马斯。我会说，伯爵在寻找候选人，而默多是合适的人选。他在镇上为大家所欢迎，尤其在穷人和被忽略的人当中，他们都误把他当成是他们当中的一员。他只需要明确表示他愿意当伯爵的抵押品，就能得到提名。”

“好啊。”戈德温站起身来，“默多向罗兰伯爵提出来时，我要尽量在场。”他吻了他母亲的面颊，就走了出去。

鱼全吃光了。梅尔辛吃着他盘中多汁的面包。埃德蒙让他再喝些甜酒，但他拒绝了，他担心要是喝太多，下午也许会从圣马可教堂的屋顶上摔下来。彼得拉妮拉进了厨房，埃德蒙回到小客厅去午睡。屋里就剩梅尔辛和凯瑞丝了。

他移过去坐到她身边，吻了她。

她说：“我真为你骄傲。”

他脸上放光。他也为自己骄傲。他又吻了她，这次是又长又湿润的亲吻，下面挺了起来。他隔着她的亚麻裙袍，摸着她的一只乳房，用指尖轻轻捏着她的乳头。

她摸着他那挺起的家伙，咯咯笑了：“你想要我帮你一把吗？”她悄声说。

她有时在傍晚时这么做，那是在她父亲和彼得拉妮拉睡下以后，她和梅尔辛单独待在宅子的底层的时候。但这是在光天化日之下，而且随时都可能有人走进来。“不！”他说。

“我可以干得快一点。”她握得更紧了。

“我太难堪了。”他站起身，挪到了桌子的对面。

“我很遗憾。”

“嗯，也许这样做不必等太久。”

“做什么？”

“偷偷摸摸，还担心有人走进来。”

她显得受了伤害："你不喜欢吗？"

"当然喜欢！可最好是只有我们俩的时候。我可以弄到一所房子，如今我已经挣钱了。"

"你才拿到一次工钱。"

"这倒是的……但你好像一下子悲观了。我说错了什么吗？"

"没有，可是……你为什么想改变事情的现状呢？"

他被这问题问住了："我只是想有更多同样的私下机会。"

她像是在挑战："现在我高兴了。"

"那就好，我也一样……不过什么事都不会一成不变的。"

"为什么呢？"

他觉得他像是在给一个孩子讲道理："因为将来我们不能一直和父母一起生活，在没人看到时偷偷摸摸地亲吻。我们得有自己的家，像两口子那样过日子，每天夜里都同床共枕，过真正的夫妻生活，而不是彼此释放一下，还要养活一个家。"

"为什么？"她说。

"我也不知道为什么，"他使着性子说，"事情就是这样，而且我也不打算再多做解释了，因为我觉得你是打定主意不想弄明白了；或者，至少是装作不懂的样子。"

"好吧。"

"再说，我也得回去干活了。"

"那就走吧。"

这简直莫名其妙。在最近这半年来，他一直为不能娶凯瑞丝而感到沮丧，他原以为她也一样呢。现在看来她并非如此。真的，她不同意他的设想。但是，她当真认为他俩能够一直这样继续这种不明不白的苟且关系吗？

他瞅着她，想弄明白她的表情，却只看到了阴沉沉的固执。他转过身来，走出门口。

他在外面的街上迟疑了一会儿。或许他该回屋去，让她说出她的所思所想。但想到她的脸色，他就知道这时候让她做什么都不合适。于是他继续向前，到圣马可教堂去，一路心里想着：这么美好的一天怎么会变得这么糟糕了呢？

22

戈德温在王桥大教堂里为那场大型的婚礼做着准备。教堂要以最美的外观示人。除去蒙茅斯伯爵和夏陵伯爵，还有好几位男爵和数百名骑士将要出席。破碎的石板要替换，开裂的砌石要修补，破损的模块要重雕，墙壁要粉刷，立柱要涂漆——一切都要洗刷一新。

“我还想把唱诗班席南甬道修理完呢。”戈德温在他们走过教堂时对埃尔弗里克说。

“我没把握说那可能——”

“必须完成。在如此重要的婚礼期间，唱诗席上不能还竖着脚手架。”他看到菲利蒙正从交叉甬道的南门朝他焦急地挥着手。“抱歉了。”

“我还没找到人手呢！”埃尔弗里克在他身后叫着。

“你不该这么急着解雇他们。”戈德温回过头来说。

菲利蒙样子很激动。“托钵修士默多要求见伯爵。”他说。

“好！”彼得拉妮拉昨晚和那个托钵修士谈了话。看到默多还在一层的大房间里等候，戈德温松了口气。那个肥胖的托钵修士把外表打扮得挺神气：脸和手洗得干干净净，留着一圈的头发都梳得整整齐齐，袍服上最难看的污渍也刷洗掉了。他还是不像个副院长，但总算像个修士了。

戈德温不看他一眼，径直上了台阶。伯爵病房外面站立着护卫，他看到了伯爵的扈从之一，梅尔辛的弟弟拉尔夫。拉尔夫很英俊，只是最近的受伤使他鼻子折断了。扈从们时时都会断骨的。“喂，拉尔夫，”戈德温友好地打着招呼，“你的鼻子怎么了？”

“我跟一个农夫恶棍干了一架。”

“你得把鼻子好好整治一下。那个托钵修士到这儿来过了吗？”

“来过了。他们让他候着。”

“伯爵那儿有谁？”

“菲莉帕夫人和那教士，杰罗姆神父。”

“问一下他们肯不肯见我。”

“菲莉帕夫人说，伯爵不要见任何人。”

戈德温对拉尔夫做了个男人间的鬼脸：“她不过是个女人。”

拉尔夫也做了怪相做答，然后打开门，把头伸进里边：“戈德温兄弟，教堂司铎。”他通报说。

一阵停顿之后，菲莉帕夫人走出来，并在身后把门关上。“我告诉过你，来客免进，”她生气地说，“罗兰伯爵没法得到需要的休息。”

拉尔夫说：“我知道，夫人，可是戈德温兄弟没有要紧的事是不会打扰伯爵的。”

拉尔夫语气中的某些东西引得戈德温看了他一眼。虽说拉尔夫的言词很世俗，但他脸上的表情却是景慕的。随后戈德温便注意到，菲莉帕有多么妖媚。她穿着一件深红色的裙袍，腰上系着腰带，细羊毛的衣料紧贴她的胸部和臀部。戈德温心想，她看上去就像个代表诱惑的雕像，而且他又希望，他能够找到一种办法禁止妇女到修道院。一名扈从要是恋上已婚妇女已经够糟的了，而一个修士若是动了同样的念头就该是灾祸了。

“我为有事打扰伯爵而抱歉，”戈德温说，“不过楼下有一个托钵修士等着要见他。”

“我知道——是默多，他的事情这么紧急吗？”

“恰恰相反。不过我需要让伯爵事先有数。”

“这么说你知道那个托钵修士要说什么了？”

“我相信我知道。”

“好吧，我觉得要是你们两个同时面见伯爵大概最好。”

戈德温说：“可是——”随后便装出不再争辩的样子。

菲莉帕看着拉尔夫：“请把那托钵修士叫上来。”

拉尔夫召来了默多，菲莉帕引着他和戈德温进入屋里。罗兰伯爵还在床上，和先前一样穿戴齐整，不过这次是坐起身的，缠着绷带的头部用羽毛枕头垫着。“这是怎么回事？”他用他惯常的坏脾气发话说，“例行的教士会议吗？你们这两个修士想要什么？”

戈德温从塌桥以来才第一次正面看到他的面容，此时惊奇地发现，他的整个右脸都麻痹了：眼皮垂着，颧部几乎僵死，嘴也歪了。那张脸令人吃惊的是，左侧却依旧活动如常。罗兰说话时，额头左侧蹙起，左眼大睁，似乎散发着权威的光芒，强有力的语言只从他嘴的左边说出。戈德温的医学知识被引动了。他知道，头部受伤可能产生预料不到的后果，但他从未听说过这种特殊的表现。

“别呆望着我，”伯爵不耐烦地说，“你们俩像是盯着篱笆的一对奶牛。说说你们的事吧。”

戈德温振作了一下。接下来的几分钟，他要如履薄冰般地小心翼翼。他明知道罗兰会拒绝默多提名做副院长的申请，但他依旧想在罗兰的头脑里植入默多是白头扫罗的可能替补的概念。因此，戈德温的任务就是强化默多的申请。他要以顺情说好话的反论来反对默多，从而向罗兰表明，默多不会得到修士的支持——因为罗兰想要一个只为他个人服务的副院长。但另一方面，戈德温又不能过于强烈地反对，因为他不想让伯爵意识到，默多实际上是个真正指望不得的候选人。这可是条曲折难行的小路。

默多用他那响亮的布道似的嗓门率先开口了：“我的爵爷，我来是求您考虑让我担任王桥修道院副院长的职位。我相信——”

“为了圣者的爱，用不着这么大声。”罗兰制止说。

默多降低了调门：“我的爵爷，我相信我——”

“你为什么想当副院长？”罗兰又一次打断了他，“我认为一个托钵修士是不需要教堂的——从定义上讲。”这种观念是旧时的。托钵修士原先是没有产业的游荡者，但如今一些兄弟和传统意义上的修士一样富有了。罗兰清楚这一点，只是要挑衅罢了。

默多给出了标准的答案：“我相信上帝接受两种形式的奉献。”

“这么说你要换袍服了。”

“我在想，上帝赐给我的天赋能够在一座修道院中得到更好的运用。对，我接受圣·本笃的规约是很高兴的。”

“可是我为什么要考虑你呢？”

“我也是个受委教士。”

“这样的人并不缺。”

“我在王桥及周围的乡间等地有一批追随者，如若允许我斗胆狂言，我是这一带最有影响力的上帝的仆人。”

杰罗姆神父这时首次发言。他是个自信的青年，生就一张知识型的面孔，戈德温感觉到他野心勃勃。“的确，”他说道，“这位托钵修士非常受欢迎。”

他当然不是在修士中广受欢迎的——但罗兰和杰罗姆都不清楚这一点，而戈德温并不想马上向他们点破。

默多也没有自知之明。他鞠了一躬，并油滑地说：“我从内心感激您，杰罗姆神父。”

戈德温说：“他在无知民众中很受欢迎。”

“如同我们的救世主一样。”默多高声应和。

“修士应该过贫困和自我克制的生活。”戈德温说。

罗兰插话说：“托钵修士的衣袍看着够穷的了。至于自我克制嘛，依我看，王桥的修士们比许多农人吃得要好呢。”

“有人看到托钵修士默多在酒馆喝酒！”戈德温争辩说。

默多说：“圣·本笃的规约允许修士喝葡萄酒。”

“那只是在他们患病，或者在地里干活时。”

“我在地里布道。”

戈德温注意到，默多在辩论中是个令人生畏的高手。他庆幸自己本来就没想在这场争辩中取胜。他转向罗兰。“作为这里的司铎，我只能说我强烈劝告爵爷您不要提名默多做王桥副院长。”

“知道了。”罗兰冷冷地说。

菲莉帕用稍感吃惊的眼神看了戈德温一下。他意识到他的让步有点太轻易了。但罗兰并没有注意到，他并不纠缠细节。

默多还没有讲完：“王桥的副院长当然要服务于上帝；但是在一切世俗的事务中，他应该由国王，以及国王的伯爵和男爵指引。”

这话说得再清楚不过了，戈德温心想。默多完全可以明说：“我会成为您的人的。”这是个无耻的声明，修士们会惊恐的，就算在他们当中还有人支持默多做候选人的话，这一下也会全抹掉了。

戈德温没做评论，但罗兰却征询地看着他。“还有什么要说的吗，司铎？”

“我肯定，这位托钵修士的话并非指的是王桥修道院应该听命于夏陵伯爵，无论在世俗或非世俗的任何事务上——是不是这样，默多？”

“我已经说过了我说过的话。”默多用他那布道的嗓门回答道。

“够了，”罗兰说，对这场游戏已经厌烦了，“你们，你们俩都在白费口舌。我要提名白头扫罗。你们退下去吧。”

林中圣约翰是小型化的王桥修道院。教堂不大，石筑的唱诗班席和宿舍也一样小；其余的建筑都是简陋的木架结构。这里有八名修士，没有修女。除去祈祷和静思的生活，他们生产了自己的大部分食品，他们制作的山羊奶酪，在整个英格兰西南部享有盛誉。

戈德温和菲利蒙两天来一直在骑行，当大路从林中钻出，他们看到中间矗立着教堂的一片开阔又清爽的地面时，已经是黄昏时分了。戈德温当即悟到，他的担心是真实的，有关白头扫罗身为副院长在这里的良好业绩的报告，若是需要评论的话，只能说是太低调了。这里的一切看起来都井然有序：篱笆修剪得很整齐，沟渠挖得笔直，果园中的树木都以等距离栽种，成熟庄稼的田地里不见杂草。他感到可以肯定祈祷一定准时并郑重地进行。他只能希望，扫罗显而易见的领导才能不要造就野心。

他们沿田野小路骑行时，菲利蒙说道："伯爵为什么如此力主他的表亲当王桥的副院长呢？"

"和他要他的次子当王桥的主教是同一个道理，"戈德温答说，"主教和副院长都是掌权的。伯爵要确信，在他的地盘里任何有影响的人物只能是盟友而不是敌人。"

"他们会为什么事争论呢？"

戈德温很感兴趣地看到，年轻的菲利蒙对权力政治的棋艺的阴谋开窍了："土地、赋税、权利、优惠……比如，副院长想在王桥建一座新桥，给羊毛集市带来更多的生意；而伯爵可能反对这一计划，原因就是会把生意从他自己在夏陵的市场拿走。"

"可是我真不明白，副院长怎么能和伯爵对着干。副院长又没有一兵一卒……"

"一个教职人员可以影响人民群众。如果他在布道中反对伯爵，或者请求圣者降灾给伯爵，人们就会开始相信，伯爵遭神谴了。之后，他们就会削减他的权力，不信任他，希望他的一切设想都泡汤。一个贵族要反对一个铁了心的教士是很难的。看看亨利二世国王在谋杀了托马斯·贝克特之后的遭遇吧。”

他们骑行到仓前空地就下了马。两匹马立即在水槽里饮水。四下只有一个修士，袍服撩起来系在腰间，在马厩后面的猪圈里掏粪。他肯定是个年轻人才干这种活呢。戈德温招呼他。“嘿，叫你哪，小伙子，过来帮我们照看一下马。”

“就来！”那修士回应着。他又用耙子刮了几下，把猪圈清理完毕，把工具倚到马厩的墙上，就朝来人走过去。戈德温正要叫他靠近些，便认出了扫罗的金色圈发。

戈德温不以为然了。一位副院长不该清猪圈的。出风头的本性终归还是出风头。不过，在这种情况下，扫罗那种谦顺的性格倒是正中戈德温的下怀。

他冲着扫罗友好地笑了笑：“喂，兄弟。我可没想吩咐副院长给我的马卸鞍。”

“有什么不可以？”扫罗说，“总得有人干这活儿嘛，而且你已经跑了一天的路了。”扫罗把两匹马牵进了马厩，“兄弟们都在地里呢，”他大声说，“不过他们很快就会回来做晚祷的。”他说着从马厩里走了出来，“到厨房来吧。”

他们从来不是亲密的朋友。戈德温不由得感觉扫罗的虔诚对他是个批评。扫罗从来没有什么不友好的表现，但他以不声不响的决心行事就是不一样。戈德温不得不小心别动气。他已经感到压力够大的了。

戈德温和菲利蒙随着扫罗穿过院子，进入了一座屋顶很高的平房。虽然是用木头建造的，却有石头砌的壁炉和烟囱。他们感激地坐到一张擦洗得十分干净的桌旁的一条粗糙的板凳上。扫罗从一个大桶里舀了两大杯淡啤酒。

他坐到他们的对面。菲利蒙解渴地饮着，而戈德温只小口吮着。扫罗没给他们拿吃的，戈德温猜想，要到晚祷之后才能吃了。说实在的，他已经饿极了。

这是又一个微妙的时刻，他忧虑地回想着。他已经反对过默多的提名，但没能阻止罗兰。此刻他必须请扫罗明确表示，他不可能接受提名的。他知道他打算说些什么，但他必须说得得体。若是他迈错了一步，扫罗就会心生疑虑，之后就什么都会发生了。

扫罗没容他继续思前想后。“什么风把你吹来啦，兄弟？”他问。

“罗兰伯爵已经恢复了理智。”

“我感谢上帝。”

“这就意味着我们可以举行副院长的选举了。”

“好啊。我们不该在很长时间里没有副院长的。”

“可是该由谁来当呢？”

扫罗避开了这个问题：“提出哪些人名了吗？”

“托马斯兄弟，后来录取的。”

“他倒是个好管家。没别人了吗？”

戈德温说了半句真话：“还没有正式提出的。”

“卡吕斯怎么样了？我到王桥参加安东尼副院长的葬礼时，副院长助理是候选人的首选。”

“他觉得他不能做这工作。”

“因为他的失明吗？”

“也许吧。”扫罗还不知道卡吕斯在圣·阿道福斯诞辰的礼拜仪式中绊倒的事。戈德温决定不告诉他。“无论如何，他已经为此思考和祈祷过了，并且做出了他的决定。”

“伯爵没有提名吗？”

“他在考虑这个问题。”戈德温迟疑了，“所以我们才来到这里。伯爵在考虑……提名你。”这倒不是真的谎言，戈德温对自己说，只是一个误导的强调。

“我很荣幸。”

戈德温端详着他：“还不算完全出乎意外吧，是不是？”

扫罗脸红了：“请原谅我。伟大的菲力普先是在圣约翰这里负责，然后成为王桥的副院长，别人也都照着这条路走。这并不是说，当然，我就和他们一样称职了。但是我承认，这种念头曾经掠过我的脑海。”

“没什么可羞耻的。你怎么觉得会被提名呢？”

“我怎么觉得的？”扫罗似乎有些迷惑了，“为什么问这个呢？如果伯爵愿意，他就会提名我；而如果我的兄弟们想要我，他们就会投我的票，我就会认为我得到了上帝的召唤。我怎么觉得是没关系的。”

这可不是戈德温想要的答案。他需要扫罗自己打定主意，谈及上帝的意愿只会适得其反。“并不这么简单，”他说，“你用不着接受这个提名，因此伯爵才派我来这里。”

“询问他可以在哪里下命令，不像是罗兰的做派。”

戈德温几乎畏缩了。他对自己说，千万别忘记扫罗有多么精明。他马上变卦了。“别，真的。不过，如果你认为你可能拒绝，他就要尽快知道，以便再提名别人。”这倒可能是真的，尽管罗兰没说过这样的话。

“我没意识到会这么做。”

戈德温心想，并不是这么做的。但是他说："上次就是这样，安东尼副院长当选时，你我还都是见习修士，所以我们不知道事情的进展。"

"是啊。"

"你觉得你有能力充任王桥副院长吗？"

"当然没有。"

"啊。"戈德温装出失望的样子，虽然他始终相信，以扫罗的人格会做出这种回答的。

"然而……"

"怎么？"

"有上帝的帮助，谁知道会实现什么呢？"

"太对了。"戈德温隐藏起他的烦恼。这种谦恭的回答只是一种客套。实情是扫罗认为他能胜任这一工作。"当然，你今晚应该反思并祈祷这件事。"

"我肯定不会想其他的。"他们听到远处传来了说话声，"兄弟们干完活儿回来了。"

"我们明天上午还可以再谈，"戈德温说，"要是你决定了当候选人，就得和我们一起回王桥。"

"好极了。"

戈德温担心，存在着扫罗接受提名的严重危险。但他还有一支箭要射出。"在你祈祷时，你还要记住另外的事，"他说，"一位贵族绝不会白白送上一份礼物的。"

扫罗看着有些忧虑了："你是什么意思呢？"

"伯爵们和男爵们要分配头衔、土地、地位、专利——但这些东西总是有价钱的。"

“那么在这种情况下呢？”

“要是你当选了，罗兰就会期望你做出回报。你反正是他的表亲，你为你的职务欠了他一笔。你会成为他在教士例会上的喉舌，一定要使修道院的行为不有违他的利益。”

“他会不会把这个当作提名的明确条件呢？”

“明确？不。但是，当你和我一起回王桥时，他会询问你，而那些问题必然会暴露你的意图。如果你坚持要做一个独立的副院长，对你的表亲和提名人没有表现出特殊的眷顾，他就会另提他人了。”

“我倒没想到这一层。”

“当然啦，你可以干脆给他愿意听的回答，随后在选举之后再改主意。”

“但那样就不诚实了。”

“有人会这么看。”

“上帝会这么认为的。”

“这就是你今夜要祈祷的了。”

一群年轻的修士走进了厨房，他们在地里弄了满身泥，高声谈论着；扫罗起身为他们倒啤酒，但满脸仍是忧虑之色。他带着这种脸色和他们走进祭坛上方的墙上绘有最后审判日图形的小教堂去做晚祷。他的这种忧虑之色一直持续到终于端上晚餐，戈德温的饥饿被修士们制作的美味的奶酪消解了。

当天夜里，戈德温由于两天的鞍马劳顿，浑身生疼，难以成眠。他在扫罗面前设下了一个道德上的两难处境。大多数修士在和罗兰谈话时宁愿隐藏自己的立场，会以一定程度的谄媚向伯爵承诺比他们的意图大得多的东西。但扫罗不在此列。他是被道德规范驱使的。他会找到一条出路摆脱两难的困境并接受提名吗？戈德温看不出他能找得到。

当修士们在第一道曙光降临就起床准备晨祷时，扫罗依旧满脸忧虑。

早餐后，他告诉戈德温，他不能接受提名。

戈德温还是不习惯罗兰伯爵的那副面孔，看起来怪怪的。伯爵如今戴了一顶帽子，遮住头上的绷带；此举虽想让他的样子更正常些，但帽子却突出了他右脸的麻痹状况。罗兰像是比以往脾气更坏了，戈德温推测他依旧受着头痛的折磨。

“我的表亲扫罗呢？”戈德温刚一进屋，他马上就问。

“还在圣约翰，大人。我给他传达了您的口信——”

“口信？那是命令！”

菲莉帕站在他床边，轻声说：“别激动，爵爷——您知道那对您身体不好。”

戈德温说：“扫罗兄弟简单地说，他不能接受提名。”

“那魔鬼，为什么呢？”

“他思考和祈祷——”

“他当然得祈祷了，修士就得祈祷嘛。他拿出什么理由来不听我的呢？”

“他觉得自己不能胜任这一挑战性的角色。”

“废话。什么挑战？又没让他率领一千名骑士投入战斗——只是确保一小伙修士在一天规定的时间里按时唱唱圣歌罢了。”

这是无稽之谈，因此戈德温只鞠了一躬，什么也没说。

伯爵的腔调突然一变："我刚刚知道你是谁。你是彼得拉妮拉的儿子，对吧？"

"是的，爵爷。"戈德温心想，就是你抛弃的那个女子彼得拉妮拉。

"她狡猾成性，我敢打赌你也一样。我怎么知道你没劝扫罗不接受呢？你想让托马斯·兰利当副院长，是不是？"

戈德温心想，我的计划要比那个兜的圈子大得多呢，你这蠢材。他说："扫罗确实问过我，您提名他可能要什么回报。"

"啊，现在我们总算说到正点上了。你怎么对他说的？"

"我跟他说，您会希望他要听取他的表亲、他的提名人和他的伯爵的意见。"

"而他却是个猪脑子，不肯接受，我估计。没错。这就把事情定了。我将提名那个肥胖的托钵修士。现在，走吧，别让我看见你了。"

戈德温在鞠躬出屋时，不得不掩饰他的得意。他计划的倒数第二步已经完满地实现了。罗兰伯爵丝毫没有怀疑，他是如何插了一手，让伯爵提名了戈德温认为最没希望的候选人。

现在该走最后一步了。

他离开了医院，走进了回廊。这正好是正午时分第六次祈祷之前的研修时刻，或是阅读，或是静思。戈德温一眼瞥见了他的年轻的同盟西奥多里克，就把头一摆，招他过来。

他低声说道："罗兰伯爵已经提名托钵修士默多当副院长了。"

西奥多里克大声说："什么？"

"嘘。"

“这不可能。”

“当然是啦。”

“没人会投他的票的。”

“所以我才高兴嘛。”

西奥多里克脸上出现了理解的光彩：“噢……我明白了。这对我们就是好消息喽，真的。”

戈德温不明白，他何以总要解释这类事情，哪怕是对聪明人。除去他和他母亲，没人看得到表象以下。“去跟大家说——悄悄地。用不着流露你的激愤。他们不用鼓励就会义愤填膺的。”

“我要不要说这对托马斯有利呢？”

“绝对不要。”

“好吧，”西奥多里克说，“我明白了。”

他虽然并未明白，但戈德温觉得他还是会听命的，这一点大可放心。

戈德温离开他进去找菲利蒙。他发现他正在打扫食堂。“你知道默多在哪儿吗？”他问道。

“大概在厨房吧。”

“找到他并告诉他，当全体修士在教堂里做第六次祈祷时，到副院长住所去跟你会面。我可不想让任何人看见你跟他在那儿。”

“好吧。我该跟他说些什么呢？”

“你首先要说：‘默多兄弟，我告诉你这事，可千万不能让别人知道。’清楚了吗？”

“我告诉你这件事，可千万不能让别人知道。没问题。”

“然后给他看我们找到的证书。你记得在什么地方吧？——在祷告台旁边的卧室里，那里的柜子里有一个姜黄色的皮包。”

“就这些？”

“指出托马斯带到修道院来的土地原本属于伊丽莎白王后，而这一事实已经保密了十年。”

菲利蒙一脸费解的样子：“可我们并不知道托马斯要保密的是什么呀。”

“是的。但保密总有其理由。”

“你是不是以为，默多会设法使用这条消息反对托马斯呢？”

“当然啦。”

“默多会怎么做呢？”

“我不知道，但不管怎样，肯定对托马斯没有好处。”

菲利蒙皱起了眉头：“我还以为我们是要支持托马斯呢。”

戈德温微微一笑：“人人都这么想吧。”

做祈祷的铃声响了。

菲利蒙去找默多了，戈德温和别的修士一起进了教堂。他和别人站到一起后便说：“噢，上帝啊，向我伸出援手吧。”在这种场合，他祈祷得异常热切。尽管他向菲利蒙表现出信心，但他知道自己在赌博。他把一切全都押到托马斯的秘密上了，但他不知道，当他把牌翻过来时，牌面会是什么。

不过，他显然已经成功地在修士中间掀起了风浪。他们都不安地议论着，卡吕斯在颂诗中只好两次要大家安静。他们一般都不喜欢托钵修士，因为这种人在世俗产业的问题都有一种道德上的优越感，同时却在他们斥责的事情上诈骗。而且他们尤其讨厌默多的傲慢、贪婪和醉酒。他们选谁都行，只是绝不要他。

他们祈祷后离开教堂时，西米恩对戈德温说话了。“我们不能要这个托钵修士。”他说。

“我同意。”

“卡吕斯和我不会再提别的人。要是修士们意见分歧，伯爵就能提出他的候选人作为必需的妥协。我们应该消除分歧，一致支持托马斯。如果我们向外界显示出联合一致的阵线，伯爵也就难以反对我们了。”

戈德温停下脚步，转脸对着西米恩。“谢谢你，兄弟。”他说，强迫自己做出卑躬的样子，隐藏起内心的狂喜。

“我们是为修道院的利益这么做的。”

“我知道。但我赞赏你的大度精神。”

西米恩点点头，走开了。

戈德温嗅到了胜利。

修士们走进食堂吃午餐。默多也加入其中。，他时而错过祈祷，但绝不误吃饭。一切修道院都有一条普遍的规定：在餐桌上欢迎任何修士或托钵修士——尽管有默多这样的极少数人只想不劳而食。戈德温端详着他的脸，那托钵修士神采奕奕，仿佛有什么消息要和大家分享。不过，在就餐过程中，他一直控制着自己，没有开口讲话，只是听着一个见习修士朗读。

这次挑选的段落是苏珊娜和长者的故事，戈德温不以为然：那故事太色情，不宜在这个独身者的群体中朗读。可是今天，连两个淫荡的长者勒诈一名妇女与他们发生关系的故事，都未能抓住修士的注意力。他们彼此间悄声耳语，斜眼睨着默多。

吃完饭的时候，故事读到了预言者但以理通过分别盘问那两个长者并揭示他们彼此矛盾的说法，从而免除了苏珊娜遭死刑，修士们都准备离开了。就在这时，默多跟托马斯说话了。

“你来这里的时候，托马斯兄弟，是带着剑伤的，我相信。”

他的声音大得足以让人人都听见，别的修士也就都站住脚，聆听着。

托马斯面无表情地看着他：“是啊。”

“那处剑伤最终使你失去了你的左臂。我不清楚，你那次伤是不是在为伊丽莎白王后出力时受的？”

托马斯面色苍白了：“我已经在王桥当了十年修士了，以前的日子都忘啦。”

默多若无其事地继续说着：“我这么问是因为你进入修道院时随身带来的那块土地，是诺福克的一个非常丰产的小村。五百英亩，离林恩不远——王后就住在那里。”

戈德温装作气愤的样子，插话说：“你一个外来人怎么会知晓我们的产业？”

“噢，我读过证书了，”默多说，“这种事情不是秘密。”

戈德温看着并肩而坐的卡吕斯和西米恩。两个人都面露惊讶的神色。作为副院长助理和司库，他们是已经知道此事的。他们奇怪的是，默多何以窥见了那文件。西米恩刚要开口说话。

默多说：“或者，这至少不该算作秘密吧。”

西米恩又闭上了嘴。他若是强要知道默多是如何发现的，他自己就要面对他们为什么要保守这一秘密的问题。

默多继续说着：“而且林恩的那处农场赠给修道院是以……”他顿了顿，以期收到戏剧效果，“伊丽莎白王后的名义。”他说完了。

戈德温四下打量。修士们一片惊愕，只有卡吕斯和西米恩两人脸色铁青。

托钵修士默多隔着桌子俯身向前。午饭时吃的绿色植物从他的牙缝里露了出来。“我再问一遍，”他咄咄逼人地说，“你那剑伤是不是在为伊丽莎白王后出力时受的？”

托马斯说：“人人都知道我在当修士以前干过什么。我原先是骑士，打过仗，杀过人。我忏悔了，并得到了赦免。”

“一个修士可以把他的过去抛在身后——但王桥的副院长却肩负更沉重的负担。人们会问他杀了谁，为什么，而且——更重要的——得到了什么奖赏。”

托马斯回瞪着默多，但没有作声。戈德温想琢磨托马斯的面孔。那表情像是在某种强烈的感情中僵住了——可那是什么呢？没有负罪甚至尴尬的迹象：不管那是什么秘密，托马斯没觉得他干过什么可耻的事。那模样也不是气恼。默多那轻蔑的口吻可能会激起许多人做出暴烈的举动，但托马斯一点不像是要爆发的样子。没有，托马斯似乎正在经受的是不同的感情——冷漠多于困窘，沉默多于气愤。戈德温终于明白了：那是畏惧。托马斯害怕了。怕默多？不像。不，他怕的是可能因为默多而发生什么事，由于默多发现了秘密而造成的后果。

默多依旧像一条抢骨头的狗：“要是你不在这间屋子这儿回答问题，还有地方问你呢。”

戈德温算计着，托马斯到这时就要供出真情了。他并非毫无失算。托马斯是条硬汉，十年来他都表现得安详、耐心，处事泰然。当戈德温要他出来当副院长时，他准是判断到，过去已经被埋葬了。他此时应该认识到他错了。可是他对这一认识该如何反应呢？他会看到自己的错处而逃避吗？还是咬紧牙关挺过去呢？戈德温咬着下嘴唇等待着。

托马斯终于开口了。“我认为这问题还有地方要问，这一点上你说得没错，”他说，“或者至少，我相信你会尽你所能做出一切，来证实你的预料的，不管多么无情无义或者危险万分。”

“我不知道你是不是在暗示——”

“你不必再多说了！”托马斯说着，猛地站起身。默多畏缩了。托马斯高大的身材，当兵的块头，再加上突然提高了嗓门，达到了让那托钵修士哑口无言的难得的效果。

“我从来不回答有关我以往的问题，”托马斯说道，他的声音又平静了，房间里每一个修士都愣在那里默不作声，伸长了耳朵在倾听，“今后也不会。”他指着默多，“可是这个……懒虫……让我清醒了，我要是当了你们的副院长，这类问题就永无止息了。一名修士可以把他的过去牢守在心，可副院长就不同了，现在我是看明白了。一位副院长可能有敌人，任何秘密都是弱点。之后，当然，由于领导人的易受攻击，机构本身就受到了威胁。我的头脑本该引导我得到托钵修士默多的怨恨引导他得到的结论——一个不想回答有关他过去的问题的人不能做副院长。因此——”

年轻的西奥多里克说：“别！”

“因此我现在放弃在即将到来的选举中当候选人。”

戈德温满意地舒出了一口长气。他的目的达到了。

托马斯坐下了，默多一副扬扬得意的模样，其余的人一时都想说话。

卡吕斯敲着桌子，大家慢慢地安静了下来。他说：“托钵修士默多，既然你没有选举权，我必须要你现在就离开我们。”

默多满脸得意地缓缓走了出去。

他离开之后，卡吕斯说：“这是一场大灾难——默多成了唯一的候选人了！”

西奥多里克说：“不能准许托马斯撤出。”

“但是他已经撤出了！”

西米恩说：“应该另找一个候选人。”

“对，”卡吕斯说，“我提名西米恩。”

“不！”西奥多里克说。

“我来说两句，”西米恩说，“我们应该从我们中间挑一个最有把握团结兄弟们反对默多的人。这个人不该是我。我知道我在年轻人当中没有足够的支持。我觉得我们都清楚谁能够从各方面都能聚集起后援。”

他转过脸来，看着戈德温。

“对！”西奥多里克说，“戈德温！”

年轻的修士们欢呼着，年老的都是一副听之任之的样子。戈德温摇着头，仿佛连呼应他们都不情愿。他们开始敲桌子并唱颂着他的名字：“戈德——温！戈德——温！”

最后他站起身来。他心里得意扬扬，但他一直板着面孔。他举起双手要大家安静。随后，当室内一片静穆时，他谦逊地低声说：“我会遵从我的兄弟们的意愿的。”

屋里爆发出欢呼声。

23

戈德温推迟了选举。罗兰伯爵会对结果生气的，戈德温想尽量在婚礼之前少给他留点时间对决定加以反击。

实情是戈德温吓坏了。他要起而反对的，是王国内最有权势的一个人。总共只有十三个伯爵，再加上不足四十位男爵，二十一名主教，以及一小伙其他人，他们治理着英格兰。当国王召开议会时，他们是老爷，是贵族集团；与之相对的是平民，由骑士、绅士和商人组成。夏陵伯爵在他那一层人中，是一个更有权势和前途的人物。而戈德温兄弟，寡妇彼得拉妮拉的三十一岁的儿子，不过是王桥修道院的司铎，如今要与伯爵分庭抗礼——而且更危险的是，他居然赢了。

因此，他慌乱得发抖了——但在婚礼的前六天，罗兰一跺脚，说了声："明天！"

出席婚礼的客人已经到了。蒙茅斯伯爵已经搬进医院，占用了罗兰病室隔壁的私室。威廉老爷和菲莉帕夫人只好迁到贝尔客栈。理查主教与卡吕斯共用副院长居所。少数男爵和骑士，带着他们的妻子儿女、扈从、仆人和马匹住满了小店。全镇享受着花费的高潮，在阴雨使羊毛集市泡汤而获利令人失望之后，这倒是亟须解决的。

选举的当天早晨，戈德温和西米恩来到金库，那是图书馆近旁，有沉重的橡木大门但没有窗子的小房间。为特殊仪式准备的珍贵饰品都保存在这儿，锁在一个有铁箍的柜橱里。西米恩身为司库，掌管着钥匙。

选举的结果预先已定，或者说，除去罗兰伯爵之外，所有人都这么想。没人怀疑戈德温那只隐藏不露的手了。当托马斯出口发问，托钵修士如何得到伊莎贝拉的证书时，戈德温经历了紧张的时刻。“他不会偶然发现的——从未有人见过他在图书馆阅读，何况那文书并没有和其他证书保存在一起呢，”托马斯曾经对戈德温说，“准是有人跟他讲了这事。是谁呢？只有卡吕斯和西米恩了解内情。他们为什么要把秘密泄露出去呢？他们并不想帮助默多啊。”戈德温当时一语未发，而托马斯依旧困惑不解。

戈德温和西米恩把那柜橱拖到图书馆的亮处。大教堂的珍宝包在一块蓝布里，并垫着层层的皮子加以保护。他们在匣子里找着，西米恩打开了几件，赞赏着并检查有没有损坏。有一件几英寸宽的象牙板，雕刻精巧，显出圣·阿道福斯的十字架，圣者在那上面请求上帝为一切尊崇他的记忆的人赐以健康和长寿。还有数不清的烛台和十字架，都是金、银制品，多数还都镶着珠宝。在图书馆高大的窗户投下的强光中，宝石熠熠闪亮，黄金隐隐发光。这些东西是几个世纪以来，由虔诚的教徒赠给修道院的，凑到一起的价值令人敬畏：大多数人在同一处地方看到的财宝要数这里最多。

戈德温是来找一根仪式的权杖，或称牧者之钩的物件：一根包金的木杖，带有一个精心镶嵌了珠宝的握处。在选举程序的最后仪式上，这根权杖要郑重地交到新的副院长手中。权杖在柜橱的最下面，已经有十三年没用了。戈德温抽出来时，西米恩发出一声惊呼。

戈德温赶紧抬头盯着看。西米恩正握着一根带底座的十字架，打算把它放在一座祭坛上。“怎么回事？”戈德温问。

西米恩给他看了十字架的背后，指给他看十字架正下方的一个浅浅的杯状的瘪坑。戈德温当即看出来一颗红宝石不见了。“准是掉下来了。”他说。他环顾图书馆，只有他们两人。

他俩都担忧了。他们一个是司库，一个是司铎，共同负有责任，任何损失都会问责他们。

他们一起检查了柜橱里的每一件物品。他们解开了每一个包袱，抖落着每一块蓝布。他们察看了所有的皮子。他们狂乱地摸索着空匣子和周围的地面。到处也不见那块红宝石的踪影。

西米恩说：“这个十字架最后是什么时候用的？”

“在圣·阿道福斯的纪念典礼上，当时卡吕斯绊倒了。他把这十字架撞到了桌子。”

“也许红宝石是当时掉的，可是怎么可能没人注意到呢？”

“宝石在十字架的背面，可是肯定有人会在地上看到吧？”

“谁收起的十字架？”

“我不记得了，”戈德温马上答道，“当时是一团乱。”其实他记得一清二楚。

那是菲利蒙。

戈德温还能勾勒出那场景。菲利蒙和奥托一起收拾祭坛，把它在平台上放端正。随后奥托拿起烛台，而菲利蒙拿着十字架。

戈德温越来越觉得堵心，他回想起菲莉帕夫人手镯的丢失。难道是菲利蒙又行窃了？他战栗地想着这会如何影响着他。人人都知道，菲利蒙是戈德温非正式的侍者。如此可怕的罪孽——从圣饰上盗窃珠宝——会给予作恶相关的每个人带来耻辱的。这会轻易地颠覆选举的。

西米恩显然没有记清那个场面，他毫无疑问地接受了戈德温假装无法记起谁收拾的十字架了。但修士中肯定会有人记得见到十字架在菲利蒙手中的。戈德温要马上把这事处理好，要赶在怀疑可能落到菲利蒙身上之前。但他首先要让西米恩不要挡路。

“我们将在教堂里寻找那块红宝石。”西米恩说。

“但那次活动是在两个星期之前啊，”戈德温反对说，“一块红宝石不可能在地上那么长时间不被人注意啊。”

“是不大可能，可我们得查找一下。”

戈德温看出来他得跟西米恩一起去了，只好等待机会从他身边走开去找菲利蒙。“当然。”他说。

他们把装饰品放到一边，锁上了金库。他们离开图书馆时，戈德温说：“我提议我们在确定那块宝石遗失之前，什么也别说。早早地让我们蒙羞是没道理的。”

“同意。”

他们匆匆绕过回廊，进入了教堂。他们站在交叉甬道的中心，扫视着周围的地面。一个月以前，一块红宝石可能藏在教堂地面上的什么地方的念头是更说得过去的；但近来，地面上的石板刚刚整修一新，裂口和缝隙已经没有了。一块红宝石应该显而易见。

西米恩说：“这会儿我想起来，不是菲利蒙收拾的十字架吗？”

戈德温盯着西米恩的面孔，这话里有指责的意思吗？他判断不出。“可能是菲利蒙吧，”戈德温说，这时他想起走开的机会了，“我去找他，”他建议说，“或许他能确切地回忆他当时站在什么地方。”

“好主意。我在这儿等着。”西米恩跪下来，开始用双手拍打着地面，仿佛用手摸比用眼看更容易找到红宝石似的。

戈德温匆匆出去了。他首先来到了宿舍。盛毯子的柜子还在原地。他把柜子从墙边移开，找到那块松动的石头，把它移开。他把手伸进菲利蒙藏过菲莉帕手镯的密洞里。

他发现那里什么也没有。

他骂了一句。事情没有那么轻易。

他在修道院各建筑物之间四处走着寻找菲利蒙，他边走边想：我要把他从修道院开除出去。要是他偷了这块红宝石，我可不能再给他打掩护了。他已经暴露了。

随后他在一阵惊怵中意识到，他不能解雇菲利蒙——现在不能，说不定永远不能呢。是菲利蒙告诉了默多伊莎贝拉的证书一事。要是被解雇了，菲利蒙就能够承认他干过的事，而且是在戈德温的指使下干的。人们会相信他的话。戈德温回想起托马斯苦苦思索着，谁告诉了默多那个秘密和为什么要这么做。菲利蒙的揭露会因为回答了这两个问题而被相信。

对于这样见不得人的勾当，会有一场轩然大波的。即使此事在选举之后暴露出来，也会损害戈德温的权威并削弱他领导修士们的能力。这一不祥的事实让他清醒地认识到，为了保护自己，现在他必须保护菲利蒙。

他找到了正在医院扫地的菲利蒙。他招呼他出来，领他绕到厨房的背后，那里不大容易被别人发现。

他直盯着菲利蒙的眼睛，说：“一块红宝石丢了。”

菲利蒙把目光移到一旁：“太可怕了。”

“卡吕斯摔倒时，从祭坛的十字架上撞下掉到地上的。”

菲利蒙做出一副无辜的模样：“怎么就丢了呢？”

“十字架碰到地面时，红宝石可能震了下来。但现在没在地面上——我刚刚找过。有人看到了——并且收了起来。”

“肯定没有。”

戈德温对菲利蒙假装没事的样子很生气：“你这蠢材，大家都看到是你收拾的十字架！”

菲利蒙的嗓门已经变成尖叫了：“我对这件事一点都不知道！”

“别费时间跟我撒谎了！我们得把这件事处理好。我会因为你而在选举中失败的。”戈德温把菲利蒙推到屋后的墙根，抵在那里，“那东西在哪儿？”

出乎他意料的是，菲利蒙哭了起来。

“为了对圣者的爱，”戈德温厌恶地说，“别说废话了——你可是个成年人了！”

菲利蒙依旧抽抽泣泣。“对不起，”他说，“对不起。”

“要是你还不停止——”戈德温控制着自己。训斥菲利蒙将一无所获，这个人也确实可怜。他便更温和地说：“镇定一点。红宝石在哪儿？”

“我藏起来了。”

“是啊……”

“在食堂的烟囱里。”

戈德温马上转身，朝厨房走去。“圣母马利亚救救我们，东西可能掉到火里了！”

菲利蒙跟在他身后，泪水已经干了：“八月份是不生火的。天冷以前我会挪地方的。”

他们进了厨房。在这间长屋子的一头，是个宽大的壁炉。菲利蒙把一只胳膊向上伸到烟囱里摸索了一阵子，随后他拿出了一块麻雀蛋大小的红宝石，上面蒙着烟灰。他用袖子把它揩拭干净了。

戈德温接了过去。“现在跟我来。”他说。

“我们该怎么办呢？”

“西米恩会找到的。”

他们向教堂走去。西米恩仍跪在地里，用手四下摸着。“听着，”戈德温对菲利蒙说，“尽量准确地回忆起你在收起十字架时在什么位置。”

西米恩望着菲利蒙，面部露出激动的样子，和蔼地对他说：“别怕，孩子，你没做错什么。”

菲利蒙在交叉甬道的东侧，紧靠通向唱诗班席的台阶。“我觉得是在这儿。”他说。

戈德温爬上两级台阶，在合唱队的座位下，假装找着。他偷偷地把那块红宝石放在一排排的座位下面靠近近端的一处地方，随便一眼是看不到的。随后，像是对最可能寻找的地方改了主意，他来到了唱诗班席的南侧。“来这里找找这下边，菲利蒙。”他说。

如他所愿，西米恩这时到了北侧，跪下去去查找座位底下，一边寻看还一边喃喃祷告着。

戈德温希冀西米恩能够一下子就看到红宝石。他假装查看着南甬道，其实是等着西米恩找到那东西。他开始想，西米恩的视力准是有毛病了。他蛮可以走到那儿去，亲自“找到”红宝石。这时，西米恩终于叫了：“噢！在这儿！”

戈德温假作激动的样子：“你找到了？”

“找到了！哈利路亚！”

“在哪儿？”

“在这儿——合唱队座位下边！”

“赞美上帝！”戈德温说。

戈德温告诫自己不要畏惧罗兰伯爵。在他爬上医院的石阶，向客房走去时，他问自己伯爵可能会对他怎么样。即使罗兰已经能够下床并抽出佩剑，也不会蠢到在修道院的围墙内刺向一名修士——连国王也难以逃脱那样的罪责。

拉尔夫·菲茨杰拉德宣召后，他就进了房间。

伯爵的两个儿子分立床的两侧：高个子的威廉，穿着士兵的棕色紧身裤和沾泥的靴子，他的头发已经从额头谢去了。理查则身穿主教的紫袍，他那益发圆鼓鼓的身材表明他骄奢淫逸的本性和纵情享乐的手段。威廉年届三旬，比戈德温小一岁；他有乃父的意志力量，但有时却受到他妻子菲莉帕的影响而不那么强硬。理查二十八岁，大概继承了其先母的个性，因为他鲜有伯爵那种强加于人的气势和力量。

“喂，修士？”伯爵靠他嘴的左侧说，“你们那个小小的选举进行了吗？”

戈德温一时对这种无礼的称呼满心不痛快。他心中发誓说，有一天罗兰会称他“副院长神父”的。义愤给了他所需要的勇气，让他对伯爵讲了那消息。“我们已经选过了，爵爷，”他说，“我很荣幸地通知您，王桥的修士们已经选上我担任他们的副院长。”

“什么？”伯爵吼道，“你？”

戈德温以一种谦恭的神态鞠了一躬：“谁都没有我这么吃惊。”

“你还不过是个男孩！”

这种侮辱刺激了戈德温当即反驳：“我比您的儿子，王桥主教要年长呢。”

“你得了多少票？”

“二十五张。”

“托钵修士默多呢？”

“一票没有。修士们一致——”

“一票没有？”罗兰怒吼道，“这里一定有阴谋——这是背叛！”

“选举是严格按照规定进行的。”

“我才不管你们那套猪鸡巴规定呢。我不会被一伙女里女气的修士们这么轻慢的。”

“我是我的兄弟们的选择，爵爷。就职典礼将在这个星期六，在婚礼之前举行。”

“修士们的选择要得到王桥主教的认可。我可以告诉你，他不会批准你的，回去重选，这次要选出我想要的结果。”

“好极了，罗兰伯爵。”戈德温向门口走去。他手里还有好几张牌呢，但他不想把这些牌一下子全摊到桌上。他转过身来对理查说：“主教大人，你想跟我谈这件事时，可以在副院长的住所找到我。”

他走出屋门。在他关门的时候，罗兰喊道：“你还不是副院长呢！”

戈德温颤抖了。罗兰是令人生畏的，尤其在他发火的时候，而且他时常火气冲天。但戈德温站稳了他的脚跟。彼得拉妮拉会为他骄傲的。

他双腿颤抖着下了楼梯，一路向副院长住所走去。卡吕斯已经搬了出去。十五年来，戈德温将第一次有他自己的卧室。他的愉悦只稍稍因为不得不和主教同住而打了折扣，谁让主教在来访时按传统要住在那里呢。从技术上说，主教是王桥男修道院的正式院长，虽说其权力有限，地位却是高于副院长的。理查白天很少待在那里，只在每夜回来，睡在最好的卧室里。

戈德温进了一层的大厅，坐到大椅子上候着。不用多久，理查主教就会出现的，他父亲那番灼人的教诲还在他的耳朵处烧灼着。理查是个既有钱又有势的人，但不像伯爵那样令人胆战心惊。无论如何，这都是一名勇敢的修士公然对抗他的主教的行为。不过，戈德温在这种面对面的抗争中有一个有利条件，因为他掌握着理查丢人的事，那和藏在衣袖里的利刃一样管用。

理查在几分钟后就匆忙赶来了，他满脸自信，但戈德温知道那是装出来的。“我要跟你做一笔交易，”他开门见山地说，“你可以在默多手下当一名副院长助理，你将负责修道院的日常管理，反正默多也不想当个管理者——他只想要个名义。你实际掌管全部权力，不过我父亲就会满意了。”

“让我把事情弄清楚，”戈德温说，“默多同意让我当他的助理。然后我们告诉全体修士，他是你会批准的唯一一个人。而你认为他们会接受这一结果。”

“他们别无选择！”

“我还另有一个建议。告诉伯爵，修士们只要我而不同意别人——而且我要在婚礼前得到批准，不然的话，修士们就不会参加婚典。修女们也会拒绝。”戈德温并不知道修士们愿不愿意走这条路——还是不要管塞西莉亚嬷嬷和修女们——但他已走到这一步，也就不管不顾了。

“他们不敢！”

“我怕他们敢呢。”

理查的样子慌乱了：“我父亲可不是好惹的！”

戈德温哈哈大笑了：“那种可能很小。不过我希望他可以不得不理智些。”

“他会说婚礼反正得进行。我是主教，我能主持这对新人的婚礼，我不需要修士们帮忙。”

“当然啦。不过就没有唱歌，没有蜡烛，没有赞美诗——只有你和劳埃德副主教。”

“他们还是照旧可以成婚。”

“蒙茅斯伯爵对他儿子如此不像样的婚礼会有何感受呢？”

“他会气愤异常，但他只好接受。结盟是件重要的事。”

戈德温心想，这倒是对的，他感到了失败临头的一股冷风。

到了抽出他袖中利刃的时候了。

“你还欠我一个人情呢。”他说。

起初，理查装作不明白他在说什么的样子：“是吗？”

“我隐藏着你犯下的一桩罪孽。别假装忘记了，事情只在两三个月之前。”

“啊，对了，你很大度。”

“我看到，亲眼看到，你和玛杰丽在客房的床上。”

“嘘，看在怜悯的分上！”

“如今是你偿还我人情的机会了。和你父亲通融一下，要他让步，就说婚礼更重要，坚持要认可我。”

理查现出了无可奈何的表情，他被两股敌对的势力压垮了。“我不能！”他说，声音里充满了痛苦，“我父亲不会不应战的。你知道他是什么样的人。”

“试试看吧。”

“我已经试过了！我迫使他同意了你做到副院长助理。”

戈德温怀疑罗兰会同意这类事情。几乎可以肯定是理查编造的，因为他明知这种承诺是很容易不作数的。戈德温照样说：“我为此感谢你。”然后又补上一句，“但那还不够。”

“好好考虑一下吧，”理查请求道，“我就要求这一条了。”

“我会考虑的。而且我建议你要你父亲也考虑一下。”

“噢，上帝，”理查咕哝着，“这将是一场灾难！”

婚礼订在星期天。星期六第六次祈祷时，戈德温吩咐排演一次，从新副院长就职典礼开始，持续到婚礼仪式。户外又是一个阴霾的天气，天空积满了低低的灰云，带着浓浓的雨意，而大教堂里也是一片阴沉。排演之后，当修士和修女们列队去就餐，见习修士们开始整理教堂时，卡吕斯和西米恩来到戈德温跟前，两人神情庄重。

“我觉得进行得很顺利，你们说呢？”戈德温心情愉悦地说。

西米恩说：“当真会有为你举行的就职典礼吗？”

“绝对的。”

“我们听说，伯爵已经命令重新选举了。”

“你们认为他有权这么做吗？”

“当然没有，”西米恩说，“他有提名权，仅此而已。但他说理查主教不会批准你当副院长。”

“理查跟你们这么说的吗？”

“不是亲口所说，没有。”

“我觉得也不会。相信我吧，主教会批准我的。”戈德温听着自己的声音真诚又自信，心中希望他的感情与之匹配。

卡吕斯焦虑地说：“你是不是告诉理查说，修士们会拒绝参加婚礼？”

“我说了。”

“那可太冒险了。我们在这里可不是对抗贵族意志的。”

戈德温本来就预料到，卡吕斯在遇到严重反对的第一个迹象时就会怯懦的。幸亏他没有测试修士们决心的计划。“我们用不着那样，放心吧。只不过是虚声恫吓而已。但是别告诉主教我这么说的。”

“这么说你不打算要修士们抵制婚礼喽？”

“不。”

西米恩说：“你在玩着一个危险的游戏。”

“也许吧——但我相信，除去我之外没人会有危险。”

“你甚至都不想当副院长。你就不该同意给你提名。你只是在别人都不成的时候才接受的。”

“我不想当副院长，”戈德温撒谎说，“可夏陵伯爵不该获准为我们挑人的，而这是比我个人的感情更为重要的。”

西米恩敬佩地看着他：“你是非常高尚的。”

“和你一样，兄弟，我只是在努力照上帝的意旨办事。”

“愿上帝为你的努力祝福。”

两位老修士离开了他。由于要他俩相信了他的行为是无私的，他感到了一阵良心的刺痛。他们把他看作了某种殉道者了。但他扪心自问，他只是在尽力按上帝的旨意办事这一点倒是真的。

他环顾四周，教堂已经恢复原样。他正要到副院长住所用餐时，他的表妹凯瑞丝出现了，她那蓝色衣裙在灰色教堂的黯淡色彩中，令人眼前一亮。“你明天要就职吗？”她问。

他微微一笑：“人人都在问同一个问题。回答是‘是的’。”

“我们听说伯爵在准备干上一仗。”

“他是要输掉的。”

她那双碧眼的犀利目光洞察似的瞪着他：“从你小时候，我就了解你，我看得出你什么时候在撒谎。”

“我没有在撒谎。”

“你装的样子比你的实际感觉要更有把握。”

“那并不是罪孽。”

“我父亲在为桥的事担心。托钵修士默多比起白头扫罗更乐于服从伯爵的意志。”

“默多不会做王桥的副院长的。”

“可你们要重选呢。”

戈德温被她的敏锐搅得心烦。“我不知道该怎么跟你说，”他急促地说，“我当选了，而且我也打算接受那个职务了。罗兰伯爵想阻止我，但他没这个权力，我正在千方百计地跟他斗。我害怕吗？怕。可我仍打算打败他。”

她撇嘴一笑：“这才是我想听的。”她拍了下他的肩膀，“走，去见你妈妈去。她在你的住所等着你呢。我来就是要告诉你这个。”她说完，就转身走了。

戈德温从北交叉甬道走了出去。凯瑞丝很聪明，他既佩服又恼怒地想着。她哄骗着他把对局势的估计全盘托给了她，他对谁讲话都没这么直截了当过。

但他很高兴有机会跟他母亲谈一谈。别人都怀疑他赢得这场斗争的能力。她却是有信心的——也许还能提出一些战略观点呢。

他看到彼得拉妮拉在厅堂里，坐在桌旁。桌上摆着供两个人吃的面包、淡啤酒和一大盘咸鱼。他亲吻了她的前额，问候过后，就坐下来用餐。他让自己享受了一会儿胜利的愉快。“我说，”他说道，“我现在至少是当选副院长了，现在我们就在副院长的住所用餐呢。”

“可是罗兰还在和你斗呢。”她说。

“比我设想得还要艰苦。毕竟，他拥有提名权，尽管不是挑选权。就他的地位所选的人通常都会落选，从来都是这样。”

“大多数伯爵会接受这一点，但他不会，”彼得拉妮拉说，“他给人的感觉是他比他见过的一切人都优越。”她的语气中有一种苦涩，戈德温猜想，那是从三十多年前他们夭折的订婚中生发出来的。她怀着报复的心理微微一笑。“他很快就会醒悟，他多么低估了我们。”

“他知道我是你的儿子。”

“这么说，那也是一个因素，你大概让他想起了当初对我的不光彩做法。这就足以让他恨你了。”

“这是可耻的。”戈德温压低了嗓音，以防万一有仆人在门外听到，“到现在为止，你的计划却完美地实现了。我先从竞争中抽身，再让别人声名扫地，太高明了。”

“也许吧。但我们也可能就要失去一切了。你还对主教说了什么吗？”

“没有。我提醒他我们知道玛杰丽的事。他吓慌了，但看来还没有到跟他父亲对着干的地步。”

“他会的。要是这事给捅出来，他是得不到原谅的。他会像杰拉德老爷那样，以一个潦倒的骑士终此一生，在那个水平上，只能靠救济过活了。他意识到这一点了吗？”

“也许他认为我没勇气把我知道的公之于众吧。”

“那你就得去伯爵那儿说这事了。”

“天啊！他会气炸了的！”

“镇静点。”

她总是说这种事。因此他才抱着这样的心情盼望着和她会面的。她总是要他比他所想的要再大胆一些，冒更大的风险。但他从来无法拒绝她。

她继续说：“如果玛杰丽不是处女的事暴露了，这场婚姻也就吹了。罗兰不想那样。他宁肯接受不那么糟糕的事，让你当副院长。”

“但在他的余生中始终会与我为敌的。”

“不管发生什么事，他总会那样子的。”

戈德温心想，这算是个小小的安慰吧；但他没有争辩，因为他看得出，他母亲是对的。

有人敲门，菲莉帕夫人走了进来。

戈德温和彼得拉妮拉站起了身。

“我要和你谈谈。”菲莉帕对戈德温说。

他说：“我可以介绍我母亲彼得拉妮拉吗？”

彼得拉妮拉行了屈膝礼，然后说：“我还是走吧。你来这里显然是要做中间人的，夫人。”

菲莉帕兴致勃勃地看了她一眼：“既然你知道得那么多，你当然就知道有重要性的一切。也许你可以留下来。”

两个妇女面对面地站着，戈德温注意到她们很相像：同样的身高，同样的优雅的身材，同样的专横气势。菲莉帕当然年纪更轻，也就是二十多岁吧；她有一种不显山露水的权威，还有一些幽默感，与之对比，彼得拉妮拉的决心就绷得太紧了——或许是因为菲莉帕有丈夫，而彼得拉妮拉则是寡居。但菲莉帕是个有强烈意志的女人，通过一个男人——威廉老爷——行使权力，戈德温如今意识到，彼得拉妮拉也要通过一个男人——就是他自己——施展影响。

“咱们坐下来吧。”菲莉帕说。

彼得拉妮拉说：“伯爵已经同意了你要提议的事情了吗？”

“没有。”菲莉帕双手做出了一个无可奈何的姿势，“罗兰太骄傲了，不可能事先同意某件可能随后被另一方批驳的事情。如果我能让戈德温同意我要提出的建议，那么我就有机会说服罗兰妥协。”

"我也这么想过。"

戈德温说:"你要不要吃点东西,夫人?"

菲莉帕不耐烦地挥了下手,拒绝了这番好意。"现在的局面是,大家都要成为输家,"她开始说,"婚礼要举行,可是没有适当的壮观的仪式;因此罗兰与蒙茅斯伯爵的联盟从一开始就受了挫。主教不会批准你戈德温担任副院长,这样,大主教就要出面解决这一争端;他会取消你和默多两人的候选资格,另举新人,大概是他想摆脱的一个他的班子里的成员。谁也得不到想要的。我说得对吗?"

她把这个问题对着彼得拉妮拉提出来,而彼得拉妮拉则含糊其词地哼了一声。

"所以嘛,何不提前采用大主教的妥协方案呢?"菲莉帕接着说,"现在就提出第三个候选人。只是,"——她用一根指头点着戈德温——"这个候选人由你来提出——并且他承诺任命你为副院长助理。"

戈德温考虑着。这样可以把他从与伯爵白眼相向的对立和威胁要揭发他儿子行为的需要中解脱出来。但这样的妥协会使他在副院长助理的位置上不知要委屈多少年——之后,当新的副院长死后,他还要把这场战斗从头开始。尽管他心怀惧怵,但他还是要拒绝。

他瞥了一眼他母亲。她让人难以觉察地摇了下头。她也不同意这个方案。

"我很抱歉,"戈德温对菲莉帕说,"修士们已经选定了,结果应该成立。"

菲莉帕站起身:"既然这样,我应该口头告诉你我来这里的正式理由。明天上午，伯爵会从他的病榻上起身。他希望来视察一下大教堂，落实一下在时间还充裕的情况下已为婚礼做好了准备。你要在八点钟在教堂中迎接他。全体修士和修女都要穿好袍服，各就各位，教堂也要照常布置妥当。”

戈德温鞠躬表示明白，她随后就走了。

在约好的时间，戈德温站在光秃秃、静悄悄的教堂里。

他独自一人：没有一个修士或修女陪着他。除去固定的合唱队长凳，看不到任何摆设。没有蜡烛，没有十字架，没有圣餐杯，没有鲜花。这个夏季许多天里透过雨云一阵阵露出身来的太阳，此时把微弱、冰凉的光线照进了中殿。戈德温的双手在背后紧握在一起，以防发抖。

伯爵踩着钟点，走了进来。

和他在一起的，有威廉老爷、菲莉帕夫人、理查主教、理查的助手劳埃德副主教和伯爵的书记杰罗姆神父。戈德温本想有一批随从围绕着自己，但修士们没人清楚他这一招有多危险，而若是他们已经获悉，他们也不会有此胆量做他的后盾；因此他决定单独面对伯爵。

罗兰头上的绷带已经除掉。他缓慢而稳健地走着。戈德温心想，经过许多星期的卧床，他一定会感到两腿发抖，但看来他决心不表现出来。除去他那半边脸的面瘫，他的样子很正常。今天他向外界传达的信息将是：他已完全康复并回到负起责任的岗位，而戈德温正在威胁着要毁掉他的设想。

其余的人都用怀疑的目光看着空空荡荡的教堂，但伯爵却毫不惊诧。“你是个自负的修士。”他对戈德温说，还像原先一样，话是从左侧的嘴里说出来的。

戈德温已经在各方面都冒着险，再挑战一下也没有更多的损失了，所以他说：“您是个固执的伯爵。”

罗兰把手按到剑柄上：“为了这个我就该给你穿个透明窟窿。”

“请吧。”戈德温把双臂在体侧伸开，等着受刑，“在这座大教堂里杀害王桥修道院的副院长，就像亨利国王的骑士们在坎特伯雷杀害托马斯·贝克特大主教。把我送上天吧，你自己则要永堕地狱。”

菲莉帕对戈德温的大不敬惊得深吸了一口气。威廉动了一下，似乎要制止戈德温再说下去。罗兰用手势示意他不要轻举妄动，然后对戈德温说：“你的主教命令你把教堂准备好举办婚礼。修士们难道没有发誓服从吗？”

“玛杰丽女士不能在这里成婚。”

“为什么不能——因为你想当副院长吗？”

“因为她不是贞女。”

菲莉帕的手一下捂住了嘴，理查哼了一声，威廉拔出了剑。罗兰说：“这是背叛！”

戈德温说：“收起你的剑，威廉老爷——你用这种方法恢复不了她的处女膜。”

罗兰说：“你怎么会知道这种事，修士？”

“这座修道院中有两个人目睹了那一勾当，事情就发生在医院的一间密室，也就是大人您下榻的那个房间。”

“我不相信你的话。”

“蒙茅斯伯爵会相信的。”

“你不敢告诉他的。”

“我必须向他解释，他的儿子为什么不能在王桥大教堂迎娶玛杰丽——除非她忏悔了她的罪孽并接受了赦免。”

“你对这一诽谤没有证据。”

“我有两名证人。不过，问问那姑娘吧。我相信她会承认的。我猜想，她对得到她女贞的情人的爱，胜过她叔父所选择的政治联姻。”戈德温又一次让自己处于险境。但他在理查亲吻玛杰丽时，曾经看见过她的面孔，当时他就确知她在热恋之中。不得已而嫁给蒙茅斯伯爵之子应该让她心碎了。若是她的恋情像戈德温猜想的那样奔放，让这样一位年轻女性把谎话说得那么天衣无缝，恐怕是很难的。

罗兰那半张还能动的脸气得抽搐了起来：“你宣称犯下这等罪过的那个人是谁？因为，要是你能证明你的说法，我发誓要把那恶棍绞死。而要是不属实，你就要上绞架。所以嘛，把他叫来，我们看看他有何话说。”

“他已经在这儿了。”

罗兰将信将疑地看着他身边的四个男人——他的两个儿子威廉和理查，还有两名教士劳埃德和杰罗姆。

戈德温盯着理查。

罗兰随着戈德温的目光的方向看过去。一时之间，大家都看着理查了。

戈德温屏住了呼吸。理查会说什么呢？他会大叫大嚷吗？他会指责戈德温撒谎吗？他会在一怒之下攻击揭发他的人吗？

但他脸上露出的是服输而不是气愤，过了一会儿，他低下头说：“这样不好。这该死的修士是对的——她经不住盘问的。”

罗兰伯爵面色煞白。“是你干的？”他说。这一次他没有高叫，但反倒让他的样子更可怕，“那个我许配给一个伯爵之子的姑娘——你干了她？”

理查没有回答，只是垂下眼睛看着地面。

“你这蠢货，”伯爵说，“你这逆子，你——”

菲莉帕拦住了他：“还有谁知道？”

这一下使指责停止了，大家全都看着她。

“婚礼或许可以照常举行，”她说，“感谢上帝，蒙茅斯伯爵不在这儿。”她看着戈德温，“除去现在在这里的人，还有谁知道，还有修道院里目睹了那事的两个人呢？”

戈德温尽量平静下他那颗狂跳的心。他距成功只有咫尺之遥了，他似乎已经尝到了成功的滋味。“没有别人知道，夫人。”他说。

“在伯爵这边的我们全体，都会保守秘密，”她说，“你的人呢？”

“他们会服从他们当选的副院长。”他说，稍稍强调了一下“当选的”一词。

菲莉帕转过脸去对着罗兰：“这样看，婚礼能举行了。”

戈德温补充说：“只要就职典礼先举行。”

大家都看着伯爵。

他向前迈了一步，突然扇了理查一巴掌。那是由一个懂得怎样把全身的力气都使出来的士兵打出的有力的一击。虽然他用的是手掌，理查还是摔倒在地。

理查躺着不动，满脸惊恐，嘴里流出了鲜血。

罗兰伯爵脸色苍白，直冒虚汗，那一巴掌用尽了他的体能储备，现在眼看着站不稳了。好几秒的寂静过去了，他似乎恢复了他的力气。他轻蔑地瞪了一眼畏缩在地面上的那个穿紫袍的身形，转身走出教堂，步伐缓慢而稳健。

24

凯瑞丝和至少半数的镇上人一起，站在王桥大教堂前面的绿地上，等候着新娘和新郎从教堂的西大门出来。

凯瑞丝也说不清自己为什么在这儿。自从那天梅尔辛完成了他的吊车，他俩进行了对他们前途探讨的那场谈话之后，她就对婚姻有了反感。尽管他说的每件事都合情合理，她还是对他有气。他当然想有自己的住房并且和她在里面同居；他当然想每夜和她同床共枕，并且生养他们的子女。这是人人都想的——是每一个人，似乎凯瑞丝要除外。

而事实上，她在一定程度上也想有那一切。她愿意每天晚上都躺在他身边，随时都可随心所欲地伸出双臂搂住他那瘦削的身体，在她清晨醒来时，在她的肌肤上感受他那双灵巧的双手，生一个他的缩影，成为他俩疼爱和关心的对象。但她不喜欢伴随婚姻而来的那些事情。她想要的是一个爱人而不是主人；她想和他共同生活，却不想把她的生命奉献给他。而她生梅尔辛的气，就因为他强使她面对两难的境地。他俩为什么不能像以前那样继续过下去呢?

三个星期了，她很难跟他说上话。她假装得了热伤风，事实上她嘴唇上生了一个疮，一碰就疼，使她有借口不去亲吻他。他依旧在她家吃饭，和她父亲谈笑甚欢；但在埃德蒙和彼得拉妮拉入睡之后，他就不再多待了。

现在凯瑞丝的疮已经好了，她的气恼也消失了。她仍然不想成为梅尔辛的财产，但她希望他会重新吻她。然而，此刻他却不在她身边。他在远处的人群中间，和贝茜·贝尔聊着天。贝茜是贝尔客栈老板的女儿，长得小巧玲珑，曲线优美，她那露齿一笑，男人称作活泼好看，而女人则认为是尖酸刻薄。梅尔辛说了什么，她哈哈大笑起来。凯瑞丝移开了目光。

教堂的木制大门敞开了。人群中腾起一片欢呼，新娘走出来了。玛杰丽是个十六岁的漂亮姑娘，身穿白裙，发中插花。新郎随着她出来，他是个脸色凝重的高个子，大约比她大十岁。

他俩的样子都痛苦之极。

他们彼此并不了解。到这个星期为止，他们只见过一面，那是在半年之前，两位伯爵安排这场婚姻的时候。有传闻说玛杰丽另有所爱，但是绝对不存在她违抗罗兰伯爵的问题。她的新婚丈夫有一副勤奋好学的风范，仿佛他更喜欢待在图书馆的什么地方，研读一部几何学书籍。他们的共同生活会是什么样子呢？难以想象他们会彼此之间产生凯瑞丝和梅尔辛所享有的那种情感。

凯瑞丝看到梅尔辛穿过人群向她走来，她突然被自己是身在福中不知福的念头所刺激。不是伯爵的侄女有多幸运啊！没人会强迫她按照安排去成亲。她有嫁给她所爱恋的人的自由——而她却尽其所能去找理由不去嫁他。

她用拥抱和亲嘴来向他致意。他稍显诧异，但没说什么。有些男人会为她心情的变化而不安，但梅尔辛是块镇定自若的基石，难以动摇。

他们站在一起，观看着罗兰伯爵走出教堂，他身后是蒙茅斯伯爵和夫人，理查主教和戈德温副院长。凯瑞丝注意到她表哥戈德温的样子既兴高采烈又善解人意——简直就像他是新郎。原因无疑是他刚刚就职副院长。

一伙骑士扈从出现了，夏陵的人穿着罗兰的红与黑号衣，而蒙茅斯的人则是黄与绿的号衣。队伍朝公会大厅走去。罗兰伯爵在那里为出席婚礼的来宾摆下了盛宴。埃德蒙要参加，凯瑞丝设法逃避了，由彼得拉妮拉陪伴他。

当婚礼的人员离开教堂地界之时，下起了不大的阵雨。凯瑞丝和梅尔辛在大教堂的外廊中避雨。“跟我到唱诗班席去，”梅尔辛说，“我想看看埃尔弗里克的修缮工作。”

参加婚礼的宾客还在离开教堂。梅尔辛和凯瑞丝逆着人流，挤到中殿，然后来到唱诗班席的南甬道。教堂的这一区域是留给教士的，他们会不同意凯瑞丝待在那里，但修士和修女都已离开了。凯瑞丝环顾四周，没人看见她，只有一个陌生的妇女，她三十岁上下，一头红发，衣着华丽，大概是个宾客，显然在等人。

梅尔辛伸长脖子抬头看着甬道上方的拱顶。修缮工程尚未完成，一小部分拱顶仍旧敞开着，一块刷着白漆的帆布在空隙上扯开，因此不经意看去还以为天花板竣工了呢。

“他的活儿干得很出色，”梅尔辛说，“不知道能保持多久。”

“为什么不会无限期地保持呢？”

“因为我们不知道拱顶碎裂的原因。这种情况不会无缘无故发生的——这不是上帝所为，也不管教士们会说些什么。引起石头部件坍塌的原因不管是什么，有了一次，大概就有第二次。”

“能不能找出原因来呢？”

“那可不容易，埃尔弗里克肯定找不出，也许我能。”

“可是你已被解雇了。”

“没错。”他仰着头，在那儿站了几分钟，然后说，“我想从上面看看。我要进到楼厢里。”

“我要跟你一起去。”

他俩四下张望，附近没人，只有那位红发女宾还在南交叉甬道中踯躅。梅尔辛领着凯瑞丝来到通向一部螺旋形窄梯的小门。她随着他向上爬，不知修士们若是晓得了一名妇女来探测他们的秘密通道会做何感想。楼梯一直伸进南甬道上方的顶楼。

凯瑞丝从另一侧观看拱顶觉得很有意思。“你在看的部位叫作拱背。”梅尔辛说。她喜欢他给她介绍建筑学知识的这种随意方式，因为他假定她感兴趣，而且知道她会明白。他从来不拿不懂技术的妇女开愚蠢的玩笑。

他沿着窄窄的通道向前走，然后躺下来仔细检查新的石料。她调皮地躺在他身边，还用一条胳膊搂住他，就像他们在床上。梅尔辛摸了摸新石板间的灰缝，然后用舌头舔着指尖。“干得挺快的。”他说。

“我敢说，裂口处如果湿漉漉的就危险了。”

他看着她：“我要让你的裂口处湿漉漉的。”

“你已经做到了。”

他亲吻着她，她闭上眼睛进一步享受着。

过了一会儿，她说：“咱们回我家吧。我们可以单独享受一下——我爸爸和姑妈两人都在婚宴上呢。”

他们正要起身，却听到了说话声。一男一女来到了就在修缮工程正下方的南甬道。他们的话音没有被遮着天花板上的洞的帆布阻隔多少。“你儿子如今十三岁了，”那女人说，“他想当一名骑士。”

“所有的男孩都这样。”传来了回答声。

梅尔辛耳语说：“别动——他们会听见我们的。”

凯瑞丝判断那女声就来自参加婚礼的女宾。男声听着耳熟，而且她觉得说话人是个修士——可修士不可能有儿子啊。

“你女儿也十二了。她会长得很漂亮的。”

“就像她母亲。”

“有一点像。”停了一阵子，然后那妇女继续说，“我不能待太久——伯爵夫人会找我的。”

这样看来她是属于蒙茅斯伯爵夫人的随从人员的。凯瑞丝猜想，她可能是个近侍，她似乎是在把孩子的消息告诉多年来未见的父亲。会是谁呢？

他说：“你为什么想见我呢，劳琳？”

“就是想看看你。你丢了一条胳膊，我很难过。”

凯瑞丝深吸了一口气，然后捂住了嘴，不想让别人听见。只有一个修士丢了一条胳膊：托马斯。这名字一反映到脑海中，她就明白那声音是他了。他可能有过妻子吗？还有一对子女？凯瑞丝看看梅尔辛，见到他脸上蒙着一层疑云。

“你怎么跟孩子们说我呢？”托马斯问道。

“我说他们的父亲已经去世，”劳琳声音嘶哑地回答，随后就哭了起来，“你为什么要那么做呢？”

“我别无选择。我要是不跑到这儿来，就要被杀死了。即使现在，我几乎从不出这个圈。”

“为什么有人要杀害你呢？”

“为了保守一个秘密。”

“你要是真死了，我的日子还好过些。既然是寡妇，我就可以改嫁，找个能当我孩子的父亲的人。可是现在这样，我要担起作为妻子和母亲的重负，却又没人帮我……没人在夜里搂着我。”

“我还活着，我很抱歉。”

“噢，我不是那个意思。我不愿意你死。我曾经爱过你啊。”

“我也爱过你，就像我这样的男人能够做到的那样深深地爱着你。”

凯瑞丝皱起了眉头。他说“我这样的男人”是什么意思呢？他是那种爱恋别的男人的人吗？修士们常常都是同性恋的。

不管她是什么意思，劳琳像是理解了，因为她轻柔地说：“我知道你爱过我。”

随后是一阵长时间的沉默。凯瑞丝深知，她和梅尔辛是不该偷听这种亲密的谈话的——但现在已经来不及现身了。

劳琳说：“你高兴吗？”

“高兴。我生来就不该是丈夫或者骑士的。我每天都为孩子们——也为你祈祷。我祈求上帝从我手上洗掉我杀死的一切人的血迹。这是我始终想过的生活。”

“既然这样，我祝福你过好吧。”

“你真够大度的。”

“你大概再也看不到我了。”

“我知道。”

“吻吻我，道再见吧。”

又是一阵长时间的寂静，随后，轻轻的脚步声走远了。凯瑞丝依旧躺着，几乎不敢喘气。又停顿了一会儿，她听到托马斯哭了。他的抽泣声是捂住的，但像是发自内心深处。她听到他走远的脚步声。

她和梅尔辛终于可以动弹了。他俩站起身沿楼厢下到螺旋形楼梯。他们走过大教堂的中殿时，谁也没有说话。凯瑞丝觉得她像是盯视着一幅悲剧味道十足的绘画，画中的人物在其一时的戏剧姿势中凝固了，他们的过去和未来只能猜测了。

如同一幅绘画一样，那场面在不同的人心中激发了不同的情感，梅尔辛的反应和她的并不一样。当他们走进潮湿的夏日午后的户外时，他说：“多么凄惨的故事啊。”

“让我生气，”凯瑞丝说，“那个女人让托马斯给毁了。”

“你难以责怪他，他得保自己的命啊。”

“可现在她的生命就算完了。她没有丈夫，却不能再婚，还得独自养活两个孩子。托马斯至少还有修道院。”

“她有伯爵夫人的宫廷。”

“这两处地方怎能相比？”凯瑞丝气恼地说，“她大概是那家的远房亲戚，被人家发善心照顾着，要她做些仆人的事情，帮助伯爵夫人收拾头发和挑选衣服。她别无选择——只好受制于人。”

“他也是的。你听到他说，他不能出那个圈子一步。”

“但托马斯有个职务，他是管修士入院的，他有权做出决定，他有事情可做。”

“劳琳有她的孩子。”

“没错！那男人负责方圆几英里之内最重要的建筑物，而那女人却让她的子女缠住了。”

“伊莎贝拉王后有四个孩子，有一度她曾是整个欧洲最有权势的人之一。”

“但是她首先必须得摆脱她的丈夫。”

他们默默无言地向前走着，出了修道院的地界，进入主街，在凯瑞丝家的门前站住了脚。她意识到这是又一次争吵，而且话题和上次一样：婚姻。

梅尔辛说：“我打算到贝尔客栈去吃饭。”

那是贝茜父亲的店。“好吧。”凯瑞丝泄气地说。

梅尔辛走开时，她在身后冲他叫着：“劳琳要是从来没结婚的话，日子会过得更好的。”

他回过头来说：“她还能干什么呢？”

这倒是个问题，凯瑞丝一边往家里走，一边沮丧地想着。一个女人还能干什么呢？

屋里空荡冷寂。埃德蒙和彼得拉妮拉在宴会上，仆人们下午放了假。只有那条叫“小不点儿”的狗懒洋洋地摆着尾巴欢迎凯瑞丝。凯瑞丝心不在焉地拍着狗的黑脑袋，随后便坐在厅堂的桌边，闷想着心事。

基督教世界里一切年轻女性都一心只想嫁给她心爱的男人——为什么凯瑞丝对这样的前景如此畏惧呢？她这种非同一般的感情是从哪里来的呢？当然不是来自她的母亲。罗丝只想做埃德蒙的贤妻。她笃信男人们所说的女人低劣的观点。她那种从属地位让凯瑞丝觉得难堪，虽然埃德蒙从来没有抱怨过，但凯瑞丝怀疑，他已经厌烦了。凯瑞丝倒是对她那位蛮横又不可爱的姑母彼得拉妮拉比对她那百依百顺的母亲更尊重几分。

即使彼得拉妮拉也靠男人来规范她的生活。多年来，她都在努力推动她父亲攀爬社会阶梯，直到他成为王桥的教区公会会长。她最强烈的情感一再受挫——对罗兰伯爵，因为他抛弃了她；对她丈夫，因为他死去了。作为寡母，她把自己全部奉献给了戈德温的前程。

伊莎贝拉王后也很类似。她废黜了自己的丈夫爱德华二世，结果却是，她的情人罗杰·莫蒂默有效地统治了英格兰，直到她的儿子长大成人，有了自信，才赶走了他。

凯瑞丝该不该那样做——靠男人们来过日子呢？她父亲想让她跟他一起做羊毛生意。要不她也能掌管梅尔辛的业务，帮他确保他那些建教堂、修桥梁的合同，扩大他的生意，直到他成为英格兰最富有和最重要的建筑匠师。

一声敲门声把她从思虑中惊醒，塞西莉亚嬷嬷那鸟一般的身影快步走了进来。

“下午好！”凯瑞丝惊讶地问候着，“我正在扪心自问，是不是所有的妇女都注定要靠男人度过一生——而你在这儿，显然是个反面的例证。”

“你说得不见得对，”塞西莉亚友好地笑了笑，说，“我靠耶稣基督生活，他就是男人，虽说他也是神。”

凯瑞丝不知道这算不算数。她打开了橱柜，取出了一小桶葡萄佳酿：“你要不要来一杯我父亲的莱茵河白葡萄酒？”

“只来一点，再兑些水。”

凯瑞丝斟了两个半杯酒，然后从一只罐子里倒出水加成满杯：“你知道我父亲和姑母在婚宴上。”

“知道。我是来看你的。”

凯瑞丝猜得不错，女修道院副院长没有目的从不在镇上闲逛进行社交拜访。

塞西莉亚吮了一口酒，然后接着说：“我一直在想着你的事，还有塌桥那天你的作为。”

“我是不是做错什么事了？”

“恰恰相反，你把一切都做得十分完善。你对伤者既体贴又坚定，而你在服从我的命令的同时还发挥了你的主动性。我的印象很深的。”

“谢谢你。”

“而且看起来……你不仅享受那些事，真的，而且至少在那工作中感到了满足。”

“人们灰心丧气，而我们给他们带来了宽慰——还有什么比这更满足的吗？”

“我也有同感，所以我才当了修女。”

凯瑞丝看出来她要向哪里引了：“我可不能把一辈子消磨在修道院里。”

“你在照看病人时表现出来的天生的能力，只是我注意到的一部分。当人们抬着伤者和死者第一次走进大教堂时，我问过是谁告诉他们该做什么的。回答是羊毛商凯瑞丝。”

“这是显而易见该做的。”

“是啊——对你是这样。”塞西莉亚热切地俯身向前，“组织能力的天赋只给予极少数人。我知道——我有这种天赋，我也在别人身上看到了。当我们周围的人不知所措或者惊慌万分或者吓得不知如何是好时，是你和我担起了责任。”

凯瑞丝觉得这倒是实情。“我琢磨是吧。”她不大情愿地承认。

“我已经观察你有十年了——从你母亲过世的时候起。”

“你在她灰心丧气时给了她慰藉。”

“我当时，只是和你聊了聊，就知道，你会长成一个非同一般的女性的。当你在修女班上学的时候，我的这种感觉更坚定了。你如今二十岁了，你该考虑考虑你要如何度此一生了。我相信，上帝已经为你准备好了。”

“你怎么知道上帝想的是什么呢？”

塞西莉亚嗔怒了：“要是这镇上别的人问我这样的问题，我会要他们跪下来祈求宽恕的。但你是真心诚意的，所以我就回答你。我知道上帝所想，因为我接受他的教会的教导。而我坚信，他想要你做一名修女。”

“我身上的男人气太重了。”

“我年轻时也始终有这个问题——不过，我可以向你保证，这个问题是随着岁月而消失的。”

“我不能靠人指点来生活。”

“不是要做女修道者。”

“那又是什么呢？”

“女修道者是那些不接受规矩而且认为她们的誓言只是暂时的修女。她们居住在一起，种地放牛，并且拒绝由男人来治理。”

凯瑞丝一向有兴趣听取蔑视规矩的妇女的事，“可以在哪里找到她们呢？”

“大部分都在荷兰。她们有一位领袖，名叫玛格丽特·波列特，她写了一本书，题为《简朴灵魂之鉴》。”

“我很想读一读。”

“不可能的。女修道者被教会指斥为自由精神的异端——所谓自由精神，就是相信我们能够在这个世界上获得精神完善。”

“精神完善？那是什么意思？就是一个短语嘛。”

“要是你决心对上帝封闭你的头脑，你就永远无法理解了。”

“我很抱歉，塞西莉亚嬷嬷，可是每当我听说上帝也就是一个人这类事情时，我就想：人是难免犯错误的，因此，真理就会是不同的。”

“教会怎么会错呢？”

“嗯，穆斯林们就有不同的信仰。”

“他们是异教徒！”

“他们还称我们是不信教的呢——不是一样嘛。而博纳文图拉·卡罗利说，世上的穆斯林比基督徒要多呢。可见有些人的教会是错的。”

“小心啊，”塞西莉亚严正地说，“别让你好辩论的热情把你引向渎神。”

“对不起，嬷嬷。”凯瑞丝知道，塞西莉亚乐意和她争论，但总会到一定时候这位女修道院的副院长就会停止争论开始祈祷，而凯瑞丝只好改变态度。这使她有一种受欺骗的感觉。

塞西莉亚站起身：“我知道我无法说服你违背自己的意愿，但我想让你知道我的思路倾向。除去进我们的修道院，把你的生命奉献给治病的神圣事业，你不可能做得更好了。谢谢你的美酒。”

塞西莉亚往外走的时候，凯瑞丝说：“玛格丽特·波列特怎么样了？她还活着吗？”

“死了，”女副院长说，“她在火刑柱上被烧死了。”她走到街上，在身后关上了门。

凯瑞丝瞅着关上的门。一个女人的生活就是一间关上门的房子，她不能当学徒，她不能在大学读书，她不能当教士或医生，或者参与射箭或用剑战斗，她只要结婚就无法不把自己从属于丈夫的专制之下。

她不知道梅尔辛这会儿在做什么。贝茜是不是正坐在贝尔客栈他的桌边，看着他喝她父亲最好的淡啤酒，冲他嫣然地笑着，把她衣裙的前襟拽得紧紧的，让他能看清楚她长着多么秀美的乳房呢？他是不是被迷得神魂颠倒，还逗得她开怀大笑？她是不是张开嘴，让他看到她平整的牙齿，她是不是向后仰着头，让他欣赏她洁白的颈部的柔软肌肤？他是不是在和她父亲保罗·贝尔聊天，就他的生意问些既尊重又有趣的问题，让保罗事后会对他女儿说，梅尔辛是个出色的、优雅的青年呢？梅尔辛会不会喝得微醺，用一条胳膊搂住贝茜的腰，把一只手放到她的臀部，然后狡猾地把指尖一点点地摸向她两腿间已经渴望他触碰的敏感部位——就像他曾对凯瑞丝做过的那样呢？

泪水涌进了她的眼睛。她觉得自己是个傻瓜。她拥有了镇上最优秀的男人，此刻却把他拱手让给一个吧女。她何必要对自己做这种事情呢？

就在这时，他走了进来。

她透过满眼泪水看着他。她眼前的形象一片模糊，已经看不清他的表情了。他来是为了重新修好，还是背叛了她，在几大杯淡啤酒下肚提起勇气之后来发泄他的怒气的呢？

她站了起来，一时之间她感到惊讶，只见他在身后关上门，慢慢走近，站在她面前。随后他说："不管你说什么或做什么，我依旧爱着你。"

她张开双臂搂住他，哇的一声哭了出来。

他摩挲着她的头发，什么也没说，这样才正好。

过了一会儿，他们开始亲吻。她感到一种熟悉的但强于以往的饥饿：她想让他的手抚摸她的全身，他的舌头伸进她的嘴里，他的手指捅进她的身体。她有一种不同的感觉，想找一种新方式表达他俩的爱。"咱们把衣服脱掉吧。"她说。他们以前从来没这样干过。

他高兴得笑眯眯的："好啊，可是万一有人进来了怎么办？"

"他们的宴会得几个小时呢。再说，我们可以到楼上去嘛。"

他们来到她的卧室，她甩掉了脚上的鞋，她刹那间感到害羞了。他看到她赤身裸体会怎么想？她知道他是一点一点地爱上她的身体的：她的乳房，她的大腿，她的颈项，她的阴部——他在亲吻和抚爱她时，总要告诉她，她的身体有多美。可是他现在会不会注意到她的臀部太宽，她的双腿还有点短，她的乳房太小呢？

他似乎没有这些挑剔。他扔掉衬衫，褪下他的内裤，并不忸怩地站在她面前。他的身材瘦小但很结实，像是充满受压抑的精力，如同一头年轻的雄鹿。她第一次注意到他下体的阴毛是秋叶的颜色。他的家伙迫切地挺起着。她的欲望克服了她的羞怯，她迅速把衣裙拽过头顶。

他凝视着她赤裸的躯体，但她已不再感到困窘——他的目光如同亲密的抚弄一样燃起了她的欲火。"你真美。"他说。

"你也是。"

他们并排躺在她当床的填草的褥子上。在他们亲吻和抚爱的过程中，她意识到，今天还靠他俩以往的亲昵做法是无法得到满足了。"我想要好好地做一次。"她说。

"你指的是从头到尾？"

怀孕的念头浮上了她的脑海，但她很快就把它推了回去。她已经浑身燥热，顾不上后果了。"是的。"她悄声说。

"我也是。"

他趴到了她上边。她长这么大，始终想不出这一时刻会是什么样子。她抬眼向上看着他的面孔。他那种专注的神情让她爱之不尽，他在干活儿时用一双巧手娴熟地把木料加工成型，就是这种神情。他的指尖轻柔地分开她的阴唇。她已经湿滑，渴望着要他了。

他问："你想好了？"

她又一次按下怀孕的担心："想好了。"

他进去时，她感到了片刻的恐惧。她不自主地夹紧了，他犹豫了一下，觉得她的身体在拒绝他。"没事，"她说，"你可以再使点劲往里插。不会伤害我的。"其实她错了，在他插的时候，突然疼得要命。她不禁叫了出来。

"对不起。"他耳语说。

"稍等一下。"她说。

他们躺着不动。他亲吻着她的眼皮、前额和鼻尖。她摩挲着他的面孔，看着他的金褐色的眼睛。随后那疼劲过去了，情欲恢复了，她开始动作起来，为她心爱的男人第一次深深进入她的身体而感到兴奋。她激动地看着他那种专注的快乐。他唇上带着一丝浅笑盯视着她，他眼中深藏着饥饿，他的动作加快了。

“我停不下来了。”他喘着粗气说。

“别停下来，别停。”

她紧紧盯着他看。没过多久，他就被欢愉完全控制住了。他的双眼紧闭，嘴巴微张，全身像弓弦似的绷得紧紧的。她觉得他在她里边痉挛，他在射精，而且她认为她生活中从未想到过这样的幸福。过了一会儿，她自己也狂喜得抖动起来了。她以前也有过激动，但没有这么强烈有力，于是她闭上眼睛，不再动作，把他的身体紧紧拉着抵到自己身上，听凭浑身像风中树一样抖颤。

过后，他们依旧躺了很长时间。他把头埋在她的颈窝，她的肌肤感受着他在急剧喘气。她捋着他的后背，他身上已经汗湿了。她的心跳逐渐变缓，一阵深深的满足感如同夏日傍晚的余晖，悄悄掠过她周身。

“啊，”她过了一会儿说，“人们说东道西的原来就是这么回事。”

25

戈德温被确认为王桥修道院的副院长的次日，羊毛商埃德蒙一大早就来到梅尔辛父母的住处。

梅尔辛简直都忘了埃德蒙是个多么重要的人物了，因为埃德蒙把他当作一家人来对待；但杰拉德和莫德的举止像是接待一位不期而至的皇家巡视大员。他们为埃德蒙看到他们家如此破败而感到难堪。家中只有一间斗室，梅尔辛和父母都睡在地上铺的草垫上。室内有一个壁炉和一张桌子，屋后有一个小院。

幸好，太阳一出全家人就都起来，梳洗穿衣并整理过房间。但是当埃德蒙一脚高一脚低地咚咚响着踏入屋里时，梅尔辛的母亲还是掸着一条凳子，拍着她的头发，把后门关上又打开，还往炉中添了一根柴。他的父亲连连鞠躬，套上一件战袍，给埃德蒙倒了一杯淡啤酒。

“不啦，谢谢你，杰拉德老爷，”埃德蒙说，显然他清楚这家人没有多余的东西，“不过，要是可以，我倒想要你们一小碗粥，莫德夫人。”每个家庭都在火上热着一锅加了骨头、苹果核、豌豆荚和别的零碎的燕麦粥，整天都用文火熬着。另外再加些盐和药草提味儿，做成的汤味道永远都不会一样。这是最便宜的饭食。

莫德高高兴兴地把粥舀到一个碗里，放到桌上，还摆上勺子和一盘面包。

梅尔辛还沉浸在头一天下午的快乐感觉中。那是一种微醺的感觉。他入睡时想着凯瑞丝的裸体，醒来时面带微笑，但他马上想起了为格丽塞尔达的事曾面对埃尔弗里克。一种不真实的本能告诉他，埃德蒙会大叫大嚷："你欺负了我女儿！"然后用一根木柴打到他的脸上。

这是刹那间的幻象，埃德蒙一坐到桌边，马上就消失了。他拿起勺子，还没开始吃，先对梅尔辛说："现在我们又有了副院长，我想尽快把新桥修建起来。"

"好啊。"梅尔辛说。

埃德蒙咽下了一勺粥，咂了咂嘴："这是我喝过的最好的粥，莫德夫人。"梅尔辛的母亲听了很高兴。

梅尔辛很感激埃德蒙对他父母说些动听的话。他们对自己落魄的境地深以为耻，镇上的教区公会会长在他家吃饭，还叫他们杰拉德老爷和莫德夫人，无异于在他们的伤口上敷了止痛药膏。

这时他父亲说："说起来，我还没娶她呢，埃德蒙——你听说过吗？"

梅尔辛肯定埃德蒙原先听说过这回事，但他答道："天啊，没有——是怎么档子事啊？"

"我在复活节礼拜日那天，在教堂里看到了她，当时就爱上了她。在王桥大教堂里总有上千人吧，她可是在场的最漂亮的女人。"

"我说，杰拉德，用不着夸张嘛。"莫德干脆地说。

"随后她就消失在人群里了，一下子找不到了！我不知道她的名字。我跟人们打听，那个长着一头金发的漂亮姑娘是谁，他们说，所有的姑娘都是漂亮的金发碧眼的。”

莫德说：“我在礼拜之后就匆匆离开了。我们待在神圣灌木旅店，我母亲身体不太好，所以我要赶回去照看她。”

杰拉德说：“我找遍了全镇，可找不到她。复活节之后，大家都回家了。我住在夏陵，而她在卡兰特罕姆，不过我当时并不知道。我以为我再也见不到她了。我想象着她说不定是个天使，到地面上来确认人人都参加了礼拜。”

她说：“杰拉德，请你别说了。”

“我像是丢了魂。我对别的女人提不起兴趣。我想这一辈子就在渴望王桥的天使中度过了。就这样过了两年。后来我在温彻斯特的马上比武大会上见到了她。”

她说：“这个我完全不认识的人来到我跟前说：‘是你呀——过了这么长时间了！你要在又一次消失之前嫁给我。’我觉得他简直疯了。”

“够奇特的。”埃德蒙说。

梅尔辛觉得，埃德蒙的好意给拖得够远了。“反正，”他说，“我已经在大教堂的石匠楼厢的描图地面上画了一些设计图。”

埃德蒙点点头：“是一座宽得可以通两辆车的石桥吗？”

“照您的要求——并且两端都有斜坡。而且我还找到了一个办法，可以节省大约三分之一的开销。”

“这太惊人了！怎么办到的？”

“等您一吃完，我就给您看。”

埃德蒙舀起最后一勺粥，站起身来：“我吃完了。咱们走吧。”他转向杰拉德，微倾着头，浅浅地鞠了个躬，“感谢你们的盛情。”

“你肯赏光到来，是我们的荣幸，会长。”

梅尔辛和埃德蒙出了屋门，走进霏霏细雨之中。梅尔辛没有带着埃德蒙去大教堂，而是径直来到河边。埃德蒙跛脚迈步的样子顿时就显出来了，随时都有路人用友好的问候或尊敬的鞠躬向他致意。

梅尔辛突然感到了紧张。他已为建桥的设计思考了好几个月了。当他在圣·马可教堂监督木工们拆毁旧屋顶、搭建新屋顶时，他就已经在仔细琢磨建桥这更大挑战了。现在，他的想法就要第一次接受别人的审查了。

然而，埃德蒙对梅尔辛计划有多么根本性的创意毫无概念。

泥泞的街道穿过住房和作坊，逶迤向下。在两个世纪的和平生活中，城墙已经失修坍塌，在某些地方，全部残存部分都成了土堆，如今构成了花园的围墙。河边是要大量用水的行业，尤其是染毛和鞣革这两种。

梅尔辛和埃德蒙爬上了在散发出强烈血腥味的屠宰场和锤头敲击铁块成形的铁匠铺之间的泥泞的滩岸。在他们的正前方，隔着一条狭窄的水道，就是麻风病人岛。埃德蒙说：“我们为什么到这儿来？桥在上游四分之一英里的地方呢。”

“不错，”梅尔辛说。他吸了一口气，继续说：“我认为我们应当把新桥建在这儿。”

“一座通向小岛的桥？”

“另一座从岛上通向远岸。用两座小桥取代一座大桥，这样就便宜多了。

“可是人们就得步行穿过岛子才能从这座桥到那座桥。”

“为什么不可以呢？”

“因为那是麻风病人的移居点！”

“那儿只剩下一个麻风病人了，可以把他迁到别的地方。那种病看来已经消失了。”

埃德蒙沉思起来：“这样，所有到王桥来的人都要先到我们现在站的地方。”

“我们得修一条街道，拆掉一些建筑——但耗费比起建桥省下的钱要少。”

“而另一端呢……”

“那是属于修道院的一片牧场。我在圣·马可的屋顶上边时，看到了整个布局。所以我才想到了这一点。”

埃德蒙得到了深刻的印象：“这是很聪明的。我想不通当初为什么不把桥建在这里。”

“第一座桥是几百年前竖起来的，当时河道可能和现在不同。在几百年时间里，河岸准是改变了位置。岛与牧场之间的河道曾经比现在要宽，因此在这里建桥就没有优越性可言了。”

埃德蒙打量着对岸，梅尔辛追随着他的目光。麻风病人移民区是一片散乱的行将坍塌的木头房子，延伸有三四英亩。岛上多石，不宜耕种，上边有些树木和灌木、草丛。那里野兔出没，镇上人却因迷信它们是死去的麻风病人的魂灵而不肯吃。有一阵子，被放逐到这里的病人养过鸡和猪。如今修道院只供养最后留下来的住民就简单多了。“你说得不错，”埃德蒙说道，“镇上不见新的麻风病例已经有十年了。”

“我从来没见过一个麻风病人，”梅尔辛说，“我小时候，听过人们谈论‘麻风病’。我当时想象岛上住着长花斑的狮子呢。”

埃德蒙哈哈大笑。他转过身来背对着河，环顾着四周的建筑物。“要做一些解释工作，”他自言自语地说，“得让要拆迁掉住房的人相信，他们迁进新的更好的住房是走运的，而他们的邻居却没有这样的机会。而这座岛子要用圣水清洗一次，让人们相信这里是安全的。不过这些我们都能办到。”

“我已经为两座带尖顶、像大教堂一样的桥画好了图，”梅尔辛说，“应该是很漂亮的。”

“给我看看。”

他们离开了河边，爬坡上去，穿过镇子，前往修道院。在一层就像湿柴冒出的烟似的低云笼罩下，大教堂滴着雨水。梅尔辛渴望着再看到他的草图——他已经有一星期左右没有上过楼厢了——并且给埃德蒙解释清楚。他对于水流冲毁旧桥的情景和如何保护新桥不致遭到同样的命运，已经想过许多。

他领着埃德蒙穿过北廊，爬上螺旋形楼梯。他脚下的湿鞋在磨损的石阶上直打滑。埃德蒙精神十足地拖着他那条萎缩的腿跟在他身后。

在石匠的楼厢里点着好几盏灯。起初梅尔辛还挺高兴，因为这样，他们就能更清楚地看他的图了。随后他看见埃尔弗里克正在描图地面上工作。

他登时就感到气馁了。他同先前师父之间的敌对情绪，和原先一样大。埃尔弗里克没法阻止镇上的人雇用梅尔辛，便继续阻挠梅尔辛加入木匠行会的申请，使梅尔辛处于不正常的地位——既不合法又被接受。埃尔弗里克的态度既不讲道理又居心叵测。

埃尔弗里克待在这儿会给梅尔辛同埃德蒙的谈话煞风景。梅尔辛嘱咐自己别太敏感。为什么不会是埃尔弗里克给弄得不自在呢?

他为埃德蒙开着门，然后两人一起走过房间来到描图地面。这时他大吃一惊。

埃尔弗里克正俯身在描图地面上，用一把圆规在一层新灰泥上画着圈。他已经在地面上又涂了一层，把梅尔辛的图完全抹掉了。

梅尔辛难以置信地问："你这是干吗？"

埃尔弗里克轻蔑地看了他一眼，一语不发地接着画他的图。

"他把我的图都抹掉了。"梅尔辛对埃德蒙说。

"你怎么解释？"埃德蒙质问道。

埃尔弗里克没法不理睬他的岳父。"没什么可解释的，"他说，"描图地面隔一段时间就得更新一次。"

"可是你遮住了重要的设计！"

"是吗？副院长没吩咐这小子画什么图，而且这小子也没要求准许他用这描图地面。"

埃德蒙从来都是沾火就着，而埃尔弗里克的冷漠傲慢已经深刺到他的肌肤之下了。"别装糊涂，"他说，"我要梅尔辛为新桥准备的设计图。"

"很抱歉，但是只有副院长才有权这么做。"

"浑蛋，公会可是出钱的。"

"是贷款，要还的。"

"可依旧给了我们在设计上有发言权。"

"是吗？你得去跟副院长谈这个了。不过，我认为他不会对你挑个没经验的学徒工做设计人感到满意的。”

梅尔辛在看着埃尔弗里克在新涂层中正画着的图。“我猜想这就是你的桥梁设计图吧。”他说。

“戈德温副院长吩咐我来造桥。”埃尔弗里克说。

埃德蒙吃了一惊：“没有问我们一声？”

埃尔弗里克愤愤地说：“那又有什么——你难道不想让你自己的女婿揽这活儿吗？”

“圆拱，”梅尔辛说着，还在琢磨埃尔弗里克的图样，“还有狭窄的通道。你打算建多少桥墩？”

埃尔弗里克本不情愿回答，但埃德蒙正瞪着他等他说话。“七个。”他说。

“木桥才只有五个桥墩！”梅尔辛说，“为什么桥墩这么粗，而通道这么窄？”

“要承受石铺路面的重量。”

“你用不着粗桥墩来承重的。看看这座大教堂——它的立柱支撑着屋顶的全部重量，可它们都很细长，空间很宽。”

埃尔弗里克冷笑一声：“没人会赶着大车走过教堂的屋顶的。”

“这是实情，可是——”梅尔辛不说下去了。落在大教堂宽阔的屋顶上的雨水可能比一辆装载石头的牛车还要重，可他为什么要给埃尔弗里克解释这些呢？教育一个不称职的建筑匠师可不是他的责任。埃尔弗里克的设计是拙劣的，但梅尔辛并不想证明这一点，他想要以他自己的设计取而代之，所以他闭上了嘴。

埃德蒙也意识到他在白费力气。“这个决定不会由你们两个来做的。”他说完，便迈着重重的步伐走开了。

约翰治安官的女婴在大教堂里由戈德温副院长施洗礼。他之所以能够享有这份荣誉，是因为他是修道院的重要雇员。镇上的头面人物都出席了。虽说约翰既不富有也没有重要关系——他父亲曾在修道院的马厩中干活，但彼得拉妮拉说，受尊敬的人应该认真对他表示友好和支持。凯瑞丝觉得他们对约翰屈尊，因为他们需要他来保护他们的财产。

天又下雨了，围在洗礼盘旁边的人，比起正被圣水洒着的婴儿，身上还要湿。凯瑞丝看着那个任人摆布的小婴儿，心中翻腾着莫名其妙的感情。自从和梅尔辛同床共枕以来，她一味让自己不去想怀孕的事，但她仍旧在看到这婴儿时感到一种保护感情的温暖冲动。

她随亚伯拉罕的侄女，取名杰西卡。

凯瑞丝的表兄戈德温从来一沾婴儿就不自在，因此，那简短的仪式刚一结束，他立刻掉头就走了。但彼得拉妮拉拽住了他的本笃式长袍。“这座桥的事怎么样了？”她问。

她是低声说的，但凯瑞丝还是听见了，并打定主意继续听到底。

戈德温说：“我已经要埃尔弗里克准备图纸和估计费用了。”

“好的。我们要把这件事限制在由自家人办。”

“埃尔弗里克是修道院的建筑匠师。”

“别人可能想插手呢。”

“我要确定由谁来建桥。”

凯瑞丝气恼之极，便插了嘴。“你怎么敢？”她冲着彼得拉妮拉说。

“我没跟你说话。”她姑母说。

凯瑞丝不予理睬：“梅尔辛的设计为什么不予考虑？”

“因为他不是咱家的人。”

“他实际上和我们住在一起！”

“可是你还没嫁他呢。要是嫁了，可能就不一样了。”

凯瑞丝知道在这一点上自己理屈，于是她就变了根据。“你们总是对梅尔辛有偏见，”她说，“但人人都知道，他是比埃尔弗里克高明的建筑匠师。”

她姐姐艾丽丝听到这里，也加入了争论：“埃尔弗里克教会了梅尔辛一切，如今梅尔辛倒装起样子，像是他更懂行呢！”

凯瑞丝深知，这话不老实，所以感到很生气。“谁造的渡船？”她提高声音说，“谁修复了圣·马可教堂的屋顶？”

“埃尔弗里克造渡船的时候，梅尔辛跟着他干活。而没人请埃尔弗里克干圣·马可的活儿。”

“因为人家知道，他没本事解决那儿的问题！”

戈德温打断了她们的争论。“好啦！”他把双手举起在身前保护似的说，“我知道你们是我家的人，可是我是副院长，这里是大教堂。我不准女人们在大庭广众之下夸夸其谈。”

埃德蒙加入了这个圈子：“这也是我要想说的。压低点嗓门吧。”

艾丽丝指责说：“你得支持你的女婿。”

凯瑞丝觉得，艾丽丝越来越像彼得拉妮拉了，尽管她只有二十一岁，而彼得拉妮拉要年长一倍还要多，艾丽丝有着同样的钱袋口般的对谁都不买账的表情。她也长得越来越粗壮了，她的胸脯撑满她衣裙的前襟，就像风鼓起了帆。

埃德蒙严厉地看着艾丽丝。“这项决定是不能以家庭关系为基础做出的，”他说，“埃尔弗里克娶了我女儿这件事，无助于他在建桥上占上风。”

凯瑞丝清楚，他对这件事有强烈的观念。他相信，做生意总要跟最可靠的供货商，总要雇最能干的人干活，而不要顾及友情或亲情。“需要一帮忠实的助手来围着的人，并不真正相信自己，”他常常这样说，“要是连他自己都不相信自己，我为什么要相信他呢？”

彼得拉妮拉说：“这么说，该怎么来选择呢？”她向他投去精明的一瞥，“你显然已经胸有成竹了。”

“修道院和公会将考虑埃尔弗里克和梅尔辛的设计——别的人也可提出方案，”埃德蒙决断地说，“一切设计都要画出图样并估出预算。花费应由其他建筑匠师独立审核。”

艾丽丝嘀咕着：“我从来没听说过这么办事的。简直像射箭比赛了。埃尔弗里克是修道院的匠师，理应由他来做这件事。”

她父亲不理睬她。“最后，设计者要在教区公会的会议上接受镇上有头面的市民的诘问。而随后……”——他看着戈德温，而戈德温装作对这种把决定进程从他手中拿走的方式并不大惊小怪的样子——“而随后，戈德温副院长就可以做出决定了。”

会议在主街的公会大厅里举行。这座建筑物下面是石头砌的，上面则是木头建筑，屋顶铺了瓦，还竖着两个石砌烟囱。地下室中设有一个大型厨房，为宴会准备食品，另有一间牢房和一间治安官的办公室。主层和教堂一样宽敞：一百英尺长，三十英尺宽。一端是一座小教堂。因为开间太宽，而且跨越三十英尺的屋顶所需的木料长度既难找又费钱，主厅就由支撑托梁的一排木柱隔开了。

这些建筑物看起来不事铺张招摇，建筑材料用的是最简陋的住宅用的那种，毫不哗众取宠。但正如埃德蒙常说的，是这里的人挣的钱为大教堂的石灰石及彩色玻璃的宏伟付的款。而公会大厅以其朴实的方式令人舒适。墙上有挂毯，窗上镶玻璃，两座巨型壁炉在冬天保持房间温暖。生意兴隆时，这里供应的食物连皇室都会觉得可口。

教区公会已经成立了几百年了，当时王桥还是个小镇。几名商人聚在一起，凑钱为大教堂购买装饰品。但当有钱人成天吃喝时，他们必然要讨论共同关心的问题，集资很快就成了仅次于政治的大事。从一开始，公会就由羊毛商所把持，因此，大厅的一端就竖着一台巨型的天平和一个标准的羊毛袋——三百六十四磅。随着王桥的扩展，其他行业也组织了行会，代表匠人们——木匠、石匠、酿酒商、金匠——但其领导人也属于教区公会，使之保持着首要地位。与统治大多数英格兰市镇的公会商人相比，这里只是权势较小的形式，而且被镇上的地主王桥修道院所处处设障。

梅尔辛从来没参加过在这里举行的会议或盛宴，但曾多次为更普通的事务来到里边。他喜欢伸长脖子仰面研究屋顶木结构的复杂几何学，那真是一门课程，讲解了宽阔的屋顶的重量如何经漏斗形的汇集落到几根细木柱之上。大多数构件都作用分明，但有一两根木头在他看来有些多余，甚或有损，把重量转移到了薄弱区域。那是因为没人当真知晓使建筑物矗立的道理。建筑匠师靠本能和经验行事，有时会出错。

这天晚上，梅尔辛处于高度忧虑状态，唯恐别人未能真正欣赏木工业作业。公会就要对他的桥梁设计进行论断了。他的方案远比埃尔弗里克的高明——可是他们看得出来吗？

埃尔弗里克充分利用了描图地面。梅尔辛本来该请戈德温准许他也使用的，可是他担心埃尔弗里克还会进一步破坏，因此就想了个替代办法。他把一大张羊皮纸撑在一个木框上，用笔墨在上面画出了他的设计。今晚这办法反倒有利了，因为他把他的设计随身带到了公会大厅，这样，成员们就会在眼前看到，而埃尔弗里克的设计只能凭他们的记忆了。

他把装框的设计图放在大厅前面一个他为此目的做的一个三脚架上。人们到来时，都过来看一看，尽管几天来他们全都看过至少一次。他们还曾经爬上螺旋楼梯到楼厢去看埃尔弗里克的图样。梅尔辛觉得大多数人都会推崇他的设计，但也有人对支持一个毛头小伙子与一个经验老到的匠人唱对台戏表现出谨慎的态度。许多人都把意见闷在心中不说。

大厅里挤满了男人和少数的妇女后，嘈杂声提高了。他们为了到公会来还打扮了一番，就像去教堂似的，尽管夏日天气暖和，男人们还是换上了昂贵的羊毛外衣，妇女则佩戴了精美的头饰。尽管大家都把妇女的不足信和总体的劣势挂在嘴头，但实际上镇上最富有和最重要的居民中有好几位都是女性。塞西莉亚嬷嬷此时端坐在前排，陪着她的是她的私人助理、叫作老朱莉的一名修女。凯瑞丝就坐在这里——人人都知道她是埃德蒙的右手。在她坐到梅尔辛身边时，他感到一阵情欲的慌乱，她的大腿就温暖地挨着他的大腿。在镇上做生意的人都属于一个行会——不在会的人只有在赶集的日子才能做买卖。连修士和教士要是想做生意——他们往往要做的——都不得不入会。一个男人死后，通常由其遗孀继续开业。面包师贝蒂是镇上生意最好的面包师，开店的萨拉是神圣灌木旅店的店主，不让这样的妇女挣钱谋生是困难和残酷的。把她们包括在行会里则要容易得多。

这类会议通常都由埃德蒙主持，他坐在前面一个高台上的一把大木椅上。不过，今天在台上放了两把椅子。埃德蒙坐了一把，戈德温副院长到来时，埃德蒙邀请他坐另一把。戈德温由全体高级修士陪同，梅尔辛高兴地看到托马斯也在其中。菲利蒙也在随从之列，他枯瘦而尴尬，梅尔辛一时想不出，戈德温到底为什么带他来。

戈德温的样子很痛苦。埃德蒙宣布开会后，很谨慎地通告，副院长负责建桥一事，设计的最终选择由他来定夺。但是尽人皆知，事实上，埃德蒙通过召开这次会议，就已经把决定权从戈德温的手中拿过来了。假如今晚有明确的一致意见的话，戈德温是难以反对商人们表达出来的意愿的，因为这毕竟是商业而不是宗教问题。埃德蒙要戈德温带领祷告，戈德温听从了，但他明白，他已经失去先机，所以他那样子就像有臭气刺鼻。

埃德蒙站起身，说："这两个设计已经由埃尔弗里克和梅尔辛做了估算，他们用的是同样的计算方法。"

埃尔弗里克插话说："我们当然用的相同计算方法——他跟我学的嘛。"从老人们当中爆出了一阵笑声。

这是实情。有现成的公式计算每一平方英尺墙壁、每一立方码填料、每英尺屋顶伸展，以及诸如拱梁和穹顶这类更精细的工程的造价。所有的建筑匠师都用同样的方法，只是各人稍有改变而已。桥梁的计算比较复杂，但比起建造这样一座教堂还是要容易。

埃德蒙继续说："每个人都审查了另一方的计算，所以就没有争论的余地了。"

屠夫爱德华高叫："不错——所有的匠师都以同样的数量提高要价！"这话引起了哄堂大笑。爱德华在男人中有人缘是因为他脑子快，在妇女中有人缘是因为他的长相和眼窝。但他在他妻子面前却得不到好感，她了解他的不忠，最近还用他的一把屠刀砍过他；他的左臂上还缠着绷带。

"埃尔弗里克要花费二百八十五镑，"埃德蒙待笑声平息下去之后说，"梅尔辛的是三百零七镑。相差是二十二镑，你们当中的多数人比我算得要快。"人们听后一阵窃笑：埃德蒙常常被人取笑，因为由他女儿替他计算。他仍使用老的拉丁数字，因为他还不习惯使用使计算便捷得多的阿拉伯数码。

一个新的声音说："二十二镑是不少钱呢。"说话的是比尔·瓦特金，就是拒绝雇用梅尔辛的那个建筑匠师，他由于秃顶，倒有点像修士。

酿酒师迪克说："是的，可是梅尔辛的桥要宽一倍呢。理应花两倍的钱才是——但是没有，因为是更巧妙的设计。"迪克喜欢他自己的产品，结果就喝出了一个突出的大圆肚子，像个孕妇。

比尔又应道："一年里有多少天我们需要一座宽得能容两辆车的桥呢？"

"每个赶集的日子和整个羊毛集市的一周。"

"不是这么回事，"比尔说，"只有早晨的一小时和下午的一小时。”

“在这之前我刚刚为一车大麦等了两小时。”

“你应该想到在不忙的日子运进你的大麦。”

“我每天都要运进大麦。”迪克是全县最大的酿酒商。他有一口巨大的铁锅，能盛五百加仑，结果他的作坊就叫“黄铁”了。

埃德蒙打断了这一争吵。“有些生意人前往没有桥也不排队的夏陵。另一些人趁着排队的时间做生意，不用进城就可以回家，还给自己省下了过桥费和市场税。这是一种阻碍，而且是非法的，可我们从来没有成功地制止过这种活动。这样就出现了人们如何看待王桥的问题。眼下我们这个镇子的桥垮塌了。要是我们想把我们失去的生意全吸引回来，我们就要改变现状。我希望大家因为镇上有全英格兰最好的桥而知名。”

埃德蒙有极大的影响力，梅尔辛开始嗅到胜利了。

面包师贝蒂是个胖得出奇的四十岁女人，这时她站起来，指点着梅尔辛图样上的什么地方。“这是什么？就在桥栏中间、桥墩上面的地方，”她说，“这里有一小块凸出的东西伸出在水面上，像是个观景台。这是干吗用的，钓鱼吗？”别人都笑了。

“是一处行人让路的地方，”梅尔辛回答说，“如果你正走在桥上，夏陵伯爵突然骑马过来，还带着二十名马上骑士，你就可以给他们让路。”

屠夫爱德华说：“我希望那地方要宽敞得能容下贝蒂。”

大家全都笑了，但贝蒂坚持提问：“为什么桥下的桥墩尖尖的，一路插到水里？埃尔弗里克的桥墩就不是尖的。”

“为了让水中的碎物转向。看看随便哪座桥吧——你就会发现桥墩被撞得开裂掉碴了。你们觉得是什么原因造成这样的损坏呢？就是大块的木头——树干或是坍塌的建筑物上的木件——就是你们看到的顺水漂下来，撞到桥墩的。”

“要不就是船夫伊恩，喝醉酒的时候。”爱德华说。

“船只或者漂浮物，对我这种尖桥墩损害小。而埃尔弗里克的方案则会受到全力冲撞。

埃尔弗里克说：“我的墙牢固得不会被碎木头撞塌。”

“恰恰相反，”梅尔辛说，“你的桥洞比我的要窄，因此水流会更湍急地把漂浮物引过来，用更大的力量冲撞桥墩，造成更严重的损害。”

他从埃尔弗里克的脸上看出，这个年纪大的人根本就没想到这一点。但听众不是匠师——他们如何能判断哪一个正确呢？

在每个桥墩的底部，梅尔辛画出了一堆粗石，匠师们都管这叫作防冲乱石。可以避免水流在下面破坏桥墩，那正是许多老木桥的遭遇。但没人向他们问及防冲乱石的事，他也就没有就此解释。

贝蒂的问题还没问完：“你的桥干吗这么长啊？埃尔弗里克的桥从水边开始。你的却伸到岸上好几码。这不是不必要的开销吗？”

“我的桥在两端都有斜坡，”梅尔辛解释说，“这样，你下了桥就站到干地上，而不是踩到泥滩里。牛车也就不会陷到岸上，把桥堵上一小时了。”

“铺一条路要更节省呢。”埃尔弗里克说。

埃尔弗里克说话已经没了底气。这时比尔·瓦特金站了起来。“谁是谁非，我已经拿不准了，”他说，“他们俩争论时，就难以打定主意了。我还是建筑匠师呢——外行的人就更难了。”人们低声议论，表示同意。比尔接着说：“所以我认为我们应该看看人，而不是他们的设计。”

梅尔辛一直担心这个。他越听心里越没底了。

“这两个人，你们对哪个更了解？”比尔说，“哪个你们可以依靠？埃尔弗里克在这镇上当匠师，从小伙子到成年人，前后有二十年了。我们可以看看他建的住房，还都挺立着嘛。我们还可以看看他为大教堂做的修缮。另一方面，是这位梅尔辛——一个聪明的小伙子，这我们都知道，不过有点莽撞，而且始终还没学徒期满呢。没有多少事情可以表明，他能胜任王桥从建造大教堂以来从来没有过的最大的建筑工程。我知道我该信任谁。”他说完就坐下了。

有好几个人出声表示赞同。他们不会判断设计——他们要论人行事。这种不平简直让人发疯。

这时托马斯兄弟发言了：“王桥有谁懂得涉及水下建筑的工程？”

梅尔辛知道答案是没有。他感到希望又升起了，这可以帮他渡过难关。

托马斯接着说：“我愿意听听两位打算怎样处理这个问题。”

梅尔辛已想好了解决办法——但他担心，若是他发言，埃尔弗里克干脆就会附和他。他紧闭嘴唇，希望托马斯——总是帮他忙的——会得到这个暗示。

托马斯看清了梅尔辛的眼神，便说：“埃尔弗里克，你打算怎么办？”

“答案比你想的要简单，”埃尔弗里克说，“你只要把松散的碎石投进河里准备建桥墩的地方。这些石块沉到河底，你投下更多的石头，直到桥墩露出水面。然后你就在那个基础上建起你的桥墩。”

不出梅尔辛所料，埃尔弗里克给出的是最粗糙的解决方案。这时梅尔辛说话了：“埃尔弗里克的方法中有两处缺欠。一处是，一堆散石在水下不会比在地面上更稳定。时间一久，就摇晃坍塌，这种情况一出现，桥就要沉了。如果你只想让桥延续几年，那还可以。但我认为我们应该建造更长久使用的桥。”

他听到低声的附和议论。

“第二个问题是桥墩的形状。应该自然地在水下向外呈缓坡状，以限制船只的通过，尤其在河水浅的时候。而埃尔弗里克的桥拱已经太窄了。”

埃尔弗里克气冲冲地说：“你又想怎么办呢？”

梅尔辛勉强一笑。这就是他想听到的——埃尔弗里克承认他不晓得更好的答案。“我来告诉你吧。”他说。他心想，我要让大家都看到，我懂的比这个把我的雕花门劈了的白痴要多。他环顾四周。大家都在聆听。他们的决议就悬在他接下来要说什么了。

他深吸了一口气：“首先，我要用一个尖头木桩打进河床里。然后我在它旁边再砸进一个，让两个木桩靠在一起；然后又是一个。这样，我就打下了一圈木桩，围住河中我想做桥墩的地方。”

“一圈木桩？”埃尔弗里克嘲笑着说，“那是绝对拦不住水的。”

提出这个问题的托马斯兄弟说：“请听他说下去。他刚才也好好听了你说嘛。”

梅尔辛说：“接下来，我要在第一圈里再打一圈木桩，中间距离为半英尺。”他感到他已经把听众的注意力吸引过来了。

“还是挡不住水啊。”埃尔弗里克说。

埃德蒙说：“闭嘴，埃尔弗里克，这很有意思呢。”

梅尔辛继续说：“然后我就把灰浆倒进两圈木桩中间的缝隙里。这种混合物因为重量沉，就把水排出去了。还能把木桩间的缝隙堵死，使那圈木桩不透水。这叫作围堰。”

房间里一片安静。

“最后，我用桶把水从里面戽出来，露出河床，筑成石头和灰浆的基础。”

埃尔弗里克目瞪口呆了。埃德蒙和戈德温两人则注视着梅尔辛。

托马斯说：“谢谢二位。我替自己说一句，这样再做决定就容易多了。”

“是啊，”埃德蒙说，“我也觉得好办了。”

凯瑞丝很奇怪，戈德温居然想让埃尔弗里克设计这座桥。她明白，埃尔弗里克似乎是个保险的选择——但戈德温是个改革派，不是保守派，她还以为他会对梅尔辛的聪明的崭新设计显示热情呢。结果他却乖觉地中意谨慎的方案。

所幸，埃德蒙能够智胜戈德温，如今王桥就要有一座让两辆车同时通过的牢固又美观的大桥了。但戈德温急于指定那个毫无想象力的马屁精而不肯起用有才华的大胆的人，对未来是个不祥之兆。

而戈德温从来就是个输不起的人。他小时候，彼得拉妮拉教他下棋，故意让他赢以鼓励他；他还向他舅舅挑战，但输了两盘之后，他就哭丧着脸，再也不下棋了。她能想得出来，在公会大厅会议之后，他就是怀着同样的心情。并不一定是他对埃尔弗里克的设计特别倾心，而是他无疑对手中失去了决定权心怀不满。第二天，当她和她父亲前往副院长的住所时，她预感到了麻烦。

戈德温冷冷地问候了他们，并没有拿出茶点招待。埃德蒙像往常一样，装作没注意这些小事。“我想让梅尔辛立即着手建桥，”他在厅里的桌边一坐下就说，“我已经为梅尔辛预算的全额投入了资金——”

“谁出的？”戈德温打断了他的话。

“镇上最富有的商人。”

戈德温依旧用询问的目光看着埃德蒙。

埃德蒙耸了耸肩，说：“面包师贝蒂出了五十镑，酿酒师迪克出了八十，我自己出了七十，还有十一个人，每人出了十镑。”

“我不知道咱们的市民这么富有，”戈德温说，他似乎既吃惊又嫉妒，“上帝真是仁慈啊。”

埃德蒙补充说：“仁慈是对人们终生勤奋和忧虑的报偿。”

“没错。”

“所以我必须让他们放心，钱一定会归还。桥建成后，过桥费要缴给教区公会，用来偿还贷款——但是行人过桥时谁来收费呢？我认为应该是公会的一个仆人。”

“我从来没同意过这样做。”戈德温说。

“我知道，所以我才现在就提出来。”

“我是说，我从来没同意过把过路费缴给教区公会。”

“什么？”

凯瑞丝又惊又怒地瞪着戈德温。他当然同意过——他在说些什么？他曾经当面对她和埃德蒙说过，而且向他们确认托马斯兄弟——

“噢，”她说，“你答应过，如果托马斯当选副院长，他就会修桥。后来，托马斯撤出了，你成了候选人，我们还以为……”

“你们以为。”戈德温说。他嘴角露出得意的笑意。

埃德蒙几乎控制不住自己了：“这可不是公平交易，戈德温！”他用憋屈的嗓音说，“你懂得什么叫理解！”

“我不知道这种事，而且你该叫我副院长神父。”

埃德蒙的嗓门亮了：“这样，我们就又回到三月前与安东尼副院长商谈的起点了！只是如今我们现在根本没有了桥而不是当时那座不合用的桥。别以为你分文不花就能把桥建起来。镇民可以把他们一生的积蓄借给修道院，保障就是从过桥费中收回，但他们不会把钱白白扔掉的……副院长神父。”

“那他们可以凑合着没有桥吧。我才刚刚当上副院长——我怎么能够把几百年来属于我们修道院的权利拱手相让呢？”

“但这只是暂时的！”埃德蒙怒气冲冲地嚷道，“要是你不肯建桥，谁也不会从过桥费中得到进款，因为根本就没有该死的桥！”

凯瑞丝也愤怒了，但她咬紧牙关，想琢磨出戈德温到底要达到什么目的。他在为昨天晚上的事报复，但他真的就是为了这个吗？“你想要什么？”她冲着他说。

埃德蒙对这个问题面露惊诧，但他没说什么。他带凯瑞丝出席会议的原因，就是她往往能够看到他忽略的事情，而且会问出他没想到的问题。

“我不明白你的意思。”戈德温回答。

“你让人吃惊，”她说，“你抓住了我们错误的立足点。好嘛。我们承认，我们对没有保证的事情做了假定。可是你的目的何在呢？就为了使我们感到自己愚蠢吗？”

“是你们要求这次会面的，不是我。”

埃德蒙爆发了：“你这是用什么态度跟你舅舅和表妹谈话？”

“先等一下，爸爸。”凯瑞丝说。她可以肯定，戈德温有着不可告人的如意算盘，只是不想承认罢了。她心想，好吧，我就要猜猜看了。“让我想一想。”她说。戈德温仍旧愿意建桥——他不得不如此，否则于理不通。有关出让修道院古老权利的说法不过是托词，那种目空一切的漫谈，是牛津的一切学子都要学的。他是不是想让埃德蒙屈服，同意埃尔弗里克的设计呢？她觉得不是。戈德温显然对埃德蒙超过他直接吁请镇民心怀不满，但他应该看到，梅尔辛几乎用同样的钱要修宽出一倍的桥。那么看来，他还要怎样呢？

或许他只是想要更有利的交易。

她揣摩，他一直密切注视着修道院的财务。他多年来舒舒服服地指责安东尼管理不善，如今却面临着他自己要做出更好的业绩的现实。或许并不像他想象得那样轻而易举，或许他不像自己原先以为的那样精于钱财和管理。在绝望之中，他就要有这座桥和过桥费。但是他认为怎样才能办到呢？

她说："我们能给你提供些什么才能让你改变主意呢？"

"你们建桥，但不由你们收过桥费。"他脱口答道。

原来这就是他的如意算盘。她心想，戈德温，你总是这样鬼鬼祟祟的。

她灵机一动，便说："我们谈论的是多少钱？"

戈德温满脸狐疑："你为什么要知道呢？"

埃德蒙说："我们可以算出来嘛。不要把镇上的人计算在内，他们是不用交过桥费的，每个赶集的日子，大约有一百人过桥，牛车要付两便士。当然，现在有了摆渡，总数要少一些。"

凯瑞丝说："就算一星期一百二十便士，或者十先令吧，一年就有二十六镑。"

埃德蒙说："那么，在羊毛集市那一星期里，第一天大概有一千人，以后每天还另有二百人。"

"那就两千二百人，再加上车辆，就算两千四百便士吧，等于十镑。一年总共三十六镑。"凯瑞丝看着戈德温，"大概差不多吧？"

"没错。"他勉强地承认着。

"这么说，你想从我们手里每年要三十六镑。"

"对。"

"休想！"埃德蒙说。

"没必要，"凯瑞丝说，"假如修道院要批给教区公会在桥上的租借权——"她边想边站起身，然后补充说，"再加上桥两端的占地和中间的岛子——一年三十六镑，永不变更。"她知道，桥一建成，那片地就无法估价了。"你想要的就是这些吧，副院长神父？"

“是的。”

戈德温想得明白，他用不值分文的东西白白得到一年三十六镑的收入。他却不知道，在桥头的一块地要收取多少租金。世上最糟糕的谈判人就是自以为是，凯瑞丝想。

埃德蒙说：“可是公会如何收回建桥花费呢？”

“按照梅尔辛的设计，过桥的人和车数量会增多。理论上可以多出一倍。超出三十六镑之外的收入全都归公会。然后我们就可以在桥两端盖起服务旅客的房子——客栈、马厩、饭馆。这都是可以赚钱的——我们可以收取一笔不错的租金。”

“我不知道，”埃德蒙说，“我看是够冒险的。”

一时之间，凯瑞丝生她父亲的气了。她好不容易得到了一个聪明的解决方案，他倒像是在吹毛求疵了。随后她意识到他是有意为之。她能明白他眼睛里的热切，那是没有掩饰的。他喜欢这个主意，但不想让戈德温发现他是多么跃跃欲试。他隐藏起他的感情，唯恐这位副院长会想法再讨价还价。这是他们父女以前在谈羊毛生意时就玩过的把戏。

凯瑞丝弄清楚他的意图后，长时间地装作分担他的疑惧的样子。“我知道这是冒险，”她无精打采地说，“我们可能丧失一切的。可是我们还有别的路可走吗？我们已经退到背抵着墙了。要是我们不建桥，我们就做不成生意了。”

埃德蒙将信将疑地摇着头：“无论如何，我没法代表公会同意这个条件。我只好去和投钱的人谈话。我说不准他们会怎样回答。”他盯着戈德温的眼睛，“不过，这要是你最好的条件的话，我只好尽力去说服他们了。”

凯瑞丝想起来了，戈德温其实并没有提出条件，但他已经忘掉了。“就这样吧。”他坚决地说。

这次算抓住你了——凯瑞丝得意地想着。

“你可真够精明的。”梅尔辛说。

他躺在凯瑞丝的两腿中间，头枕着她的大腿，摆弄着她的阴毛。他们刚刚做完爱，是两人之间的第二次，他感到比第一次更欢乐。他们在满意的情侣间的美好白日梦中打着瞌睡，她跟他讲了和戈德温谈判的事。他感受极深。

凯瑞丝说：“最棒的是，他满以为他赢得了条件苛刻的交易。而事实上，大桥及周围土地的永久租用权才是无价的生意。”

“他要是在经营修道院的钱财上不比你叔叔安东尼强，同样是让他抬不起头来的。”

他俩所待的地方是树林里的一块空地，隐藏在黑莓丛中，还有一排高大的山毛榉为他们遮荫，一条溪水流过石头，形成一个水潭。这地方几百年来大概一直被情人利用。他们脱光衣服，先在潭中洗澡，然后在草岸上做爱。在林中悄悄走过的人，都会绕过树丛，因此不可能发现他们，除非是采摘黑莓的儿童——凯瑞丝告诉梅尔辛，她最初就是这样发现这块空地的。

这时他随便问了一句：“你怎么想要那岛的？”

“我也说不准。那里显然没有桥两端的土地值钱，而且也不宜耕种，但还是能开发的。实情是，我猜想他不会反对，所以就加进去了。”

“有一天你会接手你父亲的羊毛生意吗？”

“不会。”

“这么肯定？为什么？”

“国王对羊毛交易收税太容易了。他刚刚给每袋羊毛加了一镑的附加税——那是在现有的三分之二镑上面附加的。羊毛价格如今高得让意大利人从别的国家找货源了，比如西班牙。这行生意太过仰仗君主开恩了。”

“这毕竟还是一种生存嘛。你想干什么别的呢？”梅尔辛在把谈话向婚姻上靠拢，这个话题是她从来闭口不谈的。

“我也不清楚。”她嫣然一笑，“我十岁那年，想过当医生。我当时想，要是我懂医，就能救我母亲的命了。他们都笑话我。我并不知道，只有男人才能当医生。”

“你可以当个智慧的女人，像玛蒂一样。”

“那会让家里人震惊的。想想看，彼得拉妮拉会怎么说！塞西莉亚嬷嬷认为我注定要当修女。”

他哈哈大笑：“要是她看到你现在的样子！”他吻着她大腿柔软的内侧。

“她大概想做你正在做的事情，”凯瑞丝说，“你知道人们是怎么说修女的吗？”

“她怎么会觉得你想进女修道院呢？”

“是因为在桥塌了以后我们做的事情，我帮忙照顾了伤员，她说我有这方面的天赋。”

“你是有。连我都看得出来。”

“我只是做了塞西莉亚吩咐的事。”

“但是你跟人们谈话之后，他们马上就觉得好多了。而后，你总是听他们想说的话，然后你才告诉他们该做什么。”

她抚摸着他的下颏："我不会当修女的。我太爱你了。"

她那三角区的阴毛呈红褐色，发着金色的光泽。"你这儿有一颗小痣，"他说，"就在这儿，在这裂口的左边，紧挨着。"

"我知道。从我是小女孩时就有了。我原先还觉得挺难看的。我长了毛以后挺高兴的，因为我以为我丈夫看不见它了。我从来没想过有谁会像你这样看得这么仔细。"

"托钵修士默多会叫你巫女的——你最好别让他看见。"

"不会的，哪怕世界上就剩他一个男人呢。"

"这是可以救你不致有亵渎言行的瑕疵。"

"你在说些什么？"

"在阿拉伯世界里，每一件艺术品都留有一点小毛病，就不会和天神的完美竞争了。"

"你怎么知道这个的？"

"一个佛罗伦萨人告诉我的。听我说，你认为教区公会想要那座岛吗？"

"你为什么问这个？"

"因为我想拥有它。"

"四英亩的石头和野兔。何必呢？"

"我想筑一座码头和匠师的院子。从水路运来的石头和木料可以直接运抵我的码头。等桥修好了，我就在岛上盖一栋房子。"

"好主意。但他们不会白给你的。"

"要是算成建桥工钱的一部分呢？比如说，我可以在两年之内拿一半工钱。"

"你一天是四便士……所以这岛的价钱刚过五镑。我估摸公会会巴不得为那块不毛之地得到这笔钱的。”

“你认为这是个好主意？”

“我觉得你应该在那儿盖房子出租，桥一建好，人们出进那岛就方便多了。”

“是啊，”梅尔辛沉思着说，“我最好跟你父亲谈谈这件事。”

26

经过一天的狩猎，在傍晚回到伯爵城堡，罗兰伯爵的全体扈从个个都兴高采烈，拉尔夫·菲茨杰拉德很幸福。

他们穿过吊桥时如同一支入侵的大军，骑士、护卫和猎犬纷纷扰扰。天上下着霏霏细雨，凉爽地迎接着人和犬马，他们虽然又热又累，但心满意足。他们猎到了好几只夏天膘肥的雌鹿，可以饱餐一顿了，此外还有一只又大又老的雄鹿，肉太老，只能让狗吃，捉它是为了它那对雄伟的鹿角。

他们在8字形城壕的低圈内的城堡外院下了马。拉尔夫给"怪兽"卸了鞍，在它耳边低声喃喃了几句感谢的话，喂了它一根胡萝卜，还把它递给了一名马夫去洗刷。厨房的僮仆们把血淋淋的鹿尸拖走了。这帮男人叫嚷着回忆起白天的事件，吹的吹，笑的笑，嘲弄的嘲弄，讲的都是难忘的跳跃，危险的落马和千钧一发的逃命。拉尔夫的鼻孔里充满了他喜爱的气味：那是出汗的马匹、湿润的猎犬、皮毛和血腥的混杂。

拉尔夫发现自己就在卡斯特的威廉老爷——伯爵的长子的身边。"痛痛快快的一天狩猎。"他说。

"太棒了，"威廉表示同意，他摘下帽子，搔着他的秃顶，"不过，我还是为失去布鲁诺难过。"

布鲁诺是众猎犬中的领袖，它早几分钟就投入了杀场。当那头雄鹿已经精疲力尽，再也跑不远，转过头来面对猎犬时，它那耸起的双肩布满了鲜血，布鲁诺跳起来去咬它的喉头——但是，那鹿拼尽最后的力气来抵抗，头一低，肌肉饱满的颈部一摆，鹿角的尖端就插进了那条狗柔软的肚皮。这一下把那头鹿的最后一点力气使完，片刻之后，其他猎犬就在把鹿撕碎了；但是，当布鲁诺拼死之时，它的脏腑都挂在了鹿角之上，就像一团绳子，威廉只好结束它的痛苦，用一柄长匕首划断它的喉咙。“它是一条勇敢的狗。”拉尔夫说着，把一只手放在威廉的肩头，表示同情。

“像是一头狮子。”威廉同意地说。

就在这一时刻，拉尔夫决定谈谈他的前程。这可是最好的时机了。他成为罗兰的人已有七年；他强壮勇敢，而且在桥塌了之后还救了他主子一命——可依旧未得到晋升，仍然是个护卫。对他还能要求些什么呢?

昨天他在从王桥到夏陵路边的一家酒馆里，与他哥哥巧遇。梅尔辛是在去修道院采石场的路上，有一肚子新闻。他就要修建全英格兰最美的桥了。他会名利双收。他们的父母激动不已。这就让拉尔夫益发困窘了。

此时，他和威廉老爷谈话，想不出一条简明的途径引出脑子里想的主题，干脆就单刀直入。“自从我在王桥救了你父亲的性命以来，已经过了三个月了。”

“好几个人都自称有那份荣幸。”威廉说。他脸上掠过的严峻表情，使拉尔夫强烈地联想起罗兰。

“是我把他从水中拽上来的。”

“而理发师马修修补了他的头，修女们给他换绷带，修士们为他祈祷。还是上帝救了他的命。”

“阿门，”拉尔夫说，“反正，我希望有点好报。”

“我父亲可不是那么容易高兴的。”

威廉的弟弟理查刚好站在近旁，他热得满脸通红，满头大汗，听到了这番话。“那可是像《圣经》一样要信以为真的。”他说。

“别抱怨，”威廉说，“我们父亲的强硬才使我们强大呢。”

“就我所记忆所及，是使我们遭罪呢。”

威廉转身走了，大概不想在下属面前争论这些吧。

马匹都牵进马厩之后，人们散乱地穿过院子，经过厨房、营房和祈祷室，向通往一座小型内院的第二座吊桥走去，那里是8字形城壕的顶端。伯爵住在传统的城堡中，一层是库房，上面是一座大厅，再向上的一层小楼是伯爵的私人卧室。城堡周围的高树上栖息着白嘴鸦，它们像卫兵似的在雉堞上高视阔步，呱呱地发泄着不满。罗兰脱下了肮脏的猎装，换上了紫袍，坐在大厅里。拉尔夫站在伯爵身边，决定一有机会就提出他的晋升问题。

罗兰心情甚好地和威廉的妻子菲莉帕夫人争论着——她是为数不多的能够与他意见不一又不受惩罚的人中的一个。他们正在谈着城堡。

“我认为一百年来城堡没什么变化。”菲莉帕说。

“那是因为设计得很好，”罗兰说，还是用着他嘴的左边，“敌人花费了大部分兵力进入了低院，却面对着一场全新的战斗来到达城堡。”

“一点不错！”菲莉帕说，“这是为防御而不是为舒适修建的。可是最近一次英格兰这一带的城堡遭到进攻是什么时候呢？反正在我出生之前。”

“我也没出生呢。”他动了动半边脸算是笑了，“大概是因为我们的守卫固若金汤吧。”

“有一位主教在途经的路上抛撒橡实，防止狮子的攻击，”菲莉帕说道，“当人们告诉他，整个英格兰也没有狮子时，他说：‘比我想得还要有效。’”

罗兰放声笑了。

菲莉帕补充道：“大多数贵族如今都住在更舒适的家里了。”

拉尔夫不求奢侈，但他在意菲莉帕。在她说话时，他盯着她妖媚的身材，她可没注意他。他幻想着她仰卧在他身下，扭动着她赤裸的身子，兴奋地或者痛苦地或者二者兼而有之地哼叫着。他要是当上了骑士，就要有这样一个女人。

“您应该拆掉这座老城堡，盖一栋时髦的住宅，”她对她公公说，“就是那种装着大窗户和许多壁炉的房子。您可以在底层设一座大厅，一头分住着家里人，这样我们就都有私室，可以在我们来拜望您的时候住下，另一头是厨房，食物端到桌上时，还是热的。”

拉尔夫突然意识到，他可以对这场谈话做些贡献。“我知道谁能为您设计这样的住宅。”他说。

他们惊讶地转过脸来看着他。一个护卫怎么会懂得设计住宅呢？“谁？”菲莉帕问。

“我哥哥梅尔辛。”

她陷入了沉思：“就是那个告诉我要买绿色丝绸和我眼睛相配的长着可笑脸蛋的男孩？”

“他可没有不敬的意思。”

"我不清楚他有没有那个意思。他是个建筑匠师吗？"

"他是最棒的呢，"拉尔夫骄傲地说，"他在王桥制造了新式摆渡，后来他又想出怎样修复圣马可教堂的屋顶，那是别人都干不出来的，现在他已受命建造英格兰最漂亮的大桥。"

"我倒是不觉得奇怪。"她说。

"什么桥？"罗兰说。

"王桥的新桥。那桥有尖拱，像教堂一样，宽度足可以走两辆车！"

"我对这事一无所闻。"罗兰说。

拉尔夫看出来伯爵不高兴了。是什么事惹他心烦了？"那桥总该重建的，是吧？"拉尔夫说。

"我说不准，"罗兰答道，"这年头，像王桥和夏陵这样两个靠得挺近的市场，难以有足够的生意了。不过，要是我们应该接受王桥市场，也并不是说我们就得接受修道院明目张胆地从夏陵偷走顾客的意图。"理查主教早已进来了，这时罗兰转过脸对着他说："你没告诉我王桥建新桥的事。"

"因为我也不知道。"理查回答说。

"你理应知道，你是主教嘛。"

理查听到这一责难脸红了："自从两个世纪以前史蒂芬国王和莫德女王之间的内战以来，王桥的主教一直住在夏陵城里或附近。修士们，还有大多数主教，都求之不得这样呢。"

"那也挡不住你把耳朵贴在地面上啊。你应该对那里发生的事有所了解嘛。"

"既然我不了解，也许您能好心地告诉我，您听到的消息。"

那种冷酷傲慢的劲头掠过罗兰的头脑："那座桥要宽到容得

下两辆车，会把生意从我的夏陵市场抢走呢。”

“对这种事我无能为力。”

“为什么不成？你在职权上是修道院正院长，修士们理应照你的吩咐去做事的。”

“可惜他们不听话。”

“要是我们把他们的匠师弄走，他们就听话了。拉尔夫，你能劝服你哥哥放弃那工程吗？”

“我可以试试。”

“给他提出一个更好的前程。告诉他，我想让他在伯爵城堡这儿给我盖一座新宫殿。”

拉尔夫从伯爵那儿得到一项特殊使命喜出望外，但他也底气不足。他从未能够劝说梅尔辛干什么——恰恰总是反过来，哥哥说服他。“好吧。”他说。

“没有他，他们还能接着干吗？”

“他到手这份工作是因为在王桥没人懂得如何在水下施工。”

理查说：“在英格兰，他显然不是唯一能够设计桥梁的人。”

威廉说：“不过，调开他们的匠师肯定会拖延他们，明年大概都开不了工。”

“那就值得一干。”罗兰决断地说。一种恨意出现在他那能动的半边脸上，他补充说：“那个不知天高地厚的副院长必须要就范。”

拉尔夫发现，杰拉德和莫德的生活有了变化。他母亲穿了一件新的绿色衣裙去教堂，他父亲也穿上皮鞋。回到家，火上烤着一只填了苹果的鹅，使小屋里充满了令人馋涎欲滴的香味，桌子上摆着一条最昂贵的那种白面包。

拉尔夫很快就得知，钱是梅尔辛给的。“他在圣马可干活时，一天能挣四便士，”莫德骄傲地说，“他还在为酿酒师迪克造一栋新住宅。还要准备造新桥呢。”

梅尔辛在他父亲切剖那只鹅的时候，解释了他在建桥中拿了较低工钱的原因，是由于他得到了麻风病人岛抵付部分工资。最后一名麻风病人年纪大了又卧床不起，已经搬到河对岸修士果园中的一间小屋里。

拉尔夫感到他母亲显而易见的高兴劲在他嘴里留下了一种酸涩的滋味。自从他还是个孩子的时候起，他就相信，全家的命运把握在他手里。他在十四岁就被打发到夏陵伯爵家中，即使当时，他就知道，要靠他当上骑士，也许是男爵，甚至伯爵，才能一雪他父亲的耻辱。与他相比，梅尔辛开始了木匠的学徒生涯，走上了一条只能让父亲的社会地位益发下坡的道路。匠师们是从来当不上骑士的。

还能有些慰藉的是，他们的父亲对梅尔辛的成功感受不深。在莫德唠叨建筑工程时，杰拉德露出了不耐烦的迹象。“我的长子似乎继承了匠师杰克的血脉，那是我唯一的出身低贱的祖先，”他说，口气中含着惊异而不是自豪，“我说，拉尔夫，告诉我们你在罗兰伯爵的宫廷里进展如何。”

不幸的是，到目前为止，拉尔夫莫名其妙地没有晋升到贵族阶层，而梅尔辛却给父母买了新衣服和昂贵的饭菜。拉尔夫知道，他只该感念，兄弟俩中有一个已经成功，哪怕父母依旧卑微，至少生活舒适了。但是，尽管他的脑子告诉他应该欣慰，他的心中却翻腾着不快。

现在他将劝说哥哥放弃建桥了。拿梅尔辛难办的是，他看什么都不那么简单。他和拉尔夫厮混了七年的那些骑士和护卫不同。那些都是武夫，在他们的天地里，忠心是明确的，勇敢是美德，任务都是生死攸关。从来不需要什么深思。但梅尔辛凡事都要想一想。他只要扮演查考的角色，就不能不提出改变规则的建议。

他在向父母解释，他为何要接受四英亩的乱石荒地作为他建桥的部分工钱。“谁都以为那里是座荒岛，土地就不值一文，”他说，“他们没看到的是，桥一建成，那岛就成了城市的一部分。镇上人走过桥就像是在主街上一样。而四英亩的城里土地就非常有价值了。如果我在岛上盖起房子，租金就是一笔钱呢。”

杰拉德说：“你还要苦等几年才到那一天呢。”

“我已经从那儿得到收入了。贾克·切波斯托夫租了半英亩地用作木料场。他从威尔士运来木材。”

“干吗要从威尔士运来呢？”杰拉德问道，“新林要近得多嘛——那儿的木材也要便宜些。”

“理应如此，可是沙夫茨堡伯爵的领地内每个河口和桥梁都要收费或缴税。”

这是熟知的头痛事，许多领主都想出办法对过境的货物收税。

他们开始吃饭后，拉尔夫对梅尔辛说：“我给你带来了另一个机会的消息。伯爵想在伯爵城堡建一座新宫。”

梅辛尔面露疑色：“他打发你来要我设计？”

“我提议用你。菲莉帕夫人责怪他城堡多么老气，我就说我知道合适的人选来商谈。”

莫德冲动了：“这不是太棒了吗？”

梅尔辛仍然将信将疑：“伯爵说了想用我？”

“是啊。”

“奇怪。几个月以前我找不到活儿干。现在要干的又太多了。而且伯爵城堡在两天的路程之外。我想不出，我怎么能同时在那边造宫殿又在这边建桥梁。”

“噢，你得放弃建桥。”拉尔夫说。

“什么？”

“为伯爵工作自然要优先于其余的一切了。”

“我不敢说这是对的。”

“照我的意思，接手吧。”

“他是这么说的吗？”

“是的，事实上，他就是这么说的。”

他们的父亲插进来了。“这可是了不得的机遇，梅尔辛，”他说，“为一位伯爵建造宫殿！”

“当然是啦，”梅尔辛回答说，“可对这镇子来说，桥至少是同样重要的。”

“别犯傻了。”他父亲说。

“我尽量不犯傻就是。”梅尔辛反讽地说。

“夏陵伯爵是这片土地上的一个大人物，王桥的副院长比起来就不算什么了。”

拉尔夫切下一大块鹅腿，放进嘴里，但他难以下咽。他本来就担心这个。梅尔辛太难缠了。他也不会听命于父亲的。他从小就不听话。

拉尔夫感到技穷了。“听着，”他说，“伯爵不愿意建起新桥，他认为那样会抢走夏陵的生意。”

“啊哈，”杰拉德说，“你可别想跟伯爵犯上，梅尔辛。”

“事情的背后就是这样吗，拉尔夫？”梅尔辛问道，“罗兰给我这份工作就是为了阻止建桥吗？”

“还不只是为这条理由。”

“但这是一个条件。如果我愿意造他的宫殿，我就得放弃建桥。”

杰拉德恼怒地说：“你没有选择的余地，梅尔辛！伯爵不请求，只命令。”

拉尔夫本想告诉他，以权势为基础的论点，不是说服梅尔辛的途径。

梅尔辛说：“我觉得他没法命令王桥的副院长，我是受副院长委任建这座桥的。”

“可是他能命令你。”

“能吗？他又不是我的领主。”

“别犯傻了，孩子。你跟一位伯爵对着干，是赢不了的。”

“依我看，罗兰不是和我争吵，父亲。这是伯爵和副院长之争。罗兰想利用我，就像猎人利用狗一样，可我觉得我最好还是置身事外。”

“我认为你应该照伯爵说的办。别忘了，他也是你的亲戚。”

梅尔辛试着用不同的论点：“你会不会觉得这对戈德温副院长是一种背叛呢？”

杰拉德发出一种难听的声响：“我们该对修道院尽什么忠呢？是那些修士迫使我们成了赤贫。”

“而你的邻里呢？王桥镇上的居民，你在他们当中已经生活了十年啦，他们怎么办？他们需要这座桥——这是他们的生命线。”

“我们是贵族，”他父亲说，“我们没必要卷进仅仅是商人的需要中去。”

梅尔辛点点头：“你可以这么想，但仅仅作为木匠，我不能和你想法一致。”

“这不仅关乎你！”拉尔夫爆发了。他明白他需要挑明了。“伯爵给了我这份差事。我要是办成了，他可能会让我当骑士，至少也当个小地主；要是成不了，我还得接着当护卫。”

莫德说：“我们都得尽力讨伯爵的欢心，这一点太重要了。”

梅尔辛感到为难了。他从来都愿意和他父亲对着干，但他不肯和母亲争论。“我已经同意建桥了，”他说，“这镇子指望着我呢。我不能放手。”

“你当然能啦。”莫德说。

“我不想闹个不可靠的名声。”

“你要是优先为伯爵干活，人人都会理解的。”

“他们可能会理解，但他们不会为此尊重我。”

“你应该把家庭放在第一位。”

“我为这座桥斗争过，母亲，”梅尔辛固执地说，“我做出了漂亮的设计，我说服了全镇对我信任。没有别人能够造这桥——他们不会按照正确的方案施工。”

“你要是回绝了伯爵，会影响拉尔夫一辈子的！”她说，“你难道看不明白吗？”

“他的一辈子不应该依赖这种事。”

“可就是这样。你愿意只是为了一座桥，牺牲自己的亲弟弟吗？”

梅尔辛说：“我想，这和我要他别去打仗好挽救人们的性命，是一个道理。”

杰拉德说：“好啦，我说，你不能把木匠和战士相比。”

拉尔夫心想，这就不圆滑了。这表明杰拉德偏爱小儿子。拉尔夫看得出，梅尔辛感到刺痛了。他哥哥的脸憋得通红，还紧咬嘴唇，仿佛要遏制自己不要做出吵嘴的回答。

沉默片刻之后，梅尔辛用平和的口吻说话了，拉尔夫明白这个迹象表明，他已经铁下了一条心。“我没要求做木匠，”他说，“跟拉尔夫一样，我也想当骑士。如今我懂了，那是个愚蠢的期望。反正，是你们决定了我成为今天这样子的。事实证明，我善于做木匠。我打算成就你们强迫我的事，有一天，我愿建造英格兰最高大的建筑。这是你们逼我们——所以你们最好学会承受我这条路。”

拉尔夫带着坏消息回伯爵城堡之前，搜索枯肠想找出个反败为胜的办法。既然他未能说服他哥哥放弃建桥，他还有没有别的途径可以把那项工程取消或推迟呢？

他可以肯定，跟戈德温副院长或者羊毛商埃德蒙谈是毫无意义的。他们在建桥上甚至比梅尔辛还坚决，而且他们也不会被一个小小的护卫说服的。伯爵能做什么呢？他可能派出一支骑士部队去杀死建桥工人，但那样一来非但不能解决问题，还可能会把事情越闹越大。

是梅尔辛启发了他这个主意。梅尔辛提到贾克·切波斯托夫那个木材商在使用麻风病人岛做贮存地，从威尔士购买树木以避开沙夫茨堡伯爵征税。

“我哥哥觉得他得接受王桥副院长的权势。”拉尔夫一回去就对罗兰伯爵说。还不等伯爵发火，他便补充说：“但是可能有个更好的办法来延缓建桥。修道院的采石场在伯爵您的领地的腹心地带，在夏陵和伯爵城堡之间。”

“可那儿属于修士啊，”罗兰低吼道，“几个世纪之前，国王就把那儿赐给了修道院。我们没法阻拦他们采石。”

“不过，您可以收税嘛。”拉尔夫说。他觉得愧疚，他在破坏他哥哥心爱的工程。但只能这样，他平息了一下自己的良心。“他们会通过您的领地来运石料。那些沉重的车辆会压坏您的大路，搅扰您的河口。他们理应付款。”

“他们会像猪一般地尖叫，还会告到国王那儿。”

“随他们去嘛，”拉尔夫说，听起来比他感觉的还要理直气壮，“那是要花时间的。今年的建筑季节只剩两个月了——在头场霜前，他们只好停工。走运的话，您可以把建桥的开工时间拖到明年了。

罗兰狠狠地瞪了拉尔夫一眼。“我可能小看了你，”他说，“也许你还擅长干些比把淹在水里的伯爵拉出河更多的事情。”

拉尔夫掩饰了一个得意的微笑：“谢谢您，爵爷。”

“可我们该怎么加税呢？通常都是在十字路口或者河口这类每辆大车必经之路上设关卡。”

“既然我们只对封锁石料感兴趣，我们可以干脆在采石场外面驻扎上军队。”

“好极了，”伯爵说，“你可以率领他们。”

两天之后，拉尔夫带着四名武装骑兵和两个牵着携带帐篷和一周食物驮马的侍童，接近了采石场。到此为止，他对自己还是满意的。他被给予了一个不可能完成的任务，而且使事情有了转机。伯爵认为他不只有能力下河救人。事情有了起色。

他为自己对梅尔辛的行为深感内疚。他大半夜都睁眼想着他们儿时在一起的经历。他总是很敬重这位聪明的哥哥。他们时常打架，拉尔夫赢的时候比输的时候心里更难受。那时候，事后他们总是和好如初。但长大成人后的争斗更难以忘怀。

对于即将面临的与修士们的采石工的对垒，他并不怎么担心。对一组军人来说，那算不上什么挑衅。跟他一起来的没有骑士——这种糙活有失他们的尊严——但他有个人人皆知的硬汉约瑟夫·伍德斯托克以及其他三个人。反正，事情过后他会为达到他的目的而高兴的。

此时天刚亮。头天夜里，他们在离采石场几英里的树林里宿营。拉尔夫计划及时赶到那里，找上午第一辆要走的大车的岔子。

马匹在被牛蹄踩成泥浆和被重载的大车的轮子压成深辙的大路上轻快地走着。太阳升到了撕破雨云露出蓝色的天空的高度。拉尔夫一伙人兴致勃勃，期待向手无寸铁的人们施展他们的权势，而对自己又不会有什么风险。

拉尔夫嗅到了烧木头的气味，随后就看到树上冒出好几处火。过了一会儿，大路扩展成一片泥泞的空地，紧邻着他从未见过的最大的一个地坑：足有一百码宽，至少有四分之一英里那么长。一道泥泞的斜坡向下通到采石工的帐篷和木屋，那些人正围着火做早饭。有几个已经在工地的远处开始干活了。拉尔夫能够听到锤子把楔子砸进石头裂缝，从巨石中分成大块石材的闷声闷响。

采石场距王桥有一天的路程，所以大部分车辆都在晚上到达而在次日上午离开。拉尔夫看见好几辆大车分散在采石场里，有些正往车上装石料，有一辆已经沿着开挖点间的车道缓缓驶向出口的斜坡。

采石场里的人们受到马蹄声的惊扰，抬头向上看，但没人走近，工人们从来不急于和当兵的交谈。拉尔夫耐心地等候着。看来从采石场只有一条出路，就是通到他脚下的那条泥泞的长坡。

第一辆车颠簸摇晃着慢慢上了坡道，赶车人用一条长鞭催着牛前进，牛带着不吭声的怨气一步一步地爬着坡。车板上排着四块巨石，都是经采石工粗削并刻上记号的。每个工人的开采量先后在采石场和工地计算出来，按石料发工钱。

那辆大车来到跟前时，拉尔夫认出赶车人是王桥居民，车夫本。他的样子和他的牛相像，粗脖子，宽肩膀。他的脸上是类似木然敌对的表情。拉尔夫猜测，他可能会惹麻烦。不过，他是可以压服的。

本赶着他的牛车向堵住大路的一排骑兵走来。他没有远远地把车停下，而是让车越走越近。这些马匹并非训练有素的战马而是每天干活的役用马，它们都紧张地喷着响鼻，向后倒退。牛也随着自己的意停了下来。

本叫道：“你这个蛮不讲理的笨蛋。”这态度激怒了拉尔夫。

本说：“你凭什么拦我的路？”

“收税。”

“没有税的。”

“载着石头走过夏陵伯爵的领地，每辆车你该交一便士。”

“我没钱。”

“那你就去找点钱来。”

“你要拦我的路吗？”

这蠢货并没有像他应该的那样吓坏了，这反倒激怒了拉尔夫。“别打算盘问我，”拉尔夫说，“把石头放在这儿，等有人付了税再说。”

本回瞪了他很长时间，拉尔夫强烈地感觉到，这人可能在琢磨，要不要把他从马上揍下来。“可是我没钱。”最后他只说了这句话。

拉尔夫想用剑把他刺个透心，但他压住了火气。“别装得比实际还傻，”他轻蔑地说，“去告诉采石工的头儿，伯爵的人不让你走。”

本又瞪了他一会儿，把局面掂量一番；随后，他二话没说，把车子留在原地，转身走回坡道去了。

拉尔夫怒气冲冲地等着，眼睛瞪着牛。

本进了中途的一间木屋。几分钟后，他由一个穿着褐色紧身衣的瘦削男人陪着，走了出来。起初，拉尔夫推测这第二个人是采石工的头目。然而，那身材看着很熟悉，等到两个人走到近前，拉尔夫才认出来，那是他哥哥梅尔辛。

“噢，不好。”他叫出了声。

他对此毫无准备。他看着梅尔辛走上长长的坡道，心中被羞耻折磨着。他知道他在这儿是对哥哥的背叛，但他没想到梅尔辛会在这儿目睹这一切。

“喂，拉尔夫，”梅尔辛走上前来时说，“本说你不让他过。”

拉尔夫无精打采地回忆起，梅尔辛在争论中总能胜他一筹。他决定做出公事公办的样子，只要他只是重复命令，就不大会陷入困境。他干巴巴地说：“伯爵决定实施他的权力，对使用他的大路运输石头的要收税。”

梅尔辛不理他这话：“你不想下马跟你哥哥说话吗？”

拉尔夫宁可骑在马上，但他无法拒绝看似友好的要求，所以还是下马了。这时他觉得像是已经落了下风了。

“从这里运石头是没税的。”梅尔辛说。

“现在有了。”

“修士们在这里采石有几百年了。王桥大教堂就是用这儿的石头盖的。从来没有税。”

“大概是伯爵看在教堂的面子上免除了吧，”拉尔夫临时想着说，“但他不会为建桥开恩的。”

“他不过是不愿意镇子有座桥罢了。道理就在这儿。他先是打发你来贿赂我，随后，在那个办法失败之后，就又想出个收税的新招。”梅尔辛若有所思地看着拉尔夫，“这是你的主意，是吧？”

拉尔夫心里别扭。他怎么会猜到的？“不是！”他说，但他觉得自己脸都红了。

“我从你脸上看得出来，就是这么回事。我敢肯定，在我说起贾克·切波斯托夫从威尔士运木材以逃避沙夫茨堡伯爵征税的事情之后，是我给你提了醒。”

拉尔夫越来越感到愚蠢和气恼。“这其中没有关联。”他笨拙地说。

“你曾指责我把建桥置于弟弟前面，你是为了你的伯爵，你毁掉了我的希望，算是心满意足了。”

“是谁的主意无关紧要，反正伯爵决定对石头征税了。”

“但是他没有这权力。”

车夫本一直认真听着这番对话，他站在梅尔辛身边，叉开两腿，手撑在后胯上。这时他对梅尔辛说：“你是说这些人无权拦住我吧？”

“我就是这么说的。”梅尔辛回答道。

拉尔夫本来能够告诉梅尔辛，把这样一个人当作有知识的来对待，是个错误。本这时把梅尔辛的话当作答应他离开了。他朝着牛肩甩了一鞭。那牲口缩进木轭中，拽紧了车子。

拉尔夫气汹汹地喊：“站住！”

本又抽了牛一鞭，叫道：“驾！”

那牛更用力地一拉，车子猛地向前一蹿，惊了那几匹马。约瑟夫·伍德斯托克的坐骑一声长嘶，眼睛转着，扬起了前蹄。

约瑟夫拉住缰绳，把马控住了，跟着就从鞍袋里拽出一根长木棍。“听我的，你给我别动。”他对本说。他催马向前，把木棍挥出。

本躲过这一击，攥住那木棍，往怀里一拉。

约瑟夫已经从鞍上探身向前了，这猛地一拽让他失去了平衡，从马上摔了下来。

梅尔辛叫道：“噢，别！”

拉尔夫知道梅尔辛为什么吃了惊。一名战士是受不了这种羞辱的。这会儿已经避免不了打斗了。但拉尔夫本人倒没什么可后悔的。他哥哥没能利用他们应有的防卫来对付伯爵的人，这会儿他要看后果了。

本用两只手紧握着约瑟夫的棍棒。约瑟夫一跃站起了身。他看到本挥舞着大棒，他就去掏他的匕首。但本比他要快——那车夫准是打过仗，拉尔夫醒悟过来了。本甩开大棒，砸到了约瑟夫的头顶上。约瑟夫倒在地上，一动不动了。

拉尔夫怒吼了一声，他抽出剑就冲向车夫。

梅尔辛高叫："别！"

拉尔夫把剑刺入本的胸口，在他的肋骨间使足力气戳进去。剑穿过本厚实的胸部，从另一侧伸了出来。本向后倒下，拉尔夫拔出了剑。血从车夫身上如泉涌出。拉尔夫感到了胜利的满足。车夫本再也讲不成道理了。

他跪在约瑟夫身边。那人的眼睛还瞪着，但已经看不见了。他的心不跳了。他死了。

在一定程度上这倒好了。一切解释都简单化了。车夫本杀死了伯爵的一个人，他也为此付出了生命。谁都从中看不出任何不公——尤其是伯爵，他对冒犯他权威的人是从不容情的。

梅尔辛不是这样看的。他的面孔扭曲着，像是痛苦极了。"你干了什么事？"他不敢相信地说，"车夫本有一个两岁的儿子！他们叫他本尼！"

"看来，那寡妇最好再找个丈夫了，"拉尔夫说，"这次，她该找个知道自己是老几的男人。"

27

这是一次歉收。八月里阳光太少，庄稼到九月才勉强成熟。在韦格利村中，人人垂头丧气。没有了素常收获季节的欣喜：跳舞，饮酒，突发的浪漫行为。湿庄稼大概是要发霉的。春天以前，很多村民恐怕要忍饥挨饿了。

伍尔夫里克在倾盆大雨中收割他的麦秆漫湿的大麦，格温达则跟在他身后捆扎。九月的第一个晴天，他们开始收割最值钱的小麦，希望好天气能够延续到庄稼晾晒一干。

有些时候，格温达意识到，伍尔夫里克憋了满肚子气。全家人突然死光刺激了他。由于他丧失了理智，一遇机会就会责怪别人，但塌桥只是个零星事件，是邪恶精灵的一次行动，或者是上帝的一次惩罚；因此，除去干活，他的情感无从发泄。她本人则是为爱情所驱使，这也就够强有力的了。

他们在破晓之前就来到了地里，直到天黑得看不见了才收工。每天晚上，格温达都腰酸背疼地上床入睡，而一听到伍尔夫里克在天亮前敲响厨房的门就醒来。可他们仍然落在别人后面。

她逐渐体会到了村民们对她和伍尔夫里克态度的变化。她有生以来，都因为是名声不好的乔比的女儿而被人看不起；妇女们更是由于看清了她要从安妮特手里抢走伍尔夫里克而对她嗤之以鼻。对伍尔夫里克，人们无可挑剔，只是有人认为他一心想继承那么大一片耕地是贪心和不务实。然而，人们却无法对他们收获庄稼的苦干视而不见。一个小伙子和一个姑娘在尽力干着三个男人的活计，而且干得比别人预期得要出色。男人开始用钦佩的目光看着伍尔夫里克，而妇女们则对格温达报以同情。

到最后，村民们都聚到他们周围加以援助。那位教士，加斯帕德神父也对他们在礼拜天继续干活而睁一只眼闭一只眼。安妮特一家收完他们的庄稼之后，她父亲珀金和她哥哥罗伯都和格温达一起在伍尔夫里克的地里干活，连格温达的母亲埃丝娜都露面了。当他们把最后的麦穗用车拉到伍尔夫里克的仓房时，都想起了传统的收获兴致，大家跟在大车后面边走边唱古老的歌曲。

安妮特也在场，不过她违背了那句谚语：要是你想跳丰收舞，就得先跟在犁后干活。她走在伍尔夫里克身边，作为公认的他的未婚妻，她有这个权利。格温达从后面望着她，酸溜溜地注意到她如何扭动着臀部，歪一歪头，还对他讲的每一件事都可爱地大笑着。他怎么会傻到不能自拔呢？难道他没注意安妮特从来没在他地里干过活儿吗？

婚礼的日子还没有定下来。珀金除去精明可以说一无所长。遗产的问题一天不解决，他是不会把女儿交出去的。

伍尔夫里克已经证明了他种地的能力。如今没人会怀疑这一点了。他的年纪似乎已经不成问题。唯一遗留的障碍就是继承税了。他能存够钱缴遗产税吗？这取决于他的庄稼能换取多少现金。今年是歉收，不过，如果坏天气波及的地域大，小麦的价格就可能会看涨。在正常的情况下，一户富裕的农家会有钱存下来给继承人；但伍尔夫里克家的储蓄都在王桥沉入了河底。因此，什么都定不下来。而格温达依旧做着美梦，觉得伍尔夫里克会继承那片土地，而且也许会把他的爱转移到她身上。什么事都是可能的。

他们卸下大车把庄稼入库的时候，内森总管来了。这位驼背管家处于高度激动的状态。“赶快到教堂去，”他说，“所有的人！马上把手里的活儿停下来。”

伍尔夫里克说：“我可不想把我的庄稼留在外面——可能要下雨呢。”

格温达说：“我们先把车拖进去吧。有什么急事啊，内特？”

总管已经赶到下一家去了。“新东家来了！”他说。

“等等！”伍尔夫里克追着他说，“你会向他谈我继承的事吗？”

大家全都站住不动，观望着，等着答案。

内森不情愿地转过身来，面对着伍尔夫里克。由于伍尔夫里克比他足足高出一英尺，他只好仰着头。“我不知道。”他慢慢地说。

“我已经证明了我能耕种那块地——你看得见的。到仓房里看看嘛！”

“你干得蛮好，没问题。可你能缴遗产税吗？”

“那要看小麦的价格了。”

安妮特开口了。“爸？”她说。

格温达不知道下一步会是什么。

珀金露出迟疑的样子。

安妮特又催促了他：“你记得你答应过我的事情吧。”

“是啊，我记得。”珀金终于说话了。

“那就告诉内特吧。”

珀金转脸对着总管：“要是新东家愿意要伍尔夫里克继承的话，我将担保遗产税。”

格温达赶紧用手捂住嘴。

内森说：“你替他付款？那是两镑十先令呢。”

“要是他钱不够，我可以把他需要的借给他。当然，他俩得先结婚。”

内森压低了声音：“还有？……”

珀金说了些什么，嗓门太低，格温达听不清，但她猜得出是什么事。珀金要给内森一份贿赂，大概是税金的十分之一，也就是五先令。

“好极了，”内森说，“我要提出这事。现在赶紧到教堂去吧，马上！”他跑开了。

伍尔夫里克咧嘴大笑，还吻了安妮特。大家都跟他握手祝贺。

格温达心里难过，她的希望落空了。安妮特太有心计了。她劝说他父亲借钱给伍尔夫里克。他可以继承他的土地了——而且他要娶安妮特了。

格温达强使自己帮忙把车推进仓房。随后便跟在那对幸福情侣的身后，穿过林子到教堂去。一切全过去了。一个不了解这个村子和村民的新东家，在这样的问题上是不大可能反对总管的建议的。内森肆无忌惮地谈贿金的事，表明了他的信心。

这里边当然也有她的过错。她累折了腰让伍尔夫里克收割了庄稼，幻想着终有一天他会明白，她比起安妮特来会是个强上百倍的妻子。整整一个漫长的夏天，她都在掘自己的坟墓——她从墓园走进教堂时，心里这样想着。但她还要一如既往，她看到他孤军奋斗内心无法忍受。她自忖，无论发生了什么事，他总会知道，我是那个和他一起奋争的人。这就算是小小的慰藉吧。

大多数村民已经聚在教堂。他们用不着内森一催再催。他们都急切地要成为第一批向他们的新东家致敬的人，而且他们也好奇地想看看他是个什么样子的人，是小还是老，是丑还是俊，脾气是好还是坏，头脑是聪明还是愚钝，还有——最重要的——心眼是狠还是善。因为他只要当一天东家，也许会当几年或者十年，他身上的一切都会影响他们的生活。要是他讲道理，就可以大有作为，使韦格利成为一个幸福繁荣的村庄。要是他是个笨蛋，他们就会遭遇不明智的决定和不公正的治理，压迫人的赋税和严厉的制裁。而他的第一个决定，就是让不让伍尔夫里克继承土地。

低声议论平息下去了，传来了马铃声。格温达听到了内森的低声谄媚的话音，随后是一位老爷的透着权势的腔调——她猜想，是个大汉子，自信，但是年轻。大家都盯着教堂的门口。门一下子敞开了。

格温达惊得吸了一大口气。

那个迈着大步昂然而入的人不超过二十岁。他服饰华美，披着昂贵的毛织战袍，佩着长剑和匕首。他身材高大，表情傲慢。他似乎对担任韦格利的地主很是自得，尽管在他那高傲的表情中有一丝不安全的流露。他有一头波浪般的黑发和一张英俊的面孔，可惜被一个豁鼻子破了相。

他是拉尔夫·菲茨杰拉德。

拉尔夫的第一次采邑法庭在随后的礼拜天进行。

在休息时，伍尔夫里克情绪消沉。格温达每看他一眼，就想哭泣，他在周围走动时，眼睛看着地面，宽阔的双肩耷拉着。整整一个夏季，他似乎都不知疲惫，在地里干活，简直就像一匹靠得住、任劳任怨的耕马；可现在他面带倦容了。他尽到了一个男人能做的一切，可是他的命运却给交到了一个痛恨他的人的手中。

她本想说些有指望的话，以便让他打起精神，然而事实上她分担了他的悲观心绪。老爷们往往都心胸褊狭，睚眦必报，拉尔夫身上更没什么东西可以鼓励她指望他会宽宏大量。他还是个孩子的时候，就愚蠢又残忍。她永远不会忘记他用梅尔辛的弓箭杀死她的小狗的那一天。

没有迹象表明他从那时起有了什么改进。他带着他的扈从，一个叫作阿兰·弗恩希尔的肌肉结实的青年，住进了采邑的宅邸，他们二人喝着葡萄美酒，吃着鸡肉，还带着他们那个阶层的人典型的漫不经心的劲头捏女仆的乳房。

内森总管的态度证实了她的担心。管家没有费神去商讨加价的贿赂——一个确切的迹象表明他明知要败诉了。

安妮特似乎对伍尔夫里克的前景也怀着无奈的观点。格温达看出了她这种明显的变化。她不再那么活泼地歪歪头，走路时也不再那样扭动臀部，她那滴水般清脆的笑声也不经常听得到了。格温达希望伍尔夫里克看不到安妮特身上的这种差别——他自己就够愁的了。但她似乎看到，晚上他在珀金家不待到那么晚了，而且回到家里也沉默寡言。

礼拜天上午，她惊讶地得知，伍尔夫里克还抱着渺茫的希望。礼拜结束后，加斯帕德神父把位置让给了拉尔夫老爷，她看到伍尔夫里克双眼紧闭，嘴唇微翕，大概在向他最崇敬的圣母马利亚祷告。

全体村民当然都在教堂，包括乔比和埃丝娜在内。格温达没和她父亲站在一起。她平日里有时和她母亲搭两句话，都是她父亲不在跟前的时候。乔比的面颊上有一块红疤，那是她用着火的木柴烫的。他从来不敢看她的目光。她仍然怕他，但她觉察到他现在也怕她了。

拉尔夫坐在那把大木椅上，用牛羊市场上一个买主的满意目光扫了他的治下一眼。这一天的法庭程序包含一系列的通告。内森宣布了收割领主土地的安排，从下周的某天开始，不同的村民要在领主的土地上服徭役。没有请大家讨论。显然，拉尔夫无意受舆论支配。

还有内森每周都要处理的一些其他琐事：到星期一晚上要捡完“百亩”那儿的麦穗，以便从星期二一早就可以在那里放牧家畜，吃植株的根了，星期三开始长地那儿的秋耕。平时，对这些安排还有些细小的争议，都有那些爱抬杠的村民找碴提出不同的建议，可是今天他们全都沉默无语，等着摸清东家的脉络。

到了该做决定的时候，反倒出奇地低调。内森像是继续陈述另一项工作计划似的说道：“伍尔夫里克不准继承他父亲的土地，因为他只有十六岁。”

格温达抬头望着拉尔夫。他正在抑制住一次得意的狞笑。他的一只手去摸脸——她认为是下意识的——他触到了他的破相的鼻子。

内森继续说："拉尔夫会考虑如何处置那些地，以后再给出他的明断。"

伍尔夫里克哼了一声，响声之大，人人都听见了。他早就料到这样的决定了，但这样的证实仍让他痛苦难忍。她瞅着他转过身，背对着教堂里的人群，遮着脸，抵到墙上，像是防止自己摔倒。

"今天的事就到此为止了。"内森说。

拉尔夫站起身来。他缓步走过甬道，眼睛不停地瞥向心乱神迷的伍尔夫里克。格温达揣度，要是他的第一本能就是擅权报复的话，他是个什么样的老爷呢？内森跟在拉尔夫后面，眼睛看着地面：他明知干了一件不公的事。他们离开教堂之后，人们纷纷议论起来。格温达跟谁也没说话，只是盯着伍尔夫里克。

他从面对墙转过身来，满脸都是悲苦。他的目光扫过人群，找到了安妮特。她一副气愤的样子。格温达等着她的目光与伍尔夫里克相遇，但她像是决心不去看他。格温达想不出她脑海里考虑着什么。

安妮特高昂着头朝门口走去。她父亲珀金和全家人跟在她身后。难道她连一句话都不跟伍尔夫里克说吗？

他大概也想到了这一点，因为他跟上了她。"安妮特！"他说，"等一等。"

周围一下子安静了。

安妮特转过身来。伍尔夫里克站在她面前。"我们还是要结婚的，是吗？"他说。格温达听到他声调里那种低声下气的乞求便退缩了。安妮特瞪着他，显然要说什么，但好长时间都没有开口，而伍尔夫里克又说话了："老爷们需要好手给他种地。也许拉尔夫会给我一小块地——”

“你打破了他的鼻子，”她不容情地说，“他永远都不会给你什么了。”

格温达回想起来，当两个男人为她打架时，她有多么开心。

伍尔夫里克说：“那我就当雇工。我身强力壮，不愁没有活儿干的。”

“可你会受穷一辈子。你要给我的就是这个吗？”

“我们要在一起——就像我们梦想的，那天在林子里，你告诉我你爱我，还记得吗？”

“我要是嫁给一个没地的雇农，我得过什么日子呢？”安妮特愤愤地质问。“我来告诉你，”她举起一条胳膊指着格温达的母亲埃丝娜——她正和乔比及三个小家伙站在一起，“我就要像她一样了，愁得哭丧着脸，瘦得像扫帚把。”

乔比受到这话的刺激。他冲安妮特挥着他的残臂：“你当心你的嘴，你这高傲的轻佻妞。”

珀金迈步挡在女儿面前，双手做了个拍掌的姿势：“原谅她吧，乔比，她过分冲动了，她没有得罪人的。”

伍尔夫里克说：“对乔比不要那么不尊重，不过我可跟他不一样，安妮特。”

“可你就是！”她说，“你没有地。他就是因为没地才穷的，你也会为此受穷的，你的孩子会挨饿，你的老婆会邋里邋遢。”

这倒是真的。在艰难岁月里，无地的人是最先倒霉的。辞退雇工是最便捷的省钱办法。无论如何，格温达都觉得难以相信一个女人会拒绝和伍尔夫里克过日子的机会。

可是看来这正是安妮特正在做的。

伍尔夫里克也是这样想的，他直截了当地问："你还爱我吗？"

他已经失去了一切尊严，样子十分凄苦；可是，恰恰在这种时刻，格温达对他的情感比先前更深了。

"我不能靠爱来吃饭。"安妮特说着，便走出了教堂。

两个星期之后，她嫁给了比利·霍华德。

格温达去参加了婚礼，村里人全去了，除了伍尔夫里克。尽管收成不好，婚宴还是够丰盛的。通过这场婚姻，两家地最多的人连在一起了——珀金的一百英亩和比利的四十英亩。珀金还进一步要求拉尔夫把伍尔夫里克家的地给他。若是拉尔夫同意了，安妮特的孩子就将继承全村的几乎一半土地。但拉尔夫去了王桥，只答应他一回来马上就拿出决定。

珀金开了一桶他妻子的最烈的啤酒，还杀了一头奶牛。格温达尽情地又吃又喝。她的前途未卜，她无法拒绝好吃好喝。

她和两个小妹妹凯西和琼妮一起玩，抛接着一只木球，随后她又把婴儿弟弟埃里克放在膝头，给他唱歌。过了一会儿，她母亲坐到她身旁，问她："现在你怎么办？"

格温达内心里并没有完全跟埃丝娜和好。她们也说话，妈问些相关的问题。格温达依旧为她母亲原谅乔比而不痛快，但她还是回答了问题："我要住在伍尔夫里克的仓房里，能住多久就住多久，"她说，"也许我能无限期地住在那儿。"

"要是伍尔夫里克搬走了——比如说，离开了村子呢？"

“我不知道。”

眼下，伍尔夫里克还在地里干活儿，在本是他家的土地上，耕着庄稼茬的地，耙着休闲地，格温达还在帮着他。他们在下一季收获中没有了份，所以内森按日计价付给他们工钱。内森倒是热衷于让他们留下，不然土地很快就要退化了。他们要一直干到拉尔夫宣布谁是新的租佃人。到那时，他们就要等人家来雇用了。

“伍尔夫里克这会儿在哪儿？”埃丝娜问道。

“我估摸他是不会来庆祝婚礼的。”

“他觉得你怎么样？”

格温达坦率地看了她母亲一眼：“他告诉我，我是他从来没有过的最好的朋友。”

“这是什么意思呢？”

“我也不知道。反正不是‘我爱你’的意思，是吧？”

“不是，”她母亲说，“不是，不是那个意思。”

格温达听了音乐声，亚伦·阿普尔特里在演奏风笛，正高高低低地试着音，准备吹奏出曲调。她看到珀金从他家中出来，腰带上拴着两只小鼓。跳舞就要开始了。

她没有心情跳舞。她本来可以和那些老妇人交谈的，但她们只会问和她母亲同样的问题，而她却不想把那天剩下的时间用来解释她的预测。她回想起上一次村中的婚礼，伍尔夫里克在微醺之中，大步跳着转圈，尽管钟爱着安妮特，却和所有的妇女拥抱。没有了他，对格温达而言，就没有了欢乐。她把埃里克还给她母亲便溜走了。她的狗“跳跳”仍待在那儿，它知道，这样的聚会会提供掉下和扔下的食物的大餐。

她来到伍尔夫里克的家，多么希望他在，可惜屋里空荡荡的。那是一栋梁柱结构的牢固的木头房子，只是没有烟囱——那是富裕人家才有的奢侈品。她察看了底层的房间和楼上的卧室。到处都像他母亲健在时那样整齐清洁，那是因为他只占用一个房间。他吃睡都在厨房。那地方很冷清，不像个家。那是一个没有家庭的家居。

她来到仓房，里面装满了做冬季饲料的成捆的干草和等待扬场的大麦和小麦。她从梯子爬到高处，躺在草垛上。过了一会儿她就睡着了。

她醒来时，天已经黑了。她不知道是几点钟。她走到外边去看天。几缕云朵后面的月亮低低的。她估摸也就是入夜后的一两个小时。她站在仓房门口，还没太醒明白，这时她听到了哭泣声。

她马上明白了那是伍尔夫里克。她以前听他哭过一次，那是他看到他父母和兄弟的遗体躺在王桥大教堂的地面上的时候。他哭的时候使劲抽泣着，像是撕心裂肺。听到他如此悲恸，她自己的眼泪也流了下来。

过了一会儿，她走进了房子。

她借助月光可以看到他。他趴在麦草上，背部随着抽噎而起伏。他准是听到了她抬起门闩的声音，但他方寸已乱，顾不上去想，也没抬头察看。

格温达跪在他身边，轻柔地抚摸着他浓密的头发。他没做出任何反应。她很少触碰他，捋着他的头发有一种说不出的愉悦。她的摩挲似乎安抚了他，因为他的哭泣渐渐止息了。

过了一会儿，她大着胆子躺到了他身边。她原以为他会推开她的，但他没有。他转过脸来对着她，眼睛仍旧闭着。她用衣袖抽拍他的脸，抹去他的泪水。她离他这么近而且还得以做出这亲昵的小动作让她很激动。她渴望亲吻他闭着的眼睛，但她怕那会过分唐突，所以就控制着自己。

几分钟之后，她意识到他已睡着了。

她很高兴。这表明与她在一起他感到多么舒服，还意味着她可以留在他身边，至少到他睡醒为止。

那是秋天，夜间很冷。在伍尔夫里克的呼吸逐渐缓慢平稳之后，她悄悄起身从墙壁的钉子上取下毛毯。她用毛毯把他盖严。他没受惊动地继续酣睡。

尽管空气清冷，她还是从头脱掉裙袍，赤裸着躺在他身边，拽好毯子，把两人盖住。

她靠近他，把面颊贴到他胸前。她能够听到他的心跳，感到他呼出的气息掠过她的头顶。他的高大的身躯温暖了她。月亮这时落了下去，屋里变得一片漆黑。她觉得自己可以这样待上一辈子。

她没有睡觉，她无意浪费如此宝贵的时刻的任何片刻。她珍惜着每一分钟，知道这样的时光可能再不会有了。她小心翼翼地触碰着他，唯恐把他惊醒。隔着他薄薄的羊毛衫，她的指尖探索着他的胸肌和背肌，他的肋骨和臀部，他的肩头和肘顶。

他在睡眠中动了好几次。他转身仰卧着，这时她就把头靠在他的肩上，一条手臂搭在他平坦的肚皮上。后来他转过身去，这次她紧紧靠着他，让自己贴着他那弯成S形的身体：把乳房抵在他的宽背上，下身挨着他的臀部，膝盖顶着他的膝弯。后来他又翻身过来对着她，一条胳膊甩过来搂住她的双肩，一条腿压住她的两条大腿。他的腿沉得压着她生疼，但她品味着这种疼痛，证明自己不是在做梦。

不过，他倒是做梦了。半夜时分，他突然亲吻了她，把他的舌头生生伸进了她的嘴里，还用一只手握住她的一个乳房。在他笨拙地抚摸着她的时候，她感到他挺起了。一时之间，她感到稀里糊涂。他可以随便拿她怎么办，但他居然一点不懂温柔，这可不像他。她把一只手伸下去握住他的那东西，它已经从他内裤的开口中顶出来了。随后，还是同样突然地，他又转身仰卧，呼吸恢复了节奏，这时她才醒悟，他一直都没醒，只是在梦中接触了她。他无疑是梦到了安妮特，意识到这一点，她后悔莫及。

她没有睡觉，但她做着清醒的梦。她幻想着他把她介绍给一个生人，说："这是我妻子格温达。"她看到自己怀孕了，但还在地里干活，并且在中午昏倒了；在她的想象之中，他抱起她回家，用凉水给她洗脸。她看到他成了老人，和他俩的孙辈嬉戏，沉溺在他们当中，给他们苹果和蜂蜜吃。

孙子女？她悲苦地想。从他让她搂着，他哭着入睡起，还要花费多少力气才能建起那样一座大厦啊。

当她做如此想的时候，天该破晓了，她待在天堂里的时间很快就要过去了，他已开始动弹了。他的呼吸变得不那么均匀了，他滚成仰面的姿势。她的一条胳膊落到他胸口上，她就让它留在那儿，把手伸到他的臂下。过了一会儿，她觉得他醒了，正在想事。她躺着不动，唯恐她一说话或一动，会打破这种美好的时刻。

他终于转过身来对着她了。他用一条胳膊搂着她，她感到他的手掌在她后背光溜的皮肤上。他在那儿摩挲着她，但她不清楚这一抚摩的含义：他似乎在探索，惊讶地发现她是赤裸着身体的。他的手向上摸到她的后颈，又一路下去摸到她的屁股沟。

他总算开口了，仿佛担心被人偷听似的，他悄声说："她嫁给了他。"

格温达也耳语作答："是的。"

"她的爱是虚弱的。"

"真正的爱是绝不会虚弱的。"

他的手还停留在她的臀部，越来越疯狂地接近了她想让他摸的地方。

他说："我该不该从此再不爱她？"

格温达拿起他的手，移动着。"她有两只乳房，就像这里。"她说，还在低声耳语。她不知道为什么要这样：本能引导着她，她不管是好是坏，都跟着本能走。

他低声喘着气，她感到他的手轻柔地握拢了一只乳房，然后是另一只。

"她这儿长着毛，像这里。"她说，又移动起他的手。他的呼吸急促起来。她把他的手留在那儿，开始探索他羊毛衫下的躯体，发现他勃起了。她抓住它，说："她的手感觉就像这样。"他开始有节奏地扭动起臀部。

她突然觉得害怕，担心这样的动作还没有充分做足就要过去了。她并不想那样。此时此刻，要么是一切，要么就是什么都没有。她轻轻地推着他仰面躺着，自己迅速坐起来，劈开他的双腿。"她那里边又热又湿。"她说着，便俯身趴到他身上。虽然她有过一次，但与这次毫不相同，她觉得都充满了，可还嫌不够。她在他臀部上翘时，抵着他向下动，然后在他收回时她再向上。她低下头凑到他脸上，亲吻着他长着浅髭的嘴。

他用双手捧着她的头，回吻着她。

“她爱你，”格温达悄声告诉他，“她太爱你了。”

他激动地叫出了声，她上下摇动着，像野马一样颠着臀部，直到她感到他到了她体内，他最后叫了一声，然后说：“噢，我也爱你！我爱，安妮特！”

28

伍尔夫里克又入睡了，但格温达却睁眼躺着。她太激动了，难以成眠。她赢得了他的爱——她知道这一点。她有点假装是安妮特其实无关紧要。他如饥似渴地和她做爱，而且事后又这样甜蜜和感激地亲吻她，使她感到他永远是她的了。

当她的心跳不再那么剧烈，她的头脑冷静下来之后，她想到了他的继承权问题。她不甘心就此罢休，尤其是现在。外面已经露出曙光，为了不要忘掉，她理了理思路。伍尔夫里克醒来时，她说："我要去王桥。"

他很奇怪："干吗？"

"去想想办法，看看你还能不能继承。"

"怎么办？"

"我不知道。不过拉尔夫还没有把地给别人呢，所以还有机会。而且你该理所当然地得到那土地——你这么努力干活，又吃了那样的苦。"

"你打算怎么办？"

"我要去见我哥哥菲利蒙。他比我们更懂这种事。他该知道我们需要做什么。"

伍尔夫里克奇怪地看着她。

她说："怎么了？"

他说："你当真爱我，是吗？"

她充满幸福地莞尔而笑，说："咱们再来一次吧，好吗？"

第二天上午，她已经来到王桥修道院，坐在菜地旁边的石凳上，等候菲利蒙了。从韦格利来的长途跋涉中，她的头脑中掠过礼拜天夜里的每一秒钟，回味着肉体的快感，冥想着说过的话。伍尔夫里克还是没说他爱她，却说了："你真爱我。"而且他看来很高兴她爱他，尽管对她激情的力量有些迷惑。

她渴望着把他生来的权利争取回来，她的那种心情简直和渴望他一样了。她想要为他们俩要回土地。即使他像她父亲一样是个无地的雇工，她也要抓住这机会嫁给他；但她想为他们俩创造更好的条件，她打定主意要得到土地。

当菲利蒙从修道院来到菜园和她会面时，她当即看到他穿的是见习修士的袍服。"霍尔格！"她叫道，在惊奇之中用了他的真名，"你是见习修士了——这可是你一直向往的！"

他得意地微笑着，宽厚地不去在意她用了他的旧名字。"这是戈德温当上副院长之后一件最早的行动，"他说，"他是个十分杰出的人。为他服务真是荣幸。"他在她身边的石凳上。那是个和煦的秋日，多云但干爽。

"你的课程上得怎么样了？"

"很慢。长大以后再学读书写字挺难的。"他做了个怪样，"小年轻的进步比较快。但我现在能用拉丁文抄写主祷文了。"

她很羡慕他。她连自己的名字还不会写呢。"那可太妙了！"她说。她哥哥已经上路去达到他人生的梦想，成了修士。也许见习修士的地位可以改善毫无价值的感觉，她觉得一定是这么回事，这也解释了他有时欺诈狡猾的原因。

“你怎么样了？”他说，“你到王桥来干吗？”

“你知道拉尔夫·菲茨杰拉德已经当上韦格利的领主了吗？”

“知道。他就在这镇上，待在贝尔客栈，尽情作乐呢。”

“他已经拒绝让伍尔夫里克继承他父亲的土地了。”她跟菲利蒙讲了事情的经过，“我想知道这决定是不是还有争论的余地。”

菲利蒙摇着头：“简单来说，不行。当然，伍尔夫里克可以向伯爵申诉，要求他推翻拉尔夫的决定，除非伯爵有个人的筹码，否则他是不会干预的。即使他认为这决定不公——这是显而易见的——他也不会破坏一个新任命的人的权威。可这与你什么相干？我以为伍尔夫里克要娶安妮特呢。”

“拉尔夫宣布了他的决定之后，安妮特就甩了伍尔夫里克，嫁给比利·霍华德了。”

“如今你有机会跟伍尔夫里克了。”

“我想是吧。”她觉得自己脸红了。

“你怎么知道呢？”他滑头地问。

“我利用了他，”她承认道，“在他为婚礼意乱神迷的时候，我上了他的床。”

“别担心，我们出身贫苦的人只能使点手腕来得到我们想要的东西。顾虑重重是有特权的人才会的。”

她其实并不想听他这么讲话。有时候他似乎认为，有了他们困苦的童年，如何行事都是可以原谅的。但是她太失望了，顾不上多操那些心。“我当真无能为力了吗？”

“噢，我没那么说。我只是说，这事再难以争论了。不过，可以把拉尔夫说得改变主意。”

“我是说不服他的，我敢说。”

“我不知道。你干吗不去见见戈德温的表妹凯瑞丝呢？你们俩从小就是好朋友，她会尽力帮助你的。而她又和拉尔夫的哥哥梅尔辛过从甚密，说不定他能想出什么办法来呢。”

只要有希望就聊胜于无。格温达站起身要走。“我马上就去见她。”她俯身要和哥哥吻别，随后才想起他如今不这样接触了。于是她只拍了一下他的手，似乎已经很不一般了。

“我会为你祈祷的。”他说。

凯瑞丝的家和修道院对门。格温达走进去时，厨房里没人，但她听到客厅里有说话声，那是埃德蒙早日里谈生意的地方。厨师塔蒂告诉她，凯瑞丝和她父亲在一起。格温达坐下来等，无聊地踏着脚，但没过多久，门就开了。

埃德蒙由一个她不认识的人陪着走了出来。那人身材高大，扁平的鼻子使那张脸有了一种目空一切的模样。他身穿一件教士的黑袍，但没戴十字架或其他神圣的象征。埃德蒙和蔼地向格温达点点头，向那陌生人说：“我陪你走回修道院去吧。”

凯瑞丝在两个男人身后走出了客厅，她拥抱了格温达。“那人是谁？”那人一出门，格温达马上就问。

“他名叫格利高里·朗费罗。他是戈德温副院长聘请的律师。”

“雇他干吗？”

“罗兰伯爵阻止了修道院从自己的采石场采石料，他要每辆车取一便士的税。戈德温要向国王申诉。”

“你也卷进去了？”

“格利高里认为，我们可以抗辩说，没有桥，这镇子就没法缴税了。这是说服国王的最好办法，他说。所以我父亲要和戈德温一起去王家法庭听证。”

“你也去吗？”

“去。不过告诉我你来这儿干吗？”

“我和伍尔夫里克睡过了。”

凯瑞丝笑了：“真的？总算成了。是怎么回事？”

“妙极了。他睡觉的时候我一整宿都躺在他身边，等他醒来，我……就劝服了他。”

“再多讲些，我想听听细节。”

格温达给凯瑞丝原原本本地讲了。最后，尽管她迫不及待地要说出她到来的真正目的，她还是说道：“但我有一种感觉，你也有同样的新闻。”

凯瑞丝点点头：“我和梅尔辛睡过了。我告诉他我不想结婚，他就去见那头肥母猪贝茜·贝尔，我想到她冲着他挺着乳头，简直气急败坏了——后来他回来了，我可以和他干那事了，真高兴死了。”

“你喜欢那事吗？”

“喜欢。那是从来没有过的最美的事情呢。而且越来越美。我们只要有机会就干。”

“你要是怀了孕可怎么办呢？”

“我甚至连想也没想过呢。真怀了孕我也不在乎。有一次——”她压低了声音，“有一次，我们在林子的一个池塘里洗澡，洗完之后他舔了我……那下边。”

“噢，真恶心！是什么感觉？”

“棒极了，他也喜欢那样。”

“你没舔他？”

“舔了。”

“可是他……”

凯瑞丝点点头：“在我嘴里。”

“不难闻吗？”

凯瑞丝耸耸肩：“味道挺有趣的……可是那感觉可激动了。而且他特别享受。”

格温达既惊奇又感兴趣。或许她也该对伍尔夫里克这样做。她知道有一处地方他们可以洗澡，那是林中的一条小溪，远离任何一条大路……

凯瑞丝说：“你跑那么远路到这儿来，不会只跟我说伍尔夫里克的事吧。”

“不止，是关于他的继承权的事。”格温达解释了拉尔夫的决定，“菲利蒙认为梅尔辛也许能劝说拉尔夫改变主意。”

凯瑞丝悲观地摇起头：“我怀疑。他们刚吵过架。”

“噢，糟了！”

“是拉尔夫拦住大车不让离开采石场。不巧的是，当时梅尔辛刚好在那儿。他们干了一架。车夫本杀死了伯爵的一名扈从，拉尔夫又杀了本。”

格温达深叹一口气：“莉比的小孩子才两岁啊！”

“如今小本尼没有父亲了。”

格温达为莉比也为她自己难过：“这么说哥哥的影响没有用了。”

“无论如何咱们还是去见见梅尔辛吧。他今天在麻风病人岛干活。”

她们出门沿主街来到河边。格温达垂头丧气。人人都相信她机会不大。太不公平了。

她们找到船夫伊恩把她们摆渡到岛上。凯瑞丝解释说，老桥将由两座新桥来取代，这岛就是两桥间的踏脚石。

她们找到梅尔辛时，他正和他的男孩助手——十四岁的吉米安排新桥的桥台。他的量尺是一根两人高的铁钎，他正在把尖头的一端敲进多石的地面，标出挖地基的地点。

格温达看着凯瑞丝和梅尔辛接吻的方式，很不一样，他俩彼此的身体有一种看来很新颖的亲昵味道，与格温达对伍尔夫里克的感受堪有一比。他的身体不仅吸引人，而且让她的身体得到享受。那似乎是属于她的，她自身才有的方式。

她和凯瑞丝看着梅尔辛把活儿——在两根桩子间系一条双股绳——干完。随后他告诉吉米把工具收拾起来。

格温达说：“我看，没有石头你就干不成了。”

“还有些准备工作可做。不过我已经把所有的石匠都派到采石场去了。他们在那里加工石料而不在这儿的工地上干了。我们在建一个石料堆。”

“这样，在王家法庭的官司一打赢，就能马上动工建桥了。”

“我希望如此吧。那还要看官司要打多久——再加上天气的因素。我们不能在严冬里施工，以免灰浆上冻。现在已经是十月了。我们通常都在十一月中停工。”他抬头看看天，“今年可能要干得长一点——雨云保持了地面的温暖。”

格温达把她的想法告诉了他。

“我恨不得能帮助你呢，”梅尔辛说，“伍尔夫里克是个正派人，那场打斗完全是拉尔夫的错。可是我已经和我弟弟吵翻了。我得先跟他和好，然后才谈得上求他帮忙。而我无法原谅他杀害了车夫本的罪行。”

这已经是连续第三次的否定回答了，格温达心情十分郁闷，也许这是一个愚蠢的差事。

凯瑞丝说：“你只好自己来试一试了。”

“是啊，我一定。”格温达果断地说。现在该停止求人帮忙，而要开始靠自己了——这其实是她一辈子要走的路。“拉尔夫这会儿就在这镇上，是吧？”

“是的，”梅尔辛说，“他来告诉我们的父母关于他被提升的好消息。他们是全郡唯一为他庆祝的人。”

“可他没有和他们待在一起啊。”

“他如今了不起了，不能住在那样的地方了。他在贝尔客栈。”

“要劝他，最好的办法是什么呢？”

梅尔辛思考了一会儿，说：“拉尔夫感受到了我们父亲的耻辱——一名骑士降到吃修道院救济的地步。他要做看来能够提高他的社会地位的任何事。”

格温达在船夫伊恩把他们一行人渡回城里的路上想着这件事——她该如何提出要求让拉尔夫提高他的立足点呢？她和大家走上主街时，已是正午时分。梅尔辛到凯瑞丝家去吃饭，凯瑞丝请格温达也去，但她急于去见拉尔夫，就去了贝尔客栈。

一个侍童告诉她，拉尔夫在楼上最后面的房间里。大多数客人都住在大宿舍里：拉尔夫强调他新晋的地位，要占一整个房间——格温达心酸地想，付费可是来自韦格利农人的歉收啊。

她敲了门，就走了进去。

拉尔夫和他的扈从阿兰·弗恩希尔待在屋里，阿兰是个宽肩膀、小脑瓜的十八岁上下的青年。在他俩中间的桌上摆着一罐淡啤酒、一长条面包和一块冒着热气的牛排。他们正要结束午餐，看来对他们过的日子相当满足，格温达心想。她希望他们没有喝得太醉：醉醺醺的男人是不能和女人谈话的，他们会说些下流话并且对各人的小聪明开怀大笑。

拉尔夫睨着她——房间里光线不足："你是我的一个佃户吧，是吗？"

"不是，老爷，我倒愿意是呢。我叫格温达，我父亲叫乔比，是个无地的雇农。"

"你从村里跑那么远到这儿来干吗？又不是赶集的日子。"

她往前迈了一步，以便把他的脸看得清楚些。"老爷，我来为已故的塞缪尔的儿子伍尔夫里克求情。我知道有一次他对你表现得不够尊重，可是从那时起，他经受了约伯的折磨。他的父母和兄弟在塌桥时死了，家里的全部钱财都丢了，如今，他的未婚妻嫁给了别人。我希望你会感到上帝已经为他对你做下的错事严厉地惩罚了他，是你显示仁慈的时候了。"她想起梅尔辛的忠告，又补充说，"真正贵族的仁慈特性。"

他打了个饱嗝，叹息了一声："伍尔夫里克能不能继承，干你什么事呢？"

"我爱他，老爷。如今他被安妮特甩了，我希望他能娶我——当然要得到你开恩允准。"

"走近点。"他说。

她走到房间中央，站在他面前。

他的目光把她从头到脚打量了一通。“你不算漂亮妞，”他说，“可你身上还有那么点味道，你是处女吗？”

“老爷——我……我……”

“显然不是啦，”他放声大笑，“你跟伍尔夫里克睡过觉吗？”

“没有！”

“撒谎。”他自鸣得意地狞笑着，“好吧，要是我让伍尔夫里克最后得到了他父亲的土地，又怎么样呢？我也许会的。那又怎么样？”

“你会被韦格利和全世界都称作一位真正的贵族。”

“我才不管什么全世界呢。不过你会感激我吗？”

格温达有一种可怕的感觉：她明白这是要往哪儿引导了。

“当然啦，感激不尽呢。”

“你要怎么表示呢？”

她向门边退去：“只要不羞耻，让我做什么都行。”

“你愿意脱掉衣裙吗？”

她的心往下一沉：“不，老爷。”

“啊，别这么正经了。”

她到了门口，而且摸到了门把手，但她没有出去：“你要我做……什么，老爷？”

“我想看看你赤裸的样子，然后再做决定。”

“在这儿？”

“对。”

她看了阿兰一眼：“当着他的面？”

“对。”

给这两个男人露出自己的身体看来不算什么——与赢回伍尔夫里克的继承权相比，这代价还值。

她麻利地解下腰带，从头上脱掉衣裙。她一手提着衣服，另一只手还握着门把手，挑战地瞪着拉尔夫。他贪馋地看着她的身体，又得意地狞笑着瞥了一眼他的伴当，格温达看出来，这是显示他权势的一种手段。

拉尔夫说："一只丑母牛，可两只奶还不赖——嘿，阿兰？"

阿兰应道："我不会爬上她身子逗你一乐的。"

拉尔夫哈哈大笑。

格温达说："现在你可以同意我的请求了吗？"

拉尔夫把一只手放到他的裤裆，开始撸自己。"跟我躺着，"他说，"上床去。"

"不。"

"来吧——你已经跟伍尔夫里克干过了，你不是处女了。"

"不。"

"想想那块土地吧——九十英亩呢，他父亲的全部所有。"

她想着。要是她同意了，伍尔夫里克就会满足心愿——而他俩在生活中就会有许多指望。如果她拒绝下去，伍尔夫里克就会像乔比一样成为无地的雇工，一辈子苦苦挣扎着来养活孩子，而且往往会失败。

她心里还在翻腾。拉尔夫是个令人不快的男人，心胸狭窄，报复性强，是个恶霸——一点不像他哥哥。虽说他生得高大英俊也无法弥补。和一个她如此厌恶的人躺在一起太恶心了。

而她昨天才刚刚和伍尔夫里克干那事，这使她想到要和拉尔夫发生关系就更反感了。在她和伍尔夫里克幸福地亲昵了一夜之后，再跟另一个男人干同样的事将是可怕的背叛。

她告诉自己：别犯傻了，为了五分钟的不愉快，你要让自己受一辈子苦吗？她想到了她母亲和死去的那些婴儿。她回忆起她和菲利蒙被迫去偷窃的事。向拉尔夫出卖一次肉体，仅仅几分钟，不是要强似让她未来的孩子们终生受穷吗？

她犹豫不决时，拉尔夫不动声色。他够狡猾的：他说出的任何话只能加强她的憎恶。保持沉默才对他最为有利。

“求你了，”格温达终于开口了，“别让我这么做了。”

“啊，”他说，“这就告诉我，你愿意了。”

“这是罪孽。”她绝望地说。她并不时常把罪孽挂在嘴边，但她觉得这是可能打动他的一次机会。“你提出来是罪孽，我答应了也是罪孽。”

“罪孽是可以得到宽恕的。”

“你哥哥会怎样看你？”

这让他一时语塞了。一时间他像是迟疑了。

“求你了，”她说，“就让伍尔夫里克继承吧。”

他的面孔又板了起来：“我已经做出了决定。我不打算更改——除非你能说服我。而说求我是没用的。”他的眼睛里闪着色眯眯的光，而且喘气也有些急促了，他的嘴张开着，髭后的嘴唇湿润了。

她把衣服撂到了地上，向床边走去。

“跪在垫子上，”拉尔夫说，“不，别面对着我。”

她照他说的做了。

“最好从这边看。”他说，阿兰高声大笑。格温达不知道阿兰会不会留在屋里看着，但这时拉尔夫发话了："你出去。"跟着门就一响又关上了。

拉尔夫上床了，跪在了格温达身后。她闭上眼睛，祈祷着宽恕。她感到他的粗大手指在摸着她。她听到他啐了一口，然后便用一只湿手摸着她。过了一会儿，他进了她里边。她耻辱地呻吟着。

拉尔夫误解了那声音，说："你喜欢，是吧？"

她不知道这要延续多长时间。他开始有节奏地动着。为了减轻那种不舒服，她只好随他动着。他得意地笑着，以为他激起了她的性欲。她最大的担心是这会毁掉她全部的做爱体验。将来，当她和伍尔夫里克一起睡的时候，她会想到这一时刻吗？

这时，让她恐惧的是，一股温暖的快感开始传遍她的下身。她觉得自己的脸羞红了。尽管她有强烈的抵触情绪，她的肉体却背叛了她，她里面渗出了湿润的液体，让他的插入减少了摩擦。他觉出了这变化，就加快了动作。她厌恶自己，便停止了配合他的节奏；但他抓着她的臀部，收收送送地，她无助地抵抗着。她难过地想起，那次在树林里跟阿尔文时，她的肉体也曾同样地损害了她。当时和现在一样，她曾想要她的肉体如木雕泥塑一般麻木；可是两次，她的肉体都违背她意志地呼应了。

她那次用阿尔文自己的刀杀死了他。

即使她想这么做，她也杀不了拉尔夫，因为他在她身后。她看不到他，对自己的肉体也控制不了。她在他的掌握之中。当她感到他在接近高潮时，心中窃喜。马上就要过去了。她感到她自己的下体有一种响应的压力。她竭力要自己的肉体麻木，头脑茫然：要是她也达到了高潮，可就太丢脸了。她感到拉尔夫射到了她体内，她颤抖起来，不是出于欢乐，而是出于厌恶。

他满意地叹息一声，抽出来，仰卧在床。

她起身迅速地穿上了衣裙。

“比我预想得要好。”他说，像是对她客气的赞扬。

她走出去，砰地关上了门。

下一个礼拜天，去教堂之前，内森总管来到伍尔夫里克的家。

格温达和伍尔夫里克正坐在厨房。他们刚吃完早餐，清扫过房间，此时伍尔夫里克在缝一条皮裤，而格温达用绳子编带子。他们靠近窗户坐着，那儿的光线亮些——天又下雨了。

格温达假装还住在仓房，这样就不会触犯加斯帕德神父了，但实际上每夜她都和伍尔夫里克在一起。他不提结婚的事，让她很失望。不过，他们多多少少像夫妻一样过着日子。有意成婚的人，一旦能够应付规矩礼法，常常都是这样做的。贵族和绅士没有这种通融，但在农人中，人们通常不在乎那些。

如她所担心的，她与他做爱时感到很奇特，她越想把拉尔夫排出脑海，他越是要闯进来。所幸，伍尔夫里克始终没注意到她的情绪。他和她做爱时投入了极大的热情，感到了充分的欢乐，几乎把她负罪的良知淹没了——但毕竟不够彻底。

不过她想到他终会继承他家的土地时，还是感到了慰藉。这就弥补了一切。她当然不能告诉他这件事，因为那样就需要解释是什么原因使拉尔夫改变了主意。她跟他讲了和菲利蒙、凯瑞丝及梅尔辛的谈话，也告诉了他她遇到拉尔夫的部分情节，只说他答应再考虑考虑。因此，伍尔夫里克虽然没感到胜利，倒还抱着希望。

“到领主宅邸去，马上，你们俩都要去。”内森说，把他那湿漉漉的头伸进门来。

格温达说：“拉尔夫老爷要干吗呀？”

“要是你对提出的事情不感兴趣，你是不是就不想去了？”内森反问着，“甭问愚蠢的问题，去就是了。”

她在头上围了块毯子，就向宅邸走去。她还是没有一件披风。伍尔夫里克卖掉粮仓后就有钱了，是可以给她买一件的，但他得存着缴遗产税。

他们冒雨匆匆赶往领主的宅邸。那是一栋小型的贵族城堡，有一座大厅，厅里有一张长桌。二层不大，叫作太阳屋，是领主的私人房间。这里如今显出住着男人却没有女主人的迹象：墙上没有挂壁毯，地上的干草发出刺鼻的气味，狗冲着新来的人乱叫，老鼠啃着橱柜里的面包干。

拉尔夫坐在长桌的尽头，右手是阿兰——他冲着格温达怪笑，她尽力不去理睬。不一会儿，内森过来了。跟在他身后的是狡猾肥胖的珀金，一边搓着手，一边谄媚地点头哈腰，他的头发油腻腻的，看着像是戴了一顶皮制小帽。跟珀金在一起的，是他的新女婿比利·霍华德。比利向伍尔夫里克投来得意的一瞥；他心里想着：我把你的姑娘弄到手啦，现在我就要把你的土地弄到手。他有即将到来的惊人消息。

内森坐在拉尔夫的左侧，其余的人都站着。

格温达一直在期盼这一刻，这是对她做出牺牲的回报。她急切地设想着，当伍尔夫里克终于得以继承时脸上会是什么表情。

他会喜出望外，她也会乐不可支。他们的前途有了保障，或者至少在天气难测和粮价不稳的世界上有了保障的可能。

拉尔夫说："三个星期以前，我说过塞缪尔的儿子伍尔夫里克不能继承他父亲的土地，因为他太年轻。"他一字一顿地说得很慢。格温达心想，他喜欢这样：坐在长桌的头上，宣布成命，人人都得吊着胃口听他讲话。"伍尔夫里克从那时起一直在地里干活，同时我也在考虑谁应该继承老塞缪尔。"他顿了顿，然后说，"但我已经渐渐怀疑起我对伍尔夫里克的回绝了。"

珀金吃了一惊。他一直对获胜把握十足，这话出乎他的意料。

比利·霍华德说："这是怎么回事？我还以为内特——"这时珀金用臂肘捅了他一下，他便住了口。

格温达禁不住浮起了胜利的微笑。

拉尔夫说："伍尔夫里克虽然年轻，却显示他很能干。"

珀金瞪了内森一眼。格温达猜想，准是内森答应了把土地给珀金。说不定贿金已经付过了。

内森的吃惊程度不亚于珀金。他微张着嘴盯着拉尔夫看了一阵子，转脸对珀金做了个受阻的表情，然后疑心重重地看着格温达。

拉尔夫补充说："他在这方面得到了格温达的大力支持，她的力量和忠诚给我的印象很深。"

内森瞪着她，转动脑筋。她知道他在想什么。他明白了，她插了一手，但他不知道她如何让拉尔夫改变了主意。他甚至可能猜到了实情。就算他猜到了，她也不在乎，只要伍尔夫里克蒙在鼓里就成。

内森像是突然间做出了决定。他站起身，把驼背的身体隔着桌角向拉尔夫凑过去。他对拉尔夫低声耳语。格温达听不见他说些什么。

“真的？”拉尔夫用正常的调门说，“多少？”

内森转向珀金，对他嘀咕着。

格温达说：“等一等！这么嘀嘀咕咕干吗？”

珀金面带怒色，不情愿地说：“好吧，就这样。”

“什么好吧？”格温达担心地问。

“翻一番？”内森说。

珀金点点头。

格温达有了一种恐惧的感觉。

内森出声说道：“珀金提出要付遗产税加倍的钱，也就是五镑。”

拉尔夫说：“那就不一样了。”

格温达叫道：“不行！”

伍尔夫里克第一次开口了。“遗产税是按习惯定的，在采邑的记事上写着呢，”他用他那正变声的嗓音缓缓说道，“这没什么可商量的。”

内森马上接口：“遗产税是可以改变的嘛。《末日裁判书》上并没写着哟。”

拉尔夫说：“你们俩是律师吗？要不是，就闭嘴。遗产就是两镑十先令。其他的转手费用与你无关。”

格温达害怕地意识到，拉尔夫已经在背弃诺言的边缘了。她用低声斥责的嗓音，缓慢而清晰地说：“你答应过我的。”

“我为什么要那么做呢？”拉尔夫说。

这是一个她无法回答的问题。“因为我求过你。”她无力地答道。

“我当时说我要重新考虑，可我没做承诺。”

她无力使他说话算话。一切努力全化为乌有：长途跋涉到王桥，在他和阿兰面前忍受着赤身裸体的侮辱求告，她在拉尔夫床上不顾羞耻的行为。她背叛了伍尔夫里克，可他还是继承不到土地。她伸出一根手指对着拉尔夫，痛苦地说：“上帝会罚你入地狱的，拉尔夫·菲茨杰拉德。”

他面色苍白了。尽人皆知，一个真正受到冤枉的女人的诅咒是有力的。“小心点你说的话，”他答道，“我们对念咒的女巫是要惩罚的。”

格温达退了回去。没有哪个女人对这样的威胁会镇定自若的。指控一个人使用巫术轻而易举，而且难以辩驳。但她仍禁不住说：“今生逃过正义的人会在下世遭报应的。”

拉尔夫不去理会，他转向珀金：“钱在哪儿？”

珀金还没有富到可以向人们炫耀他放钱的地方。“我马上就去取，老爷。”他说。

伍尔夫里克说：“走吧，格温达，这地方是不会对我们发慈悲的。”

格温达强忍着没流下泪水。气愤已让位给悲痛。他们尽了一切努力，还是打了败仗。她转过身去，低头隐藏着自己的感情。

珀金说：“等一等，伍尔夫里克。你需要有人雇用——而我需要人手。给我干活吧。我付给你一天一便士的工钱。”

伍尔夫里克脸红了，给他的活计是在他家拥有的土地做雇工，这让他蒙羞。

珀金补充说："格温达，我也雇你。你们俩都年轻肯干。"

格温达看出来，他并无恶意。他就是一门心思追求他个人的利益，他急于雇两个年轻的壮劳力帮他耕种他并购过来的土地。他并不在意，甚或不清楚，对伍尔夫里克来说这是最大的羞辱。

珀金说："这是你们俩的一月一先令。你们能挣不少呢。"

伍尔夫里克满脸痛苦。"在我家拥有了几十年的土地上干活挣钱吗？"他说，"绝不。"说完他转身离开了宅邸。

格温达紧随着他，心想：现在我们该怎么办？

29

西敏寺大厅极其雄伟，内部要大于一些大教堂。其长度和高度令人叹为观止，高高的天花板由双排的高大支柱支撑着。在西敏寺中，这里是最重要的房间。

罗兰伯爵在这里完全有归家之感，而戈德温却觉得愤愤不满。伯爵和他的儿子威廉穿着时髦的衣服——裤腿一条红，一条黑，大摇大摆地在周围走动。伯爵们彼此熟识，大多数男爵也互不陌生，他们拍着朋友的肩膀，互相打趣，以他们自己的方式笑骂着。戈德温想提醒他们，在这个房间里进行的审判活动，有权判处他们任何人的死刑，哪怕他们是贵族。

他和他的随从都很安静，只在他们自己人中间谈话，而且声音压得很低。他不得不承认，这并非出于敬意，而是因为紧张。戈德温、埃德蒙和凯瑞丝在这儿都很不自在。此前他们谁也没到过伦敦。他们唯一认识的是博纳文图拉·卡罗利，而他又不在。他们不认识周边的道路，他们的衣服都是旧式的，他们带来的钱——原以为够多的了——也就要花完了。

埃德蒙一向无所畏惧，而凯瑞丝像是六神无主——仿佛她脑子里还有更重要的事，尽管这不大可能——但戈德温却是忧心忡忡。他是个刚当选的副院长，却要向这片国土上一位最大的贵族挑战。问题关乎到镇子的前途。没有桥，王桥就要衰亡。现在的王桥是英格兰最大的城镇之一，像一颗跳动的心脏。如果没有桥，王桥就会蜕化为一个小村落的孤独的据点，只剩下少数修士在摇摇欲坠的大教堂空荡回响的境况中虔诚祷告。戈德温争当副院长，可不是要看着这里衰败为尘土。

由于有多方的赌注，他想要控制事件的发展，他自信聪明过人，当他在王桥时就是这么想的。但在这里，却感到适得其反，心中没底让他垂头丧气。

他的慰藉是格利高里·朗费罗。他是戈德温大学时代的朋友。他奇特的思维很适合干法律这一行。他对王家法庭了若指掌。他的果敢进取引导着戈德温穿过了法律的迷宫。他把修道院的申诉递交给国会，这种事对他早已是轻车熟路了。不消说，国会不经辩论就转给了国王的枢密院，那是要由大法官监督的。大法官的律师班底——他们都是格利高里的朋友或相识——会把案情提供给国王的高等法院，他们处理的争议案件都是国王感兴趣的；但格利高里又一次预见到，他们认为，如此区区小事不宜惊动国王，而是把案子交给了民事法庭。

这一切进行了整整六个星期。此时已至十一月末，天气渐冷了，建筑季节临近尾声。

今天，他们终于站到了威尔伯特·威特菲尔德爵士面前，他是一位经验老到的法官，据说被国王所喜欢。威尔伯特爵士是北方一位男爵的次子，其长兄继承了爵位和地产，而威尔伯特就受训为教士，研习法律，来到伦敦，在王家法庭中得到宠信。格利高里警告说，他会倾向于一位伯爵而反对教士，但他会把国王的利益凌驾于一切之上。

法官坐在殿中东墙前的一把高座上，在遥望绿地和泰晤士河的窗户之间。他前面是坐在长桌前的两名书记。当事人都没有座位。

“阁下，夏陵伯爵派兵封锁了王桥修道院所属的采石场。”威尔伯特爵士刚一看他，格利高里马上说，他的声音由于激动气愤而颤抖，“位于伯爵领地内的采石场，在二百年前就由国王亨利一世赐给了修道院。一份证书的抄件已经送交法庭。”

威尔伯特爵士鹤发童颜，模样很英俊，只是在开口讲话时露出了蛀牙。“证书就在我面前。”他说。

罗兰伯爵不等邀请径自开了腔。“赐给修士们采石场是让他们能够建造大教堂。”他用让人听着不耐烦的慢吞吞的语气说。

格利高里马上接口：“但证书上并没有限制采石场用于其他目的。”

“现在他们想建一座桥。”罗兰说道。

“以便替代在威特森那座已经坍塌的桥——那座桥本身是几百年前建的，木料还是国王赏的呢！”格利高里说话的语气像是伯爵的每一个字眼都让他气愤填膺。

“重建一座原先存在的桥是无须获准的，”威尔伯特爵士简明地说，“这证书上确实写着国王希望鼓励大教堂的修建，但并没有说，他们在教堂竣工之后，他们的权利就要收回，也没说禁止他们使用石料于其他目的。”

戈德温开心了。法官似乎马上就看到了修道院一方的申辩。

格利高里做了个摊开双手，手心向上的姿势，仿佛法官讲的是昭然若揭的明理。“确实，阁下，这正是历任的王桥修道院副院长们和夏陵伯爵们三百年来的共识。”

戈德温知道，这并非完全属实。对于证书，在菲力普副院长时期就有过争议。不过，威尔伯特爵士不知内情，罗兰伯爵也不了解。

罗兰态度高傲，像是与律师们争论有失体统，但这容易造成误解：以为他牢牢把握着论点。“证书并没有说，修道院可以逃脱。”

格利高里说：“如此说来，伯爵为什么此前从未征过这样的税呢？”

罗兰的答复是现成的：“先前的伯爵宽免了这笔税，作为对大教堂的赞助。那是一种虔诚的行为，但虔诚不会强迫我给一座桥捐助。可是教士们却拒不纳税。”

争论在刹那间却摆向了另一边。戈德温心想，变得好快啊；这跟修士们的例行会议的争论可不一样，那可能会延续几小时的。

格利高里说：“伯爵的人不准从采石场向外运石料，还杀了一个可怜的车夫。”

威尔伯特爵士说：“如此看来，最好将争议尽快解决。就伯爵有权对通过他的境内，使用属于他的道路、桥梁和口岸的人收税一举，不管他此前是否强制执行过，修道院有什么要说的？”

“既然石料不经过其采邑，却产于那里，这相当于对修士要收石料之税，是与亨利一世的证书相违背的。”

戈德温沮丧地看到法官似乎对此没有印象。

然而，格利高里还没有说完：“而且历代国王赐予了王桥一座桥梁和一处采石场是有其充分理由的：他们想让修道院和镇子昌盛。而镇教区公会会长就在这里证明，王桥无桥就无法繁荣。”

埃德蒙迈步向前。他那蓬乱的头发和土气的服饰，与周围贵族的锦衣绣袍相比，使他看上去就像个乡巴佬；但他与戈德温不同，毫无畏缩之意。“我是个羊毛商，阁下，”他说，“没有桥，就没有生意，而没有生意，王桥就给国王缴不成税。”

威尔伯特爵士俯身向前：“镇子在最近一次什一税中缴了多少？”

他指的是由国会一次次征收的个人动产税，十分之一或十五分之一。当然，谁也没缴过十分之一——尽管人人都知道财产有多少——因此，每个镇或郡所缴数额就变成固定的了，其负担分配得多少还算合理，穷人和贫苦农民根本不缴。

埃德蒙正等着这个问题呢，当即回答说：“一千零十一镑，阁下。”

“塌桥损失的后果呢？”

“如今，我估计什一税不会多于三百镑。但我们镇上的人还在继续做生意，指望着有一天桥能修好。要是这一指望今天在法庭中泡了汤，每年一届的羊毛集市和每周一次的赶集几乎就没有了，从中提取的什一税就要跌落到五十镑以下了。”

“从国王需要的规模来讲，就几近于零了。”法官说。他并没有说出他们尽知的事实：由于过去几周国王刚刚对法兰西宣战，他亟须用钱。

罗兰见缝插针。“这次听证是关于国王财政的吗？”他话中带刺地说。

威尔伯特爵士当然是吓唬不住的，哪怕是出自一位伯爵之口。“这是王家法庭，”他和蔼地说，“你指望什么呢？”

“公正。”罗兰回答说。

“你会得到的。”法官没说出来的含义是：不管你喜欢与否。“羊毛商埃德蒙，离你们那里最近的备用市场是哪里？”

“夏陵。”

“啊！这么说你失去的生意会转移到伯爵的镇上。”

“不是，阁下。有些会转移，但更多的就不复存在了。王桥的许多商人无法到夏陵去。”

法官转向罗兰，问：“夏陵缴的什一税是多少？”

罗兰简短地询问了一下他的秘书杰罗姆神父，然后说：“六百二十镑。”

“加上夏陵市场增加的生意，你能缴一千六百二十镑吗？”

“当然不能。”伯爵愤愤地说。

法官依旧用他平和的语气讲话：“这样，你反对建桥就会造成国王的巨大损失喽。”

“我有我的权力。”罗兰阴沉着脸说。

“而国王有他的权力，你有什么办法可以补偿国库每年一千镑左右的损失吗？”

“可以通过随国王在法兰西作战来补偿——这是羊毛商和修士们永远做不到的！”

“那倒是，”威尔伯特爵士说，“但你们骑士需要付钱的。”

“这就不讲道理了。”罗兰说。他明白他在争议中就要失败了。戈德温尽量不露出获胜的样子。

法官不喜欢把他的执法程度称作不讲道理。他狠狠瞪了罗兰一眼。“当你派你的武装士兵去封锁修道院的采石场时，我敢肯定，你无意损害国王的利益。”他有所期待地顿了一下。

罗兰觉察到这是个陷阱，但他只能给出一个回答：“当然无意。”

“现在对于本法庭，对于你，事情已经澄清：修建新桥对国王的目的多么攸关，也能惠及王桥的修道院与该镇的一切，我估计你会同意重开采石场了吧。”

戈德温悟到了威尔伯特爵士是机智的。他在迫使罗兰同意他的裁决，而且今后也难以亲自向国王申诉。

过了很长一段停顿，罗兰说：“是的。”

“还有免税通过你的采邑运送石料。”

罗兰知道他已输了官司。他的声音怀着气恼，又说道：“是的。”

“本案就此结束，”法官说，“下一案。”

这是一场伟大的胜利，可惜来得太迟了。

十一月已经转入十二月。通常，建筑工程到这时就停工了。由于多雨，霜期这一年会来得迟些，但即使如此，最多也只剩下了两周左右。梅尔辛有好几百吨石料堆在采石场，已经切割成型，就等着铺砌了。然而，需要几个月才能把它们全部运到王桥。罗兰伯爵虽然在法庭上输了官司，但他几乎已经成功地把建桥工程推迟了一年。

凯瑞丝和埃德蒙及戈德温情绪消沉地返回了王桥。她在河流的郊区一侧勒住马，看到梅尔辛已经建起了他的围堰。在流经麻风病人岛两侧的水道中，木桩的顶端已经伸出水面，形成两三英尺高的大圆圈。她记得他曾在公会大厅中解释过，他如何计划把木桩打进河床，形成两圈，然后再在圈间填以灰浆，构成不漏水的封闭圈。围堰内的水就此可以戽出，工匠们就可在河床上打桥基了。

梅尔辛的一名工匠——石匠哈罗德刚好在他们摆渡的船上，凯瑞丝便问他，围堰中的水是否已经抽干。“还没呢，”他说，“师傅说要留到我们准备动工建桥时再说。”

凯瑞丝高兴地注意到，梅尔辛尽管年轻现在已被称作师傅了。“为什么呢？”她说，“我原以为我们想在万事俱备时马上开工呢。”

“他说，围堰里没水时，水加在堰上的力量就更大了。”

凯瑞丝不明白梅尔辛怎么会懂得这些事。他跟他的第一位师傅乔基姆也就是埃尔弗里克的父亲，学到了入门的本事。他总是和来到镇上的生人——尤其是在佛罗伦萨和罗马见识过高大建筑的那些人——谈得很多。而且他还读了《蒂莫西书》中有关建造大教堂的全部记载。但是，他似乎还有这方面超众的天赋。她永远都想不到一座空心的围堰不如实心的牢固。

虽然他们进城时很低调，但还是想马上把这好消息告诉梅尔辛，看看他还能不能在建筑季节结束之前做些什么。他们只是把马匹交给厩童时耽搁了一会儿，马上就去找他了。他们发现他在位于大教堂西北塔楼上的匠人楼厢里，靠好几盏油灯的照明，在描图地面上画着一座女儿墙的设计图。

他从图上抬起头来，看到了他们几个的面容，咧嘴笑了。“我们赢了？”他说。

“我们赢了。”埃德蒙说。

“感谢格利高里·朗费罗。”戈德温补充说，“他花了我们不少钱，可是值了。”

梅尔辛拥抱了两个男人——他至少在这时忘记了和戈德温的争吵。他深情地亲吻了凯瑞丝。“我想你，”他喃喃地说，“都八个星期了！我还觉得你像是永远不回来了。”

她没有回答。她有些重要的事要跟他讲，但她想私下里再说。

她父亲没注意到她一语未发。“好啦，梅尔辛，你可以马上动手造桥了。”

“好的。”

戈德温说：“明天你就可以从采石场运石头回来了——但我担心离冬霜太近，干不了多少啦。”

“我已经想过这事了。”梅尔辛说。他瞥了一眼窗户，才是下午，但十二月的白昼已经黑得像傍晚了，“可能还有点办法吧。”

埃德蒙马上来了热情：“好啊，说出来，孩子！你有什么主意？”

梅尔辛转向副院长：“你能不能对自愿把石料从采石场运回的人颁发一道免罪令？”免罪令是宽恕罪孽的特殊法令。如同赠送钱财一样，可以用来偿付以往的欠债，或者为未来的负债树立信誉。

“我能，”戈德温说，“你是怎么想的？”

梅尔辛转向埃德蒙，问：“在王桥，有多少人拥有大车？”

“我来想想看，”埃德蒙皱起眉头说，“每一位殷实的商人都有一辆……这样算来，至少总有二百多辆吧。”

“假如我们今晚在镇上转一圈，要求他们所有的人明天都赶上车到采石场去拉石料？”

埃德蒙瞪着梅尔辛，脸上渐渐展开了笑容。“好啊，”他高兴地说，“这倒是个主意！”

“我们要告诉每一个人，别人也都去，”梅尔辛接着说，“就像过节一样。他们的家人可以一起去，他们可以带上吃的和啤酒。要是每个人在两天之内拉回一车石料和碎石，我们就足可以建起桥墩了。”

这太棒了，凯瑞丝不敢相信地想着。这就是他的特点，总能想出别人想不出的主意。可是这能做到吗？

“天气怎么样呢？”戈德温问。

“下雨是遭农人诅咒的，但也推迟了严寒。我想，我们还有一两个星期的时间。”

埃德蒙激动了，用他那种一瘸一拐的步子在楼厢上来回踱着：“要是你能在接下来的几天时间造好桥墩……”

“明年年底我们就能建好桥体了。”

“下一年我们就能用桥了吗？”

“不能……不过等一下，我们可以铺设临时的木头桥面，赶得上羊毛集市的。”

“这么说，我们要在后年才有可用的桥梁——只错过一次羊毛集市！”

“我们得在羊毛集市之后完成石铺路面，那么在第三年就会牢固得正常使用了。”

“该死，我们就这么干吧！”埃德蒙激动地说。

戈德温慎重地说：“你还要把围堰里的水戽干呢。”

梅尔辛点点头：“这是桩苦活。按照我原来的计划，准备要干两个星期的。不过我还想出了一个主意。先不提它，咱们先把车子组织起来再说。”

他们全都朝门口走去，由于热情满怀而相互友好。在戈德温和埃德蒙走下狭窄的螺旋楼梯之时，凯瑞丝拉住梅尔辛的袖子，把他拽了回来。他还以为她想亲吻，便用双臂搂住她，但她把他推开了。“我有个消息。”她说。

“还有？”

“我怀孕了。”

她注视着他的面孔。他起初一惊，红褐色的眉毛扬了起来。随后便眨着眼睛，把头歪向一侧，还耸了耸肩，仿佛是说：这没什么可惊奇的。他笑了，只是有些苦笑，随后便是开怀大笑了。最后，他神采奕奕地说：“太妙了。”

她一时恼恨起他的愚蠢：“不，不是那么回事！”

“为什么不是？”

“因为我不想一辈子做任何人的奴隶，哪怕是我孩子的。”

“奴隶？每一位母亲都是奴隶？”

“不错！你怎么可能不知道我那种感觉呢？”

他的样子既困惑又痛苦，她虽然也有些想回心转意，但她的气恼憋得太久了。“应该说，我确实知道，”他说，“可是你当时和我睡了，所以我还以为……”他犹豫了，“你一定知道可能——一定会发生的，只是迟早的问题。”

“我当然知道，可我的表现像是不知道。”

“是啊，我能理解。”

“噢，别这么一说就理解。你这么懦弱。”

他的脸僵住了。过了好长一会儿，他才说：“那好吧，我不再这么一下就理解了。就算你只通报我好了。你有什么打算呢？”

“我没有打算，你这傻瓜。我只知道我不想要孩子。”

“这么说你没打算了，我是笨蛋，我是懦夫。你要我做什么？”

“没有！”

“那你在这儿干吗？”

“别这么讲逻辑吧！”

他叹息了一声：“我打算不再做你要我做的那种人，因为你不讲理。”他在屋里转着，吹灭了灯，“我很高兴我们有了个孩子，我愿意我们结婚，并且一起照看孩子——也许你现在这种情绪只是暂时的。”他把他的绘图工具放进一个皮口袋，往肩上一甩，“但眼下，你这么气吭吭的，我宁可不跟你说上一句话。再说，我还有工作要做。”他走到门口，然后停住脚步，“另一方面，我们应该亲吻一下，别生气了。”

“滚！”她叫道。

他低头钻进矮门，消失在楼梯井里。

凯瑞丝哭了起来。

梅尔辛不知道王桥的人会不会为这事集合起来。他们都有工作和自己操心的事：他们会把靠集体努力修桥看得更重要吗？他心里没底。他阅读《蒂莫西书》得知，在紧急关头，菲力普副院长往往靠号召普通百姓群起努力而奏效。但梅尔辛不是菲力普。他无权领导人们。他只不过是一个木匠。

他们制定了一份有车人的名单，并按街道分组。埃德蒙聚集十家首户，戈德温挑出了十名高级修士，他们配成十对。梅尔辛与托马斯兄弟搭配为一组。

他们敲的第一家门是车夫莉比的。她雇了人继续她丈夫本的行当。“你可以把我的两辆车全用上。”她说，“连同赶车人一起。只要给那该死的伯爵眼上打一棍，什么事我都肯干。”

但他们找的第二家却拒绝了。“我身体不舒服。”染匠彼得说，他有一辆车，运送他染的黄、绿和红色的毛织布匹，“没法走远路。”

梅尔辛觉得，他看上去一点病都没有，他大概是害怕碰上伯爵的人。梅尔辛有把握，不会发生冲突的，但他理解这种畏惧。要是所有的人都是这么害怕可怎么办?

他们叫的第三家是石匠哈罗德家，这名青年匠师巴望于建桥的活计有好几年了。他当即同意了。“贾克·切波斯托夫也愿意去的，”他说，“我来落实一下。”哈罗德和贾克是一对好友。

之后，几乎每家都答应了。

用不着跟他们讲桥有多重要——有车的人都是商户，这是显而易见的——何况他们还有赎罪券这一附带刺激呢。但是更重要的因素似乎是意外的欢庆承诺。大多数人都说：“某某人是不是要去？”当他们听说他们的朋友和邻居都自愿参加了，他们就不想落后了。

他们叫完了他们名单上的人以后，梅尔辛便离开了托马斯，来到渡口。他们要连夜把车渡过河去，以便太阳一出来就启程。摆渡船一次只能载一辆车——二百辆车需要好几个小时呢。当然啦，所以才需要一座桥梁。

一头牛在转动大轮子，车子已经在渡河了。河对岸，车主把牲口放到牧场上吃草，然后再乘渡船回来，回家睡觉。埃德蒙已经找了治安官约翰和他的六七名助手在新城值夜，看守车辆和牛马。

半夜过了一小时左右，梅尔辛上床时，摆渡还在运行。他躺下想了一会儿凯瑞丝。她说变就变的任性，其实正是他所爱的一部分，但有时她让人无法容忍。她是王桥最聪慧的人，但也是时时难以理喻的人。

不过，他最恨的是被称作弱者。他不敢说会不会原谅凯瑞丝这样嘲弄他。罗兰伯爵曾在十年前羞辱过他，说他当不了护卫，只适合做学徒木匠。但他并非弱者。他与埃尔夫里克的暴虐对抗，他在桥梁设计上击败了戈德温副院长，而且他就是要拯救全镇。他心想，我也许身材不高，但上帝做证，我是强者。

但他还是不知道怎样应付凯瑞丝，他在忧愁中入睡了。

第一道天光一出现，埃德蒙就叫醒了他。到这时，王桥的所有车辆都已经渡到了对岸，零乱地穿过新城的郊区，一直排进树林中半英里。还要再过两三个小时才能把人摆渡过去。有效地组织一支朝圣式的队伍令梅尔辛激情满怀，一时不去想凯瑞丝和她怀孕的问题。对岸的牧场上不久就成了一片高高兴兴又乱乱哄哄的情形：好几十人牵着他们的马和牛到车辆前套好，再赶到路上。酿酒师迪克带来了一大桶淡啤酒，在那儿分发——“鼓励一下这次远征。”他说——结果是喜忧参半，有些人接受了过分的鼓励，躺倒了。

一群看热闹的人聚在城市这一侧的河岸边瞧着。当成排的大车终于启程时，一片欢呼声腾起。

但这只是问题的一半。

梅尔辛把注意力转向下一步挑战。若是他在石料从采石场一运回马上就开始砌石的话，他只好用两天而不是两周来戽干围堰里的水。在欢呼声平息下去之后，他提高嗓门，对人群讲话了。趁着激动刚停，人们开始琢磨下一步时，正是抓住他们兴趣的时刻。

“我需要留在城里的最强壮的男人！”他高叫。人们安静了下来，好奇地听下去。“在王桥有壮劳力吗？”这是一种号召的做法：活儿很重，但只要壮劳力，也抛出了挑战，让青年人难以拒绝。“在明天晚上大车从采石场返回之前，我们必须把围堰里的水淘干。这将是你们从没干过的最苦的差事——所以体弱的不成，请吧。”他这样讲着的时候，在人群中看到了凯瑞丝，并且对上了目光，他看到她向后缩了：她记得她对他使用了那个字眼，她知道那个字眼伤害了他。“哪位妇女认为可与男人相当的，也可以参加，”他继续说，“我需要你们带上一个水桶，尽快与我在麻风病人岛对岸会合。记住——只要壮劳力！”

他不清楚是否赢得了人心。他讲完之后，便看到了马克·韦伯的高大身材，在人群中推挤着向他走来。“马克，你能鼓励他们吗？”他焦灼地问。

马克是个文质彬彬的大汉，在镇上颇有人缘。尽管他很穷，却很有影响力，尤其在青年当中。“我要确保小伙子们都参加。”他说。

“谢谢你。”

随后，梅尔辛看到了船夫伊恩。“我希望，我要整天用你呢，”他说，“把人们渡到围堰，再渡回来。你的活儿可以挣工钱，也可以拿到赎罪券——任凭你挑。”伊恩特别喜爱他的小姨子，大概愿意要赎罪券，或者用来赎过去的罪，或为他希望即将犯下的罪备用。

梅尔辛穿过街道，一路来到他准备过桥的河岸边。围堰能在两天内淘干吗？他确实不知道。他不晓得每个围堰中有多少加仑的水。是成千？还是上万？应该有个计算方法。古希腊哲学家大约想出了办法，但即使有，也不会在修道院的学校里教授的。要想弄明白，按照戈德温的说法，他大概得去牛津，那里的教学全世界都有名。

他在河边等着，不知道有谁会来。

第一个到的是玛格·罗宾斯，她是一个粮食商的强壮的女儿，由于长年累月地搬粮食口袋，练出了大块头的肌肉。“我能赛过镇上大多数男人。”她说。梅尔辛对此毫不怀疑。

梅尔辛一凑齐十个带桶的人，就让伊恩把他们和他摇到两座围堰近处的一个。

在围堰的圈里，他已刚好在水面之上建好了一个壁架，牢固得可以容几个人站在上面。从壁架上有四架梯子直通到河床。在围堰中心，漂在水面上的是一个大筏子。在筏子和壁架之间有一个大约两英尺的空隙，筏子由伸出来几乎抵到围堰内壁的辐棍稳定在中央的位置上，并且防止向任何方向多移动上几英寸。

“你们两人一组，”他告诉他们，“一个人站在筏子上，另一个站在壁架上。筏子上的人盛满水，递给壁架上的人，由他把水越过堰边倒进河里。再把空桶传回去，盛满水再提上来。”

玛格·罗宾斯说：“堰里的水面下降后怎么办？我们就互相够不着了。”

“想得好，玛格。你最好当我的女工头，在这里负责。互相够不着时，就三个人一组，有一个人站在梯子上就可以了。”

她马上就明白了：“然后再四人一组，两人站在梯子上……”

“没错。不过到那时候，我们就得让第一拨人休息，换上生力军了。”

“明白。”

“开始吧。我再带另外十个人来——我们还有的是地方可以容下干活儿的人呢。”

玛格转身走开。“大家都挑好自己的对子！”她招呼着。

自愿来干活儿的人开始用桶舀水了。他听到玛格说：“咱们有节奏地干。舀、举、传、倒！一、二、三、四。我们唱支歌来保持节奏怎么样？”她用有力的低音高声唱起，“噢，从前有个标致的骑士……”

他们熟悉这首歌，便一起唱出第二行：“他的刀刃又直又过硬，噢！”

梅尔辛瞅着。没过多久，人人都是水淋淋的了。他看不出水面有明显的下降。这是个长时间的活儿。

他爬过堰边，进了伊恩的船。

到他抵达岸边时，那里已聚集了三十多个带着桶的自愿干活的人。

他让他们在第二座围堰处舀水，由马克·韦伯当工头，然后在两处围堰都增加了一倍人手，开始以生力军替换干累了的人们。船夫伊恩已经筋疲力尽，就把桨递给了他儿子。堰内的水一英寸一英寸地下降，慢得让人不耐烦。随着水面下降，舀水的活儿也进展越来越慢了，因为盛水桶要举到堰边，距离越来越大了。

玛格是第一个发现一个人无法一只手提着装满水的桶，另一手拿着空桶，还能在梯子上站稳的人。她发明了一条龙的传桶线，装满水的桶从一架梯子向上运，而空桶则从另一架梯子向下传。马克在他那座围堰处也采用了同样的传运办法。

志愿者工作一小时，休息一小时，但梅尔辛没有停歇。他在组织队伍，监督志愿者上下围堰，替换损坏的水桶。大多数男人都在休息时喝淡啤酒，结果下午发生了好几起事故，把桶坠落或者是人摔下梯子。塞西莉亚嬷嬷前来照料伤者，“智者”玛蒂和凯瑞丝也给她帮忙。

光线暗淡得太快了，他们只好收工。但两座围堰里的水都剩不足一半了。梅尔辛要求大家次日一早再来，就回家了。他刚喝了几勺他母亲做的汤，就趴在桌上睡着了，很长时间之后才醒，便裹上毯子躺到干草上继续睡。当第二天一早睡醒时，他的第一个念头是不放心：今天那些志愿者还会露面吗？

第一道曙光出现时，他就心怀忐忑地匆匆赶到河边。马克·韦伯和玛格·罗宾斯已经到了，马克穿过一个门洞边走边吃面包，玛格正系着一双高靴，指望脚不要泡湿。又过了半小时还不见别的人影，梅尔辛开始盘算，没有人手他该怎么办。这时，一些年轻人带着早饭来了，随后是见习修士，然后是一大群人。

船夫伊恩到了，梅尔辛要他把玛格和一些志愿摇过河，他们又干起活儿来了。

今天的工作更难了。昨日一天的劳碌，大家都已肌肉酸痛，每一桶水还要举高十英尺以上。但水底已经可见。水面继续下落，志愿者开始瞥得见河床了。

下午过了一半，从采石场回来的头一批大车到了。梅尔辛指挥车主把石料卸在牧场上，再乘摆渡过河回镇。没过多久，玛格那座围堰里，筏子就撞上了河底。

还有的是活要干呢。最后的水淘出以后，要把筏子拆开，把一根根木头举上梯子，再提到堰外。这时露出了几十条鱼，在堰底的泥塘里扑腾，要把它们捞上来，分给志愿者。这事结束之后，梅尔辛站到壁架上，疲惫而兴奋地向下望着二十英尺深处河床面上的泥浆。

明天他就要投下几吨碎石到两处围堰里，再用灰浆浇铸，就形成了庞大而牢固的基础了。

之后，他就要开始造桥了。

伍尔夫里克情绪消沉。

他几乎没吃什么，还忘记了洗漱。他在天亮时自动起床，天黑时又躺下去，但他白天没有干活儿，夜间也没和格温达做爱。当她问他是怎么回事时，他就会说：“我也不知道，真的。”他对一切问题都给出没内容的回答，要不就是哼哼唧唧。

反正地里也没什么活儿可干了。这种冬闲季节，村民们都是坐在壁炉旁边，缝皮鞋、刻橡木锨，吃咸猪肉、软苹果和腌在醋里的白菜。格温达倒不担心他们如何养活自己：伍尔夫里克还有卖粮剩下的钱。她一心焦虑的是他。

伍尔夫里克生来就会干活儿。有些村民不时抱怨，只有在休息日里才高兴，但他不是那样。土地、庄稼、牲口和天气，是他关注的事情。礼拜天他总是坐立不安，直到他找到了不受禁的事情做，而在节日里，他就会绕开规矩做尽一切能做的事情。

她深知她得把他带回到他的正常心态之中。不然的话，他真会害上什么病而卧床的。何况他的钱不可能用不完。他俩迟早总要干活儿。

然而，直到两个月过后她把握十足了，她才把她的新闻告诉他。

那是十二月的一天早上，她说："我有件事要告诉你。"

他哼了一声。他正坐在厨房的桌边，削一根木棍，他并没有从这种闲散的活计中抬头看一眼。

她把手伸过桌子，握住他的手腕，不让他再削下去。"伍尔夫里克，请你看我一眼好吗？"

他面带乖戾的表情抬起头来，被人这样吩咐着，他心怀不满，但已经冷漠到不屑顶撞她了。

"这事很重要。"她说。

他无言地看着她。

"我们就要有小孩了。"她说。

他的表情依旧，但他放下了刀子和木棍。

她回视了他好长时间。"你听明白了吗？"她说。

他点了点头。"一个小孩。"他说。

"对。我们就要有一个小孩了。"

"什么时候？"

她微微一笑，这是两个月来他问的头一个问题。"明年夏天，收获季之前。"

"孩子要好好照看，"他说，"你也要。"

"是啊。"

“我得干活儿。”他又满面愁容了。

她屏息着，下面是什么呢?

他叹了口气，然后一咬牙。“我得去找珀金，”他说，“他冬耕需要人手。”

“还要施肥呢，”她快活地说，“我要跟你一起去。他说的要雇我们俩呢。”

“好吧。”他还在瞪着她，“一个孩子。”他说，仿佛是个奇迹，“我不知道，是男孩还是女孩。”

她起身绕过桌子，走到板凳前，坐在他身边。“你愿意要什么？”

“一个小姑娘吧。我家里全是小子。”

“我想要个男孩，你的一个小型化。”

“我们或许有双胞胎呢。”

“一样一个。”

他伸出手臂搂住她：“我们应该请加斯帕德神父为我们正式举行婚礼。”

格温达心满意足地叹了口气，把头靠在了他肩上。“是啊，”她说，“我们应该结婚了。”

梅尔辛就在圣诞节之前，从他父母家中搬了出来。他在如今属于他的麻风病人岛为自己盖了一处一室的住宅。他说他要看管存在岛上的越堆越多的值钱的建筑材料：木料、石材、石灰、绳索和铁制工具。

与此同时，他也不再去凯瑞丝家吃饭了。

十二月底的倒数第二天，她去见了“智者”玛蒂。

“不用跟我说你来这儿干吗，”玛蒂说，“过了三个月了？”

凯瑞丝点点头，回避着她的目光。她扫视着放着瓶瓶罐罐的小厨房。玛蒂正用一只小铁锅加热着什么东西，发出一种辛辣的气味，刺激得凯瑞丝想打喷嚏。

“我不想要孩子。”凯瑞丝说。

“但愿每次我听到这种话时，我都有一只鸡。”

“我是不是太心疑了？”

玛蒂耸耸肩：“我配药，不管裁决。人们知道对与错之间的区别——而要是不懂，那就是教士的工作了。”

凯瑞丝失望了。她本想能得到同情的。她又冷静了一下，说：“你有能够打胎的药方吗？”

“我有……”玛蒂的样子不自在起来。

“有难处吗？”

“打胎就是毒害你自身。有些姑娘喝下一加仑的烈酒，我用几种有毒性的草药配成药剂。有时管用，有时不管用，但总让你觉得可怕。”

“有危险吗？我会死吗？”

“是的，不过不像生小孩那样有风险。”

“那我就吃。”

玛蒂把锅从火上拿下，放到一块石板上冷却。她转到她那疤痕累累的工作台处，从橱柜里取出一只小陶碗，向里面倒了少量的不同药粉。

凯瑞丝说：“怎么回事？你说你不管裁决，可是你看起来并不赞成。”

玛蒂点点头："你说得不错。我当然也做裁决；谁都做得。"

"你在裁决我。"

"我在想，梅尔辛是个好男人，而且你爱他，但你似乎跟他在一起没找到幸福。这让我很难过。"

"你觉得我应该像别的女人一样，让自己匍匐在某个男人的脚下。"

"那样似乎让她幸福。但我选择了一种不同的生活方式。我估摸你也是。"

"你幸福吗？"

"我生来就幸福。但我帮助人们，我挣钱过日子，而且我是自由的。"她把兑好的药倒进一个杯子，加了些葡萄酒，搅拌一阵，把药粉溶化，"你吃早餐了吗？"

"只喝了些牛奶。"

她向杯子里滴了一些蜂蜜："喝下这个，不要吃午饭了——只要扔掉就是了。"

凯瑞丝端起杯子，迟疑了一下，然后一口喝干。"谢谢你。"那药有一股要命的苦味，只被蜂蜜的甜味部分地遮住了。

"到明天早晨就全过去了——无论什么结果。"

凯瑞丝付了钱，就离去了。她走回家的路上，感到一种既得意又哀伤的莫名其妙的混杂心情。经过这几个星期的忧虑，终于痛下决心，她的情绪不再低迷了；但她也感到一丝失落，好像她在跟什么人道别——或许是梅尔辛吧。她不知道他俩的分手是不是一时的。她能够平静地思考未来了，因为她还在跟他赌气，但是她深知她会思念他。他最终会另找一个爱人的——或许是贝茜·贝尔吧——但凯瑞丝确知她自己是不会那么做的。她绝对不会像爱恋梅尔辛那样再去爱别人了。

她回到家之后，屋里烤猪肉的香味让她恶心，就又出门去了。她不想在主街上和别的妇女闲扯，或者在公会大厅同男人谈生意，所以就溜达进了修道院，她厚实的羊毛斗篷裹着她可以保暖，就坐在墓园中的一块石碑上，望着大教堂的北墙，对石雕造型的完美和飞架扶壁的优雅，惊异不已。

没过多久她就发病了。

她冲着一座坟墓呕吐，但她胃中空空，除去酸水什么也没有。她的头开始疼起来。她想躺下，但由于厨房里的气味又不想回家。她决定去修道院的医院。修女们会让她躺上一会儿的。她离开了墓园，穿过大教堂前的绿地，走进了医院。她突然间渴得要命。

她受到矮胖的老朱莉的笑脸迎接。“噢，朱莉安娜姐妹，”凯瑞丝感激地说，“请你给我倒一杯水好吗？”修道院有用管子从上游接来的水，清冽而安全，可以饮用。

“你病了吗，孩子？”老朱莉焦虑地说。

“有点恶心。要是可以的话，我就躺上一会儿。”

“当然啦。我去叫塞西莉亚嬷嬷。”

凯瑞丝躺在了整齐地排列在地板上的一排草荐上。过了一会儿，她感到好了一些，随后头疼得更厉害了。朱莉提着一只罐子和一只杯子回来，后面跟着塞西莉亚嬷嬷。凯瑞丝喝了些水，吐了出来，又喝了些。

塞西莉亚问了她一些问题，然后说：“你吃了些腐败的东西。你需要清洗一下。”

凯瑞丝难受极了，回答不了。塞西莉亚走开，过了一会儿，拿着一个瓶子和一把匙子返回来。她喂了凯瑞丝一匙糖浆似的药，味道有点像丁香。

凯瑞丝闭上眼躺下，盼望着痛苦赶快消失。过了一会儿，她受到了胃痉挛的折磨，接着是控制不住的腹泻。她模糊地猜测，是那糖浆造成的。一个小时后，腹泻止住了。朱莉脱下她的衣服，为她擦身，给她穿上一件修女的袍服，换下她自己脏污的衣裙，并把她安顿在一床干净的草荐上。她躺下去，闭上眼，浑身乏力了。

戈德温副院长来看她，说她得放血。另一名修士来做了这件事。他让她坐起来，伸出一条胳膊，把肘部架到一个盆上。然后他取出一把利刃，在她的臂弯处的静脉上划开一道口子。她几乎没注意到切口的疼痛或缓缓的流血。过了一会儿，那修士在刀口处涂了些药膏，告诉她把那里掐紧。他把那盆血拿走了。

她迷迷糊糊地意识到来看望她的人：她父亲——彼得拉妮拉·梅尔辛。老朱莉不时地把水杯凑到她唇边，她每次都喝，因为她老是喝不够。在某一刻她注意到了蜡烛，知道已经入夜了。最后她昏昏入睡，做着流血的噩梦。她每次醒来，朱莉都喂她水喝。

她终于在天亮时醒了。疼痛消失了，只剩下木然的头痛。她意识到的另一件事是有人在擦洗她的大腿。她用臂肘撑起了上身。

一名长着天使般面容的见习修女蹲在褥垫旁边。凯瑞丝的衣服撩到了腰际，那修女正用一块醮了温水的布为她揩拭。过了一会儿，她想起了这姑娘的名字。“梅尔。”她说。

“是我。”见习修女面带笑靥地回答。

在她那块布往一个盆里拧干时，凯瑞丝惊惧地看到那是红的。“血！”她害怕地说。

“别担心，”梅尔说，“这只是你的月经血。很浓的，但挺正常。”

凯瑞丝看到她的衣服和褥垫上都浸透了血。

她躺了回去，眼望着天花板。泪水涌到了她的眼里，但她不清楚她是为解脱还是为伤心才落泪。

她流产了。

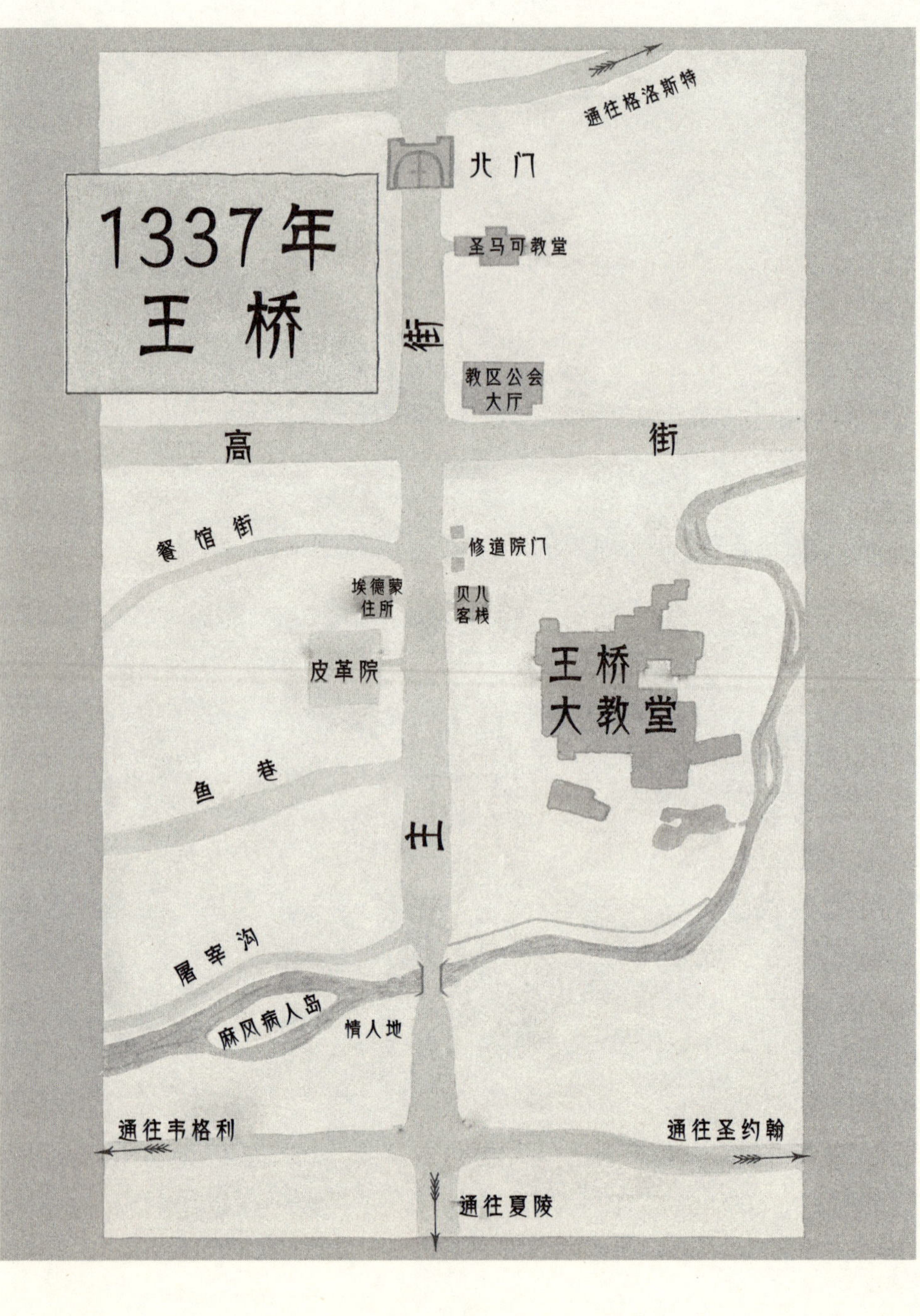

1337年
王桥
北门
通往格洛斯特
圣马可教堂
街
教区公会
大厅
高
街
餐馆街
修道院门
埃德蒙
住所
贝八
客栈
皮革院
王桥
大教堂
鱼巷
主
屠宰沟
麻风病人岛
情人地
通往韦格利
通往圣约翰
通往夏陵

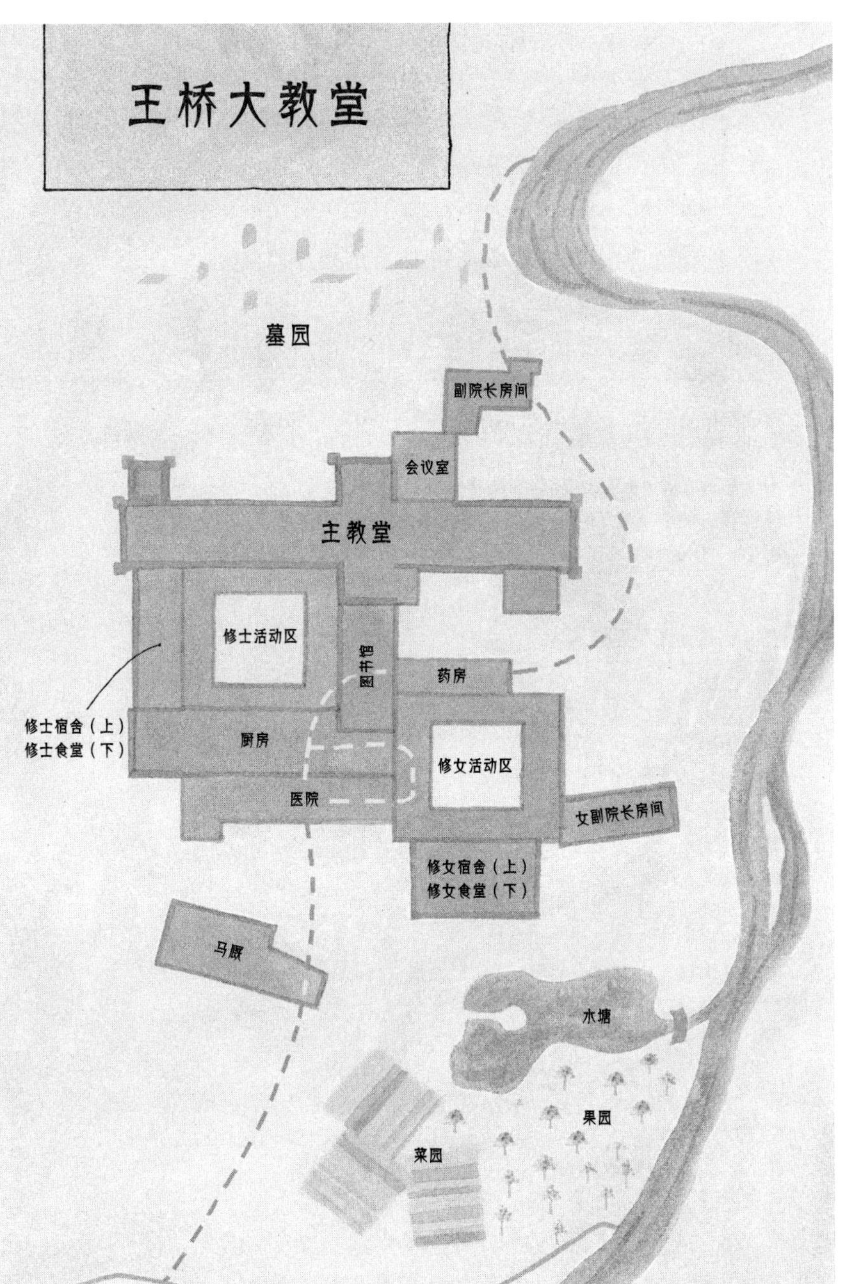
王桥大教堂
墓园
副院长房间
会议室
主教堂
修士活动区
图书馆
药房
修士宿舍（上）
修士食堂（下）
厨房
修女活动区
医院
女副院长房间
修女宿舍（上）
修女食堂（下）
马厩
水塘
果园
菜园

图书在版编目（CIP）数据

无尽世界：全3册 / (英) 肯·福莱特 (Ken Follett) 著；胡允桓译. -- 南京：江苏凤凰文艺出版社, 2018.9

书名原文: World without End

ISBN 978-7-5594-2403-7

Ⅰ. ①无… Ⅱ. ①肯… ②胡… Ⅲ. ①长篇小说–英国–现代 Ⅳ. ①I561.45

中国版本图书馆CIP数据核字（2018）第136991号

图字：10-2018-155号

书　　名　无尽世界

著　　者　（英）肯·福莱特
译　　者　胡允桓
责任编辑　丁小卉　姚　丽
特邀编辑　宋如月　叶启秀
责任监制　刘　巍　江伟明
策　　划　读客文化
版　　权　读客文化
封面设计　读客文化　021-33608311
出版发行　江苏凤凰文艺出版社
出版社地址　南京市中央路165号，邮编：210009
出版社网址　http://www.jswenyi.com
印　　刷　北京中科印刷有限公司
开　　本　890mm x 1270mm　1/32
印　　张　47.25
字　　数　1027千
版　　次　2018年9月第1版　2018年9月第1次印刷
标准书号　ISBN 978-7-5594-2403-7
定　　价　188.00元

如有印刷、装订质量问题，请致电010-87681002（免费更换，邮寄到付）
